세계
폭주
世界
爆走

앞 장의 사진은 오토바이를 타는 마루야마 겐지.
그는 서른이 되어서야 오토바이를 타기 시작했다.

세계폭주
世界爆走

마루야마 겐지

김난주 옮김

바다출판사

"오프로드 바이크를 타고 질주하는 동안,
내 머릿속은 텅 빈다.
육체의 구석구석이, 세포 하나하나가 기분 좋게 긴장한다.
온 신경이 달리는 것에만 집중한다."

마루야마 겐지는 집필과 질주로 삶의 균형을 맞추었다. 언어로 채워진 오전의 머리를 오후에 달리면서 텅 비우면, 다음 날 아침에는 빈 머리에 새로운 이미지가 샘솟았다고 한다.

차례 //

1

바람과 도로의 사자 오스트레일리아

사룬구동차와 오프로드 바이크로 이동하는 기묘하고 뜨거운 이 여행을 준비하기 위해 본의 아니게 멜버른에서 일주일을 체재했을 때, 나는 몇 번이나 가벼운 현기증을 느꼈다. 지난 10년 동안 그렇게 오래도록 도시에 머물렀던 적이 없어서였을 것이다. 일 때문에 어쩔 수 없이 도쿄에 올라가게 되어도 길어야 사흘. 일을 끝내면 도망치듯이 신주로 돌아가곤 했다.

나 같은 타입의 사내에게는 도시가 맞지 않는다. 인파에 휩쓸려 다니다 문득 쇼윈도에 비친 자신의 얼굴을 보면, 어쩔 줄 모르는 표정을 하고 있다. 두 손 두 발 다 들었다는 식의 얼굴이 거기에 있다. 그렇게 활기에 넘치는 넓은 공간인데, 내 몸 하나 있을 곳이 없다고 느껴지는 것은 어째서일까. 고작 일주일간의 멜버른 생활에 나는 지칠 대로 지치고 말았다. 호텔에서 아침에 눈을 뜰 때마다 몸이 쇠약해지고 있는 것을 분명하게 자각할 수 있었다. 동시에 정신 역시 나약한 방향으로 기울어 급기야 언어에 매달리고 싶어졌다. 수많은 인간들이 빚어내는 굉음에 짓눌리다 못해 몸이 나른해진 나머지 움직이기도 귀찮고 동작마저 느슨해지고 말았다. 도시의 흐름을 거스르기가 버거워 그 흐름에 몸을 맡기다 끝내는 마비 상태가 되고 만 것이다.

그곳에서의 시간은 이미 나의 시간이 아니었다. 나의 인생도 아니었다. 나는 생기를 잃었고, 도시는 내게서 가장 중요한 무언가를 잇달아 빼앗아 갔다. 나는 도시형 인간이 아니다. 대자연의 내음을 늘 맡지 못하면 살아갈 수 없는 시골 사람이다. 따라서 사막 같은 황무지로 가는 것에는 아무 문제가 없다. 가령 그곳이 모래와 바람과 빛밖에 없는 곳이더라도, 콘크리트의 숲속에서 무미건조하게 하루를 보내는 생활보다는 훨씬 낫다. 도시에서는 진정한 자유를 얻을 수 없다. 도시에서 자유를 누리려면 우선 상당한 돈이 필요하다. 그럴 것 같다.

멜버른의 호텔에서 나는 매일 밤 꿈을 꾸었다. 아직 구경도 못한 사막 꿈을 꾸었다. 사방팔방이 지평선으로 에워싸인 꿈을. 그 꿈이 공포를 동반하고 있지는 않았다. 그저 공허하고 단조롭기 그지없는 공간이었지만, 사막은 나를 부르고 있었다. 네가 원하는 세상은 도시가 아니라고. 너에게는 사막 자체가 오아시스일지도 모르겠다고. 그래, 맞다, 하고 나는 꿈속에서 외쳤다. 사방 어디를 돌아보나 콘크리트 덩어리가 시야를 가로막는 도시 따위는 깨끗하게 포기하는 편이 좋다. 이왕 사는 거, 들개처럼 돌풍과 모진 더위에 무릎 꿇고 싶다. 도시는 딱 질색이다.

화물열차에 올라타 멀리로 떠나는 영화가 몇 편이나 있었다. 그 장면은 정말 멋지다. 영화의 완성도는 형편없었어도 그 장면만큼은 멋지다. 남자는 모두 그런 장면을 멋지다고 한다. 남자가 공통적으로 품는 소망일까. 한 여자는 그 점에 대해 이렇게 해석했다. 요컨대 도피에 지나지 않는다, 나약한 행동이다, 하고. 과연 그럴까. 때로 처자식을 내버려 둔 채 떠나기도 하지만, 남자가 어느 날 갑자기 낯선 곳으로 떠나는 행위를 도피라는 한마디로 치부할 수 있을까.

여자들 대부분은 지속적인 안정을 원한다. 여자에 아주 가까운 타입의 남자도 안정을 원할지 모르겠다. 그러나 정상적인 남자라면 똑같은 나날의 반복을 견디지 못한다.

가는 곳은 문제가 아니다. 혹여 그 남자가 그럴싸하게 둘러대면서 목적지를 털어놓았다 한들, 목적지에는 아무 의미가 없다. 껄끄러움을 해소하기 위한 명분에 지나지 않을 수도 있다.

막상 떠났다고 무릉도원을 만나는 일은 없다. 그런데도 남자들은 떠난다. 디무니없는 꿈을 구실로 낯선 곳을 방랑하고 싶어 한다. 그러면 어떠랴. 그러다 거지꼴을 하게 되어도 이곳에서 저곳으로 새로운 땅을 찾아 이동하는 한, 행복하지는 못해도 남 보기만큼 불행하지는 않을지도 모른다.

사막에 있는 것은 빛과 대기, 모래와 빈약한 식물 그리고 낮의 더위와 밤의 냉기뿐이다. 따분한 공간일지도 모른다. 지나치게 평면적이다. 그곳에서는 낮은 바위산 하나가 중요한 표적이 되기도 한다. 달리 이렇다 할 것이 없기 때문에 그 바위산을 향해 질주하는 수밖에 없다. 표적은 목적이 되고, 다른 것은 전혀 생각할 수 없다. 그저 드넓기만 한 사막에서, 여드름처럼 뾰족 솟은 바위산 하나를 발견하고는 벅차고, 그것이 인생 최대의 목적인 양 그저 돌진한다. 그곳에 도착해서 뭘 어쩌겠다는 생각은 조금도 없다.

나는 오직 달린다. 빨간 모터크로서motocrosser를 타고 투 사이클 엔진two-cycle engine과 함께 질주한다. 스로틀throttle은 완전히 열려 있다. 온몸의 피가 들끓는다. 기분이 좋다. 더없이 좋다. 사막에서는 어디를 어떻게 달리든 자유다. 나랏일 하는 사람들은 뭐라 생각할지 모르겠지만, 적어도 나는 그렇게 생각한다. 사막에서는 지도상에 그은 직선대로 달릴 수도 있다. 자유다. 이것이야말로 진정한 자유다. 이런 것이 자유가 아니고 뭐가 자유겠는가.

나는 점프한다. 기계와 한 몸이 되어 지상에서 날아오르는 짧은 시간을 만끽한다. 이때의 기분은 그 어떤 천재적인 소설가와 시인도—그들이 과연 오토바이를 타느냐가 문제겠지만—언어로 표현하기 어려울 것이다.

나는 점프한다. 언덕을 코앞에 두고 순간적으로 스로틀을 연다. 물론 사소한 기술이 필요하다. 그 기술을 깜박하면 부상을 입는다. 공중에서 스로틀을 닫고 착지하는 동시에 다시 열면서 뒷바퀴가 먼저 지면에 닿게 한다. 그러나 그런 정도는 이미 몸이 기억하고 있다. 나는 아무 생각 없이 비상을 위한 자세를 취하고 반짝이는 대기 속으로 뛰어들기만 하면 된다. 가능하다면 그대로 지평선 저편으로 날아가고 싶다. 또는 시간을 정지시키고 싶다.

점프하는 순간 중력에 매여 있었다는 것을 깨닫는다. 그리고 몸전체가 가뿐해지면서 그다음 꿈을 꾸는 기분이 든다.

"웃기는 개소리!" 하고 나는 가슴속으로 외친다. 인생은 웃기는 개소리라고 생각한다. 그리고 그 기분으로 이 세상을 헤쳐 나가고 인생마저 뛰어넘고 싶다고 생각한다. 점프를 할 때마다 나는 나를 뛰어넘는다. 한 번 점프할 때마다 다른 인간으로 변하고 싶다고 생각하면서 빛 속으로, 긴장 속으로 날아든다. 무위도식하면서 죽음을 기다리는 것보다 그나마 훨씬 낫다고 생각한다.

그렇게 나는 한없이 달린다. 지평선이 수평선으로 바뀌는 곳까지 달리기로 했다. 다윈 해안이 목적지다. 아니, 바다라고 꺼리랴. 오토바이를 타고서 그대로 달린다.

바다를 싫어하는 것은 아니다. 그러나 도무지 좋아할 수 없는 세계다. 파도가 철썩거리는 해변에 서면 거기서 모든 것이 끝날 것만 같은 기분이 든다. 몹시 피곤할 때는 이 세상의 끝이 연상되고, 더 심하면 궁지에 몰린 초식동물이 된 듯한 기분마저 든다. 어떤 이는 바다를 똑바로 바라보면서 빛나는 장밋빛 미래를 꿈꾸고, 바다를 영원과 정신의 귀결로 착각할지도 모르겠다. 또 생물학자는 지상의 동물이 모두 바다에서 왔으니 그 거대한 웅덩이에서 신비로운 평안함과 향수를 느끼는 것은 당연하다고 말할지도 모르겠다. 그러나 나는 그렇지 않다. 나는 바다 앞에서는 차분해질 수가 없다.

그렇다면 사막은 어떤가. 사막은 좋다. 사막은 내게 어울리는 공간이라 할 수 있다. 사륜구동차와 오프로드 바이크를 사용하지 않더라도 상관없다.

오스트레일리아의 사막을 낙타를 타고 건넌 여자가 있었다. 그녀에게 그 행위는 어떤 의미가 있었을까. 여자가 남자처럼 거친 행동을 취할 때, 그 의미가 남자와 똑같을까. 그렇지 않을 것이다. 그녀들은 그 행동이 끝났을 때, 어떻게 변해 있을까. 조금도 변함이 없지 않을까. 혹은 그 행동은 어쩌면 성적 행위의 일부가 아니었을까.

사막을 사랑한 유명한 남자로 '아라비아의 로렌스'가 있다. 그는 마조히스트였다는 설이 있다. 지름길을 알고 있었음에도 굳이 먼 길로 돌아가면서 자신의 육체를 학대했다는 얘기다. 그의 행동은 어쩌면 여성 모험가들과 유사한 것이 아니었을까. 그렇다면 나는 어떤가. 적어도 나는 이유 없는 우회는 선호하지 않는다. 언제나 최단 코스를 택하고 싶어 한다. 가령 앞을 가로막는 장애물이 있다 해도, 그것을 뛰어넘어 앞으로 나아가려 한다. 그 때문에 실패하는 일도 아주 많지만.

오스트레일리아에는 과거에 애버리지니라는 원주민이 살고 있었다. 그들은 지금도 그곳에 살고 있다. 사막에서 사는 그들이야말로 야성 그 자체이다. 그러나 일부 애버리지니는 백인들이 사는 동네에 섞여 산다. 그들은 백인과 같은 음식을 먹고, 같은 옷을 입고, 같은 말로 얘기한다. 그렇게 해서 그들은 과연 행복을 거머쥐었을까. 백인들과 똑같은 수준의 행복을 만날 수 있었을까. 문명은 그들에게 무엇을 제공해 주었을까. 그들은 이제 사막으로 돌아갈 수 없다. 정신이 사막을 갈구하는 일은 있어도, 피하지방으로 투실투실한 그들의 육체는 거부할 것이다.

지금도 사막에 사는 애버리지니는 밤이 오면 모래에 누워 잠을 청한다고 한다. 그들은 한낮에는 기온이 40도에서 50도까지 오르고 밤이 오면 5도까지 내려가는 사막에서 아주 오래전부터 살아오고 있다. 그런 진정한 애버리지니는 아쉽게도 볼 수가 없었다. 당국은 그들 구역의 통과를 허가해 주지 않았다. 왜였을까. 사진과 글로 발표해서는 안 될 이유라도 있는 것일까.

보호 구역에 사는 애버리지니보다 어쩌면 내가 더 야성적일지도 모르겠다. 신기한 것은 파리가 그들과 우리 몸에는 들러붙어도, 백인의 등에는 들러붙지 않는 점이었다. 백인의 분비물은 특별한 것일까.

우리는 간혹 모텔—일본의 모텔과는 아주 다르다—을 이용했다. 캠핑에 필요한 도구는 있었지만, 모텔이 있다는 걸 알면서 텐트에서 생활할 수는 없었다. 어리석지 않은가. 때로는 강한 향수를 들이부어도 쫓지 못할 체취를 샤워로 씻어 내리고 싶었다. 그 욕구는 제대로 된 식사를 하고 싶은 욕구보다 훨씬 절실했다. 시원하게 씻은 몸으로 모텔 침대에 누울 때, 뜻하지 않은 행운을 만난 기분에 벽과 바닥까지 고마울 정도였다. 사방에 벽이 있다는 것에, 솔직히 안도했다. 안도의 한숨을 여러 번 내쉬었다. 그리고 카세트테이프로 음악을 들으면 사막에 있다는 것을 까맣게 잊고 말았다.

사막 한가운데서는 산타나가 잘 어울렸다. 징그러울 만큼 화려한 테크닉의 기타가, 시끄럽고 강렬한 퍼커션이 내 귀를 덮치면 나는 있는 힘을 다해 사륜구동차의 액셀을 밟았고, 오프로드 바이크의 스로틀을 완전히 열었다.

그러나 모텔의 한 방에서는 산타나가 아니라 빌리 조엘이 잘 어울린다. 그의 노래가 좁은 실내에 넘쳐흐르면, 한낮의 긴장감은 단박에 사라지고, 정신이 육체를 밀치고 얼굴을 내밀었다. 맥락 인생은 웃기는 개소리라고 생각한다. 그리고 그 기분으로 이 세상을 헤쳐 나가고 인생마저 뛰어넘고 싶다고 생각한다. 점프를 할 때마다 나는 나를 뛰어넘는다.

한 번 점프할 때마다 다른 인간으로 변하고 싶다고 생각하면서 빛 속으로, 긴장 속으로 날아든다.

없는 언어가 작은 새처럼 지저귀었다.

사막 깊숙이 들어가면서 모텔 사정이 점차 악화되었다. 그리고 북쪽으로 올라가면서 기온도 상승했다. 선풍기는 에어컨으로 바뀌는 대신 샤워는 공동으로 사용해야 했다. 어느 모텔에서는 벼룩과 모기 때문에 고생했다. 하룻밤 자고 나면 온몸을 쉴 새 없이 벅벅 긁어야 했다.

그런데도 몇 시간 취한 수면으로 체력을 회복하고 나면 카세트에 빌리 조엘이 아니라 다시 산타나를 꽂았다. 그래서 온몸 구석구석까지 생기가 돌고 공격적인 정신이 되살아나면, 우리는 서둘러 밖으로 튀어나갔다. 절대 돌아보지 않았다. 인간의 기운이 소멸한 사막으로 미친 듯이 질주했다.

"이게 나야!"

나는 가슴속으로 몇 번이나 그렇게 외쳤다.

이런 이동을 걸어서 하는 것은 절대 불가능하리라. 오스트레일리아 사람들에게 몇 번이나 물어보았다. 그런 무모한 짓을 하는 사람은 없다고 했다. 실제로도 걸어서 여행하는 사람은 단 한 명도 못 보았다. 소문에는 문명을 거부하는 애버리지니들이 걸어서 사막을 건넌다고 하는데, 그런 모습도 보지 못했다. 자전거조차 거의 볼 수 없었다. 간혹 오토바이를 타고 다니는 젊은이가 있었지만, 그들은 로드 바이크를 타고 포장된 동네 도로를 얌전히 달릴 뿐이었다.

우리처럼 오프로드 바이크로 사막을 질주하는 이는 없었다. 이 계획은 멜버른의 혼다에서 일하는 백인들을 열광케 했다. 그들은 멋진 계획이라고 환호했다. 그리고 같이 따라가고 싶다는 말까지 했다. 계획만 들어도 피가 끓는다고 했다. 그래서 마치 자신들의 일처럼 우리를 물심양면으로 도와주었다. 준비 단계에서도 다양한 조언을 아끼지 않았다. 그러나 어쩔 수 없는 사정 때문에—당국이 허가해 주지 않거나 시간이 부족해서—계획은 몇 번이나 원점으로 돌아갔다. 지금까지 몇 안 되는 아주 소수만이 시도했던 퍼스로 가는 코스를 택하고 싶었는데.

멜버른에 있는 기념품 가게 여자는 우리 계획을 듣자 미친 짓이라면서 만류하려 했다. 사막에 들어간 자는 미쳐서 죽는다는 것이었다. 사실 얼마 전에도 그렇게 목숨을 잃은 자가 있었다. 또 그렇게 위험을 무릅쓰는 일에 무슨 의미가 있느냐고 묻기도 했다. 나는 대답했다. 특별한 의미는 없다고. 얻는 것도 아마 없을 것이라고. 모든 것이 '도로徒勞', 그러니까 헛수고일지도 몰랐다. 그래도 상관없었다. 도로가 아닌 인생 따위는 그리 많지 않다. 도로를 무시하지 않고는 아무 행동도 할 수 없다. 하고 싶지 않거나 할 수 없는 이유 따위는 1분만 생각하면 얼마든지 갖다 붙일 수 있다.

내 처녀작이며 데뷔작인 《여름의 흐름》이라는 소설에 대해 어떤 평론가는 이렇게 썼다. "마루야마 겐지의 작품은 '이 세상이 과연 살아가기에 가치가 있는 것인가' 하는 무거운 문제를 거리낌 없이 묻고 있다." 그리고 마루야마 겐지는 '도로의 사자'라고 결론을 내렸다. 그 후 내가 단편소설을 두 편 정도 발표했을 때 그는 병으로 죽었다. 죽기에는 아직 이른 나이였다.

그렇다. 나는 어쩌면 도로의 사자인지도 모른다. 그 점은 인정해도 좋다. 그러나 전혀 움직이지 않고서 도로라는 결론을 내린 것은 아니다. 나는 아무것도 하지 않으면서 허망함을 외치는 소설가가 아니다. 이 세상이 살 만한 가치가 있는지 행동으로 따져 보고 있다.

이동 수단으로 오프로드 바이크만 사용했다면 이 여행은 실패했을 것이다. 그것은 처음부터 알고 있었다. 기름이 필요치 않은 오토바이가 있더라도, 여행을 하려면 거기에 물과 식량을 싣지 않을 수 없다. 하물며 캠핑용품과 스페어 부품과 타이어까지 싣기에 오토바이는 너무 작다. 필요한 자재를 전부 싣기 위해서는 사륜구동차 두 대와 오프로드 바이크를 실을 트레일러가 필요했다.

스태프도 세 명은 필요했다. 나와 카메라맨 가게야마 씨 외에 도시 니시야마 씨가 합류했다. 우리 셋은 어쩌다 우연히 모인 것이 아니다. 도시 씨는 3년 전쯤 내게 오프로드 바이크를 가르쳐 주었고, 나는 가게야마 씨에게 다시 전수했고, 가게야마 씨는 다시 내게 랠리 드라이브를 가르쳐 주었다. 즉 우리 셋은 오프로드 바이크와 사륜구동차와 랠리 카로 엮여 있고, 나와 가게야마 씨는 총을 다룰 수 있으며 그 밖의 일들도 대개는 할 수 있었다. 소설가니까 아무것도 안 해도 된다는 생각으로는 여행에 도전할 수 없다.

나와 도시 씨가 사륜구동차를 몰고, 가게야마 씨는 뒤에서 사진을 찍어 댔다. 오토바이를 사용할 때는 도시 씨가 모는 오토바이에 가게야마 씨가 등을 맞대고 올라타고—두 사람의 몸은 특수하게 제작한 밴드로 묶여 있었다— 그리고 나는 그 뒤를 쫓았다.

나는 농담 삼아 이런 말을 했다. "목숨의 순서를 정해야 하지 않겠어?"

만일의 경우를 생각해서, 죽는 순서를 미리 정해 두자는 뜻이다. 가정 사정과 나이를 고려해 조건을 따지다 보니 내 순서가 가장 빨랐다. 이어서 가게야마 씨, 마지막은 도시 씨로 결정되었다. 물론 죽을 수도 있는 위험에 처했을 때에는 그렇게 죽자는 얘기다. 다행히 여행 중에 입은 부상이 찰과상 정도에 그쳐 이 계획은 무산되었지만, 이동 중에는 그렇게 터무니없는 각오라 생각되지 않았다.

위험은 도처에 도사리고 있었다. 거의 매일 위험과 조우했다. 그러나 시속 80킬로미터에서 120킬로미터 속도로 더트코스dirt course를 달리고 있으니 안전할 리 없는 것은 당연하다.

이런 일이 있었다. 어느 때, 돌아보니 도시 씨가 운전하는 사륜구동차가 보이지 않았다. 트레일러를 끌고 있기 때문에 간혹 뒤처지는 일은 있었지만, 그때는 무전기로 호출해도 응답이 없었다. 나는 후회했다. 더 출력이 센 무전기를 준비했어야 했다고.

아무리 불러도 응답은 없고, 아무리 기다려도 흙먼지는 일지 않았다. 되돌아갈 수밖에 없었다. 돌아가면서 나는 최악의 사태를 상상했다. 전에도 비슷한 경험이 있었기 때문이다. 다른 일로 가게야마 씨와 함께 신슈의 산길을 오토바이로 돌아다녔을 때였다. 문득 돌아보았는데, 가게야마 씨가 보이지 않았다. 돌아가 보니, 가게야마 씨는 오토바이와 함께 벼랑 아래 떨어져 있었다. 그는 벼랑의 중간쯤에서 담배를 피우며 이쪽을 향해 손을 흔들었다. 그래서 도시 씨에게도 가게야마 씨 때 같은 행운이 있기를 기대했다. 어떤 위험에 처해도 죽을 남자는 아니라고 속으로 중얼거렸다. 그는 무사했다. 꺽럴한 신통 내문에 트레일러와 연결된 고리가 빠지고 말았다. 트레일러가 뒤집히기라도 했다면 큰일이 벌어졌을 것이다. 천만다행이었다. 역시 우리는 운이 좋았는지도 모르겠다.

그 트레일러에는 오토바이 세 대 외에도 휘발유가 가득 담긴 예비 탱크가 열 통이나 실려 있었다. 떨어져 나가 반대편 차선에서 달려오는 차와 충돌이라도 했더라면 참사를 면치 못했을 것이다. 살펴 보니 볼트가 하나 빠져 있었다. 예비 볼트가 있었기에 망정이지, 그 트레일러는 마지막까지 우리를 골탕 먹였다. 멜버른의 트레일러 전문 공장에 주문할 때, 튼튼하게 만들어 달라는 부탁까지 했지만 사막에는 충분치 않았다. 견인하는 사륜구동차의 브레이크를 밟으면 트레일러에도 자동적으로 브레이크가 걸리도록 제작해야 했고, 각종 스프링도 훨씬 견고해야 했다.

트레일러가 고장을 일으킬 때마다 우리는 욕지거리를 내뱉는 한편 안도했다. 처음 세운 계획에 따라 퍼스로 가는 코스를 택했다면 도중에 반드시 실패했을 것이기 때문이다. 수리해 줄 공장 하나 없는 사막 한복판에서 트레일러가 고장 나면 대책이 없다. 트레일러 없이는 앞으로 나갈 수 없었다.

우리는 운이 좋았다. 트레일러의 상태가 좀 이상하다 싶으면 반드시 그 근처에 조그만 마을이 있어 필요한 부품을 구할 수 있었고, 또 용접해 주는 수리 공장도 있었다. 빌린 사륜구동차 하나는 중고였기 때문에 걱정이 많았는데, 생각과 딜리 열심히 달려 주었다. 여기저기 결점은 많았지만 그래도 엔진은 끝까지 잘 돌아갔다.

에어스 록 근처 모텔에는 다양한 타입의 사람들이 모여들었다. 오스트레일리아의 거의 중앙에 있는 이 거대한 바위—세계에서 가장 크다고 한다—에 대형 버스를 타고 사막을 질러오는 오스트레일리아 사람 중에는 노인이 많았다. 그들은 저마다, 인생을 마감하기 전에 이 바위를 한번 보고 싶었다고 말했다. 하지만 내 눈에는 그다지 매력적으로 보이지 않았다. 한참이나 바라보았지만, 별거 없었다. 어쩌면 노인들도 나와 비슷한 심경으로 바라보았는지도 모르겠다.

그들은 어딘가 모르게 지쳐 있었고, 그 표정은 어둡고 애처로웠다. 덜컹거리는 버스를 타고 저녁때쯤 모텔에 도착해서 샤워를 하고, 빈말로도 맛있다고는 할 수 없는 저녁을 꾸역꾸역 먹고는, 저녁 햇살에 빛나는 말똥성게 모양의 바위를 멀거니 바라보다가, 다음 날 아침에는 쇠사슬을 잡고 급사면을 기어올랐다 내려와서는 다시 버스를 타고 사막 저 멀리로 사라진다.

멜버른으로 돌아왔을 때, 한 노인이 에어스 록의 비탈에서 발을 헛디뎌 떨어져 죽었다는 뉴스를 신문에서 보았다. 그 노인에게 에어스 록은 묘석이 되었다. 묘석으로는 꽤 괜찮을지도 모르겠다.

도중에 만난 동물은 그렇게 많지 않았다. 그러나 애당초 동물과의 만남은 기대하지 않았다. 유칼립투스 한 그루마다 코알라가 매달려 있을 것이란 기대도 하지 않았고, 캥거루나 왈라비 떼와 마주칠 것이라는 생각도 없었다. 한 달 동안 살아 있는 캥거루를 목격한 것은 네다섯 번에 지나지 않았다. 듣기로는 총으로 쏴 죽여야 할 만큼 개체수가 많다고 하는데.

죽은 캥거루는 신물이 나도록 봤다. 길가에 캥거루가 수도 없이 누워 있었다. 몇 킬로미터 앞에서도 알 수 있었다. 썩은 고기에 꼬이는 맹금류가 마치 음식찌꺼기에 꼬이는 파리 떼처럼 모여들기 때문에, 멀리서도 금방 알 수 있었다.

캥거루를 죽이는 것은 자동차였다. 우리도 갑자기 눈앞으로 뛰어드는 캥거루 때문에 몇 번이나 가슴이 철렁하곤 했다. 토끼만 한 크기의 동물이라면 몰라도, 캥거루와 충돌했다가는 예삿일이 아니다. 몸집이 거대한 캥거루와 부딪치면 프런트가 우그러지는 정도에 그치지 않을 것이다.

부딪친 캥거루의 몸이 앞 유리창을 깨고 운전석으로 날아들어 운전자와 충돌하는 바람에 양쪽 다 죽는 사고도 있었다고 한다. 그래서인지 대부분의 차량이 프런트에 튼튼한 바를 부착하고 있었다. 우리가 빌린 사륜구동차에도 그런 바가 부착되어 있다. 멜버른 시내에서 그 바를 처음 보았을 때, 참 요란을 떤다 싶었다.

그런데 내륙으로 들어갈수록 우리는 오히려 더 튼튼한 바를 원하게 되었다.

강렬한 빛 속에서 보는 캥거루의 주검만큼 문명과 야생의 충돌이 빚은 참극을 상징하는 것도 없으리라. 그 은총을 누리는 것은 까마귀와 독수리 들, 그리고 곤충들이다. 때문에 그들은 사막에 도로가 생길 때마다 개체수를 늘려 간다. 밤의 주행은 더욱 위험했다. 헤드라이트 빛에 눈이 먼 캥거루는 도로 한가운데에 우뚝 선 채 죽음을 기다렸다. 그래서 우리는 부득이한 경우가 아니면 야간 주행을 하지 않기로 했다. 캥거루의 감소를 우려해서가 아니라 우리 자신의 목숨을 염려했기 때문이다.

일반 차들이 다니는 도로에는 캥거루 외에도 온갖 동물이 죽어 있었다. 구관조, 도마뱀, 그리고 어처구니없게도 인간이 키우는 소와 말과 양이 사지를 뻗은 채 누워 있었다. 도시 씨는 소를 칠 뻔했고, 나는 하마터면 말과 충돌할 뻔했다. 또 애버리지니를 칠 뻔한 적도 있었다. 술에 취한 애버리지니가 하필이면 길에서 싸우고 있었다. 소나 말과는 다르니, 경적의 의미를 모르지 않을 터였다. 그때 속도는 시속 120킬로미터. 세 명 중 두 명은 경적 소리를 듣고 길을 비껴 주었는데, 나머지 한 명은 비키기는커녕 오히려 길 한가운데로 나왔다. 당황한 동료가 데리고 가려고 그의 팔을 잡아당겼다. 우리는 브레이크를 밟았다.

나는 고함을 질렀다.

"죽고 싶어, 너!"

다행히 간발의 차로 핸들을 꺾었다. 하마터면 큰일을 치를 뻔했다. 아슬아슬했다. 주유소에 들러 한숨 돌리면서 우리는 목숨 아까운 줄을 모르는 애버리지니에게 한껏 욕설을 퍼부었다. 한참이 지나 우리는 "그 인간, 혹시 자살하려고 했던 거 아닐까." 하는 말을 나눴다. 근거는 없다. 그렇게 생각하면 상황이 이해가 간다.

"그래, 죽어 주지. 이렇게 살아 봐야 별 재미도 없고 말이야. 사막에서 사는 동족에게는 돌아갈 수 없고, 그렇다고 백인들 동네에서 사는 것도 이제 신물이 나. 난 죽어 주겠어."

그런 대사가 딱 들어맞는다.

그리고 우리는 이런 얘기도 했다. 그때 그 애버리지니를 치었다면 어떻게 되었을까. 차에서 내려 생사를 확인하고, 미쳐 날뛰는 동료를 진정시키고, 그다음 신고를 했을까. 또는 캥거루 하나 친 셈 치고 그대로 내버려 두었을까. 또는 주위에 목격자가 없다는 점을 이용해서 아직 살아 있는 애버리지니의 입을 틀어막아 숨통을 끊어 버렸을까. 그것은 알 수 없다. 30년 이상을 살고 있지만, 나는 아직도 나 자신을 잘 모르겠다.

사륜구동차 또는 오프로드 바이크를 타고 질주하는 동안, 내 머릿속은 텅 빈다. 적어도 허접한 고뇌는 사라지고 없다. 그 거친 이동을 시작하는 순간 그런 것들이 어디론가 없어지는 것이 아니라, 별문제가 되지 않는다. 여러 가지 일들이 많지만, 아무튼 지금 이렇게 살아 있지 않은가, 하는 생각뿐이다. 살아 있기에 위험도 느낀다. 육체의 구석구석이, 세포 하나하나가 기분 좋게 긴장한다. 온 신경이 오로지 달리는 것에만 집중한다. 단순하다. 아주 단순해진다. 인간 따위는 어차피, 철학자나 소설가들이 심각하게 고민할 정도로 복잡한 동물이 아닐지도 모른다. 문명이 발달하면서 일이 세분화되어, 몸을 사용하지 않고도 먹고살 수 있는 인종이 늘어났다. 그 탓에 행동하는 인간이 줄어들고, 정신만으로도 그럭저럭 살아갈 수 있게 되었다. 대부분의 고뇌는 움직이지 않는 것에서 비롯되고, 비극도 그 때문에 생기는 것인지 모르겠다.

사람들은 알게 모르게 행동의 매력과 기쁨을 잊고 만 게 아닐까. 인간에게는 육체가 있다는 사실을 그만 잊어버린 게 아닐까. 육체는 난동을 부리는 정신을 가둬 두기 위한 잡동사니 상자가 아니다.

행동의 기회를 빼앗긴 사람들은 앞으로 무엇에 매달려 살면 좋을까. 행동할 수 없는, 또는 행동하고 싶지 않은 구실을 찾고, 변명을 둘러대고, 구질구질하게 시간을 죽이고, 나약함을 긍정해 줄

만한 언어에 매달려 인생을 끝내려 할 것인가. 그들에게 육체는 각종 알코올의 효과를 발휘하기 위한, 그리고 이성을 껴안음으로써 부분적인 쾌락을 얻기 위한 도구에 지나지 않는 것일까.

신주쿠 언저리의 너저분한 술집에서 밤새워 떠들어 본들, 생산되는 것은 없다. 토론을 벌이고, 예술론과 인생론을 펼쳐 본들 뭐가 남는다는 말인가. 지끈거리는 머리와 피로감과 허망함 외에. 중요한 것은 무슨 생각을 하고 무슨 말을 하느냐, 가 아니다. 구체적으로 어떻게 움직이려 하는가, 그리고 어떻게 움직였느냐, 그것이 문제다. 나는 행동으로만 사람을 평가하기로 마음먹었다. 허풍과 형태만 그럴싸한 사람은 딱 질색이다. 그런 사람일수록 언어를 벗겨 내고 나면 아무것도 남지 않는다. 여자처럼 수다를 떨어 대지 말 일이다. 입만 나불거리는 것을 수치로 여겨야 한다. 이 세상은 그렇게 쉬지 않고 떠들어 댈 만큼 가치 있는 것이 아니다. 또 타인의 삶에 감동을 추구하는 매스컴적인 발상도 버리는 것이 좋다. 스스로 감동적으로 살아 보려 하는 것이 좋다.

나는 서른 살이 되어서 오토바이를 만났다. 처음에는 동네 서점에 가기 위한 도구에 불과했다. 자전거를 타고 가면 돌아오는 길의 언덕이 힘겨워, 그 후에 책을 읽을 수 없었다. 버스를 이용하자니 시간이 아까웠다. 처음에 구입한 것은 '슈퍼컵'이었다. 자동원심 클러치로 작동되는, 흔히 음식점 배달원이나 농가의 주부들이 논밭의 물을 보러 다닐 때 타는 타입이다. 하지만 그때의 감동은 지금도 잊지 못한다. 시속은 기껏해야 3, 40킬로미터 정도가 아니었을까. 어깨에 힘을 잔뜩 주고 얼굴을 찡그린 채, 아무튼 타고 달렸다.

우선 바람을 느꼈다. 바람과 부딪쳤다기보다, 빛의 입자가 얼굴과 팔에 부딪치는 게 아닐까 하고 느꼈을 정도다. 그러고는 머릿속이 멍해지고, 이어서 누가 몰고 가는 오토바이 뒤에 얻어 탄 듯한 기분이 드는가 싶더니, 그다음 순간에는 논 속을 달리고 있었다. 봄이 아직 오기 전이었기에 망정이지 5월이었다면 모내기를 다시 해야 했을 것이다.

꼴은 전혀 갖추지 않았다. 헬멧도 쓰지 않았고, 가죽 부츠 대신 고무장화를 신었다. 면장갑을 끼고 두꺼운 코트를 입고 달렸다. 게다가 뒤에는 종이 상자가 묶여 있었다. 그럼에도 나는 자유를 느꼈다. 자유로운 기분이었다. 30년 동안 막연하게 추구한 것이 바로 이거였나 싶었다. 고작 오토바이 하나에 그런 매력이 있을 줄은 꿈에도 몰랐다. 행동반경이 점차 넓어지면서 정신을 얽매고 있던 자질구레한 것들이 확실하게 사라져 갔다.

이 오토바이를 몰고 있는 것은 다른 누구도 아닌 바로 나이다. 그런 확고한 자각을 느끼기까지 그리 오래 걸리지 않았다. 스로틀을 열고 닫는 것도 브레이크를 밟는 것도 나라는 당연한 사실은, 그때껏 일세 모르게 몸속에 쌓여 온 안이한 정신을 누글겨 깨웠다. 오토바이를 타는 것으로 하루의 긴장이 유지되었다. 자립했다고 생각했는데, 별거 아니었다. 나는 내 인생을 내 힘으로 충분히 살고 있다 할 수 없음을 깨달았다.

책을 몇 백 권 읽어도 터득하지 못한 진리가 50시시짜리 소형 오토바이에 담겨 있었고, 그것은 불과 몇 킬로미터만 달려도 몸에 배어들었다. 언젠가 오락을 전문으로 하는 잘난 작가가 '자동차는 현대의 말이다.' 하는 심오한 말을 한 적이 있다. 웃기는 소리다. 말에 비유하자면 자동차보다는 오토바이가 맞다. 자동차는 마차다. 그것도 오프로드 바이크야말로 말에 비유될 수 있는 이동 수단이다. 그리고 신비한 탈것이기도 하다.

폭주족은 단호하게 거부한다. 혼자서는 1미터도 달리지 못하는 놈들을 남자로 인정할 수는 없다. 오토바이는 만져 본 적도 없는 평론가가 심각한 표정으로 이런 말을 했다.

"그들의 기분은 이해한다. 적어도 토요일 밤이나마 그렇게 달리지 않으면 견딜 수 없을 정도로 그들의 일상이 비극적인 것이다."

웃기는 소리다. 누구에게나 일상은 비극적이지 않은가. 그래도 어떻게든 타고 싶다면, 혼자서 타면 되는 일이다. 교통량이 많은 도로를 달리면서 울분을 터트릴 수 있는 정도의 생활은 비극이 아니라 희극이라고 해야 한다. 그들은 나약한 머리와 안이한 자세를 일부러 거리로 나와 세상에 어필하고 있는 것이다. 오토바이가 지닌 자립 정신에 현저하게 반하는 행위이다. 그래서는 오토바이가 오히려 불행하다.

그들은 돈이 어느 정도 모이면 당장 사륜으로 옮겨 탄다. 이륜은 사륜으로 가는 다리에 지나지 않는다. 원래 오토바이는 어른의 이동 수단인데 일본에서는 어린애들 장난감으로 추락하고 말았다. 안타까운 일이다. 그런가 하면 한편에서는 할리 동호회에 꼬이는 어른이 있다. 그들은 정말 오토바이를 좋아하는 것일까. 아니면 세상의 주목받기를 좋아하는 것일까. 타인의 시선이 없으면 달리지 못하는 것일까.

오토바이는 남자가 혼자서 타야 감동을 얻을 수 있다. 오토바이를 도피의 도구로 이용해서는 안 된다. 무언가를 추구하기 위한, 무언가를 잡기 위한 수단으로 생각해야만 한다.

이쯤에서 한숨 돌려 볼까. 모래 먼지와 사막의 열기를 피해 드라이브 인에 들러 보기로 한다. 엔진도 과열된 것 같고, 기름도 넣어야 한다. 배도 좀 채우자. 코인과 음악도 교환해 볼까. 오래전 재즈를 음료 삼아 햄버거라도 먹어야겠다. 이는 피로를 풀려는 휴식이 아니다. 오후의 질주를 보다 충실하게 하기 위함이다.

그러나 오래 쉬어서는 안 된다. 진짜 휴식은 태양이 지평선으로 가라앉은 후에 취하면 된다. 아직 해가 떠 있을 때 정지하면 그 요망한 물안에 시달릴 수 있다. 바람이 되는 것을 멈추면 인간으로 돌아가는 수밖에 없다. 그러면 인생도 농담이기를 멈춘다. 그 생생한 모습이 내 앞에 나뒹굴면서 악취를 풍긴다. 현실과 관계하는 것은 펜을 쥐고 있을 때만으로도 족하다. 지금은 오직 오후의 바람을 꿈꾸기로 한다. 오후의 감동을 기대하기로 한다. 사막은 언제나 단조롭지만, 오늘은 신선한 변화를 만날 수 있을지도 모른다. 저 언덕 너머에 설령 조금 전에 지나온 도로와 똑같은 도로가 직선으로 한없이 뻗어 있다 해도 상관없다.

지구가 둥그런 것은 인간에게 실망을 주지 않기 위한 창조주의 배려일까. 영원으로 착각하게 하기 위한 배려일까. 우주는 유한하지만 끝이 없다, 하고 누군가가 말했다. 정말 그렇다. 우리는 개미처럼 땅을 기어 다닌다. 나무를 수직으로 오를 수 있다는 점에서는 인간보다 개미가 한층 자유로운 생물일지도 모르겠다. 인간은 너무도 자유가 없는 존재다. 너무도 비참하다. 오프로드 바이크로 점프를 했다 한들 벼룩의 점프에는 미치지 못한다. 아니, 이런 생각은 하지 말자. 오래 쉰 탓이다.

우리가 빌린 사륜구동차 두 대 중에서 한 대, 즉 롱 보디 쪽은 쇼크 업소버shock absorber가 상당히 떨어져 있어서 승차감은 형편없었다. 우리는 처음에는 영국의 귀족이 광활한 사유지를 돌아보기 위해 사용했다는 레인지로버를 타고 싶었다. 오스트레일리아 여기저기에서 그 차를 봤기 때문이다. 그런데 끝내 빌릴 수 없었다.

분한 심정에 말하자면, 레인지로버는 우리의 여행에 적합한 차가 아니었다. 사륜구동차는 틀림없지만 그 차는 사치였다.

물론 레인지로버를 사용했어도 이 여행은 실패하지 않았을 것이다. 에어컨도 있고 좌석도 푹신하니 쾌적한 드라이브를 즐길 수 있었을 것이다. 그러나 우리는 쾌적함을 추구한 것이 아니었다. 대지의 굴곡을 일일이 다 전하는 거친 차를 몰면서 몸을 구석구석까지 남김없이 불태우는 것이 주된 목적이었다. 그런 의미에서 이 국산 사륜구동차는 옳은 선택이었다.

울퉁불퉁한 길에서 천천히 달리면 차체가 심하게 흔들려 핸들이 말을 듣지 않았다. 오히려 시속 100킬로미터 이상으로 달리는 편이 진동도 덜하고 차체에도 무리가 덜 갔다. 그렇다고 미끄러지듯 매끄럽게 질주한다는 뜻은 아니다.

그러나 급브레이크를 밟을 때에는 조심해야 한다. 캥거루가 갑자기 튀어나왔을 때 급브레이크를 밟으면 타이어는 회전을 멈추었는데도 차가 앞으로 나가기 때문에 차체가 옆으로 돌고 만다. 그렇게 되면 대책이 없다. 핸들을 반대로 꺾어 보고 더블 클러치를 밟고 기어를 낮춰 보지만 아무 도움이 안 된다. 그런 경우를 몇 번 겪다 속도를 늦추지 않는 편이 좋다는 것을 알았다. 브레이크 대신 액셀 페달을 꾹 밟으면서 장애물 옆을 휙 지나가는 편이 오히려 안전했다.

그리고 노래 연습.

새 차인 쇼트 보디 쪽은 그래도 괜찮았는데 주로 내가 운전한 롱 보디 쪽은 창문을 완전히 닫아도 어디선가 모래 먼지가 들어와 두 시간 정도 달리다 보면 차 안이 온통 자잘하고 뻘건 모래로 뒤덮이고 말았다. 나 역시 온몸이 모래에 뒤덮이고 만다. 정말 심했다. 조그만 마을 세차장에 도착해, 물을 끼얹어 가며 겉은 물론 속까지 씻어 내도 하루 달리면 도로 그 꼴이었다. 그래서 차체를 철저하게 조사했다. 조금이라도 미심쩍은 곳이 발견되면 테이프로 막았다. 그런데도 소용없었다. 여전히 모래가 들어와 인간과 짐을 붉게 물들였다. 마지막에는 포기하고 창문을 활짝 열어 버렸다. 그러지 않으면 더위를 먹을 수 있기 때문이다. 내가 늘 몸에 지니고 있었던 소형 테이프리코더에는(펜과 원고지를 대신한 것이었다) 이 모래에 대한 원망이 줄줄이 담겨 있다.

그렇다. 달리는 동안 나는 침묵하고 있었던 것이 아니다. 나중에 들어 보고 알았다. 기억하는 것보다 훨씬 많은 말을 주절거렸다. 아니, 고함에 가까웠다. 그 고함을 지금 글자로 적어 봐야 거의 이해할 수 없을 것이다. "으악, 이거 정말 심하군." "이런, 제길." "쳇." 대충 그런 말이다. 비문학적인 언어들이 이어진다. 그것은 분노가 담긴 욕설이었다. 그런데 나는 무엇에 그리 화를 내었던 것일까. 육체도 정신도 충실한 상태였는데, 왜 그런 욕설을 지껄여야 했을까. 아무리 달려도 만족스러운 빛을 만날 수 없기는 마찬가지라는 답답함 때문이었을까. 이도 저도 아닌 어중간한 생물로 생을 마감해야 하는 분노였을까. 아니면 바람이 되지 못한 자신을 향한 격분이었을까.

나는 어쩌면 앞으로 내가 어떻게 살아가야 하는지를 모르는 게 아닐까. 이 여행이 끝나는 날을 두려워한 것은 아닐까. 나는 생을 서두르고 있는 것은 아닐까. 예의 '죽음'이라는 골을 향해 서둘러 방향을 틀려는 것이 아닐까. 아직 30년밖에 살지 않았는데, 인생은 이제 시작인데 벌써 결착을 짓고 싶어 하는 게 아닐까.

별 이유 없이 나는 서두른다. 느긋하게 쉴 줄을 모른다. 사람들은 훨씬 더 편하게 느긋하게 사는데, 나는 그러지 못한다. 사람들은 충분히 쉰다. 온갖 불리한 조건을 껴안고 있음에도, 심각하게 생각하면 절망에 가까운 상황에 있음에도, 그들은 여유로운 미소를 띠고 이 세상과 자신의 처지를 긍정한다. 그리고 그 증거로 자식을 낳아 키운다. 자식이 자신과 비슷한 인생을 살아도 상관없다는 뜻일까. 대단한 배짱이다. 그들에게 오토바이 따위는 필요치 않다. 오프로드 바이크를 타고 바람처럼 황야를 질주할 필요도 없다.

나로서는 정말 믿을 수 없는 일이다. 신체는 정상이지만, 나는 아마 어딘가가 모자란 인간일 것이다. 사실은 누구보다 나약한 타입의 인간이지 않을까. 줄곧 긴장하고 있지 않으면 살아 있다는 것을 실감하지 못하는 불행한 타입이다.

그런데도 나는 달린다. 바람처럼 쉬지 않고 달려야 살아 있다는 증거를 잡을 수 있다면 쉬지 않고 달리면 되는 일이다. 4년 전쯤의 나는 거의 익사 지경에 놓여 있었나. 그리고 부레 대신 오토바이를 잡았나. 어디서 길을 잘못 들었을까. 소설을 쓰는 것은 그렇게 좋아하는 일이 아니다. 10년 이상이나 혼신을 다해 썼는데, 내 손에는 남아 있는 것이 없다. 나는 뭘 추구했던 것일까. 그리고 뭘 잊고 있었던 것일까.

30여 일에 걸쳐 이동하는 동안, 나는 매일 밤 꿈을 꾸었다. 시시껄렁하지만 너무도 생생한 꿈이었다. 보통은 눈을 뜨는 순간 다 잊어버리는데, 이 여행에서는 꿈이 기억에 오래 남았다. 잠드는 장소가 매일 다른 탓이었을까. 피로 때문이었을까. 꿈에 휘둘리면서 나는 가위에 눌렸던 것 같다. 꿈은 크게 두 가지로 나눌 수 있었다. 피해자의 입장, 그렇지 않으면 가해자의 입장. 비명을 지르고 있든 위협을 하고 있든, 어느 쪽이든 뒷맛이 영 좋지 않았다.

그래서 아침이 오면 나는 빨리 출발하고 싶었다. 아침을 먹는 시간도 아까울 정도였다. 해가 뜨면 동시에 엔진 소리를 듣고 싶었다. 그런데 가게야마 씨와 도시 씨는 잠의 여운을 한껏 만끽하고 싶어 하고, 식사도 천천히 즐기고 싶어 하는 타입이었다. 나는 그 시간을 견뎌 내야 했다. 두 사람 말이 나는 고혈압 타입이라고 한다. 눈을 뜨자마자 저급한 농담을 토해 댔으니 두 사람은 참 기가 차지 않았을까 한다.

그러다 달리기 시작하면 침착함을 되찾고 느긋하게 풀어졌다. 악몽 따위도 깨끗하게 잊었다.

세상 사람들과 비교할 것도 없다. 나는 꽤 자유로운 환경에 있다. 회사에 다니는 사람들에 비하면 내가 누리는 자유의 폭은 꽤 넓다. 차고 넘친다 할 수는 없어도, 오전에 집필을 끝내고 나면 오후부터는 뭘 하며 지낼까를 생각할 수 있는 정도의 자유는 있다. 하기야 이 자유를 거머쥐기 위해 나는 지금까지 온갖 것을 희생했다. 아니, 세상 사람들이 상식이라 여기는 것들과 삶의 모습을 내던졌다.

그 결과 들뜨고 설레고, 벗어나고 또 벗어나 자유의 끝자락이나마 잡게 되었다. 발목을 잡는 요인은, 그것이 가령 피붙이라 해도 가차 없이 베어 냈다. 이십 대에는 오직 자신을 위해서만 살 수 있다고 믿었다. 멋대로 사는 삶이야말로 자유로 가는 지름길이라고 믿어 의심치 않았다. '올바른 남자라면 자신만을 위해서는 살 수 없다.' 하는 것을 깨달은 것은 서른이 지나서였다. 자신만을 위한 자유가 실은 얼마나 허망한 것인지를 알았다. 그런 자유는 깊이가 없어 불쾌하기 짝이 없었다.

육체의 구석구석이, 세포 하나하나가 기분 좋게 긴장한다.
온 신경이 오로지 달리는 것에만 집중한다.
단순하다. 아주 단순해진다.

이 세상에 존재하는 한, 세상과 전혀 무관할 수는 없다. 그럴 수 없다는 것을 알면서도 나는 도전했다. 어리석었다. 남들과 똑같은 대접은 받기 싫어 무인도로 돌진한 결과가 나락 없는 허망함과 불안정한 나날이었다.

사막의 중심으로 들어갈수록 우리는 자신들이 어수룩한 인간이 되어 가는 것을 자각했다. 출발 직전에는 신경이 상당히 섬세했다. 심심하면 장비와 엔진을 점검했다. 그런데 일주일이 지나자 건성건성 하게 되었다. 지도를 보는 것조차 귀찮아졌다. 북쪽으로 올라가기만 하면 되지 않나. 그렇게 생각하게 된 것이다. 대화도 온통 농담뿐이었다. 심각한 얘기는 거의 하지 않았다.

요컨대 만사 대충 넘어가는 인간이 된 것이다. 자질구레한 일들은 어떻든 상관없었다. 환경 탓이었다. 오스트레일리아 사람들의 사뭇 대륙적인 사고방식은 그다지 마음에 들지 않았다. 깊은 맛이 없는 음식처럼.

그건 그렇고 오스트레일리아는 고기가 정말 싸다. 그들은 일본의 고기 값을 알고는 정말 황당하다고 말했다. 그러나 일본의 고기를 먹어 본 적이 없으니 그렇게 말할 수 있는 것이 아닐까. 오스트레일리아에서 가장 질이 좋다는 고기를 사 봤는데, 아무 맛이 없었다. 낡은 타이어를 구워 먹는 편이 그나마 낫겠다 싶을 정도였다. 오스트레일리아 사람들은 이렇게 반격했다. 우리는 고기를 매일 먹는다. 그러니 너무 맛있으면 질리고 만다.

양념한 밥을 매일 먹을 수 없는 것과 마찬가지다, 그런 말이 하고 싶은 것일까. 그래도 그렇지 정말 한심한 맛이다. 솔직히 이 정도 고기를 일본에 팔겠다고 하는 것은 뻔뻔하지 않나 싶은 생각이었다. 하나 그럴 만도 하다. 넓은 들판에 그저 풀어 놓은 것이나 다름없는 방식으로는 맛이 뒷전이 될 수밖에 없다. 사막이 가까워지면서 뼈와 거죽뿐인 깡마른 소들이 어슬렁어슬렁 걸어 다니는 모습을 몇 번 보았다. 산양치고는 참 크다 싶어서 다가가 보면 소라서 놀라기도 했다. 일본 사람의 입맛에 맞는 소도 키우는 듯한데, 과연 일본의 소고기 맛에 얼마나 근접할 수 있을까. 지평선을 바라보며 사는 사람들이 좁은 땅덩어리에서 아우성치며 사는 일본 사람들의 취향을 어디까지 따라잡을 수 있을까.

나는 좀 걱정스러웠다. 이렇게 만사 대충대충이고, 이렇게 어수룩해서 일본에 돌아가 소설을 쓸 수 있을까. 펜을 쥐고 방에 틀어박힐 수 있을까. 동시에 언제까지나 지금 이대로의 인간이고 싶은 바람도 있었다. 되는 대로 되겠지, 그런 기분으로 매일을 지낼 수 있다면 얼마나 멋질까, 하고 생각했다.

우리 세 사람 사이에서 유행한 말이 참 많았다. 그중에서 가장 자주 사용한 것이 '산이 되든 들이 되든 어떻게든 되겠지.'였다. 하지만 그곳은 산도 들도 아닌 사막이었다.

우리는 셋 다 술을 마시지 않는다. 가게야마 씨도 도시 씨도 거의 마시지 않는다. 알코올 대신에 휘발유를 마신다, 하고 나는 종종 농을 했다. 같은 테이블에 앉은 오스트레일리아 아저씨가 "당신들 스쿨보이냐." 하고 놀렸다. 그러나 우리가 술을 좋아했다면 이렇듯 격렬한 이동을 끝까지 밀어붙이지 못했을 것이다. 아니, 그전에 계획조차 세우지 않았을 것이다. 셋이 어느 술집에 모여서 쓰잘 데 없는 잡담으로 밤을 새웠을 것이다. 술집 의자에 앉아서 정신만 고양시킬 수는 있다. 그러나 그런 짓을 계속해서 뭐가 어찌 될까. 움직이지 않는 중년이 될 뿐이다.

술은 집중력을 빼앗는다. 그러니 알코올 중독에 가까운 소설가가 쓴 작품이 지리멸렬한 것이다.

술과 술꾼들을 변호하기는 쉽다. 한마디로 술 없는 인생은 생각할 수 없다. 그렇게 말하면 그만이다. 움직임을 멈춘 탓에 비극이 생겨나고, 그 비극의 냄새를 없애기 위해 술을 이용하고, 술 때문에 몸을 움직일 수 없게 된 것이라면 해결책을 찾기는 손쉽다. 술을 끊으면 될 일이다. 그게 전부다.

만약 이 세상에 술이 없었다면 사람들은 좀 더 행복해지지 않았을까. 움직임으로 감동을 찾으려 하지 않았을까. 아니, 그건 알 수 없다. 술은 없어도 마약이 있으니.

로드 트레인이라 불리는 거대한 트럭은 크기로만 하면 미국의 그
것보다 아마 클 걸 같다. 그 트럭이 지평선 저쪽에서 흙먼지를 일
으키며 달려오는 광경은 그야말로 장관이다. 장갑차나 공룡이 연
상된다. 어째 몹시 원시적이라는 인상마저 받는다. 메커니즘의 산
물이기는 한데 진화가 덜 된 거대한 생물을 보는 느낌이다.

우리는 지구 문명이 상당한 수준에 도달해 있다고 생각한다. 하지
만 그것은 착각일지도 모른다. 나도 얼마 전까지는 그렇게 생각했
다. 이제 핵융합로와 암의 특효약만 개발되면 정점을 찍지 않을
까. 그다음은 인간이 제 손으로 구축한 과학에 멸망하는 아이러니
한 종말이 기다리고 있을 뿐이지 않을까, 막연히 그런 생각을 갖
고 있었다. 그런데 모래와 드문드문 식물밖에 없는 드넓은 공간에
발을 내딛는 순간, 나는 그 생각이 잘못되었다는 것을 깨달았다.
즉, 아직도 한참 멀지 않았나, 하고 생각한 것이다.

사륜구동차도 오프로드 바이크도 자세히 들여다보면 참 원시
적인 물건이다. 말과 마차에서 약간 진보했을 뿐이다. 철과 고무
와 유리로 만든 덩어리를 땅에서 피 흘린 액체를 태워 움직일 뿐
이다. 수 백 년 후의 사람들이 이 책을 읽는 일이 있다면, 그 사람

들은 아마 우리의 행위를 '모험'이라고 할 것이다. '옛날 사람들은 왜 이런 위험한 짓을 했을까. 목숨 아까운 줄을 모르고.' 그렇게 말할지도 모르겠다.

항공기도 눈부신 발전을 했다고 한다. 그러나 날개로 공기를 휘젓고 꼬리에서는 가스를 뿜어낸다는 기본은 그리 바뀌지 않았다. 사막에서 지나가는 제트기를 자주 보았지만 문명의 발달은 거의 느껴지지 않았다. 우리는 지금도 여전히 원시 시대를 살고 있는 게 아닐까. 그렇게 생각하면, 인류가 그렇게 행복하지 않은 것도 설명이 된다. 아등바등 일하고, 갇히고, 어떤 바람도 쉬 이뤄지지 않고, 뭐가 어떻게 돌아가는 것인지 모르는 채 병들어 죽고 사고를 당해 죽는다. 스스로 목숨을 끊기도 하고 남의 손에 죽어 생을 마감하기도 한다. 정말 이도저도 아니다. 정말 미진하다.

어느 나라의 신이든 신은 자신이 인간을 창조했다고 주장한다. 게다가 자신은 만능하다고 한다. 만약 그렇다면, 신은 왜 이렇게 결점도 많고 고뇌도 많은 생물을 창조했을까. 왜 신 자신을 완벽하게 복제한 생물을 만들지 않았을까. 인간은 신의 우월감을 증명하기 위한 소도구로 존재하는 것일까. 그렇다면 정말 한심하지 않은가.

유인원 연구를 하는 학자가, 밥을 같이 먹고 서로를 죽이는 온혈동물은 침팬지와 인간뿐이라고 했다. 흉악한의 대명사인 늑대조차 서로 싸우는 일은 있어도 죽이지는 않는다고 한다. 아무리 배가 고파도 동족을 먹는 일은 없다고 한다. 그리고 인간과 침팬지의 염색체에는 다른 동물에는 없는 유전자가 공통적으로 포함되어 있다고 한다.

다윈이 주장했듯이, 인간은 정말 원숭이에서 진화한 생물일까. 대부분이 기독교도인 백인들은 마음속으로 이 주장을 부정하고 싶어 한다. 고등교육을 받은 사람일수록 순순히 인정하지 않으려 한다. 그래서 인류는 원숭이에서 진화한 것이 아니라 우주인의 자손이라는 묘한 가설에 매달리는지도 모르겠다. 우주인 자손설은 둘째치고, 근자에는 착실한 생물학자와 인류학자 들 사이에서도 인간의 기원에 관한 다양한 학설이 제기되고 있다. 즉 다윈의 진화론으로는 설명되지 않는 부분이 있다는 것이다. 그 하나로, 만약 인간이 원숭이에서 진화한 생물이라면 원숭이와 인간의 중간적인 생물은 왜 없느냐 하는 의문이 있다. 인간보다 열등하지만 원숭이보다는 우월할 테니, 원숭이와 마찬가지로 지금까지 살아남지 못했을 리가 없다. 때문에 학자들은 세계 곳곳을 찾아다녔다. 어떤 학자는 정글 깊은 곳에서 벌거숭이족을 발견하고는 그들이야말로 중간적인 생물이라고 주장했다. 또 어느 학자는 침팬지가 구멍에 나뭇가지를 쑤셔 넣어 개미를 잡아먹는 모습을 사진에 담고는 침팬지야말로 그런 존재에 해당한다고 주장했다. 그러나 양쪽 다 결정적이지는 못했다.

그런데 신기한 것은 우리보다 한참이나 뒤떨어진 생활—마치 석기 시대 인간 같은—을 하고 있는 벌거숭이족들의 뇌의 용적이 문명인들의 그것과 다르지 않은 점이라고 한다. 그 사실은 어린 그들을 아니, 어른이라도 문명사회로 데리고 와 교육하면 우리와 똑같이 살 수 있다는 뜻이다. 그건 그런데, 나무 열매를 따고 짐승을 잡아 사는 원시인들에게 왜 그렇게 넉넉한 용적의 뇌가 주어진 것일까. 다윈의 학설에 따르면 필요에 따라 진화했다고 하는데, 벌거숭이족들은 필요하지도 않은 뇌를 넘치도록 갖고 있다.

그러나 이 사실은 문명인에게도 똑같이 해당된다. 우리는 뇌를 충분히 활용하고 있다고 착각하고 있을지 모르나, 실제로는 기껏해야 전체의 20퍼센트밖에 사용하지 않는다고 한다. 나머지 80퍼센트는 마냥 잠자고 있다. 이 80퍼센트는 무슨 필요가 있어 주어진 것일까. 게다가 뇌에는 어디에 사용되는지 모를 부분도 있다고 한다. 참 이상한 노릇이다.

이렇게 말한 학자가 있다고 한다. 인간의 육체는 거의 완벽에 가까울 만큼 잘 만들어져 있는데, 뇌만큼은 마치 장난삼아 만든 것 같다, 하고. 더구나 아주 부자연스럽다고. 파충류의 뇌와 침팬지의 뇌를 더하고, 그 위에 마치 갖다 얹은 것처럼 고도한 뇌가 덮어씌워져 있다고 한다. 만약 그것이 사실이라면 인간이 지니고 있는 무수한 모순과 그 모순이 초래하는 비극성도 설명이 될 것 같다.

갖다 붙인 것처럼 덮여 있는 뇌는 과연 무엇일까. 몇 만 년에 걸쳐 진화한 것이 아니라, 어느 날 갑자기 점토를 벽에 붙이듯 갖다 없은 것이 명백하다면, 대체 누가 그런 저급한 장난을 친 것일까. 그것이 신이라면 장난이 지나쳤다. 고등한 우주인이 실험을 한 것이라면 그 죄질이 무겁다. 그것도 아니면 인간은 앞으로 지금껏 사용되지 않은 미지의 뇌를 활용할 수 있게 된다는 말일까. 그러나 앞으로 몇 천 년이 지나도 지금과 다름없이 인류는 모순에 차고 비극적이며, 아귀다툼을 하며 서로를 죽이고 살리고, 또 죽음이 아니면 영원한 행복을 찾을 수 없다면.

그렇다 해도 상관없지 않을까. 흥미로운 일이 아닌가. 일련의 잔혹영화를 찍은 야코페티 감독은 이런 말을 했다.

"이 세상은 물론 잔혹하다. 하지만 조금씩 좋은 방향으로 나아가고 있다."

에어스 록 부근에는 모텔이 네 군데 있고 어디나 장사가 잘되는 것 같았다. 네 군데나 있다는 것은 거기에 머문 지 며칠이 지나서야 알았다. 그 전까지 우리는 '헤드 선즈'라는 이름의 모텔밖에 없는지 알았다. 헤드 선즈의 경영자는 야무지고 장사 수완도 좋았다. 설비의 부족함을 젊은 아가씨들을 여럿 채용해 메우고 있었다. 그녀들 대부분이 아르바이트였다. 관광 비자로 캐나다에서 온 자매도 있었다. 실업자가 많은 오스트레일리아에서 취업 비자도 없으면서 당당하게 일하는 자매에게 나는 물어보았다.

이렇게 아무것도 없는 사막이 뭐가 그렇게 마음에 들었나? 캐나다가 몇 배 아름답지 않으냐. 그녀들은 대답했다. 여기 계속 있을 마음은 없다, 돈이 모이면 다른 곳으로 떠날 것이다. 그녀들은 평범한 생활은 추구하지 않는다, 평생을 이렇게 온 세계를 떠돌아다닐 것이라고 했다. 결혼도 하지 않을 것이란다. 이래서 여자와는 말을 섞고 싶지 않은 것이다. 남자는 용기를 내지 않고는 할 수 없는 말을 여자는 아무렇지 않게 쓱 내뱉는다. 망설임이나 주저 따위는 애당초 알지 못한다는 말투다. 여자는 태어날 때부터 뉴트럴 기어 기능을 갖고 있지 않은 것일까.

여자들은 잇달아 새 기어를 만들어서는 태연하게 거기에 모든 것을 쏟아붓는다. 참 대단하다. 어이가 없을 정도로 대단하다. 남자의 행위는 아무리 용을 써 본들 '야성적'에 멈추는데, 여자는 아무것도 하지 않아도 야성 그 자체이다. 아무리 문명적인 공간에 있어도 야성 그 자체라서 남자는 그저 압도될 뿐이다.

남자는 참 쪼잔한 존재다. 무거운 짐처럼 이성을 짊어지지 않고는 앞으로 나아가지 못한다. 만사에 상처받고, 일일이 가슴속을 들여다보며 확인하고, 감동하고, 그러다 끝내 지쳐서는 대체 뭘 위한 인생이냐고 자문하면서 죽어 간다.

캐나다에서 온 자매는 언젠가 한번은 일본에 가고 싶다, 그때는 좀 더 느긋하게 머물고 싶다고 했다. 요컨대 우리와 인연을 맺고 싶다는 말이다. 그래서 우리는 "아, 그래요." 하는 대답밖에 하지 않았다. 집으로 놀러 오라는 말도, 값싼 숙소를 알아봐 주겠다는 말도, 일자리를 찾아 주겠다는 말도 절대 하지 않았다. 물과 공기와 먹을 것만 있으면 여자들은 달에든 화성에든 별 무리 없이 정착할 수 있을 것이다. 어쩌면 여자에게는 이 지구 전체가 뉴트럴인 것이 아닐까. 그래서 사실 기어 따위는 필요치 않은 게 아닐까.

남자의 여행과 여자의 여행은 의미가 완전히 다르다. 같다는 생각이 전혀 들지 않는다.

오스트레일리아로 이주한 백인들은 한동안 내륙 어딘가에 바다가 있을 것으로 믿었다고 한다. 사막을 한없이 가다 보면 불쑥 바다가 나타날 것이라 믿고, 그것을 확인하기 위해 떠난 모험가들이 몇 명이나 목숨을 잃었다고 한다. 아마 폭우가 쏟아졌을 때 생긴 거대한 웅덩이를 본 자가 그렇게 소문을 퍼트리지 않았을까.

불모의 땅 저편에 아름답고 멋진 무언가가 있을 것이라는 발상은 누구나 하고 싶어 한다. 불행한 시대가 오래 지속되어도 그와 유사한 기대를 품지 않을까. 모세가 수많은 사람을 거느리고 사막을 건너갔을 때에도 쉬지 않고 그런 말을 했을 것이다. 또 히틀러는 민중의 그런 심리를 교묘하게 이용해서 단숨에 권력의 자리로 올라섰다. 어느 나라에서든 지도자는 그런 말을 하고 싶어 한다.

물론 오스트레일리아 깊숙한 곳에 그런 바다는 없었다. 사막밖에 없었다. 그러나 수많은 광맥이 발견되었고 앞으로도 발견될 가능성은 충분하다고 한다. 인간의 욕망은 끝이 없다. 인간이 살 수 없는 땅이어도 그곳에서 떼돈을 벌 수만 있다면 인간은 몰려가 뿌리를 내린다. 또 관광객이 찾아올 만한 장소다 싶으면 호텔과 모텔을 짓는다. 인간은 참 묘한 동물이다. 물욕을 채우기 위해서는 살기에 적합하지 않은 땅에서도 산다.

　힘없는 인간이 여기까지 문명을 구축할 수 있었던 것은 좋은 머리뿐 아니라 끝없는 욕망 때문이기도 하다. 이 세상을 좌지우지하는 자들이 유독 욕망이 강한 것은 사실이다. 사랑과 친절함에 매달려 살려는 자는 가장 비참한 희생물이 되곤 한다. 사랑과 친절함으로 충실한 인생을 살았던 자가 아예 없는 것은 아니다. 그러나 개중에는 그것을 밥벌이로 삼는 자도 있다.

여행의 참맛은 과연 어디에 있는 것일까. 생활하는 사람으로서의 입장을 잠시 잊을 수 있다는 데 있지 않을까. 다시 말해서 시각을 바꿔 아주 높은 곳에서 세상 돌아가는 모습을 냉소하며 바라보는 재미에 있지 않을까. 또는 자신의 공간과 다른 공간을 비교하면서 그 차이를 깨닫는 데 있을까. 다른 세계를 접할 때, 하나에서 열까지 부정하고 나면 우월감이란 바람을 맞을 수 있고, 또 모든 것을 긍정해도 나름 꿈 같은 기분에 젖을 수 있다.

　그곳에서 악전고투하면서 생활하는 사람들의 모습을 바라볼 때, 조금이라도 현명한 사람이라면 그들 속에서 자신의 모습을 발견하고 여행이 끝난 후의 삶을 개선할지도 모르겠다. 그렇게 현명하지 못한 자는 조소하는 것으로 만족할지도 모른다. 그리고 나처럼 엄청난 속도로 스쳐 지나가는 자는 '인생은 농담이다' 하는 묘한 해답을 얻는다.

결론부터 말하면, 똑같은 곳에서 늘 똑같은 인간들에 둘러싸여 똑같은 나날을 보내는 것은 실로 어리석은 짓이다. 누구든 결국에는 싫증이 나고 만다. 어느 정도 자유가 있고 모든 일이 비교적 순조롭게 돌아가고 있다 해도, 일상적인 사소한 변화밖에 없는 생활을 견딜 수 있는 것이 아니다. 여행을 떠남으로써 현실에서 도피할 수 있다면 몇 번이든 여행을 떠나자, 낭만주의자들은 그렇게 말할 것이다. 그 생각을 더 발전시켜 평생 여행이나 계속하자고 생각할 수도 있다. 그렇게 되면 떠다니는 버릇이 몸에 배어 한곳에서 엉덩이를 붙이고 한 가지 일에 몰두하는 짓은 할 수 없다. 설레는 기분을 잃을까 봐 두려워하게 된다. 성가시고 골치 아픈 일이 생기거나, 그런 일에 휘말리겠다 싶으면 당장에 짐을 꾸려 다른 곳으로 떠나면 된다, 그렇게 생각한다.

방랑하는 예술가 대부분이 그랬다. 그들은 만남의 감동과 실망을 기반으로 작품을 남겼다. 그러나, 그들의 말로는 하나 같이 비참했다. 현실의 일부를 힐금 들여다보기만 했을 뿐, 그다음에는 바람처럼 재빨리 그 자리를 떠나는 편리한 인생을 보낸 사에게 내려지는 벌은 무겁다.

나도 조심해야 한다. 흐르는 자들의 무리에 한쪽 다리를 걸치고 있기 때문이다. 오스트레일리아의 사막에서 새삼 '인생은 농담이다' 하고 외치지 않더라도, 내 인생은 10년 전부터 이미 농담이었다. 글자를 다루며 사는 것이 농담이 아니라면 대체 뭐가 농담이란 말인가. 그러나 나는 안다. 무겁고 고통스러운 현실에 부딪쳤을 때, 도망치지 않고 그 자리에서 버티면 다음에 유사한 재난을 당하더라도 훨씬 쉽게 머무를 수 있다는 것을. 한번 도망치면 계속 도망치는 수밖에 없다.

때로는 망설임도 필요할 것이다. 망설임이 없는 행위는 용기와는 다른 것일지도 모른다. 망설임이 없는 인간과 행동을 같이 하는 것은 위험하다. 그러나 망설이고만 있는 것은 좋지 않다. 우선 어떤 일이든 한다는 쪽으로 정한 후에 망설이는 것이 좋다.

그런데 도시 씨는 이렇게 말한다.

"망설여질 경우에는 일단 중단하는 편이 좋지. 망설임을 무시하기 때문에 실패하는 거야. 망설임의 주된 원인은 피로. 망설임이 피로하다는 것을 가르쳐 주는 셈이지."

나는 전에 텔렉스 오퍼레이터로 일했다. 이른바 통신사通信士다. 통신사가 되기 위한 고등학교를 졸업했다. 나가노에서 그 먼 센다이까지 간 것은 딱히 전자공학을 좋아해서가 아니었다. 어렸을 때부터 부모가 있고, 형제가 있고, 정상적인 생활이 있는 삶에 염증이 났다. 들끓는 피가 안정된 나날을 원하지 않았다. 그런 의미에서 나는 불행한 시대에 태어났다고 할 수도 있다. 내가 철이 들었을 때 일본에는 이미 패전국이라는 딱지가 붙어 있었다. 그 혼란이 수습되자 세상의 흐름은 단숨에 안정을 향했다.

그러고는 사회 전체가 구석구석 질서정연하게 자리 잡혀, 들끓는 피가 발 디딜 곳은 어디에도 있을 것 같지 않았다. 회사원, 장사치, 정치가, 야쿠자, 어느 세계든 꼼짝도 할 수 없는 상태였고 금전적인 배경 없이는 꿈을 불사를 수 없었다.

나는 브라질로 이민 가는 것이 유일한 구원이라고 생각했다. 어른이 되면 당장 떠나자, 하고 몇 번이나 다짐했다. 그런 때 멜빌의 《백경Moby Dick》을 만났다. 이 만남은 강렬했다. 문학에서 받은 감동 어쩌고 하는 수준의 얄팍한 것이 아니었다. 그때껏 읽은 책이 전부 쓰레기로 여겨질 정도로 충격이 컸다. 문학이란 바로 《백경》을 말하는 것이라고 생각했고, 그 후 행인지 불행인지 문학에 대한 편견은 오래도록 고쳐지지 않았다.

그리고 바다야말로 사내가 살 무대라고 생각했다. 그러기 위해서는 무선 통신사가 되는 것이 가장 지름길이라고 누가 가르쳐주었다. 망설임은 없었다. 《백경》같은 세계에서 살 수 있다면 어떤 고생도 마다하지 않을 각오였다. 그런데 그 고등학교에 들어가고 얼마 후, 현대의 바다가 19세기적 세계가 아니라는 것을 깨달았다. 선배들이 그렇게 말했다. 게다가 나는 전자공학을 무지하게 싫어했다. 기초적인 키르히호프의 법칙조차 이해하지 못해서야 끝은 뻔했다. 입학할 때 80명 중에서 80등, 졸업할 때도 80등. 그 동안 정학 처분에 낙제 등이 겹쳐 선원을 꿈꿀 처지가 아니었다.

소설가가 된 후에 취재를 위해 대형 유조선을 타고 40일 정도 바다에서 지낸 적이 있다. 역시 소문으로 듣던 대로였다. 바다는 《백경》의 세계가 아니었다. 대형 자동화선으로 항해하는 한, 바다 는 거대한 웅덩이에 지나지 않았다. 선원들도 육지의 회사원과 별 다를 바 없었다.

몇 십 년에 한 번 발생할까 말까 한 풍랑을 만났는데, 선장의 설 명을 듣기 전까지는 나는 그 풍랑의 규모가 그렇게 어마어마한 것 인지조차 몰랐을 정도다.

오스트레일리아 내륙에 쿠버페디라는 조그만 마을이 있다. 오팔 이 발견되는 바람에 생긴 마을이라 사람이 살기에는 열악한 지역 이다. 욕심 많은 사람이 아니고는 도저히 살 수 없는 곳이다. 모래 와 바위뿐, 식물도 거의 자라지 않는다. 공기는 건조하고 한여름 에는 펄펄 끓는 지옥으로 변한다. 재미있는 것은 기관에 몇 천 엔 정도를 지불하면 누구든―관광객도―오팔을 채취할 수 있는 권 리가 생긴다는 점이다. 마음만 먹으면 나도 시도할 수 있다.

그 마을 분위기는 참 묘했다. 비가 내려 진흙탕이 된 길을 달려

온 탓에 우리 차는 뻘건 색으로 물들어 있었다. 여느 때 같으면 그렇게 더러운 차를 끌고 마을로 들어가기가 꺼려졌을 텐데 쿠버페디는 아무렇지 않았다. 오히려 그 마을에 어울리겠다고 생각했다. 그곳 사람들의 눈초리는 번들거렸다. 우리는 우선 기름을 넣고 트레일러를 공장으로 끌고 가 수리를 의뢰했다. 온갖 인종이 섞여 있었다. 그들의 공통점은 우리를 보는 눈초리였다. 그들의 시선을 뭐라 표현하면 좋을까. 무언가를 노리는 위험한 눈초리라고 하면 좋을까.

아무튼 나는 빈틈을 보일 수 없겠다고 생각했다. 사실이 어떤지는 알 수 없지만 경계해야 할 사람들이었다. 오스트레일리아만큼 치안이 좋은 나라도 드물 것이다. 도난 걱정을 할 필요가 없어 좋았다. 그러나 쿠버페디에서 우리는 처음으로 짐을 도난당할까 봐 걱정했고, 모텔에 차를 주차한 후 중요한 물품은 거의 방으로 들고 들어왔다.

출발 전 우리는 멜버른의 영화관에서 〈스타 워즈〉를 보았다. 영화에는 우주인들이 모이는 마을이 등장한다. 그 마을 술집에 기괴한 모양의 온갖 우주인들이 떠들썩하게 모인 장면이 있었다. 쿠버페디에 왔을 때, 우리는 그 장면을 떠올리고는 "똑같잖아." 하고 말했다. 지하에 들어가 오팔을 캐던 남자들이 밤이 되면 레스토랑 겸 술집에 모여든다. 그리고 서로의 의중을 탐색하고 때로는 욕설을 지껄여 내고, 내기는 치고 막고 싸우기도 한다. 그것은 슬럼가에 사는 사람들이 지닌 나른한 폭력과는 다른, 훨씬 더 번들거리고 집요하며 미래를 건 끈질긴 폭력이었다. 그들은 인생을 내던진 것이 아니었다. 내일이라도 한 덩어리에 몇 천 달러 아니, 몇만 달러에 팔 수 있는 오팔 원석을 캘지도 모른다. 그때까지 비참하게 보낸 하루하루의 기억은 그런 원석을 캐는 순간 다 사라지고 만다. 가령 평생을 못 캔다 하더라도, 언젠가 찾아올 그 순간을 상상하는 것으로 삶을 계속할 수 있다.

쿠버페디 마을에 있는 한, 그들은 늘 긴장감과 기대감 속에 살 수 있다. 그러니 어쩌면 그들은 행복하다 할 수도 있겠다. 형태만으로 살 수 없게 된 자는 이제 물욕에 매달려 사는 방법밖에 없다. 이런 삶을 말로 부정하는 것은 손쉬운 일이다. '비열한 삶'이라는 한마디로 밀쳐 낼 수 있다. 그런데 막상 시도해 보면 나름 충분히 보람 있는 삶이다. 쉬 침울해지는 타입의 남자에게는 강심제보다 효과가 있다. 현실을 있는 그대로 받아들일 수 없는 자는 그 현실을 달달한 캡슐 대신 1만 엔짜리에 싸서 꿀꺽 삼키면 되는 일이다.

권리가 생기자마자 오팔 원석을 캐는 행운을 만나 부자가 된 이가 있는가 하면, 몇 년을 캐고 또 캤는데도 하루를 겨우 연명할 정도의 싸구려 원석밖에 캐지 못하는 이도 있다. 성공한 사람들은 지하에 살고, 아직 성공하지 못한 사람은 지상에서 살고 있다. 지하에 있는 집은 비용이 들지만 시원하고, 지상에 있는 집은 덥지만 싸게 먹히기 때문이다.

가게야마 씨가 말했다.

"쫓기다 못해 자살하고 싶으면 이 마을을 찾아오면 되겠군."

옳은 말일지도 모르겠다. 이렇게 목숨을 이어갈 수 있는 방법이 남아 있으니 말이다. 그러나 그 말은 뒤집으면 이 마을 사람들 모두가 자살 직전에 있다는 뜻이 된다.

모텔의 1층 방은 멀리 홍콩에서 온 화교들이 차지하고 있었다. 그들은 '오팔 삽니다'라고 쓴 종이를 창문에 붙여 놓고 손님을 기다렸다. 그들은 일벌레였다. 사들인 원석을 면밀하게 감정하느라 전기밥솥에 지은 밥을 서서 먹어야 할 정도로 바빴다. 쿠버페디에서 정말 돈을 버는 사람은 아마도 그들일 것이다. 그들은 지하로 내려가 흙 범벅이 되는 일도 없고, 또 결사적인 각오로 인생을 사는 일도 없다. 그저 현금을 준비하고 기다린다. 바이어로서의 솜씨를 발휘할 때나 유일하게 긴장한다. 하지만 그것도 최대한 싸게 사들이면 그만이다. 그들에게는 그것밖에 없다. 설렘에 피가 끓고 몸이 떨리는 인생을 사는 쪽은 역시 지하에 들어가 일하는 사람들이 아닐까.

나는 문득 생각했다. 오팔이나 현금을 어떻게 여기까지 운반하는 것일까, 하고. 만약 육로를 통해 실어 온다면, 다른 유의 들끓는 피를 지닌 불한당이 나타나도 절대 이상하지 않을 것이다. 잠복하고 있다가 잠시 총격전을 벌이고, 빼앗을 것은 빼앗고 죽일 사람은 죽인다. 아니면 사막을 무사히 빠져나가는 쪽이 더 어려운 것일까. 숨을 장소가 없는 곳이니 강탈에 성공했다 한들 단박에 잡힐 것인가. 정보가 부족해 잘 모르겠다. 아무튼 이 마을은 내 성격에 맞는다.

사막에 비가 내린다고 이상할 것은 없는데, 내가 품고 있는 이미지와는 거리가 있었다. 내려 봐야 소나기 정도, 그것도 1년에 한 번 내릴까 말까 한 곳이라고 생각했다. 모든 사막을 아라비아 사막처럼 여기고 있었기 때문이다. 그런데 이곳은 모래밖에 없는 완전한 사막은 아니다. 도처에서 식물을 볼 수 있다. 식물이 있으니 비가 내리는 날도 있을 것이다.

그래도 정말 엄청난 폭우였다. 저렇게 대량의 구름이 참 용케 발생했다고 감탄하고 있는데 대기가 점차 회색으로 변하더니 끝내는 온 세상이 비의 샤워에 갇히고 말았다. 처음에는 비를 반겼다. 모래 먼지도 재워 주고 시원하다. 그런데 그 비가 끝없이 내리니 물이 잘 빠지지 않는 붉은 흙길이 진흙탕으로 변모했다. 대개 적당히 만들어 놓은 길이다. 불도저로 깎아 냈을 뿐이라 길이 양쪽 땅보다 낮다. 낮으니 빗물이 흘러들어 강처럼 콸콸 흐른다. 물에 섞여 진흙도 함께 쓸려 오니까 진흙탕은 한층 심해진다.

사륜구동차가 아니었으면 우리는 수도 없이 그 진흙탕에 빠져 허우적거렸을 것이다. 타이어가 진흙탕에 푹 빠졌을 때는 기분이 영 좋지 않다. 윈치가 있는데도 그렇다.

출발 선에, 폭우가 쏟아지면 어떻게든 높은 곳으로 피신하라는 충고를 들었다. 그리고 물이 빠질 때까지 일주일이든 이주일이든 그 자리에서 꼼짝하지 말라고. 그러나 아무리 주위를 돌아보아도 높은 땅이 없다. 있다고 해야 몇 백 킬로미터를 더 가야 한다. 다행히 우리는 피신해야 할 만큼 심한 폭우는 만나지 않았다. 그런데 일본으로 돌아온 후, 오스트레일리아의 지인으로부터 심한 폭우로 여기저기 침수되었다는 내용의 편지를 받았다.

사흘을 비에 갇혀 꼼짝 못 한 적이 있다. 에어스 록 근처였다. 길은 이미 길이 아니었다. 경찰이 나와 도로를 폐쇄했다. 관광객들도 꼼짝없이 갇혔다. 반색한 것은 모텔 주인 하나. 그는 근처에서 발이 묶인 손님의 차를 끌어와야 한다면서 우리의 사륜구동차를 빌려 갔다.

비는 하룻밤 내내 내리다 다음 날 그쳤다. 비가 그쳤으니 바로 출발할 수 있겠다고 생각했는데, 경찰은 길이 아직 질척거려 갈 수 없다고 했다. 그 경찰은 처음부터 마음에 들지 않았다. 태도가 좋지 않았다. 우리가 오토바이를 세 대나 갖고 있어서 그렇지 않나 생각되었다. 어느 나라에서나 오토바이는 혐오 대상이다. 이쪽에서는 몸을 낮추어 웃는 얼굴에 정중한 말로 얘기하는데, 그는 줄곧 툭툭 내던지는 말투였다. 우리의 얼굴조차 제대로 쳐다보지 않았다.

우리는 이렇게 생각해 보았다. 이는 어쩌면 일본 사람에 대한 편견 때문일지도 모른다. 2차 세계대전 후로 오스트레일리아 사람들은 일본 사람을 싫어한다고 들었다. 해마다 그 수가 줄고 있기는 하지만 노인층은 내세도 그렇단다. 그렇다고 심하게 내색을 하는 것은 아니다. 옆에 오면 슬그머니 자리를 옮기는 정도라는데.

그 경찰의 태도도 좋지 않았다. 일본 사람을 싫어해서 그러는지는 분명치 않지만. "제복 입은 치들은 대체로 그래." 그렇게 말한 사람은 소년 자위대 출신인 가게야마 씨였다. "어느 나라나 경찰은 다 그렇지." 도시 씨도 그렇게 말했다. "돌아가는 길에 저 자식 있는 서에 들러 산탄총이나 갈길까." 나는 그렇게 말했다. 우리에게는 소총 두 자루와 산탄총 한 자루, 그리고 500발 이상의 총알이 있었다.

억측이 점점 부풀어 급기야 그 경찰과 모텔 주인이 짜고서 길을 폐쇄하고 있는 게 아닐까 하는 의심까지 하고 말았다. 사흘 후에 겨우 움직일 수 있게 되었다. 태양은 지상에 고인 수분을 하늘로 돌려보내려 반짝반짝 빛났다. 그런데 주유소에 기름이 한 방울도 없다는 연락이 와 우리는 맥이 쭉 빠지고 말았다. 탱크로리가 언제 도착할 수 있을지 모른다고 한다. 모텔 주인이 히죽 웃는 것처럼 보였다. 그 경찰은 바에서 맥주를 마시고 있었다. 여전히 그는 이쪽으로는 얼굴 한 번 돌리지 않았다.

소년 시절을 잘 돌아보지 않는다. 좋아하지 않아서다. 간혹 소설의 테마로 다루는 일은 있지만, 현실감 있게 쓰자는 부담을 느낄수록 막상 펜을 들면 사실에서 멀어지고 만다. 그러니까 사소설이될 수 없다. 과거를 어떻게 정확하게 재현할 수 있겠나, 하는 생각이 앞선다. 그건 그렇고, 나의 소년 시절, 그건 뭐였을까. 천진난만하지 않았던 것만은 확실하다. 어른이 되기 전에는 자유롭게 움직일 수 없다는 것을 알고 있었다. 그래서 늘 불만이었고 인상을 찌그리고 있었다. 그 시절에 대한 반발심이 이제 와 도져 오토바이에 그렇게 열중하는 것일까.

사막을 가로지르는 비포장 도로 옆에는 소와 캥거루의 주검만큼은 아니어도 자동차가 수없이 널브러져 있었다. 어떤 사고가 발생했는지는 모르겠다. 엔진 과열로 불이 났을 수도 있고, 졸음운전을 하다 길을 벗어났는지도 모르고, 동물이나 반대편 차선에서 오는 차와 충돌했는지도 모르겠다. 아무튼 그 자리에서 수리가 불가능하다고 판단되면, 어지간히 비싼 차가 아니고서야 버리고 가는 게 상책이다. 견인차를 불러 며칠 걸려 집으로 옮기는 비용으로 새 차를 살 수 있기 때문이다.

그렇게 사막에 버려진 차를 집 삼아 사는 원주민도 있다고 들었다. 문명의 찌꺼기에 손을 대는 순간부터 야성미를 잃고 비극이

실론부터 말하면, 녹같은 곳에서 늘 똑같은 인간들에 둘러싸여 똑같은 나날을 보내는 것은 실로 어리석은 짓이다.

시작되지 않았을까. 우리가 차를 버려야 할 만큼 궁지에 빠지지 않아 다행이었다. 사륜구동차 두 대와 오프로드 바이크 세 대, 그리고 트레일러는 마지막 목적지까지 우리를 배신하지 않았다. 물론 사소한 문제는 일으켰지만, 속수무책일 정도는 아니었다. 차종을 제대로 선택한 덕분이었을까. 아니면 코스 선택을 잘한 덕일까.

불모의 대지에 쓸모없어진 차들이 널브러져 있는 광경은 인간의 주검 이상으로 참혹했다. 그런데 오래 보고 있다 보면 우스꽝스럽기도 했다. 핵전쟁으로 멸망한 지구를 표현한 영화에는 그런 장면이 흔히 삽입된다. 캥거루만 당하는 것이 아니다. 차들도 그렇다. 죽은 캥거루는 새의 밥이 되고 죽은 차는 원주민의 집이 된다. 아이러니하다.

사륜과 이륜의 결정적인 차이점은 여러 가지가 있다. 그 차이가 가장 두드러지게 나타나는 경우는 실수를 했을 때다. 상자 안에 들어앉아 운전하는 사륜은 별 탈이 없지만, 몸을 그대로 노출한 채 달려야 하는 이륜은 별 탈이 없을 수 없다. 하물며 오프로드 바이크는 부상의 확률이 한층 높아진다. 갖가지 안전 장비로 몸을 무장해도 충분하다 할 수 없다. 사륜 같으면 롤 케이지를 장착하고 사점식 안전벨트를 제대로 매기만 하면 별다른 문제가 없다. 그러나 오토바이는 그렇지 않다. 사소한 실수에도 다리뼈가 부러지거나 살

점이 떨어져 나간다. 그 점이 오토바이의 매력이기도 하다.

상당히 고가의—그래봐야 국산 승용차의 절반 가격이지만—오프로드 바이크를 처음 구입했을 때, 나는 부상보다 기계의 파손을 염려했다. 그래서 넘어지겠다 싶으면 기계를 먼저 보호했다. 기계가 내 몸 위로 기울도록 한 것이다. 본말이 전도되었다는 것은 이런 때를 두고 하는 말이다. 그러나 나는 그렇게 하고 싶었다. 사람 몸의 부상은 언젠가는 낫지만 바이크는 그렇지 않다고 착각한 것이다. 덕분에 기계는 오래 연명했지만 나는 수시로 부상을 입었다.

사실 그렇게 기계를 보호하면 실력이 늘지 않는다. 그렇다고 연습용 중고 바이크를 타자니 기분이 시원치 않다. 어느 쪽을 택할지 어려운 기로다. 프로가 될 것도 아닌데 하는 생각과 이왕 타는 거 끝까지 해 보자는 생각. 하지만 그 문제는 시간이 해결해 주었다. 기계가 나이를 먹자 실력도 조금씩 늘었다.

과거에 나는 땅과 집이 갖고 싶었다. 땅과 집만 있으면 얼마든지 좋은 일을 할 수 있을 것이라고 하루에 한 번은 생각했다. 그러나 그럴 돈이 없었다. 몇 번이나 이사를 했다. 빌린 집을 전전하느라 늘 불안정했다. 땅과 집에 이렇게 시달리다니, 한심한 일이라는 것은 알고 있었다. 그러나 나는 태어난 이래로 언제나 빌린 집에서 살았다. 또는 하숙이거나 기숙사였다. 그러니 국방의 문제가 화제에 오르면 나는 항상 이렇게 말했다. 국가란 즉 땅이며, 나라를 방위한다는 것은 땅을 지킨다는 뜻이다. 따라서 땅이 없는 자는 그럴 의무가 없다, 하고. 땅을 소유한 자들만 총을 들고 나가 싸우면 된다고.

몇 년 전에 빚을 져 가며 땅과 집을 구했다. 그러나 여전히 국방 문제에는 미온적이다. 몸에 힘을 줘 가면서까지 지킬 가치가 있는지, 생각 중이다.

젊은 사람이 노후의 생활을 심각하게 고려하는 일은 거의 없을 것이다. 생각하고 싶지 않기보다 늙은 자신의 모습을 상상할 수 없고 도저히 믿기지 않아서 그럴 것이다. 인간이란 종족은 참 잘 만들어져 있다. 늙음도 죽음도 절대적으로 찾아오는데, 예외가 없다는 것을 잘 알지만 심각하게 받아들이지 않아도 살 수 있게 만들어져 있다. 그 문턱에 섰을 때 비로소 두려워하고 고뇌하면 되게 생겨 먹었다. 그 때문에 노인들이 젊은이를 향해 "너희도 언젠가는 이런 꼴이 될 거야. 그러니 노인을 소중하게 받들어야지." 하고 아무리 외쳐 본들 귀 기울이는 젊은이는 아주 적다.

그래도 상관없다. 아직 생기가 넘치고 빛나는 동안에는, 늙음과 죽음을 심각하게 받아들이지 않아도 된다. 들이쉰 마지막 공기를 내쉬는 순간을 생각하며 살아서야 모든 행동이 헛수고로 느껴질 것이다. 만사가 허무하다는 생각이 앞서 귀찮아질 것이다.

환자를 면회하러 가거나 장례식에 참석할 때 느끼는 그 설렘은 무엇일까. 타인의 병과 부상, 타인의 죽음을 직접 접해야 사람은 비로소 자신의 '삶'을 깨우치게 되는 것일까. 그런 기회가 없으면 자신의 '삶'을 자각하지 못하는 것일까.

태어나고 얼마 안 있어 자신의 죽음을 알게 되는 생물은 지구상에 인간뿐이지 않을까 생각한다. 이 무겁고 결정적인 사실이 인간의 정신에 전혀 영향을 미치지 않을 리 없다. 인간은 누구든 언젠가는 죽는다는 사실을 알게 된 소년 시절, 어린 마음에도 난 무척 화가 났다. 무턱대고 부모를 원망했다. 어차피 죽을 건데 낳는 건 뭐냐고 생각했다. 좀 더 성장해 이성이 발달하자, 이번에는 이런 말로 따지고 비난했다. 대체 무슨 생각으로 낳았느냐. 자식이 없으면 외로울까 봐 그랬느냐. 아니면 세상 사람들도 그러니 따라서 한 것이냐. 그것도 아니면 노후에 보살핌을 받기 위한 저축이었느냐, 하고.

친구들 말이 나라는 사내는 삶은 서두르고 있다는데, 맞는 말일지도 모르겠다. 성급한 자들 중에 이런 타입이 많다. 그들은 귀찮은 일은 얼른 해치우려고 한다. 그것도 맞는 말이다. 그래서 마음속 어딘가에 자리하고 있는 '죽음'의 문제도 재빨리 처리되길 은밀하게 바라는 것이라고. 따라서 죽고 싶어 한다는 얘기다. 인생을 긍정하고 지열하게 낙지는 대보 일하는 이늘은 사실 이른 죽음을 원한다는 뜻인데, 과연 그럴까. 절반은 인정해도 좋을 듯하고 절반은 인정하고 싶지 않기도 하다.

답답한 것은 분명하다. 왜 이 세상에 이런 꼴로 존재하는지 전혀 모르겠는데 그래도 살아가야 한다는 것이 몹시 짜증스럽다. 중요한 부분을 미처 이해하지 못한 상태에서, 지금까지 무수한 인간이 태어나고 또 죽었다. 죽음의 환영을 두려워하면서도 다음 세대를 남기고 소멸하는 그런 순환을 우리도 계속하고 있다. 인간이 이런 건 줄 알았다면 의문을 품지 않고도 살 수 있는 다른 생물로 태어나는 편이 좋지 않았을까.

예를 들어서 오스트레일리아의 밀림지대에서 볼 수 있는 왕도마뱀처럼 아무 생각 없이 그저 그 커다란 입으로 먹이를 집어삼키는 일에만 집중하면서 사는 편이 행복하지 않았을까. 사람들은 어째서 사후의 세계를 생각하는 것일까. 왜 신을 필요로 하는 것일까. 신 없이는 살 수 없을 만큼 이 세상이 시시껄렁한 것일까. 이 세상이 지옥이라면 저 세상에는 천국밖에 없는 것일까. 사막의 뜨거운 공기에 더위를 먹어 이런 생각을 하는 것일까.

누구든 인정할 수 있는 자살의 이유가 없는 자는 무질서와 혼란 속에 있더라도 목숨을 유지해야 한다. 죽음의 환영을 잊을 수 있게 삶을 충실히 살아야 한다. 그러나 특별한 이유가 없는데도 죽고 싶어 하는 자는 죽으면 그만이다. 말리지 않는다.

자식을 만드는 짓만은 하지 않기로 했다. 내가 부모에게 던졌던 질문을 내 자식이 내게 한다면, 나는 과연 뭐라 대답하면 좋을까. 내게는 웃음으로 얼버무릴 수 있을 만큼의 뻔뻔함은 없다. 그렇다고 나 자신만을 위해 살 수 없으니 낳은 것이다, 하고 단호하게 대답할 만큼의 자신감도 없다.

도시 씨는 이렇게 말했다.

"나는 아이가 셋 있는데, 금전적인 여유가 있다면 한 다스쯤 있으면 좋겠어."

그는 진심이었다. 아마 내 생각이 틀렸을 것이다. 일일이 그런 생각을 하는 내 머리가 어떻게 된 것이다. 그렇다면 나는 결함 있는 인간인가.

이왕 사는 거 강하게 살자고 다짐을 해야 할 정도이니, 나는 애당초 나약한 인간일 것이다. 강한 인간이었다면 그런 다짐을 하지 않고도 살 수 있을 테고, 나약하게 사는 인간에게 혐오감을 느끼는 일도 절대 없을 것이다. 그런 의미에서도 나는 소설가 취향인지 모르겠다. 깨끗하게 인정하자니 몹시 분하지만.

전형적인 강한 인간이 과연 존재할까. 나보다 강한 인간을 간혹 만나지만, 그들 역시 콤플렉스의 소용돌이로 나를 내몰 만큼 강한 것은 아니었다. 교류를 하다 보면 어느 면에서는 나보다 나약한 부분도 발견되곤 했다. 그러나 자식을 낳아 번듯하게 키우고, 자신의 삶도 번듯하게 사는 인간을 볼 때마다 나는 압도적인 강함을 느낀다.

가게야마 씨는 이렇게 말했다.

"강해서 자식을 만드는 게 아니라 자식을 낳아 키우다 보니 강해지는 거야."

사막의 밤은 추위가 혹독하다. 땀으로 범벅이 되었던 한낮의 더위가 먼 옛날 기억처럼 여겨질 정도다. 태양이 지평선으로 떨어지고 남은 빛이 하늘의 일부를 파랗게 물들이는 이도 저도 아닌 답답한 시간이 지나면, 단박에 어둠이 찾아온다. 텐트를 치고 저녁을 먹고 설거지를 한다. 그다음에는 할 일이 없다. 시간은 넉넉하게 있는데, 아무 할 일이 없다. 잠을 자기에는 이르니 텐트 밖으로 나가 달과 별을 올려다본다. 하늘 가득 별이 총총하다. 하늘은 온통 별로 차 있다. 나는 속으로 중얼거린다. '알았어, 알았다고. 그렇게 빛나지 않아도 지구가 이 우주의 평범한 별 하나에 지나지 않는다는 건 안다고.'

대형 유조선을 타고 인도양을 항해할 때도 그랬다. 상갑판에 나갈 때마다 나는 하늘 가득한 별에 압도되곤 했다. 이렇게 압도되는 것은 좋다. 가령 여자에게 휘둘리고 압도당하는 것보다는 훨씬 낫다. 쉼 없이 별이 흘렀다. 인도양에서도 오스트레일리아의 사막에서도 그 자연의 흐름은 다르지 않았다. 다른 것은 야광충이 있고 없고뿐이다. 거대한 유조선이 야광충 떼를 헤치고 나아가는 광경을 지금도 똑똑히 기억한다. 선체에 부딪친 야광충이 그 자극 때문에 일제히 파란 빛을 뿜어낼 때, 상갑판은 책을 읽을 수 있을 정도로 밝아졌다. 그리고 나는 배가 허공에 떠서 나아가고 있는 게 아닐까 하는 착각을 느꼈다. 배를 탄 채 하늘을 나는 기분이었다.

하지만 사막에서는 하늘이 빛나도 대지는 암흑천지였다. 어느 천문학자가 이렇게 말한 적이 있다. 어쩌면 이 우주 전체가 블랙홀일지도 모른다고. 만약 그렇다면 우리는 아무리 몸부림쳐도 이 세계로부터 탈출할 수 없다는 얘기다. 그러고 보면 늘 갇혀 있는 듯 답답하고 무거운 기분이 설명된다. 현재 인간의 뇌는 필요 이상 크다고 하니, 언젠가는 수많은 수수께끼를 해명할 날이 올 것이다. 게이지이론을 증명하기 위한 실험을 반복하다 보면 모든 것이 밝혀질지도 모른다. 중력파와 반물질에 대해서도 설명할 수 있을지 모른다.

사막 한가운데에 한없이 서 있는 나는, 그런 생각에 골몰한다. 그러다 갑자기 정신을 차려 선 채로 오줌을 누고, 비에 젖은 강아지처럼 몸을 푸르르 떨고는 텐트 안으로 들어간다. 간이침대에 펼친 침낭에 몸을 묻고 자다가 한밤중이 지날 무렵, 강한 바람이 불면서 텐트가 펄럭거리는 바람에 눈을 떴다. 가게야마 씨와 도시 씨는 곤히 자고 있었다. 나는 담배에 불을 붙이고 연기를 깊이 빨아들였다. 그리고 "내가 대체 뭘 하고 있는 거지." 하고 혼자 중얼거리고는 쓴웃음을 지었다.

태풍이나 허리케인 같은 폭풍의 한 가지에 사이클론이라는 것도 있다. 강풍과 호우를 동반한다는 점은 똑같지만, 오스트레일리아의 다윈을 덮쳤던 사이클론은 엄청난 에너지로 도시를 휩쓸고 지나가, 몇 년이 지난 지금도 그 상흔이 군데군데 남아 있다. 나뭇잎 하나 없는 거목을 도처에서 볼 수 있었고, 파괴된 그대로의 모습으로 서 있는 건물도 있었다. 그중에 가장 눈에 띈 것은 낙조가 아름다운 해변 호텔이었다. 지붕이 아예 날아가고 없었다. 그런데 황금색 햇살이 비치는 도로 앞에 덩그러니 남아 있는 그 폐옥은 주변의 차분한 분위기를 거스르기보다 오히려 부각시키고 있었다. 폐옥이라는 것은 아는데, 건물에 아직도 사람의 기척이 남아 있어서였을까. 지금도 호텔 보이가 나타나 손님이 타고 온 차문을 열어 줄 것만 같아서였을까. 또는 사이클론의 승리를 인정하고 있어서였을까. 미쳐 날뛰는 대자연의 맹위 앞에서는 어떤 인간이든 거의 평등하다는 것을 자각했기 때문일까. 가령 그 호텔이 지금도 성공적으로 장사를 하고 있고, 많은 관광객들로 붐비고 있었다면 나는 반감을 품었을 것이다. 주변 분위기에 어울리지 않는 건물이라는 이유로 오히려 다이너마이트를 설치하는 상상에 젖었을 것이다.

우리 집이 완성된 것은 6년 전 여름, 8월의 끄트머리였다. 논 한가운데에다 묘하게 생긴 집을 지었다. 이사는 이걸로 끝이라고 믿었다. 그래서 마당 한구석에 빈 상자를 산더미처럼 쌓아 놓고 불을 질렀다. 거대한 모닥불이었다. 불길은 저녁때까지 꺼지지 않았다. 나는 그동안 몇 번이나 "이건 내 집이야." 하고 중얼거렸다. 그리고 가구의 배치를 생각했다.

다음 날 태풍이 올라왔다. 태풍이 신슈를 통과하는 것은 드문 일이었다. 예상했던 것보다 훨씬 심한 비바람이 몰아쳤다. 나무들이 이리저리 흔들렸고 전선은 윙윙 신음했다. 둔치에는 흙탕물이 차올랐고, 밤새도록 강바닥을 구르는 돌 소리가 땅울림처럼 울렸다. 그런데도 그 밤 나는 새로 지은 집을 걱정하지 않았다. 부서져도 상관없다는 생각은 하지 않았지만, 마구 흔들리는 창문과 문에 각목을 박는 짓은 하지 않았다. 집에 대한 욕구는 그날 하루로 끝났다. 그러나 그 후 여기가 내 공간이라고 믿고 싶어 이런저런 바보짓을 많이 했다. 불도저를 부르면 하루에 끝날 일을 굳이 곡괭이로 파서 두 달에 걸쳐 억새 뿌리를 퇴치하고 그 자리에 싸구려 나무를 잔뜩 심었다. 그러나 헛수고였다. 태어나서 그때껏 이곳저곳을 전전하며 살아온 나는 도무지 그 집이 내 집이라고 실감할 수 없었다. 언젠가는 주인이 불쑥 나타나 방을 빼라고 닦달하지 않을까 초조해하는 버릇이 좀처럼 없어지지 않았다.

게다가 흐르지 않는 것에 대한 불안도 있었다. 왜 이곳에서 생을 마감해야 하는지를 생각하면, 억지스런 대답도 얻을 수가 없었다. 그렇다고 다른 곳에 멋진 땅이 따로 있는 것도 아니었다. 좋은 땅이 있다는 소문은 몇 번 들었지만, 실망의 연속이었다. 그래서 끝내는 여기여도 좋지 않은가, 하고 억지로 자신을 설득했다. 세상 사람들도 만족스러워 지금 사는 곳에 눌러 있는 것은 아니라고 둘러대면서. 배부른 소리 하지 말라고 하면서.

나의 그 초조함을 해소해 준 것은 오프로드 바이크와 지프차였다. 오전에는 방에 틀어박혀 글을 쓴다. 오후가 되면 핸들을 잡고 거친 이동에 몸을 맡겼다. 곰곰 생각해서 그날의 일과를 정하는 것은 아니었지만, 결과적으로 완벽한 균형감을 유지할 수 있었다. 언어로 채워진 오전의 머리를 오후에는 텅 비우고 밤이 오면 푹 잔다. 다음 날 아침에는 빈 머리에 새로운 이미지가 샘솟았다.

나는 때로 우리 집의 20년 후를 생각한다. 아니, 10년 후일지도 모른다. 그때도 나는 여전히 이 집에 살면서 소설을 쓰고 있을까. 아니면 다른 사람이 살고 있을까. 뭐라 말할 수 없다. 도저히 예상할 수 없다. 폐옥이 되면 오히려 주변 풍경에 녹아들지 않을까. 어째서인지 그런 기분이 든다.

누가 '어리석은 자는 훗날이 되어야 깨닫는다.' 하는 명언을 남겼다. 그 명언대로 하자면 나는 정말 어리석은 자다. 어떤 일이든 하고 난 다음 한참이 지나서야 "아뿔싸." 하고 중얼거린다. 유일한 자위의 말은 "모르고 지나는 놈보다는 낫지 않은가"이지만, 나중에야 실수를 깨닫느니 끝까지 모르고 지나는 편이 행복하다. 깨닫고서 같은 실수를 두 번 다시 하지 않으면 그나마 다행이다. 그런데 나는 몇 번이든 같은 실수를 반복한다.

특히 행동할 때는 실수가 잦다. 펜을 쥐고 원고지와 씨름하고 있을 때는 내가 생각해도 감탄스러울 만큼 침착하다. 그런데 행동을 개시하는 순간 머리로 피가 솟구쳐 점점 성급해지고 만다. 그렇다 보니 별거 아닌 실수를 향해 그대로 돌진한다. 그 때문인지, 내가 쓴 소설을 읽고서 나를 만나러 온 자들 열에 여덟은 실망한다. 이미지와 너무 다르다고 한다. 오토바이를 타고 온 직후에 타인의 그런 말을 들으면 나도 모르게 울컥 치밀어 고함을 지르고 만다. "시끄러워. 그런 건 내 알 바가 아니잖아." 그 결과 나에 대한 이미지는 소설을 떠나 버리고, 많지 않은 독자가 또 줄어든다.

사막에도 길은 있다. 로드 트레인이라 불리는 대형 트럭이 반대 방향으로 스쳐 지나갈 수 있을 만큼 넓은 길도 있거니와 양 떼들이 오가며 밟아 다져 놓은 좁은 길까지, 무수하다. 우리는 그중 어떤 길도 지나갈 수 있다. 아니, 길이 없는 땅도 가로질러 갈 수 있다. 그러나 마지막 단계에 의지할 수 있는 것은, 사륜구동차도 아니고 오프로드 바이크도 아닌 자신의 두 다리다. 두 다리만 멀쩡하면 여차하는 경우에도 목숨을 부지할 가능성이 충분히 남아 있다.

시동을 끄면 귓속에서 징 하는 소리가 나면서 사막을 질러가는 바람 소리가 들려온다. 참 신비로운 소리다. 바람 소리가 아니라 광활한 공간이 숨 쉬는 고요한 숨결 같은 소리다. 완전한 정적보다 오히려 고요하게 느껴진다. 바다에서도 비슷한 느낌을 경험할 수 있다. 전장全長 300미터에 가까운 대형 유조선의 뱃머리에 서면, 엔진 소리가 멀어지면서 선체에 부딪치는 파도 소리의 틈을 타고 비디 지체의, 고막을 솝으로 시ㄴ시 누르는 늦한 소리 아닌 소리가 들린다. 사막에서도 그 소리를 들을 수 있었다. 듣다가 그만 구분이 사라지고 말았다. 엔진과 함께 움직일 때의 공격적인 정신이 아니라, 아주 차분한 기분으로 지평선 저 너머까지 걸어가고 싶은 충동에 이끌려 나도 모르게 다리가 멋대로 움직인다. 만약 그때 지쳐 있는 상태라면, 사막이 부르는 소리를 따라 한없이 걷다 목숨까지 빼앗길지도 모른다.

어디까지 추락할 수 있을까. 그 점에 대해 진지하게 생각하는 것은 절대 무의미하지 않다. 야쿠자, 사기꾼, 부랑자, 정치가, 소설가……. 이리저리 상상하다 보면 용기가 솟아, 일일이 의견을 내세우며 사는 생을 끝낼 수 있기 때문이다. 그렇게 해서 법을 등지게 되거나 빌어먹을 수 없게 된 자는 문학이나 은신처 삼아 추락하면 된다. 길은 얼마든지 있다.

오랜 세월을 두말 않고 견디고 참으며 살아온 자가 어느 날 갑자기 마음을 바꿔 벌떡 일어난다. 그다음 행동으로 옮아가면 그야말로 위험한 존재가 된다. 범죄 심리학에서도 이런 타입이 가장 다루기 어려우며 그 행동의 인과 관계를 정확한 언어로 해명할 수 없다고 한다. 발작적으로 또는 병적으로, 이해관계를 전혀 따지지 않고 행동하기 때문에 피해자는 뭐가 어떻게 된 일인지 전혀 알지 못한 채 죽거나 큰 부상을 입는다. 그러나 이는 일부 사람들만이 지니는 감정이 아니다. 인간 대부분의 잠재의식 속에는 이유 따위 필요치 않은 살인과 파괴 본능이 도사리고 있다고 한다.

자동차 핸들을 잡았다 하면 인격이 완전히 변하는 타입이 있다고 하는데—나도 그중의 한 명일까—, 그들 역시 통행인을 치어 죽이고 싶은 상상에 젖지는 않을까. 그런 상상이 증폭되면 결국 사회 전체를 타이어로 짓뭉개지 않고는 해소되지 않는다. 물론 그 심리의 근저에는 욕구 불만과 콤플렉스가 깔려 있을 것이다. 그러나 그런 상상을 실행에 옮기는 자는 당연히 많지 않다. 좀 거칠게 운전하거나 자동차로 추격전을 벌이는 영화나 보면서 그럭저럭 감정을 억제한다. 인간은 참 이상한 동물이다. 이해할 수 없는 동물이다. 그렇기에 멋지다, 하는 따위의 말은 절대 하지 않겠다.

사막에서 방향을 잃었을 때, 아무리 달려도 주위 풍경에 변화가 없어 점차 자신감을 잃어 갈 때, 지도와 자석이 있음에도 눈에 매달리고 싶어진다. 인간의 감각 따위는 믿을 게 못 된다는 것을 알면서도, 역시 눈을 믿고 싶어진다. 심각한 표정으로 태양의 위치를 확인하려 하고, 조금이라도 높은 곳에 오르면 뭐라도 보일 것이라고 정말 믿는다. 동행이 단언하는 말도 그대로 믿는다. 그러면서 한편으로는 몹시 회의적으로 생각한다. 자신의 말에도 근거하나 없으면서 상대방의 단언에는 시시콜콜 근거를 요구한다. 그러다 셋이 모두 자신감을 완전히 잃고는 다시 지도와 자석에 매달린다. 그럴 때는 그저 달리면 된다.

벌써 10년도 더 지난 일인데, 삼류 생 영화를 보았다. 제복도 배우 이름도 까맣게 잊었으니, 어지간히 시시한 영화였을 것이다.

그런데 지금도 기억에 선명하게 남아 있는 장면이 있다.

배경이나 등장인물의 표정이 아니다. 대사다. 정확하게 무슨 말을 주고받았는지도 기억나지 않는다. 갱 두목—또는 형이었을까—이 죽음을 앞두고 젊은 부하인지 아니면 동생에게 말을 남긴다. 그 말이 무척 인상적이었다. 그는 젊은이에게 이런 뜻의 말을 남기고 숨을 거둔다. "우선 두목으로 쓸 만한 놈을 찾아라. 도저히 못 찾겠으면 네가 두목이 되어라." 대충 그런 내용이었다. 당시의 내게 이 말은 실로 상징적이었다. 동료도 스승도 없이 펜 하나로 십 몇 년을 겨우겨우 살아온 내게 그 말은 강심제 이상의 효과가 있었다.

그렇다고 두목이 될 만한 인물을 찾아 나선 것은 아니다. 절로 두목 자리에 오르려고 한 것도 아니다. 나 혼자 힘으로 모든 것을 처리하는 습관을 체득했을 뿐이다.

물론 지인의 의견에 귀를 기울이는 노력은 아끼지 않았다. 하지만 자신이 내린 결론 때문에 실패를 초래하더라도 피해는 혼자 입으면 그만이니까 아무리 황당한 결론도 마음 놓고 내릴 수 있었다.

그런데 오스트레일리아에서는 그럴 수가 없었다. 만약 내가 억지로 이상한 결론을 내놓으면 나머지 두 사람을 제물로 끌어들이는 꼴이 된다. 그렇게 되면 확인에 확인을 거듭하고도 큰소리치면서 결론을 내리기가 쉽지 않다. 혼자서는 거의 직감적으로 판단해서 움직일 수 있지만, 이번 여행에서는 어떤 결론에도 논리적인 근거가 필요했다. 그러나 우리는 낙관적이었다. 한참을 망설이고 고뇌한 끝에 내린 결론이 "어떻게든 되겠지, 뭐."였다. 속으로 그렇게 중얼거리고는 다시 엔진 소리를 사방에 뿌리고 휘파람을 불고 콧노래를 흥얼거리면서 맹속으로 이동을 시작한다. 결과적으로 늘 어떻게든 되었다. 덕분에 무사히 목적지에 도착할 수 있었다.

로드 바이크를 타고 여행하는 남자는 거의 만날 수 없었다. 하물며 오프로드 바이크로 장거리 투어링touring을 하는 남자는 한 명도 만나지 못했다. 내 생각에 오스트레일리아는 오토바이를 즐기기 위해 있는 나라나 다름없는데, 마을 부근에서나 오토바이를 구경할 수 있었다. 아마 땅덩어리가 너무 넓어서, 즉 다음 주유소까지의 거리가 너무 멀어서 기름 탱크가 조그만 오토바이는 위험한 것이리라. 또는 지나치게 사륜에 의지하기 때문일까.

이륜이 보다 고장 날 확률이 높기 때문에—오토바이가 넘어질 때마다 어딘가에는 문제가 생긴다—투어링에는 사용하지 않는 것일까. 사실 오토바이 투어링에는 불편한 점이 많다. 비가 내려도 불편하고, 짐을 최소한으로 줄여야 하니 또 그렇다. 쉬 피로해진다는 점도 그렇다. 사륜이 좋을지도 모르겠다.

게다가 가족끼리 떠나는 여행에도 오토바이는 적합하지 않다. 오스트레일리아는 특이나 가족수의가 절저해서, 무슨 일이든 부모와 자식이 함께 한다. 젊은 시절 영국에 1년 정도 있었던 도시 씨는 일본 사람은 그런 점을 좀 더 배워야 한다고 침을 튀기며 역설했다. 부모는 부모, 자식은 자식이라는 식으로 멋대로 굴기 때문에 가정이 붕괴된다는 것이다. 또 백인들은 자식의 어리광을 받아 주지 않는 데다 옳지 않은 행동을 하면 부모로서, 인생의 선배로서 단호한 태도로 임한다고 한다. 절대 끈끈한 관계가 아니라고 한다.

그러나 만약 그런 이유로 이 나라에 오토바이를 타고 여행하는 젊은이가 적은 것이라면, 뭔가 좀 잘못된 것이 아닐까. 어린 동생, 또는 나이 든 부모님에 맞춰 가며 여행해야 한다면, 젊은이는 자신의 삶을 언제 꾸려 간다는 말인가. 나는 그렇게 생각했다. 부모의 인생은 이미 끝나 가고 있는데.

놈이 죽었다. 겨울날의 정오에 자기 집 앞에서 죽었다. 마당에 세워 둔 차 안에서 낮잠을 자다 죽었다. 스물여섯 살이었다. 불운했다. 그 고물 미국차는 사방에서 배기가스가 차 안으로 들어온다. 그래도 그렇지, 놈은 왜 차 안에서 낮잠을 자야 했을까. 집에서 잤다면 이런 불상사는 없었을 텐데. 아니, 놈의 심정은 안다. 혼자서 조용히 낮잠을 잘 수 있는 집이 아니었다. 아버지가 빌판에서 떨어져 죽은 후로 어머니는 신흥종교에 빠져 열을 올렸고, 아내와 두 아이는 종일 소리를 질러 댔다. 놈이 대학까지 졸업시킨 동생도 집에 빌붙어 살았다. 그런 데다 놈이 하는 판금 공장까지 잘 돌아가지 않았다. 규모가 작아 한 달에 수주하는 일거리도 몇 건 안 되었다.

빚을 졌다. 그런데도 놈은 죽기 전에 보란 듯이 쇼핑을 했다. 로드 바이크를 샀고, 놈의 목숨을 앗아 간 고물 미국차도 샀다. 그렇게 발악이라도 하지 않으면 견딜 수 없는 심정이었던 것이다.

그런데 놈이 사고로 죽은 것이 아니라 자살했다고 한다. 그런 소문이 온 동네에 나돌았다. 경찰에서도 인정했다고 하니, 아마 사실일 것이다. 머플러에 호스가 연결되어 있고, 그 호스는 트렁크에 뚫린 구멍에 꼽혀 있었다고 한다. 경찰은 말했다. 자살의 방법으로는 완벽했다고. 놈이라면 그 정도 재주는 얼마든지 피울 수 있었을 것이다. 놈은 세상에 넌더리가 났던 게 틀림없다. 살아 있다는 것에 아무 의미가 없다고 생각했다. 그러니 죽기 전에 쇼핑이라도 마음껏 하고 싶었던 것이리라.

아들이 죽었는데 놈의 어머니라는 여자는 얼굴색 하나 변하지 않았다. 찾아오는 손님들 앞에서도 태연했다. 참 뻔뻔한 가족들이다. 그런 가족들이 한 몸에 매달려 있었으니, 차라리 죽는 편이 나았을지도 모르겠다. 장례식이 끝난 후 놈의 어머니는 그 고물차를 100만 엔에 팔겠다고 했단다. 8만 엔에 산 고물차를, 게다가 사람이 그 안에서 죽은 똥차를 100만 엔이라니 염치도 없다.

사살하기 전에 놈은 보험에 들었다고 한다. 사인이 자살인 경우에도 삼분의 일은 보험금이 지불된다고 한다. 빚을 갚고도 남을 액수다. 그런 놈이었다. 저 혼자 죽으면 그만인데, 뒤에 남은 가족들까지 신경을 썼던 것이다. 바보 같은 놈이다.

그리고 얼마 후, 이번에는 놈의 자살이 연기였다고 하는 작자가 나타났다. 놈은 처음부터 죽을 생각은 아니었다. 가족에게 겁을 주고, 복잡한 문제를 어머니가 정리하도록 할 생각으로 연극을 꾸몄다는 얘기다. 놈에 대해 잘 아는 남자가 그렇게 말했으니 틀림없을 것이다. 놈이 아내에게 한 말이 그 증거라고 한다. 놈은 낮잠을 좀 잘 테니 몇 시 몇 분에 깨워 달라고 몇 번이나 말했다고 한다. 그런데 놈의 아내가 시간을 깜박 잊고 말았다. 설마 놈이 그런 일을 꾸민 줄은 몰랐으니, 재삼 부탁한 시간보다 늦게 깨우러 갔다.

온통 의문투성이였다. 자살하는 인간은 보통 사람들 눈에 띄지 않는 외진 장소를 고른다. 정말 자살할 마음이었다면 주변에 외진 장소는 얼마든지 있으니, 그런 곳을 찾지 않았을까. 자기 집 앞에서, 그것도 벌건 대낮에 자살을 하다니, 그런 얘기는 들어 본 적도 없다. 게다가 놈은 굳이 자살할 이유가 없었다. 젊어서 결혼했고, 무거운 짐이 여러 가지로 많아 모진 고생을 한 것은 분명하지만, 그 외에는 아무 문제 없었다. 빚도 별거 아닌 액수였고, 일거리가 없다 해도 먹고살 정도는 되었다. 그리고 놈을 포함해서 가족 모두가 건강했다. 모두가 힘을 합하면 어떻게든 될 수 있었다.

놈은 엉뚱한 실수를 한 것이다. 터무니없는 오산을 한 것이다. 그러나, 차라리 잘된 일인지도 모른다. 그런 자살 따위나 시도하면서 헤쳐 나갈 수 있을 만큼 이 세상은 녹록지 않다. 게다가 놈은 오토바이를 함부로 몰았다. 전문가도 그렇게 무모하게 타지 않는다. 놈이 오토바이를 타고 다니면서 지금까지 무사했던 것은 솜씨가 좋아서가 아니다. 운이 좋았을 뿐이다. 오토바이에 한해서만은 놈은 운이 좋은 사내였다.

삶을 지속한다는 것은 그리 유쾌한 일이 아니다. 그저 살아 있기만 해도 재미있다는 사람이 전혀 없는 것은 아니다. 그러나 대부분은 언젠가는 좋은 일이 있지 않을까 기대하면서 하루하루를 살아가고 있다. 스무 살 전후의, 아무것도 하지 않고 아무것도 없어도 반짝반짝 빛나는 시절은 그렇게 오래 계속되지 않는다. 여자를 알고, 벌어 먹고살 일을 터득하고, 술을 마시고 취하는 것을 배울 무렵부터 청춘은 조금씩 퇴색한다. 이런 게 아니다, 이럴 리 없다고 중얼거리는 사이에, 알게 모르게 빛은 사라지고 눅눅한 이부자리와 납덩어리 같은 시간 위에 마치 중환자 같은 꼴로 누워 있는 자신을 번뜩 깨닫게 된다.

그렇게 되고 나면 그다음에는 스스로 불을 지르고 빛을 만들어 빛나는 수밖에 없다. 겁에 질려 주저하면 제 손으로 불을 피울 수 없다. 인생은 이제 막 시작되었다. 시간은 충분히 남아 있다. 청춘의 빛은 환상이였나고 제 입으로 수도 없이 되뇌면서 어떻게든 자신을 살릴 수 있는 방향을 찾아 돌진해야 한다. 어딘가에 부딪쳐도 상관없다. 그러면 불똥 정도는 튈 테니까 빛날 수도 있다.

거리상으로는 그렇게 멀지 않은데, 제삼자의 눈에는 거의 같은 공간에 있는 것처럼 보이는데, 이쪽과 저쪽이 전혀 다른 세계인 것처럼 의미가 다른 경우가 있다. 비슷한 일을 하고 있어도 그렇다. 신슈에서는 산 하나만 넘어도 기분이 싹 달라진다. 발상까지 달라지는 일도 있다. 대충 나누면 빛과 그림자. 많은 사람들은 빛 쪽에 있고 싶어 하고 그 안에서 행복을 느낀다.

그러나 좀 별난 몇 퍼센트의 사람들은 그림자 속이 아니면 살지 못한다. 그림자 속에서만 안정을 찾을 수 있는 타입은 아마 결함이 있는 인간, 요컨대 괴팍한 인간이다. 소설가 중에 그런 사람이 많을지도 모르겠다. 나와 내가 쓰는 소설부터가 그런지 모르겠다. 빛 속에서 사는 사람들에게 군이 그림자 쪽 사람들을 잘라다 보여 주는 것이 내 소설인지도 모르겠다.

연애는 그 그림자의 세계로 도피하는 일이 아닐까. 그렇다고 빛 속에 사랑이 아예 없다는 것은 아니다. 하지만 연애란 뭐라 말할 수 없이 거짓되고, 거만한 인상을 주고, 위태로움을 느끼게 한다. 그 연애가 정점에 달했을 때, 그곳이 그림자 속이 아니라면 진짜가 아닌지도 모른다.

그러나 그림자 속에서 언제까지나 나오지 못하는 타입의 인간을 보면 화가 난다. 연애를 하는 것도 아니고, 법을 등지고 사는 것도 아니고, 사지에 무슨 탈이 있는 것도 아닌데 빛 속으로 나아가지 못하는 젊은이들이 이 세상에는 너무 많다. 그 원인을 찾아보면, 어머니에게 책임이 있곤 하다. 어머니에게 거머리처럼 딱 들러붙어 있는 탓에 빛으로 나가지 못하는 젊은이를 몇이나 봤는지 모른다. 그럴 때마다 나는 소름이 끼쳤다. 어머니는 자식에게 빛 속으로 나가라고 등을 떠밀지만, 피를 다 빨리고 만 아들은 강한 빛에 조금만 노출되어도 현기증을 느낀다. 오늘날, 젊은이들에게 가장 심각한 문제는 어떻게 해야 어머니와 잡은 손을 놓을까, 그것이다.

에어스 록은 세상에서 가장 큰 바위라는데, 높이는 기껏해야 500미터밖에 되지 않는다. 산으로 따지면 고작 여드름 같은 존재다. 게다가 사막처럼 광활한 곳에서는 세계 최대라는 인상을 받지 못한다. 그러나 이렇다 할 돌기물이 달리 보이지 않으니 잠시 올라가 볼까 하는 기분이 든다. 거기에 산이 있어서, 라는 명언은 그야말로 진리이다. 조금이라도 높은 곳이 있으면 거기에 올라가 보고 싶은 것은 바보가 아니라는 증거일지 모르나, 뒤집어 보면 인간이 갇힌 입대에서 얼마나 고통스러워하고 있으며, 거기에서 얼마나 탈출하고 싶어 하는지를 말해 주는 증거이기도 하지 않을까. 거기에 오르면 지평선 너머로 영원과 자유와 이상이 보이지 않을까 하는 조촐한 기대감이 있기 때문이 아닐까. 아니면 구름에 한 걸음 다가서 평소에 기어 다니는 땅을 내려다보면서 우월감이라는 착각을 즐기고 싶은 것일까.

등반 허가를 받았어도 에어스 록을 트라이얼 카로 오르는 것은 불가능하다. 오분의 일 높이까지는 그럭저럭 올라갈 수 있어도 그 다음은 경사가 급해 오를 수 없다. 두 다리로 오르는 수밖에 없다.

로드 트레인이라 불리는 거대한 트럭을 추월할 때는 상당한 각오가 필요하다. 도로가 충분히 넓으면 다행이지만, 사막은 넓어도 길은 좁다. 예산이 부족한 것일까.

추월을 시도하기 전에 우선 트럭 운전사에게 이쪽의 존재를 반드시 알려야 한다. 그들은 트럭 저 앞에 있다. 게다가 트럭 후미에서는 모래먼지가 일고 있으니 경적을 울리고 전조등으로 신호를 보내는 정도로는 알아차리지 못할 수도 있다.

추월을 시도하는 순간, 앞쪽에서 차가 엄청난 속도로 달려온다. 그걸 아는데도 로드 트레인은 차체가 길기 때문에 금방은 위치를 바꿀 수 없다. 그런 때 하필 로드 트레인 운전사는 브레이크를 밟아 그 어머어마한 길이의 차체가 옆으로 기우뚱 흔들리면서 우리가 탄 사륜구동차는 튕겨 나갈 위기에 처한다.

그렇다고 로드 트레인 꽁무니를 따라 끝까지 갈 수는 없다. 모래 먼지를 뒤집어쓰면서 몇 백 킬로미터를 달릴 수는 도저히 없다. 모래 때문에 엔진이 절단 나기 전에 우리 폐가 어떻게 될 것 같다. 그래도 로드 트레인 운전사는 친절하다. 일본의 트럭이나 덤프트럭 운전사들처럼 쪼잔한 심술을 부리지 않는다.

그러나 프런트에 장착한 바로 캥거루와 소와 말을 튕겨 내 죽이는 것은 그들일 것이다. 액셀 페달을 단숨에 꾹 밟고는 기분 좋게 공중으로 날려 버린다. 그런 장면을 목격한 것은 아니지만, 보통 승용차는 그렇게 큰 동물을 그 멀리까지 날려 보낼 수 없다. 익숙해지면 태연하게 그럴 수 있는 것일까.

하기야 로드 트레인은 급브레이크를 밟거나 갑자기 핸들을 꺾으면 오히려 위험할 수도 있다. 트레일러를 몇 대나 연결해서 끌고 가고 있는데 그랬다가는 트레일러끼리 충돌할 수도 있고, 심하면 옆으로 넘어갈 수도 있다. 로드 트레인은 앞에 캥거루가 있든 소가 있든 그저 오직 직진하는 것이 가장 안전한 주행인지도 모르겠다. 로드 트레인이 똑바로 달리는 덕분에 까마귀들은 거의 매일 신선한 먹이에 입맛을 다실 수 있는 셈이다.

튕겨 나가 죽은 소나 캥거루에게 가장 먼저 달려드는 것은 새들이다. 새들은 항문으로 내장을 끄집어내 해치우고, 이어 딩고라는 야생 개들이 고기에 들려든다. 마지막에는 곤충들이 배를 채운다.

약 한 달 동안 우리는 이성을 접하지 못했다. 그 말을 들은 지인들은 저마다 이렇게 말하며 놀렸다. 상당히 힘들었겠군. 용케 참았어. 심지어 미칠 것 같아서 캥거루 암놈을 쫓아다닌 거 아니냐, 하는 말까지 했다. 그러나 우리는 아무 일 없었다. 여자를 싫어하는 것은 아닌데, 그렇게 심각한 상태에 빠지지는 않았다.

바람처럼 질주하다 보면 왠지 여자에게 다가가기가 귀찮아진다. 우리 셋은 전부터 그렇다는 것을 자각하고 있었다. 오스트레일리아에 오기 전부터 알고 있었다. 오프로드 바이크를 타고 산으로 들어가 두 시간 정도 땀을 흘리고 나면 몸은 축 늘어지지만 긴장의 여운은 밤까지 남아 여자 따위는 상관하지 않게 된다. 하물며 길거리에서 어슬렁거리는 여자를 쓰잘 데 없는 말을 늘어놓으며 유혹하는 바보짓은 할 수 없다. 이러다 성불능자가 되는 게 아닐까 염려될 정도로 여자가 귀찮아진다.

원시사회에서는 섹스가 요즘만큼 중요한 가치가 아니지 않았을까. 나는 문득 그런 생각이 들었다. 좀 더 다른 일로 충족감을 얻지 않았을까. 가령 수렵이나 전투 같은 행동 속에서 존재감을 넉넉하게 얻을 수 있지 않았을까. 그리고 남녀가 몸을 섞는 횟수가 요즘보다 훨씬 직지 않았을까. 반대로 현대인은 섹스가 아니면 충실감을 얻을 수 없는 지경에 이른 것이 아닐까. 그렇다는 것은 즉 여자 쪽 페이스에 완전히 끌려가고 있다는 뜻은 아닐까. 현대의 남자는 여자들의 개미지옥에 떨어진 것이 아닐까.

아무튼 다른 생물과 비교했을 때, 인간이 섹스를 하는 횟수는 지나치게 많다. 1년 내내 발정해 있는 동물은 인간 정도이다. 지속적으로 사랑을 하지 않으면 좋은 소설을 쓸 수 없다, 하는 설이 있다. 그 논리를 따르면 지속적으로 오토바이를 타는 인간은 좋은 소설을 쓸 수 없다는 얘기가 된다. 또 이런 설도 있다. 여자를 묘사할 수 없으면 일류 소설가라고 할 수 없다. 만약 그 설이 옳다면, 나는 이류나 삼류일 것이다. 여자를 테마로 저속하고 불쾌한 글을 줄줄이 써 내려가다니, 나로서는 할 수 없다. 나는 연애소설은 딱 질색이다. 거기에 등장하는 남자도 치가 떨린다. 그것 말고는 할 일이 없느냐고 호통을 치고 싶어진다. 인기 없는 남자의 비뚤어진 생각일까. 연애영화도 볼 마음이 없다. 여자를 사귀는 데 왜 그리 장광설이 필요한 것인지 늘 의문스럽다. 그러면 지인들은 내게 이렇게 말한다. "자네, 참 불행한 사람이로군."

오프로드 바이크를 친구라고 생각지 않는다. 그것은 쇠와 고무와 비닐과 유리로 만들어진 그저 탈것에 지나지 않는다. 그러니 반짝거리게 광을 내어 자기 방에 인테리어로 장식하는 자들의 심리를 이해할 수 없다. 오토바이는 어디까지나 도구다. 나를 바람으로 변신하게 해 줄 수 있는 편리한 도구일 뿐, 그 이상의 의미는 없다.

오토바이가 어떻게 손을 써 볼 수 없게 고장이 나면 사막에 버리고 갈 생각이었다. 움직이지 못하는 오토바이만큼 처리가 곤란한 것도 없다. 플러그를 교환하거나 다른 전기 계통을 조사하고 카뷰레터를 분해해 보고 다리가 뻣뻣해질 만큼 여러 번 킥을 했는데도 끝내 엔진이 침묵하고 있다면 불을 지르고 싶어진다. "이런 쓰레기 같으니." 하고 고함을 지르면서 벼랑 아래로 던져 버리고 싶어진다. 그 심정은 걷지 못하는 애마를 총으로 쏴 죽이는 카우보이와 비슷하지 않을까.

친구에게 종종, 포기가 너무 빠르다는 충고를 듣는다. 실수를 하거나 배신의 기미만 보여도, 아무리 오랜 세월 교류해 온 상대라도 주머니에 든 쓰레기를 꺼내 버리듯 미련 없이 내동댕이친다고 한다. 따라서 냉혈한이고 매정하다는, 마지막에는 소설가라는 사람이 그럴 수 있느냐는 평가가 내려질 것이다. 나라는 사내는 지나치게 현실적이고, 문학과는 정반대되는 자리에 있어야 하는 인간이라고 한다. 즉 문학을 필요로 하지 않는다고 한다. 그러나 그런 남자가 쓰는 소설이 있어도 나쁠 건 없지 않을까.

빨리빨리 포기하는 버릇이 붙은 것은 오프로드 바이크를 타면서부터인 듯하다. 행동을 시작하고 나면 가장 위험한 것은 주춤거리는 것이고 망설이는 것이다. 판단의 순간을 놓쳐 전복되는 일이 수시로 생긴다. 특히 길 없는 길에서는 언제나 양자택일에 쫓긴다. 심할 때에는 어느 쪽이 옳은지 생각할 틈조차 없다. 결과야 어떻든 어느 쪽으로 정하고 그쪽으로 대범하게 돌진해야 한다. 물론 때로는 정지하는 편이 좋을 경우도 있다. 그러나 정지한 탓에 위험이 배가되는 경우도 있다. 어려운 선택이다. 그날의 몸 상태에 따라서도 판단력은 좌우된다. 어제 성공했다고 해서 오늘 실패하지 말라는 법은 없다.

도시 씨는 말한다. 오토바이를 탈 때 중요한 것은 지나온 길은 깨끗하게 잊는 것이라고. 그래도 안 될 때에는 오토바이를 앞으로 밀어내듯 미련 없이 포기하는 것이라고. 그다음 자신의 몸에만 집중하면 가벼운 부상에 그칠 수 있다고 한다.

몇 명이 같이 산악 투어링을 할 때는 남 걱정은 하지 않는 편이 좋다. 결과적으로 그러는 편이 동료에게도 좋기 때문이다. 괜히 동료 걱정을 하느라 코스를 양보하거나 돌아보거나 속도를 떨어뜨리면, 양쪽 모두에게 위험이 닥칠 수 있다. 그러니 몇 명이 같이 달리더라도 혼자서 달린다고 생각하는 편이 좋다. 고장이 나거나 전복되었을 때만 힘을 빌리면 된다.

외롭다는 이유 하나로 하루가 멀다 하고 끼리끼리 모여 세상 얘기나 날씨 얘기를 나눠 본들, 그런 사이를 친구라고 할 수 없다. 하나마나한 대화를 계속하다가 급기야 상대의 속셈을 캐내려 하는 관계는 여자들의 교류와 다를 게 없다. 진정한 친구를 얻기 위해 가장 필요한 조건은 서로에게 본심을 털어놓는 것이다. 잡담은 본심을 얘기한 다음에 해도 된다. 그런데 그러지 못하면서도 친하게 지내는 이들이 눈에 띈다. 본심을 숨기면서 죽어라 만나는 젊은이들이 많다. 이해관계가 있어 어쩔 수 없다면 그나마 허용하겠다. 그러나 이해관계도 없고 친구관계도 아니면서 그냥 모여서, 딱히 하는 일도 없으면서 함께 시간을 보내는 것은 대체 무슨 감각인지 모르겠다. 그러면 재미있는 것일까. 홀로 설 수 없는 자들은 몇 명이 모이든 힘을 이룰 수 없다. 본심을 털어놓는 것은 아주 간단한 일이다. 그래도 털어놓고 싶지 않다면 동료를 원하지 말아야 할 일이다.

정글에서 발생하는 화재는 그리 놀랍지 않다. 그 정도 일은 생겨도 이상할 게 없다. 화재의 흔적을 여기저기에서 봤기에 마음의 준비는 하고 있었다. 그런데 그때의 화재는 도로까지 번진 불길이 거의 10미터 높이까지 뒤덮고 있었다. 시속 120킬로미터로 달리고 있던 나는 순간적으로 주춤했다. 그리고 재빨리 뚫고 지나가면 별일 없지 않을까 생각했다. 불길 너머에는 연기가 약간 너울거렸고, 그 연기 너머에는 투명한 대기가 반짝거리고 있어, 이삼 초만 숨을 멈추고 달리면 무사히 통과하겠다고 생각했다. 나는 액셀 페달을 힘차게 밟으려다 그 발을 브레이크 페달로 옮겼다. 까맣게 잊고 있었던 것이다. 사륜구동차 한 대에는 기름 탱크를 빽빽하게 실은 트레일러가 뒤따르고 있다. 만약 그대로 돌진한다면 화염에 휩싸일 가능성이 전혀 없다고 단언할 수 없다. 예비 탱크 열 통 중에서 한 통 정도는 장시간의 진동에 마개가 느슨해졌을 수도 있다.

불길은 바람을 타고 초목을 훨훨 불태웠고, 그 열기는 소용돌이를 그리며 상승기류를 만들었다. 놀란 것은 화재 때문이 아니라 새들 때문이었다. 새들은 화재를 이용해 먹잇감을 확보하려 오히려 날아들었다. 일본에서도 산불을 몇 번 본 적이 있고, 불길에 놀라 도망치는 동물을 목격한 적도 있다. 그런데 이 사막 새들은 대체 어떻게 된 것일까. 타기 쉬운 깃털에 감싸인 새들이 불길과 함께 이동하고 있지 않은가.

불의 뜨거운 열기가 땅속 얕은 곳에 숨어 있던 곤충을 쫓아낸다. 그 곤충을 노리고 새들이 급강하한다. 불길이 사라진 후에 내려와서는 늦다. 용기가 있다고 할지 배짱이 좋다고 할지, 강인한 새들만이 먹이를 챙긴다. 머뭇거리는 새는 언제까지나 배를 곯아야 한다.

삶의 처참한 현장이다. 그렇게까지 하지 않으면 살아남을 수 없다는 뜻일까. 새들이 할 수 있는데 인간이 못 할 리가 없다. 아니, 하지 않을 리가 없다. 예를 들어서 전시 또는 전쟁이 끝난 후의 혼란 속에서 대부분의 사람들이 이와 유사한 삶을 강요당하지 않았을까. 거의 비슷한 처지인데도 새들의 행위는 숭고하게 느껴지는데 사람들의 행위는 비참해 보이는 것은 어째서일까. 비교하는 자체가 모순이라고 하면 그럴 수도 있겠다. 그럼에도 나는 자문하지 않을 수 없다. '어떤 위험이 닥쳤을 때, 너는 이 새처럼 살 수 있겠니?' 하고. 종종 일어나는 것에 의의가 있냐고 추상하는 내가 이 새들 흉내를 낼 수 있을지 묻지 않을 수 없다.

내게 자전거가 생긴 날을 지금도 똑똑히 기억하고 있다. 부모님이 새 자전거를 사다 준 것은 아니다. 친척에게 다 낡아 빠진 자전거를 얻어 왔다. 여기저기 수리를 해야 움직이는 고물이었다. 부모님은 그 비용만 냈다. 그때 나는 자전거를 탈 줄 몰랐다. 연습이 필요했다. 형이 도와주었다. 뒤에서 짐칸을 잡고 밀어 준 것이다. 그러다 문득 뒤를 돌아보니 아무도 없었다. 형은 멀리서 손을 흔들고 있었다. 형은 어느 틈에 밀기를 그만두었고, 나는 어느 틈에 자전거를 타고 있었다.

그날부터 나는 자전거 없이는 놀 수 없었다. 정말 마음에 들었다. 가고 싶은 곳에 내 멋대로 갈 수 있고, 걸어서는 가기 힘든 먼 곳까지 태워다 주는 자전거의 포로가 되었다. 당시부터 나는 가족이라는 관계를 꺼리지 않았나 싶다. 아니, 가정이라는 것을 신뢰하지 않았던 게 아닐까. 아버지는 고등학교 선생이었다. 남들만큼은 살고 있었고, 무거운 병을 앓고 있는 사람도 없었다. 외면하고 싶을 정도의 문젯거리가 날마다 생기는 것도 아니었다. 그런대로

책을 몇 백 권 읽어도 터득하지 못한 진리가 50시시짜리 소형 오토바이에 담겨 있었고, 그것은 불과 몇 킬로미터만 달려도 몸에 배어들었다.

행복한 가정이었을 것이다. 그런데도 내 마음 어딘가는 가정을 경원하고 있었다. 가족끼리 어디를 가는 것도 죽기보다 싫었다. 귀찮아서 어쩔 줄을 몰랐다. 그런 관계를 불편하게 느꼈다.

부모님은 그저 착실하게 사는 사람들이었다. 아버지는 학교와 집 사이만 오갔고, 쉬는 날에는 툇마루에 드러누워 일본문학을 읽었다. 그런 아버지가 이상해서 두고 볼 수가 없었다. 학교에서 학생들에게 문학을 가르치고 있는데, 집에 와서도 취미로 문학을 읽다니 머리가 어떻게 된 게 아닐까 싶었다.

훗날 알게 되었다. 부모님은 자식들의 성장이 유일한 삶의 낙이었던 것 같다. 즉 자신들의 인생은 이제 돌아볼 거리도 없으니 세 아들의 인생에 기대를 건 것이다. 아들과 함께 남은 인생의 충실을 기하려 한 것이다. 그런 부모 마음을 알았을 때, 나는 소름이 끼쳤다. 부모는 이런 것일까, 하고 의문스러웠다. 그런 속셈이 있어 자식을 키운 것일까. 어느 날 형이 나를 붙잡고 이렇게 말했다. 우리는 어쩌면 총알받이로 키워졌는지도 모르겠다, 라고. 전쟁 당시의 부모들 중에는 아들 몇 명을 전쟁터로 보내는 것이 생의 보람이었던 사람들도 많았으니까, 라고.

어렸을 때 나는 자전거를 타고 멀리까지 나돌아 다녔다. 밤이 되어 집에 돌아오면 창문에 사람 그림자가 어른거리고, 밖으로 새어 나오는 오렌지색 희미한 불빛이 왠지 처량하고, 그 불빛 아래에서 저녁을 먹는 다섯 사람이 왠지 애처로웠다.

우리는 총을 세 자루 준비했다. 산탄총 한 자루와 소총 두 자루. 거기에 산탄도 듬뿍. 산탄총은 수직 쌍대이고 소총은 22구경이었는데, 그중 한 자루는 화약이 많은 총알을 쏠 수 있는 하이파워. 왜 우리는 그런 무기를 준비해야 했나. 치안 상태가 좋은 오스트레일리아에서 총을 지니고 다니는 것은 어쩌면 허세다. 이 나라에 사자나 늑대가 있다는 말은 한 번도 듣지 못했다. 다윈 근처 강에는 말을 물고 질질 끌어다 먹어 치우는 거대한 악어가 있다고는 하지만.

그런데도 우리는 총을 지니고 싶었다. 지니고 다녀 안심할 수 있다면, 이유야 어떻든 준비하는 편이 좋겠다고 생각했다. 술을 노린 애버리지니의 습격을 받은 백인이 있다는 얘기도 들었고, 딩고라 불리는 야생견이 보기보다 난폭하다는 소리도 들었다. 사방이 뻥 뚫린 사막에서 놀이 삼아 빈 깡통을 겨냥해 쏴 보는 것도 괜찮겠다 싶었다. 그리고 캠핑을 하는 밤에는 산탄을 장전한 산탄총을 머리맡에 놓고 잤다. 불을 끄는 순간 딩고의 먼 울음소리가 들리고, 그 소리가 조금씩 다가와 텐트 주위를 어슬렁거리는 일도 있었다.

그러나 동물을 향해 방아쇠를 당기고 싶은 마음은 일지 않았다. 텐트 안에 누우면, 어떤 동물이든 이 대지에 함께 사는 불행한 동족이라는 생각이 들었다. 도마뱀, 딩고, 캥거루, 하잘 것 없는 곤충에 이르기까지 동족이었다. 같은 별의 지표면을 기어 다니는 동족이었다. 독사와 마주쳤어도, 우리는 총을 쏘지 못했을 것이다. 그 불모의 땅에서 그들은 있는 힘을 다해 살아가고 있었다. 잘 해내고 있었다. 인간과 마찬가지로, 왜 그런 꼴의 몸을 지니고 왜 이런 공간에 존재하지 않으면 안 되는지를 전혀 모르는 채, 열심히 살고 있었다.

취미로 사냥하는 사람들의 심리를 나는 도무지 이해할 수 없다. 그러지 않고는 먹고살 수 없다면 몰라도, 자신의 즐거움을 위해 동물을 죽이고 박제로 만들어 거실을 장식하는 사람들의 감각이 심히 의심스럽다. 우선 그 싸움은 공정하지 않다. 집게손가락에 살짝 힘만 주어도 상대가 쓰러지는 무기와, 발톱과 송곳니는 대등한 무기라 할 수 없다. 이겼다고 자랑할 거리가 못 된다. 사내의 용기를 발휘했다고도 할 수 없다.

우리는 점심을 먹은 후 간혹 사막으로 나가 게임으로 총을 쐈다. 빈 깡통을 하늘 높이 던지고 산탄총을 쏜다. 또 얕은 모래 언덕에 빈 병을 올려놓고 소총을 쏘기도 했다. 총소리는 허망하게 대기 속으로 빨려들었고 그다음에는 귀가 멍멍하게 울리고 어깨가 욱신거릴 뿐, 감동은 거의 없었다. 처음에는 신기해서 열중했는데, 금방 싫증이 나고 말았다. 총알이 남았다.

건 마니아들에게는 공통점이 있다. 우선 콤플렉스가 심하다. 그것도 주로 육체적인 결점—고작해야 잘생기지 않았다는 정도이지만—에 유독 집착한다. 또 성격은 음울하고 유치한 경우가 많다. 그리고 총을 과도하게 믿는다. 총을 손에 잡는 순간 황홀한 표정을 짓고, 총만 있으면 불가능은 없다는 듯이 흐뭇해한다. 마치 자신이 총이 된 듯한 태도를 취하고 싶어 한다.

사냥꾼들의 윤리가 해마다 저하하고 있다고 한다. 일본 얘기다. 신슈를 찾는 사냥꾼들만 봐도 그렇다. 총구를 사람에게 향하면 안 된다는 철칙을 지키지 않는 것은 물론, 술을 마시고 돌아다니지를 않나, 보호하는 새인지 아닌지도 확인하지 않은 채 발포한다. 사고가 나지 않는 게 이상할 정도다.

그러고는 사냥감을 찾지 못하면 짜증을 내면서 수풀 너머에서 뭐라도 움직이는 것이 보이면 다짜고짜 방아쇠를 당긴다. 그러다 솔개까지 쏜다. 강을 끼고 총격전까지 벌인 멍청한 사냥꾼도 있었단다. 애당초 일본은 취미로 사냥을 할 만한 나라가 아니다. 그 정도로 야생 동물이 남아돌지 않는다. 사냥감보다 사냥꾼의 수가 훨씬 많으니.

총을 손쉽게 소지할 수 없게 된 것은 좋은 일이다. 무엇이든 뿌리를 뽑고 마는 일본 사람들의 근성이 사냥에서도 발휘되지 않을 리 없으니, 그냥 내버려 두면 야생 동물들이 잇달아 멸종하게 될 것이다. 야생동물과 공존할 수 없으면 진정한 문명국가라고 할 수 없다.

최면을 범죄에 이용한 사람이 몇 명 있다고 한다. 버스에 같이 탄 사람에게 최면을 건 후, 몇 년에 걸쳐 돈을 뜯어냈다고 한다. 당사자는 물론 주위 사람들도 최면에 걸렸다는 것을 전혀 몰랐다고 한다. 경찰 쪽의 전문가가 역최면을 걸어 간신히 실태가 드러났을 정도로 수법이 교묘했다고 하는데, 외국에서 발생한 사건이다. 피해자에게 어떤 숫자의 조합을 기억하게 하고, 그 숫자만 들으면 단박에 최면 상태에 빠지도록 했다고 한다. 이런 방법이면 전화 한 통으로 언제든 상대의 행동을 마음대로 조종할 수 있다.

그러나 암시의 효과에 어느 정도는 한계가 있는 듯하다. 살인을 저지르게 하는 것은 힘들다고 한다. 나이프를 손에 쥐게 할 수는 있어도 그 나이프로 누군가의 등을 찌르게 할 수는 없다는 얘기인 것 같다. 총의 경우에도 그렇단다. 흥미로운 실험을 한 사람이 있다. 최면을 걸고 상대가 모르는 방으로 데리고 간다. 그 방은 투명한 유리 칸막이가 설치되어 있다. 그 유리 너머에 한 인간이 서 있다. 그리고 최면에 걸린 사람에게 황산이 든 병을 쥐어 주고 그것이 무엇인지 가르쳐 준 다음에 눈앞에 있는 사람에게 뿌리라고 명령한다. 그러나 아무리 강력하게 명령해도 따르지 않는다고 한다.

다음 실험에서는 물이 든 병을 쥐어 주고 역시 황산이라고 가르쳐 준 후 그것은 뿌리라고 명령한다. 그러면 잠시 망설이다가 그것을 뿌린다는 것이다.

살인을 사주할 때도 직접적인 암시보다는 간접적인 암시가 효과적이라고 한다. 무기를 건네면서 공격하라고 명령하기보다, 자동차의 브레이크 오일을 흘려 버리라고 하는 편이……. 내가 대체 무슨 얘기를 하고 있는 것인지. 오스트레일리아에서 돌아온 후로 내가 인격이 바뀌었다고 지인들이 말한다. 캥거루가 내게 최면이라도 건 것일까.

결국 나는 물론이요, 사람들 대부분이 이 세상을 어떻게 살면 좋을지 끝까지 모른 채 생을 마감하지 않을까. 바로 이거다, 하고 강렬하게 느끼는 순간이 있었다 해도, 그 순간은 일장춘몽처럼 허망하게 지나가고, 나머지 긴긴 시간은 미망의 연속이 아닐까. 그럼에도 시간은 매정하게 흘러가고 사람은 늙어 간다. 인생이 이러한데, 할 수 있는 만큼 최선을 다해 충실하게 살았다고 중얼거리며 마지막 숨을 거두는 자가 과연 몇 명이나 있을까.

"삶의 보람이 무엇인가?" 이 질문에 나는 "좋은 소설을 쓰는 것"이라고 일단 대답한다. 하지만 그 말이 본심은 아니다. 만약 본심이라면, 아침부터 밤까지 펜을 놓지 않았을 것이다. 원고지를 글자로 메우는 일에 고통을 느끼지 않을 것이다.

왜 오프로드 바이크와 지프차를 몰면서 황막한 시간 속으로 몸을 내몰아야 하는 것일까. 물론 좋은 소설을 쓰고 싶은 욕구는 있다. 틀림없다. 그러나 그게 전부는 아니다. 가령 내가 태어날 때부터 부자였다면 어떨까. 과연 소설을 쓰고 싶을까. 금광을 발견해서 떼부자가 되었다고 쳐 보자. 그런데도 나는 소설을 쓰고 싶을까.

돈이 충분히 있으면 하지 않았을 일에, 나는 과연 생의 보람을 느끼고 있는 것일까. 그 정도 목표에 불과한 것일까. 먹고살 만한 돈이 있는데도 소설을 쓰는 자들은 왠지 믿고 싶지 않다. 순수하다고 믿고 싶지 않다. 그러나 과거의 문학은 그런 환경에 있는 사람들이 만들어 낸 것이다. 먹을 걱정은 없으되 학자가 될 수 있을 정도는 아닌 어중간한 인텔리들이 문학에 관계했다. 그래서 그들은 원고료나 인세에 까다롭게 굴지 않았다. 실제로는 글을 쓴 돈으로 생활하고 있어도 표면적으로는 예술 정신으로 관철했다. 그 여운이랄까 꼬리가 아직도 남아 있다.

'부잣집 도련님'이 쓴 소설은 인정하고 싶지 않다. 읽어도 아무 재미가 없다. 거들먹거리기는, 하고 생각할 뿐이다.

일본문학을 음색에 비유하자면 무슨 소리가 될까. 고토箏. 웅장한 저택의 안방에서 화사한 의상을 차려입고 긁어 대는 고토의 선율이 그러할까. 내 생각은 다르다. 고토가 아니라 비파이지 않을까. 그것도 법시기 그날의 양식을 얻기 위해 다리 밑이나 나룻배에서 긁는 비파 소리야말로 일본적인 음색이 아닐까. 그러나 아쉽

게도 나는 아직, 그 비파의 때로는 처량하고 때로는 힘차면서 때
로는 천박하게 느껴지기도 하는 음색을 일본문학에서 느끼지는
못했다.

　다른 비유를 들자면 일본문학은 분재와 비슷하다는 생각도 든
다. 철사와 조그만 화분을 사용해 나무를 구부리고 비틀고 크기를
축소해, 가까이에 두고 바라보면서 인위적인 자연을 즐기는 점이
비슷하다. 그러다 자연 속의 나무를 바라보는 감각을 잊고 말았
다. 산속에 선 나무에서 느끼는 감동을 잊고 말았다. 즉 시야가 극
단적으로 좁아지고 말았다. 행동하지 않게 되고 말았다. 가루이자
와에서 자작나무 숲을 산책하고 온천 여관의 2층에서 두툼한 조
끼를 걸치고 겨울 산을 바라보는, 그 정도 수준에서 자연을 접한
다. 안전하게 세상을 바라보는 것이다. 독자 또한 그에 가까운 생
활밖에 하지 않는다.

교습소에 가기 전까지 자동차 핸들조차 잡아 본 적이 없었다. 서
른 살이 되기까지 자동차와는 평생 인연이 없을 것이라고 생각했
다. 그런데 어느 날 불쑥, 마음이 동했다. 생활에 어느 정도 여유가
생겼고, 소형 오토바이를 타면서 자신감이 붙은 탓일 것이다. 운
전에 특별한 재능이 있으리라는 생각도 하지 않았다. 이십 대들은
앞으로 쑥쑥 나아가고 있는데, 나는 손발이 생각대로 움직여 주지

않아 도로주행에서 코스를 잘못 드는 실수를 할 만큼 둔했다.

운전 경력이 오랜 지인이 내게 이렇게 조언해 주었다.

"자동차는 어른들 장난감이야. 다른 건 없어도 차만 타고 있으면 2년 정도는 충실하게 살고 있다는 느낌이 들 거야."

그 말은 사실이었다. 운전 자체가 즐거워 볼일도 없으면서 차를 몰고 나가 이리저리 다니며 행동반경을 넓혀 나갈 때, 그것만으로도 빛나는 시간을 만끽할 수 있었다. 그런데 딱 2년이 지나자 괜한 기름 낭비라고 생각하게 되었다. 그만하자고 생각했는데, 달리 할일이 없어 지프차를 구입하고, 그다음에는 오프로드 바이크를 몰고 다녔다. 요즘은 랠리용 차를 개조한 차를 몰고 더트를 질주하고 있다. 이러다 내년쯤에는 덤프카를 몰게 되지 않을까 모르겠다.

처음 만나는데, 좋은 사람인지 나쁜 사람인지를 구별하기는 좀처럼 쉽지 않다. 장사치가 물건을 앞에 놓고 방긋거릴 때는 대충 짐작이 가니 그 술수에 걸려들 줄 아느냐는 생각으로 상대할 수 있다. 그러나 좋고 나쁘다는 두 가지 틀에 껴 맞추기에 인간은 너무도 복잡하다. 내게는 좋은 친구여도 다른 사람에게는 극악무도한 사람인 경우도 없다 할 수 없다. 이렇게 말하는 나 역시 나도 모르게 다인에게 몹쓸 짓을 했을시노 보른나. 가능하면 늘 선한 사람이고 싶지만, 적어도 사람을 배신하는 짓은 하고 싶지 않지만, 살다 보면 그런 자세를 견지하기가 쉽지만은 않다. 늘 당하면서도 태연할 수 있을 만큼 그릇이 크지 않다. 한 대 맞으면 열 배로 돌려줘야 성이 풀리고, 그 자리에서 되갚을 수 없을 때에는 천천히 기회를 기다릴 줄도 안다. 어느 쪽이든 음험한 타입에 속한다. 성인군자에 속하지 않는 것만은 확실하다.

그러나 내가 먼저 불합리하게 처신한 적은 한 번도 없다. 문제가 생기는 것을 좋아하지 않는다. 술에 취한 사람이 시비를 걸면 참는다. 심한 말을 들어도 손을 쳐들지 않을 수 있다. 그러나 내 몸에 손가락 하나라도 대면 분노가 폭발한다. 그런 경우에는 상대방의 입장 따위는 생각지 않는다. 집에서 처자식이 기다릴 텐데, 얻어맞은 남편의 얼굴을 보면 아내가 얼마나 속이 상할까, 그런 생각은 하지 않는다. 가차 없다. 과하게 되갚는다. 이 과격한 성격을 나는 늘 두려워했다. 나 자신이 끔찍해진다.

그래서 늘 농담을 하면서 웃는다. 얘기가 꼬인다 싶으면 내가 먼저 자리를 뜬다. 그 때문인지는 모르겠지만, 지인들은 모두 내게 이렇게 말한다. 요즘 점점 까칠해진다, 술 상대도 잘 안 해 준다. 어이가 없다. 손해를 보는 것은 언제나 내 쪽이다. 언제나 멋대로 지껄여 대는 말, 몇 번이고 되풀이되는 똑같은 말을 들으면서 고개를 끄덕여 주지 않으면 "너, 제대로 듣고 있는 거야, 뭐야." 하고 소리를 지른다. 그러다 마지막에는 술자리의 뒷수습까지 도맡는다. 그리고 다음 날 만나면, "내가 어제 어떻게 된 건지 모르겠어. 집에 어떻게 들어간 건지 기억이 안 나." 그렇게 말한다. 내게

술을 마시는 사람은 나쁜 사람이다. 그들에게도 술을 마시지 않는 나는 나쁠 사람일지 모른다. 물과 우유만 마시면서 취한 사람처럼 요란을 떨 수 있는 사람은 더 나쁜 사람일지도 모르겠다.

왔던 길을 다시 돌아가야 한다는 것을 알았을 때만큼 진저리가 쳐지는 일도 없다. 250킬로미터를 달린 후에 길을 잘못 들었다는 것을 알면 온몸에서 힘이 쭉 빠진다. 한동안은 아무것도 하고 싶지 않다.

욕지거리를 내뱉고 인상을 찡그려 봐야 아무 소용없다. 돌아가는 수밖에 없다. 헬리콥터를 부를 수도 없고, 지름길이 따로 있는 것도 아니다. 왔던 길을 다시 돌아가는 방법밖에 없다. 피로가 확 몰린다. 시간은 넉넉하니까 서두를 필요가 없는데도, 돌아갈 때의 허망함은 한층 무겁다. 한숨만 나온다. 길을 헤매는 편이 차라리 낫다 싶은 생각이 든다.

신기한 것은 딱 한 번 지나온 길인데, 그런 때는 하나에서 열까지 다 알고 있는 듯한 기분이 든다.

이쯤에서 차라도 마시며 좀 쉴까. 배가 고프면 가볍게 식사를 하는 것도 좋겠다. 사막 한복판에서 마시는 뜨거운 차는 참 맛있다. 더워서 못 살겠다고 시원한 음료만 마시면 끝내는 몸이 이상해지고 만다. 그렇다고 소금만 핥고 있으면 소금에 절인 연어가 된 기분이다. 프로판가스의 밸브를 열어 물을 끓이고, 우선 인스턴트 라면을 끓인다. 차는 그다음에 마신다. 이런 장소에서 먹을 때는 꼬여 드는 파리도 주의해야 한다.

우리 셋 중에 한 명이라도 식도락가가 있었다면 이 여행은 실패로 끝났을 것이다. 메뉴가 인스턴트식품, 통조림 그리고 종합 비타민에 그치는 날이 줄곧 계속되었다. 신선한 식품은 마을에 들를 때가 아니면 구입할 수 없다. 먹는 것에 가장 까다로웠던 사람은 도시 씨였다. 그래 봐야 인스턴트 라면에 양파를 넣는 정도의 까다로움이었다. 식욕이 가장 왕성했던 사람은 가게야마 씨였다. 그는 그 낡은 타이어처럼 딱딱하고 질긴 소고기를 누구보다 빨리 해치우고는 더 먹기까지 했다. 그는 항상 배가 고프다고 노래를 부르면서 뭐든 닥치는 대로 입에 넣었다.

나는 고기만 먹고서는 움직이지 못하는 타입이다. 전형적인 일본 사람이다. 쌀을 먹으면 기운이 나고, 어떤 무모한 짓도 해낸다. 어렸을 때부터 밥을 좋아했다. 우동이나 메밀국수, 빵도 먹기는 했지만, 식사 때 그런 음식이 식탁에 오르면 화가 치밀었다. 대용식으로도 딱 질색이었다. 이렇게 쓰면 내가 멋대로 구는 응석받이 어린애였던 것으로 생각하는 이도 있을지 모르겠다. 특히 나이 많은 어르신들은. 그렇다. 어떤 특정한 면에서 나는 멋대로였다. 반찬은 뭐든 상관없었고, 책도 장난감도 원하지 않았다.

보리밥도 싫었다. 요즘 같은 보리라면 몰라도 당시에는 그냥 진짜 보리라 맛이 형편없었다. 그래서 나는 방학 때면 농사를 짓는 친척집에 맡겨지곤 했다. 쌀밥을 먹을 수 있다면 일이 아무리 힘들어도 상관없다고 생각했다. 그러나 정작 일을 해 보고는 두 손 들고 말았다. 사과나무 소독약 펌프를 아침부터 밤까지 계속 눌러 대야 했다. 게다가 삼시 세끼 쌀밥인 것은 맞는데, 반찬이 장아찌와 된장국뿐이었다. 일주일이고 이주일이고 똑같은 밥에 똑같은 반찬. 《여공애사女工哀史》로 유명한 신슈의 방적공장에서 일하는 아가씨들의 세끼 식단과 똑같았다. 그녀들이 먹었던 메뉴는 아침 점심 저녁 조금도 다르지 않았고, 게다가 거의 1년 내내 그랬다고 하는데. 밥, 된장국, 단무지. 그게 전부였다. 그래서 폐결핵으로 죽는 이도 많았다.

출발하기 전, 오스트레일리아에서는 UFO를 볼 기회가 많다고 들었다. 그럴 만하겠다고 생각했다. 사막처럼 넓은 공간에서는 UFO가 숨을 곳이 많지 않을 테니 떠 있으면 금방 눈에 띌 것이다. 우리도 보고 싶었다. 가게야마 씨는 보면 사진을 찍겠다고 별렀고, 도시 씨는 가까이 다가오면 어쩌느냐고 걱정했다. 도시 씨는 UFO를 믿고 안 믿고를 떠나 거의 관심이 없었다. 그는 방콕에 머무를 때, 호텔방에서 자신의 8밀리 비디오로 사진을 찍었음에도 관심을 보이지 않았다. 우리는 그 필름을 몇 번이나 돌려 보았다. 진짜 UFO였다. 한낮의 방콕 시내 하늘에서, 마치 잃어버린 물건이라도 찾는 것처럼 건물 사이사이를 헤집고 자유자재로 날았다. 태양만큼은 아니지만 상당히 강한 백색으로 반짝거리면서 몇 번이나 오르내렸다. 우리가 아는 비행물체 중에 그런 것은 없었다.

나와 가게야마 씨도 그런 것을 본 적은 있다. 다른 일로 둘이서 아즈미노 지역을 취재했을 때 보았다. 또 내 친구 세 명도 저녁때 그것을 보았다. 왠지 우리 집 주변에 목격자가 많다. 너무 자주 출몰해서 그런지 화제에도 오르지 못한다.

문제는 그 알 수 없는 발광체가 틀림없는 물체이며, 게다가 그것을 조종하는 생물이 있다는 확실한 증거다. 발광체뿐인 사진은 대부분 믿을 수는 있어도 솔직히 식상해지고 있었다. 진짜라고도 트릭이라고도 해석할 수 있는 사진에는 이제 염증이 난다. 가능하면 좀 더 선명한 사진을 보고 싶다. 원반을 수리하는 우주인 같은 생생한 사진을. 하기야 우주인이 모두 우호적이라는 보장은 없으니, 그런 사진을 과연 찍을 수 있을지는 의문이다. 진지하게 UFO 문제를 다루고 있는 학자들의 국제회의에서도 경고했다. UFO를 가까이에서 찍을 수 있는 기회가 생기더라도, 근접하지 않는 편이 좋다고. 그들에게 우리 지구인은 정상적으로 접선하려는 상대가 아니라, 우리가 원숭이를 대하는 것처럼 사소한 실험이나 장난을 위해 포획할 수도 죽일 수도 있는 상대라고 한다. 즉 지구를 자연

보호구인 갈라파고스 섬처럼 여기고 있을 수도 있다는 것이다.

지금까지의 정보에 따르면, 그들이 SF소설에 그려지는 것처럼 지구를 정면 공격할 만큼 전쟁을 좋아하지는 않아도, 영화 〈미지와의 조우Close encounters of the third kind〉에 등장하는 우주인만큼 우호적이 아닌 것만은 분명하다고 한다. 최근에는 우주인의 존재를 부정하는 학자의 수가 오히려 줄었다. 그 확실한 증거가 바로 우리도 우주인이라는 점이다.

이 광활한 우주에 지구인만이 특별한 생물로 존재하는 것은 있을 수 없는 일이다. 대기가 있고, 태양이 있고, 물까지 넉넉하게 있는 별은 무한히 많다고 한다. 그러나 그 이론을 지구를 찾아오는 UFO와 관련짓는 것에는 반대하는 학자가 많다. 그들은 UFO 목격담이 지나치게 많다는 이유로 반론한다. 구경하기에 재미있는 별은 얼마든지 많은데 지구에만 지나치게 집중되는 것이 아니냐, 하고. 그리고 그 반론의 근거로 예의 상대성이론을 든다. 가령 빛의 속도로 이동하는 물체가 있다 해도 몇 천 년, 몇 만 년이나 걸리는 먼 별에서 굳이 지구만을 향해서 올 이유가 없다는 것이다.

아인슈타인의 이론에만 매달리는 탓에 그런 해답밖에 나오지 않는 것이다. 최근에는 블랙홀이 발견되었고, 성운의 중심에 화이트홀이 있을 수도 있다고 상상하는 학자도 나타나, 우주 이론이 과도기에 접어들었다는 인상마저 든다. 블랙홀로 빨려 들어간 물체는 과연 이디로 사라지는 섯일까. 블랙홀이야말로 다른 차원으로 가는 입구이지 않을까. 반물질의 세계란 요컨대 저 세상이며,

이 세상과 멀리 떨어져 있는 것이 아니라 평행하게 존재하는 것은 아닐까. 여러 가지 다양한 설이 난무하고 있다.

UFO를 목격한 자의 목격담을 따르면, 대기 중에 갑자기 나타났다 싶더니 또 대기 속으로 빨려 들어간 것처럼 홀연히 사라진다고 한다. 군 레이더에 잡힌 UFO 역시 갑자기 나타났다가 갑자기 사라졌다. 그들은 어쩌면 시간이 존재하지 않는 저 세상을 통과해 언제든 가고 싶은 별에 찾아갈 수 있는 게 아닐까. 만약 그들이 그렇게 우주를 날아다니고 있다면, 우리 지구를 쉴 새 없이 방문하는 것도 가능한 일이다. 만약 그렇다면 얼마나 자유로운 존재란 말인가. 얼마나 행복한 생물이란 말인가.

가게야마 씨는 이렇게 말했다.

"만약 UFO가 내 옆에 착륙해, 우주인이 내게 손짓이라도 한다면 나는 주저 않고 올라탈 거야."

도시 씨는 도망칠 거란다. 나는 총을 쏴서 잡아 구경거리로 삼을 것이라고 농담했다. 그러나 우리는 오스트레일리아에서는 UFO를 보지 못했다. UFO는커녕 그럴 법한 물체도 못 봤다. 우주인 입장에서는 지구인처럼 미개한 종족은 근처에도 가고 싶지 않았는지 모르겠다.

그런데 놀라운 것은 집으로 돌아가 아내에게 들은 얘기였다. 한밤중에 개가 이상하게 짖어서 나갔다가 개와 함께 5분 정도 UFO를 보았다는 것이다. 그녀는 이렇게 말했다.

"그런 건 굳이 오스트레일리아까지 가지 않아도 보이는데."

등잔 밑이 어둡다더니.

이방인이라는 위치도 그렇게 나쁘지는 않다. 때로는 피부색이 다른 사람들이 힐금거리는 것도 기분 나쁘지 않다. 노르웨이를 여행할 때처럼 계속해서 쳐다보다 못해 끝에 가서는 아이들이 "인디언이다!" 하는 소리까지 하면 난감하지만, 간혹 그런 것은 괜찮다. 아아, 나는 틀림없이 존재하는구나, 하는 생각이 들고 지금 외국에 있다는 것도 실감한다.

인상이 좋은 조그만 동네의 코인 런드리에서 일본인 여행자와 처음 마주쳤다. 처음에는 그쪽이 입을 꼭 다물고 있어 중국 사람인지 알았다. 그러다 두 사람이 일본말로 소곤거리기 시작했다. 젊은 남녀는 왠지 몹시 지쳐 보였다. 그래서 내가 말을 건넸다. "영 기운이 없어 보이는군." 그러자 둘은 안도한 표정을 짓고는 괜찮다고 대답했다.

둘은 배를 타고 오스트레일리아에 왔다고 한다. 그리고 우리보다 긴 일정으로 오스트레일리아와 뉴질랜드를 여행할 계획이라고 했다. 이제 막 여행은 시작되었는데, 이 넓은 나라의 느긋한 속도에 많이 지쳐 있었다. 우리는 저녁을 같이 먹자는 제안도 하고 간간이 함께 약간의 충고도 해 주었다.

이 나라는 유럽이나 미국처럼 온갖 관광 메뉴가 오밀조밀 준비

되어 있지 않으니, 어떻게 즐길지는 스스로 생각하는 편이 좋을 것이라고.

도중에 만난 오스트레일리아 사람들은 종종 우리에게 이런 말을 했다.

"왜 외국 여행을 하지 않느냐고? 그야 뻔하지. 이 넓은 우리나라도 다 못 봤는데, 왜 외국엘 가겠어."

맞는 말이다. 생각해 보면 나는 아직 시코쿠에도 규슈에도 간 적이 없다. 가 본 적도 없으면서 일본의 구석구석을 잘 아는 것처럼 착각하고 있을 뿐이다.

"이 나라를 어떻게 생각하나?" 하는 오스트레일리아 사람들의 질문에 나는 숲이 좀 더 많았으면 좋겠다고 대답했다. 그러자 상대는 껄껄 웃었다.

"자네들이 지나온 코스는 이 나라에서도 가장 황량한 곳이야. 이 나라 전체가 그렇다고 생각하면 오산이지."

그러나 나는 이 나라를 좀 더 자세히 알고 싶은 생각은 없었다. 그게 목적이 아니었으니까. 오스트레일리아와 일본을 비교하고 싶은 마음도 없었다. 다만 6월의 아즈미노로 돌아왔을 때, 높은 산과 울창한 숲에 새삼스럽게 감동한 것만은 사실이었다.

나는 다시 한 번 오스트레일리아를 찾게 될까. 다시 그 땅을 밟고, 이번에는 퍼스로 가는 사막의 길을 달리게 될까. 아니면 서던 크로스 랠리를 구경하기 위해 찾게 될까.

우리가 만난 오스트레일리아 사람들은 모두 친절하고 마음씨도 좋았다. 일본 사람이라고 자리에서 벌떡 일어나는 자는 거의 없었다. 그들에게 백인 특유의 점잔 빼는 구석은 조금도 없었다. 예의 바르면서도 털털하고 조심스럽고 친절했다. 여행자들에게만 보이는 특별한 태도 같지는 않았다. 브루스라는 남자는 나와 나이는 같지만 체격은 비교가 안 되게 건장한데, 우리가 오스트레일리아를 떠나기 전날 밤, 오팔 커프스 버튼을 주면서 눈물을 글썽였다. 사막에 대해 그가 우리에게 해 준 조언은 하나도 버릴 게 없었다.

귀국한 후 우리 셋은 이렇게 얘기를 나눴다. 그런 남자를 알게 된 것만 해도 의미가 있었다, 진짜 사나이는 브루스 같은 타입의 남자일 것이다. 그리고 언젠가 그를 일본에 초대하기로 의견 일치를 보았다.

우리 세 사람의 여행을 걱정한 사람이 없었던 것은 아니다. 그런 여행에서는 친한 사이일수록 문제가 생기기 쉽다는 것이 그 이유였다. 오히려 처음 만나는 사람일수록 서로 조심하기 때문에 문제가 생기지 않는다는 것이다. 아닌 게 아니라 그런 말을 종종 듣는다. 등산을 할 때도 흔히 그런 것 같다. 정상을 앞두고 공중분해되는 팀이 드물지 않다는 사실은 신문이나 텔레비전 보도로 알고 있었다. 그러나 나는 자신이 있었다. 가게야마 씨는 반년이나 같이 일한 사이고, 도시 씨와는 위험하기 그지없는 산악 투어링을 몇 번이나 함께 한 사이다. 만약 이 사람들이 어느 술집에서 얼굴을 마주했을 뿐인 지인들이라면 나 역시 걱정했을 것이다.

우리 셋은 모두 행동을 같이하기 위해 만났다. 격렬하게 움직이기 위해 뭉쳤다. 그러니 오스트레일리아 여행도 그 연장에 지나지 않는다. 어떤 경우에 누가 어떤 행동을 보일지는 충분히 알고 있었다.

오토바이를 탄 나를 촬영하는 가게야마 씨는 도시 씨와 등을 맞대고 같은 오토바이를 탔다. 두 사람을 묶은 밴드는 특수하게 개조된 것이다. 그렇게 길 없는 길을 달리면서 가게야마 씨는 나를 찍었다. 그런 행동은 일시적으로 끌어모은 스태프로 추진하기 어렵다. 그리고 우리 셋 다 위험에 부딪치면 죽으면 그만이라는 굳은 각오가 있어, 필요 이상 불안에 시달리는 일도 없었다. 그렇다고 목숨을 가벼이 여긴 것은 아니다. 목숨 아까운 줄 모르는 바보 셋이 모인 게 아니다. (그렇게 말하는 사람들도 있었지만.) 행동에 나설 때는 늘 신중을 기했다. 행동적이지 못한 사람들 눈에는 서커스단처럼 보였을지 모르나, 우리는 행동하기에 앞서 기계를 점검했고 최악의 사태에 대해서도 생각했다.

에어스 록의 정면—어느 쪽이 정면인지 모르겠으나—에 있는 레드 선스 모텔 바에 남자 사진이 걸려 있었다. 지배인에게 물어보니, 사막의 가이드로 유명했던 남자라고 설명해 주었다. 그는 사막을 구석구석 알고 있었다고 한다. 정말 그래 보이는 생김이었다. 듬직해 보이기도 했다. 그 남자가 사막 어디에선가 이미 죽지 않았을까. 그렇게 내 멋대로 생각했다. 그런데 그는 아직 살아 있었다. 그것도 우리 바로 옆에서, 얼굴을 마주하고 있었다.

그는 레드 선스 모텔에서 허드렛일을 하며 지내고 있었다. 사진 앞에 서 달라고 해 비교해 보니, 틀림없는 동일 인물이었다. 그러나 실물에는 그 부근에 흔히 있는 노인 이상의 특징은 조금도 없었다. 그가 과거에 사막의 주인이었다는 사실이 믿기지 않았다. 지금 그는 쭈글쭈글한 할아버지에 걸음걸이도 시원치 않은 노인이고, 쓰레기를 치우고 걸레질을 하면서 하루를 지내고 있다. 그래도 행복해 보였다. 그 몸으로 사막에 가면 목숨이 반나절도 가지 못할 것이다. 그러나 과거의 그는 그렇지 않았다. 그렇지 않았다는 추억만으로도 그는 현재를 행복하게 살 수 있는 것이다.

우리는 가이드를 고용하는 게 좋다는 충고를 몇 번이나 들었다. 그러나 그러고 싶은 마음이 없었다. 가이드를 고용하면, 자유가 반감된다. 바람이 될 수 있을지도 알 수 없다. 가령 아침에 일어나 텐트 밖으로 나왔더니 눈앞에 멋진 호텔이 있는, 그런 실수를 계속하게 되더라도 누군가의 힘을 빌리고 싶지 않았다. 그래야 충실할 수 있다. 게다가 오프로드 바이크와 사륜구동차를 몰고 질주할 뿐인 여행에 적합한 가이드가 과연 있을지도 의문이었다. 요컨대 우리는 우리 마음대로 하고 싶었던 것이다. 그날의 기분에 따라

바람이 되는 것을 멈추면 인간으로 돌아가는 수밖에 없다.
그러면 인생도 농담이기를 멈춘다.

행선지를 정하는 이동을 하고 싶었다. 가이드가 옆에서 뭐라 뭐라
잔소리하는 상황을 견디고 싶지 않았다.

　과거 명가이드였던 노인은 대형 버스를 타고 찾아오는 관광객
에는 전혀 관심을 보이지 않았지만, 우리에게는 큰 관심을 보였
다. 우리가 트레일러에서 오토바이를 내릴 때마다 일손을 멈추고
이쪽을 지그시 쳐다보았다. 아마 우리가 하려는 이동에 젊은 날
그 자신의 모습을 보았기 때문 아니었을까. 당시에도 이런 오토
바이가 있었다면, 하는 생각이라도 하고 있었을까. 언젠가 내게도
오토바이를 탈 수 없는 날이 올 것이다. 그때 나는 이 노인처럼 행
복한 표정을 지을 수 있을까. 젊은 날의 추억만으로도 남은 생을
계속 살아갈 수 있을까.

토요일 밤, 소년 소녀들이 조그만 동네 레스토랑 앞에 그저 멀거
니 모여 있었다. 뭘 하느냐고 물었더니, 부모들을 기다리고 있단
다. 부모는 어디 있느냐고 또 물었더니, 레스토랑을 가리켰다. 그
들의 부모들은 멋지게 단장하고 레스토랑에서 파티를 즐기고 있

었다. 어른들만의 파티라 아이들은 들어갈 수 없는 모양이다. 이런 경우를 엄격한 훈육이라고 해야 할지. 나는 인간과 개의 관계를 생각했다. 초등학생에서 중학생인 소년들을 보다가, 레스토랑 앞에서 주인이 나오기를 기다리는 개를 연상하고 말았다. 부모들끼리 즐기고 싶다면 아이들은 집에 두고 나오면 좋을 텐데, 하고 생각했다. 기분 좋은 풍경은 아니었다.

그들은 부모들의 식사가 끝나기를 기다리는 동안, 슬쩍 담배를 피우기도 하고 포켓 병에 담아 나온 위스키를 찔끔찔끔 마시기도 했다. 그 모습을 보고 나는 다소 안심했다. 만약 그들이 개처럼 얌전하게 기다리기만 했다면 나는 호통을 질렀을지도 모른다. "너희는 개다. 아니 개보다 못하다. 부모는 상관 말고 어디로든 가 버려라." 이렇게. 그들은 담배를 피우고 위스키를 찔끔거리고 간혹 섹스 얘기도 하면서 레스토랑 앞을 떠나지 않았다.

사막의 조그만 마을에서 생을 마친다. 어른들은 몰라도 꿈 많은 젊은이들에게는 참기 어려울 일일 것이다. 그 마을에는 텔레비전도 있고 영화관도 있다. 그리고 학교에서는 지리도 가르칠 것이다. 그러니 그들이 다른 세계를 모를 리는 없다. 설마 그 먼지투성이 조그만 마을이 세계라고는 생각지 않을 것이다.

그들에게 물어보았다.

"집은 언제 떠나느냐?"

그런데 그들은 왠지 우물쭈물하고는 잠시 후, 멜버른, 시드니, 하고 도시 이름을 말했다. 언제 거기로 갈 것인지에 대해서는 대답이 없었다. 혹은 그런 도시를 여행하고 싶다는 말일 뿐, 동네를 떠날 마음은 없다는 것일까. 평생을 그 마을에서 살겠다는 작정일까. 몇 발짝 걸어 나가면 바로 사막이다. 즉 사방이 사막으로 에워싸인 상태다. 대체 그들은 앞으로의 인생을 어떻게 살 계획인 것일까. 지평선 너머에 있는 활기 찬 세계를 꿈꾸는 일이 없다는 말인가. 이런 생활을 언제까지 견딜 수 있다는 말인가.

부모가 자식에게 할 수 있는 가장 효과적인 교육은, 어른이 되기 전에서 집에서 내쫓는 것이다. 부모가 레스토랑에서 식사를 하는 동안 아이를 밖에서 기다리게 하는 훈육 방식도 나쁘지 않을지 모르나, 그보다는 부모가 자식의 손을 아예 놓아 버리는 것이 훨씬 중요하지 않을까. 부모가 떼 놓고 싶어 하지 않는 경우에는 자식 쪽에서 먼저 끊어 내야 한다. 분명한 목적을 갖고 집을 떠난다면 더할 나위 없다. 그러나 목적 없이 나가도 상관없다. 그냥 가출로도 충분하다.

나는 중학교를 졸업한 후 바로 부모님 곁을 떠났다. 이는 정말 멋진 일이었다. 학교에서 가르쳐 주는 공부 따위는 문제가 되지 않을 정도로 많은 것을 배웠다. 다른 누구의 인생이 아니라 비로 나의 인생이라는 것을 몸으로 알았다. 무슨 일이든 제 손으로 제 힘으로 해결해야 하는 위치란, 생각하는 대로 해낼 수 있는 위치이기도 하며, 그것은 자유로 가는 입구에 다가가는 일이었다. 부모 곁을 떠나는 순간 세계가 일변한다. 인생은 황금빛으로 빛나고 많은 친구도 생긴다. 둥지는 빨리 떠나면 빨리 떠날수록 좋지 않을까.

대학을 졸업할 때까지 부모 슬하에서 생활하던 남자가 나와 함께 입사해 같은 기숙사에 들어가게 되었다. 그는 체격도 좋고 머리도 잘 돌아가고 붙임성도 좋은, 이른바 출세하는 타입이었다. 그런데 그는 일이 끝나면 서둘러 기숙사로 돌아가서는 집에다 전화를 걸었다. 그리고 회사에서 생긴 일을 미주알고주알 보고하고, 맛있는 커피를 마실 수 없으니 사이펀을 보내 달라고 부탁하고, 침대에서 이불이 미끌어 떨어져 짜증이 난다고 투덜거렸다.

부모는 인생의 한 예를 보여주는 사람에 불과하다. 그들은 안전하게 여겨지는 길로 걸어 주기만을 바란다. 학교 선생과 비슷하다. 그러나 포장된 넓은 길을 수많은 사람들이 아우성치며 걸어본들 무슨 재미가 있을까. 승차감 좋은 차를 몰면서 정해진 속도와 교통질서에 얽매여 달리는 것에 과연 무슨 의미가 있을까. 그런 길을 그런 방법으로 달려서 사내의 들끓는 피를 잠재울 수 있을까. 길은 도처에 있다. 아니, 도처가 길이다.

달릴 수 없다고 처음부터 단정하는 것은 좋지 않다. 시도도 해보지 않고서 결론을 내리는 것은 어리석은 짓이다. 승용차도 쇼크 업소버를 교체하고 디이이민 바꾸면 꽤 서진 길을 날릴 수 있다. 굳이 그런 험한 길을 달리는 데 무슨 의미가 있겠나, 하는 질문 자체가 무의미하다. 어차피 이 세상에는 대수로운 의미 따위 없으니까. 안티 로망의 기수 알랭 로브그리예는 과거에 이런 말을 했다. 그리고 그 사상을 몇 편의 소설에 그리고, 영화도 제작했다.

"이 세상은 의미가 있다고도 없다고도 할 수 없다. 그저 거기에 있을 뿐이다."

그러나 나는 그렇게 생각지 않는다. 방에 틀어박혀 책상 앞에서 움직이지 않는 한 그런 사고방식도 나쁘지 않게 여겨질 것이다. 하지만 행동을 개시한 순간 모든 것이, 돌멩이 하나에도 의미가 생긴다.

에어스 록 꼭대기에는 기념으로 오른 사람들의 이름과 주소와 메시지를 적을 수 있는 노트가 놓여 있다. 나도 썼다. '徒勞'라고 굳이 한자로 썼다. 이 말을 오르기 전에 한 것이 아니다. 다 오른 후에 했다. 땀 흘리며 올라가 볼 것도 없었다. 기껏해야 높이 500미터 바위에서 보이는 풍경 따위는 상상이 갔다. 지평선의 위치가 조금 멀어지고, 전체적으로 둥그런 곡선을 그리는 광경이 될 것이다. 그리고 목이 바짝 마르고, 솟아난 땀을 노리고 파리가 어마어마하게 모여들 게 뻔하다.

그러나, 정말 그게 전부인 행위였을까. 정말 헛수고에 불과했을까. 지평선에 번개가 번쩍거리는 것을 보았다. 비가 올 것 같더니,

그날 밤에는 폭우가 쏟아졌다. 사방이 물에 잠겼다. 천둥이 우르릉 거렸다. 그러나 나는 무척 기분이 좋았다. 에어스 록에 오른 덕분이 분명했다. 낮잠을 자느라 오르지 못한 도시 씨에게 나와 가게 야마 씨는 몇 번이나 올라갔다 왔다고 자랑하고는 "올라가도 별거 없어." 하고 말했다. 그리고 그렇게 말한 입에 침이 마르기도 전에 "그래도 역시 올라가 보는 게 좋지 않을까." 하고 덧붙였다.

도쿄에 갈 때마다 느낀다. 사람이 너무 많다. 밤늦게 그 사람들의 모습이 사라지면, 그 많은 사람들이 다 어디로 갔을까, 하는 의문을 품는다. 물처럼 땅으로 스며들었을까. 그러나 콘크리트로 다져진 도시에 땅은 없다.

또 이런 생각도 한다. 그들은 절대 표면에 드러나지 않는 한 줌의 인간에게 조종되고 있는 인형이 아닐까. 그러니 거기 있는 시간과 공간은 그 한 줌의 인간들 것이 아닐까.

도시에 사는 젊은 편집자들이 간혹 이런 말을 한다. 대지진이든 초대형 태풍이든 상관없으니, 도쿄를 한번 박살내 주지 않으려나, 하고.

다윈은 뭐라 말할 수 없이 더웠다. 온도계를 보고 싶지 않을 만큼의 더위였다. 그런데도 거기 사는 사람들은 한여름에 비하면 시원한 편이라며 태연했다. 쨍쨍한 햇살 속으로 나서는 순간 티셔츠가 땀에 젖고, 사고력이 저하한다. 모든 것이 될 대로 되라 싶어지고, 태양을 거스르면서까지 움직이는 것은 어리석은 짓이라고 생각된다.

일본 사람들은 왜 머리가 좋은지, 그 이유를 조사한 외국 학자가 있다. 그들은 본격적인 조사를 실시했지만, 결국 해답은 얻지 못했다. 그러나 사계절이 분명한 까닭이 아닐까 하는 가설을 내세웠다. 즉, 계절에 따라 희로애락의 감정이 자극을 받고 변화하기 때문에, 사건과 사물을 다양한 시각에서 검토할 수 있지 않겠느냐 하는 것이다. 또 여름과 겨울은 입는 옷부터가 크게 다르니 그 때문에도 다양한 연구를 해야 살 수 있기 때문에 그런 생활 속에서 쌓인 지혜가 머리를 좋게 했을 것이란다.

다윈의 거리를 걸으면서 나는 몇 번이나 생각했다. 이곳에서는 좋은 머리 따위는 아무 쓸모가 없지 않을까. 그렇게 중얼거리면서 해안으로 나가 모터크로서를 타고 질주하자, 기분이 후련해졌다. 충실해진 육체를 따라 정신이 신음하며 따라오는 숨소리가 분명하게 들린다. 지금, 나는 틀림없이 살아 있다고 느낀다. 살아 있다는 증거를 일일이 찾을 필요가 없었다. 그것은 몸 구석구석까지 꽉 차 있었다. 찰나주의라는 경박한 말로는 치부될 수 없는 벅찬 감동이 있었다.

서른이 넘으면 나는 반드시 오토바이를 타고 다니라고 권하고 싶다. 오토바이를 젊은이들의 장난감으로만 여기기는 너무 아깝다. 이렇게 매력적인 탈것이 달리 있을까. 젊은이라면 속도와 스릴만을 즐기며 타고 다니면 그만이다. 청춘의 기폭제로 이용하는 것만으로도 상관없다. 그러나 오토바이의 진정한 매력은 절대 그런 것에 있지 않다. 오토바이는 진정한 어른의 탈것이다. 뭐라 말로 설명하면 좋을까. 아니, 오토바이만은 언어에 껴 맞출 수 없다. 언어로 설명할 수 있을 정도라면 그리 큰 매력이 없는 거니까.

설명 대신 이런 이미지를 그려 보자. 하루 일이 끝났다. 회사에서 대인관계에 사소한 문제가 생겼다. 늘 있는 일이다. 왜 이렇게 주변 사람들이 시시하게 느껴지는 것일까. 그런 날들이 벌써 10년이나 계속되고 있다. 탈출하려는 생각은 했다. 그러나 계기를 잡지 못한 채 지금까지 지내왔다. 이것이 목표로 한 인생이 아니라는 것은 알고 있다. 아는데, 뭘 어떻게 하면 좋을지 모른다. 동료들과 단골 술집에 모여 얘기를 나눠 보았지만, 결국은 불평이나 늘어놓는 자리가 되고 말았다. 주위에 있는 누군가를 강경한 말로 부정하고 비난해 본들, 너나 나나 얼마나 큰 차이가 있을까. 혹시 이렇게 구질구질하게 살다 인생이 끝나는 게 아닐까. 약속한 보너스도 받지 못한 채 1년이고 2년이고 그냥 흘러가는 게 아닐까. 처자식을 위해서라는 대의명분은 있다. 이제 청춘은 다 지나갔다는 말을 스스로에게 해도 좋다. 그다음은 죽은 목숨이다 치고 무사안일하게 지내면 그만이다. 그러면 정년을 무사히 맞을 수 있고 퇴직금도 받을 수 있다. 성장한 아이들에게는 용돈도 받을 수 있다. 대망의 자유를 거머쥐는 것이다.

이렇게 살아오거나 살고 있는 남자가 많지 않을까. 그런 타입의 남자에게 만약 오토바이가 있다고 쳐 보자. 그는 밤중에 몰래 침대에서 나와 오토바이로 다가간다. 헬멧을 쓰고 부츠를 신는다. 고글과 가죽 장갑을 낀다. 그리고 잠든 처자식이 깨지 않게 조심조심 오토바이를 끌고 거리로 나간다. 그다음 심호흡을 하고서 올라탄다. 셀 버튼을 눌러도 좋고 시동을 걸어도 좋다. 동네 개들이 그 소리에 짖어대 봤자, 이미 그는 1킬로미터 저만치에 가 있다. 낮에 일하는 회사 앞을 지날 때에는 욕설을 퍼부어도 좋다. 자지러지게 웃어도 좋다. 그리고 그는 바다로 향한다. 바다를 향해 똑바로 질주한다. 그는 깨달을 것이다. 스스로 감동적으로 살지 않으면 안 된다는 것을 몸으로 깨달을 것이다. 동시에 아직 자신의 내면에 남아 있는 에너지의 위대함도 깨닫게 될 것이다.

우리는 사막에서 생활하기 위한 캠핑용품을 충분히 준비했다고 생각했다. 멜버른의 전문점에서 산 텐트만 해도, 이 정도 물건이면 아무리 황량한 벌판에서도 안심하고 사용할 수 있다고 가게 주인이 장담했다. 넓이도 넉넉하고 튼튼하기도 해서 흠잡을 데가 없다고 생각했다. 그런데 정작 사막에서 치려고 하니 말도 안 되는 결함이 발견되었다. 텐트의 로프를 고정하는 펙이 금방 뽑히는 통에 전혀 쓸모가 없어지고 말았다. 아무리 단단한 땅을 찾아 텐트를 쳐도 바람이 조금만 불면 펙이 뽑혀 텐트가 폭 꺼지고 말았다. 이런 텐트를 사막용이라면서 잘도 팔아먹었다 싶었다.

그런데 멜버른으로 돌아가 다른 텐트로 바꿀 시간이 없어서 텐트 양쪽에 사륜구동차를 세우고 차체에 로프를 단단히 묶었다. 바람도 막아 주어 일거양득의 아이디어였는데 비를 동반한 강풍이 불었다면 버티지 못했을 것이다. 하기야 여차하면 차에 들어가 잘 수도 있었지만.

인간의 기적이 전혀 없는 사막에서 남자 셋이 나란히 자자니 참 기분이 묘했다. 부자연스러운 것도 아니고, 잠자리를 잘못 찾은 느낌도 아니었다. 그냥 꿈이라도 꾸는 기분이었다. 그러나 절대 나쁜 기분은 아니었다. 손 닿는 곳에는 장전된 총이 있고, 머리맡에는 나이프가 놓여 있음에도 우리는 왠지 행복했다. 그 사막에는 훗날에도 행복했다고 말할 수 있는 귀중한 시간이 있었다.

헬멧과 부츠와 고글과 가죽 장갑으로 몸을 무장하는 것은 당연히 오토바이가 전복되는 사태에 대비해 피해를 최소한으로 줄이기 위함이다. 그러나 그 외에도 중요한 의미가 있다. 그것들을 하나하나 몸에 장착하는 동안, 각오를 굳히는 것이다. 각오라고 할 만큼 허풍스러운 게 아니더라도, 그때까지 남아 있던 정신의 이완을 지워 버리기에 도움이 된다. 이렇게 쓰면 동양의 정신주의를 강매하는 것 같아 싫지만, 사실이 그러니 어쩔 수 없다. 특히 오프로드 바이크를 탈 때는 마음을 단단히 먹지 않으면 부상을 입는다. 히죽거리면서 올라타 그대로 질주할 수는 없다. 절대 소형 오토바이처럼 폴짝 올라탈 수 없다. 오후에 탈 계획이면 오전 중에 마음의 준비를 해야 한다. 그런 것이 오프로드 바이크다.

소설을 쓸 때의 마음가짐과 비슷할지도 모르겠다. 오전 8시부터 정오까지 네 시간 동안 소설을 쓸 경우, 전날 밤부터 어느 정도 긴장하고 있지 않으면 안 된다. 펜을 쥔 후에 긴장해도 충분하다 여길지 모르나, 실상은 그렇지 않다. 이미 10년 이상이나 소설을 쓰고 있지만, 느긋한 기분으로는 도무지 소설이 써지지 않는다.

그리고 하룻밤이 지나면 전날 오후에 오토바이나 지프차를 타면서 딩 비운 머릿속에 구체적인 문장과 이미지의 단편들이 아우성친다. 그렇게 되면 된 것이다. 그다음에는 그것들을 어떻게 정리하면 좋을지 기교적인 문제만 남는다. 그러나 가끔은 그대로 딩

비어 있는 경우도 있다. 그런 때면 나는 초조해진다. 아침을 어떻게 먹었는지도 기억하지 못할 만큼 초조해진다. 어떻게든 되겠지 하는 심정으로 일단 펜을 잡는다. 그러나 아무것도 나오지 않는다. 그렇다고, 자신이 과연 쓸 거리를 갖고 있는가 하는 선까지 심각하게 생각지는 않는다. 백지를 물끄러미 쳐다보기만 할 뿐 아무것도 쓸 수 없어서야 소설가라고 할 수 없으니 그렇다.

초조할 때는 초조함의 끝까지 가는 것이 좋은 듯하다. 그 점이 오토바이와 다른 점일까. 오토바이는 초조하게 굴면 끝이다. 초조함이 어깨와 팔의 근육을 굳게 만들고, 그러면 핸들이 무거워지고 시야가 흐려지고 기본을 잊고 만다. 그러다 별거 아닌 커브 길에서 뒤집히기도 한다. 그러나 소설은 초조하다 못해 극단적으로 궁지에 몰리다 보면 갑자기 상황이 전도된다. 그 후에는 허탈감이 찾아오고 그리고 마침내 마음이 완전히 무가 된다. 거기까지 가는 데 하루가 걸리는 일도 있고 일주일이 걸리는 일도 있다. 어깨에서 힘을 빼고 차분하게 펜을 쥐어 본다. 그러면 글이 나온다. 꼭 써야 할 것들이 얼마든지 튀어나온다.

가게야마 씨는 왜 그런지 화장실 사진을 찍고 싶어 한다. 이유를 물어도 웃기만 하지 대답은 않는다. 급기야 변기까지 찍는다. 그가 보통 카메라맨과 조금 다른 점은 왜 그런 피사체를 찍는가 하는 소박한 질문을 아무리 끈질기게 해도 절대 대답하지 않는다는 것일까. 가령 이렇게 대답할 수도 있지 않나. 변기는 인생의 어두운 부분이며 사람의 기본이기 때문이다. 그러나 절대 대답하지 않는다. 사진가에게 언어를 요구하는 것 자체가 잘못이겠지만, 사진보다 이론에 강한 카메라맨들이 얼마나 많은지 모르겠다.

화장실 하니 떠오른다. 오스트레일리아에서의 사막 여행은 노상 방뇨변 횡단 여행이었다고도 할 수 있다. 매일 어딘가에는 확실하게 흔적을 남겼다. 삽으로 묻는 일도 있었고, 그렇지 않는 일도 있었다. 도시 씨는 황무지에 비료를 준 셈이니 오스트레일리아 정부는 크게 감사해야 마땅하다고 말했다. 그런데 도시 씨와 나는 사막에서 볼일을 볼 때면 늘 조마조마했다. 가게야마 씨가 어디서 망원렌즈 낀 카메라로 노리고 있을지 알 수 없어서였다. 가게야마 씨는 그런 걸 찍을 리 있겠느냐고 했지만, 믿을 수 없는 말이다.

자연과 문명이 낮의 빛 속에서 격렬한 싸움을 벌이다 마침내 일몰과 함께 자연이 우세해지는 광경만큼 기분 좋은 것도 없다. 기분이 평온해진다.

소리 없는 천체의 빛이 인간들의 기적을 압도하면 가슴속이 시원해지면서 신시사이저의 음색이 떠오른다. 깊은 물속에 정좌하고 가만히 앉아 있는 것처럼 마음이 차분히 가라앉는다.

신슈에 있는 우리 집을 처음 찾은 젊은 편집자가 이런 말을 했다.

"의외인데요. 훨씬 더 깊은 산속 통나무집에 사는 줄 알았습니다."

그들은 하나같이 나를 신선으로 만들어 싶고 한다. 웃기는 일이다. 나도 피가 끓는 인간이다. 살기야 산속에 살지만, 생계를 꾸리는 수많은 조건 속에 살고 있고, 또 그러지 않고는 살 수 없다. 놀이 삼아서는 수도도 전기도 없는 깊은 산속에서 두세 달 생활할 수 있을 것이다. 그러나 그렇게 불편한 곳에서 몇 년을 살면서, 게다가 소설까지 몇 편을 쓰는 것은 불가능하다. 생활과의 싸움에 지쳐서 펜을 쥘 시간도 힘도 남아 있지 않을 것이다.

과거 히피라 불리는 사람들이 있었다. 도시에 모여 살다 어느 날 갑자기 자연회귀를 부르짖으며 신슈의 산속으로 들어와 집단 생활을 시작했다. 통나무로 집을 짓고 밭에 콩을 심었다. 그러나 자연회귀가 아니라 놀이 삼아 하는 요란한 캠핑에 지나지 않았다. 톰 소여적인 놀이였다. 자연은 그렇게 만만하지 않다. 그렇게 쉽게 살아갈 수 있다면 누구도 고생하지 않을 것이다. 한 가지씩 다 해 보고 난 그들은 완전히 갈피를 못 잡았다.

다음에 뭘 하면 좋을지 몰랐고, 콩만 먹고 살 수는 없다는 것을 깨달았다. 라면도 먹고 싶고, 카레라이스도 먹고 싶다고 생각했다. 그러려면 현금이 필요했고, 현금을 구하려면 일을 해야 하는

데, 일을 한다는 것은 직간접으로 기성사회에 참여한다는 뜻이니 더는 히피 정신을 운운할 수 없게 된다.

그들이 가장 안이했던 점은 가을이 가면 겨울이 온다는, 초등학생도 다 아는 사실을 계산에 넣지 않았다는 것이다. 통나무집에서 겨울의 그 혹독한 추위를 끝까지 견딜 수는 없었다. 그들은 다시 따뜻하고 편한 도시로 돌아갔다. 도시의 좋은 점은 거기에 들러붙으면 어떤 형태로든 살 수 있다는 것이리라. 온갖 술수를 동원한 삶이라도 타인의 간섭을 받지 않을 수 있다. 때문에 당사자도 자신이 독립한 것처럼 느낄 수 있는 것일까.

지방에서는 그런 삶이 허용되지 않는다. 내 직업만 해도 마을 사람들은 일로 인정하려 하지 않는다. 모름지기 일이란 부업을 제외하면, 집 밖에서 하는 것이라고 믿고 있다. 펜을 쥐고 글자를 쓰는 행위에서 그들이 연상하는 것은 공부밖에 없다. 아내는 때로 마을 사람들이 이런 질문을 해서 난감하다고 한다.

"바깥양반은 오늘도 공부하고 계세요?"

나로서는 공부가 아니라 일을 하고 있는데.

그리고 오해를 받고 있는 일이 한 가지 더 있다. 내가 농업 비슷한 것을 하면서 소설을 쓰고 있는 게 아니냐, 하는 것이다. 그런 식으로 소설을 쓰는 소설가가 실제로 있는 탓에 나도 그 범주에 엮는 것일 터이다. 그러나 나는 불쾌하다. 소설을 쓰면서 할 수 있는 농업은 농업이 아니다. 또 농업을 하면서 쓰는 소설은 소설이 아니다. 양쪽을 다 하고 있다고 자부하는 자가 있다 해도, 어느 한

쪽은 분명 취미 수준에서 하고 있을 것이다.

그런데 세상의 많은 인텔리들은, 특히 도시형 인텔리들은 농업을 하면서 소설을 쓰는 자세를 유난히 좋아한다. 평소에는 빈정거림으로 가득한 언어의 홍수 속에 살면서 이에 대해서만은 의심의 시선을 보내지 않는다. 자기가 좋아하는 채소 정도나 키우는 한심한 농업을 일반 농업과 같은 것으로 간주하고 만다. 좋아하는 채소만 키우는 생활로 먹고살 수 있는 농부가 어디 있다는 말인가.

어떤 일이든 정직하게 제대로 하려면 소박한 형태를 띨 수밖에 없다. 화려한 형태는 오래 지속되지 않는다. 오래 지속되지 않고는 통달할 수 없다. 다른 방법도 있을 법하지만 절대 없다. 나도 서른 살이 넘어서야 그렇다는 걸 깨달았다. 좀 더 일찍 깨달아야 했지만, 깨닫지 못한 사람보다는 낫다고 생각한다. 새로운 문체를 터득하는 데 3년에서 5년 세월이 걸린다.

내게도 행동적이지 못한 한 시기가 있었다. 소설가가 되기 전에는 상당히 여기저기 움직였다. 그런데 펜을 쥐는 순간 방에 틀어박히는 날이 많아졌다. 그러지 않으면 소설을 쓸 수 없다고 믿었다. 아니, 책상 앞을 떠나기가 두려웠던 것일까. 아무튼 종일 집에 있었다. 가끔 창문 너머로 세상을 바라보다가 긴 한숨을 쉬고는 또 펜을 잡았다. 그러다 밥을 먹고, 텔레비전을 보고, 잠든다. 창문 너머로 보이는 세상은 언제나 눈부셨다. 비가 쏟아지는 날에도 반짝거렸다. 밖으로 나가기가 망설여질 만큼 눈부셨다. 그래도 그때는 소설을 쓸 수 있었다. 짧은 과거의 체험에 기댈 수 있었다. 하얀 벽을 보면 이미지가 떠올랐다. 지금 돌이켜보아도 참 부자연스러운 생활이었다 싶다.

도쿄에 살던 때 일이다. 어느 날 나는 피하지방 덩어리로 변한 내 몸을 보고는 소름이 끼쳤다. 그 지방에 어떤 이유를 갖다 붙여본들 인간의 몸으로서 잘못되었다고 생각했다. 소설을 쓰느니 마느니 하기 전에 그 지방부터 처리해야 했다. 그러려면 우선 도쿄를 떠나는 것이 급선무였다.

도쿄를 떠날 때, 친한 편집자 몇 명이 이렇게 충고했다. 그렇게까지 할 거 없지 않느냐, 한번 시골로 내려가면 소설가를 해 먹기가 어려워진다. 그러나 나는 그런 말에 귀 기울이지 않았다. 열차를 타고 대여섯 시간 떨어진 곳에 옮겨 산다고 소설 쓰기가 어려워진다면, 그것도 하나의 답이라고 생각했다. 편집자들의 충고도 물론 타당했을 것이다. 신인상 하나만 받아도, 후보작에만 올라도 어떻게든 도쿄로 올라오려는 것이 당시 세태였다. 도쿄로 올라가야 문학 수업을 받을 수 있다고 진짜 믿고 있는 청년이 적지 않았다.

시골로 내려가 먼저 걷는 것부터 시작했다. 그 당시 몸 상태로

뛰는 것은 무리였다. 소설을 쓰는 것에 앞서 근처 산을 걸어 다녔다. 당연히 수입이 줄어들었다. 채소를 살 돈이 없어 종합 비타민제로 버텼다. 그리고 조금씩 달렸다. 러닝을 일과로 삼기 위해 개를 키웠다. 땀 흘리며 절벽에도 기어올랐다. 마을 사람들은 이상한 사람 취급을 했다. 그런 행위에 어떤 의미가 있는지를 아는 것은 나뿐이었다. 지방이 점차 줄어들었다. 몸이 가뿐해지자 정신도 어느 정도 개운해졌다.

'글은 곧 그 사람이다.'

흔히 듣는 말이다. 그러나 나는 '몸은 곧 글이다'라고 말하고 싶다. 그 소설가의 몸을 보면 문체가 어떨지 대충 짐작이 간다. 뚱뚱한 소설가의 문체는 느슨하고 필요 이상 관념적이고 장황하며, 읽다 보면 화가 날 정도로 둔하다. 그런 소설가가 유독 자신이 쓴 문장을 독자들이 다 읽어 준다고 착각한다.

뛰는 것은 좋다. 언제든 뛰고 싶을 때 혼자 뛸 수 있으니 그렇다. 특별한 도구나 장소가 필요한 운동도 아니다. 인간은 좀 더 걸어야 한다. 인간은 좀 더 뛰어야 한다. 오스트레일리아의 원주민 애버리지니도 과거에는 사막을 걸어 다녔다고 한다. 지금도 그러는 애버리지니가 있다고 한다. 술 한 병 마시기 위해 사흘이고 나흘이고 걸어 백인의 마을을 찾아온다. 그리고 그 한 병을 마시고 나면 다시 사나흘을 걸어 원래 장소로 돌아간다고 한다. 그러나 백인 마을에 눌러 살게 된 애버리지니는 그저 동네를 어슬렁거릴 뿐이다.

걷는 것은 남들만 한 인간이 되는 일이고, 뛰는 것은 그 수준을
넘는 일이다.

나는 아직 한 번도 교통사고를 내지 않았다. 물론 반사 신경이 좋
고 주의력이 좋다는 조건도 무시할 수 없을 것이다. 그러나 그런
요소는 전체의 삼분의 일에 지나지 않는다. 나머지는 운이다. 운
이 좋았을 뿐이다. 내가 몰고 가는 차 앞에서도 뒤에서도 사고가
났는데, 나와 내 차는 무사했으니 그렇다.

　어느 여름날의 이른 아침, 나는 지프차를 몰고 국도를 달리고
있었다. 아직 사방이 어두컴컴하고 오가는 자동차도 거의 없었다.
한참이 지나 앞쪽에서 차가 달려왔다. 흔한 승용차라 주의해서 볼
것도 없었다. 스쳐 지나갔다. 그다음 순간 뒤에서 "픽." 하는 교통
사고 특유의 소리가 났다. 돌아보았다. 그 승용차가 가드레일을
처박고 멈춰 있었다. 앞부분이 완전히 우그러졌다. 나는 지프차를
후진해 상황을 보았다. 큰 사고는 아닌 것으로 보였다. 운전석 문
이 열리고 중년의 남자가 나왔다. 그는 머쓱하게 웃으면서 "아, 깜
빡 졸았네, 졸았어." 하고 중얼거리며 찌그러진 차를 이쪽저쪽에
서 들여다보았다. 조수석에 아이를 안고 앉아 있던 그의 아내도
별 이상이 없었다. 그런데 그녀가 무슨 이유인지 나를 노려보고는
―마치 내가 그 사고와 어떤 관련이 있을 것이라는 눈초리로―아

이를 어르면서 논 쪽으로 내려가 입을 꾹 다물고 있었다. 나는 모르겠다는 태도였다. 남편에게 무슨 말을 거는 것도, 뒷좌석에 웅크리고 손으로 이마를 짚고 있는 남편의 어머니—아마—에게도 전혀 관심을 보이지 않았다.

　남자는 말이 많았다. 사고를 일으킨 탓에 일시적으로 머리가 이상해졌는지도 몰랐다. 문제는 그다음이었다. 남자의 셔츠가 벌겋게 얼룩졌고, 그 얼룩이 점차 크게 번졌다. 나는 가능하면 그게 피가 아니기를 바랐다. 그러나 그는 나 이상으로 그랬는지, 내가 피라고 몇 번을 지적해도 절대 아니라면서 쳐다보지도 않았다. 내가 셔츠에 손을 대려 하자 그는 버럭 화를 내면서 소리 쳤다. "아무것도 아니라잖아!" 그때 트럭이 지나다 멈췄다. 내리자마자 운전사는 우리를 도와주었다. 사고에 익숙한 듯했다. 남자는 그의 셔츠를 억지로 벌렸다. 오른쪽 가슴에 은색의 빛나는 금속이 깊이 꽂혀 있었다. 부상이 심했다. 그때까지 움직일 수 있었다는 게 신기할 정도였다. 트럭 운전사는 남자를 도로에 눕히고 내게 어느 집이든 가서 담요를 빌려 오라고 지시했다. 그의 말이 옳았다. 출혈이 심해서 남자는 몸을 떨고 있었다. 담요를 둘둘 감고도 춥다고 계속 중얼거렸다. 간신히 구급차 사이렌 소리가 들렸을 때, 그는 의식이 없었다. 그 가족이 그 후 어떤 인생을 걷고 있는지는 모른다.

열차 소리를 싫어하는 사람이 의외로 많은 뜻하다. 시끄럽다, 집이 흔들린다, 오물이 튄다는 등의 이유로 싫어하는 사람이 물론 있을 것이다. 그러나 다른 의미에서, 먼 곳을 달리는 열차 소리를 듣는 순간, 특히 한밤중에 그 소리를 들으면 무겁고 어두운 기분에 짓눌리는 자도 많지 않나 싶다. 내가 그렇다. 요즘은 기차가 달리지 않으니 그나마 낫다. 그 '뽀오!' 하는 기적 소리가 뭐라 말할 수 없이 애달파 견딜 수가 없다.

이유는 알고 있다. 열차를 탈 때마다 내 인생이 크게 달라졌으니 그때의 추억에 젖는 것이다. 철교를 건너는 열차 소리가 들리면 10년, 20년 단위의 긴 세월이 한꺼번에 되살아난다. 그것도 토막토막이 아니라 한꺼번에 엄습해 짧은 순간에 내 마음을 지배하고 만다. 새로운 인생을 향해 출발했으니 불안보다는 기대가 훨씬 컸을 것이다. 뜨거운 설렘도 있었을 것이다. 그런데 그 추억에는 숨이 막힐 듯한 불안과 애처로움만이 담겨 있다. 그리고 열차와는 아무 관계없는 쓸쓸한 기억만이 잇달아 떠오른다.

도시형 인간이나 태어나서부터 계속 같은 곳에서 생활하고 있는 사람들은 아마 그 기분을 이해하지 못할 것이다. 이곳에서는 더 이상 살 수 없다, 다른 곳으로 가는 길밖에 없다, 그런 체험을 몇 번이나 반복한 사람이 아니고는 그 기분을 공감할 수 없지 않을까. 야간열차의 기적 소리를 들을 때마다, 어쩌면 인생을 다시

한 번 새로 시작할 수 있지 않을까, 하는 생각과 반대로 뒤로는 돌아갈 수 없다는 당연한 사실이 카운터펀치처럼 가슴 한가운데를 치고 들어온다. 그리고 그렇게 자극적인 나날을 보낸 것도 아닌데, 전쟁과 고도성장의 파도에 떠밀려 다녔을 뿐인데, '그래도 용케 여기까지 살아 왔군.' 하는 노인 같은 감회에 젖는다.

사막을 종단하는 열차는 주로 어마어마하게 긴 화물열차이다. 화차를 하나하나 세다가 결국 지쳐서 그만두었다. 오스트레일리아 열차는 너무 무심히 달리기 때문에, 깊은 밤에 그 소리를 들어도 기분이 무겁게 짓눌리는 일은 없었다. 그것이 열차라는 것조차 의심스러웠다. 지평선 너머로 빨려 들어갈 때, 절대 멈추는 일도 없으며 짐과 인간을 실어 나르는 것도 아닌, 그저 지구를 장난삼아 한없이 빙글빙글 도는 쇠 상자로 보였다.

어쩌면 이 세상의 비극을 줄줄이 만들어 낸 사람들은 백인이 아닐까. 그들이 욕망에 이끌려 행동하지 않았더라면 사람들은 좀 더 평화롭게 살 수 있지 않았을까. 흑인과 황색인이 힘으로 백인을 몰아냈다는 얘기는 별로 들어보지 못했다.

백인을 대할 때면 나는 꼭 '짐승'이라는 말이 떠오른다. '짐승 같은.' 하고 생각한다. 특정한 동물을 연상하는 것은 아니다. 단순히 짐승이라는 단어가 떠오를 뿐이다. 그 시작은, 중학생 때 본 서

부영화가 아니었을까. 카우보이가 부츠를 신은 채로 강물에 저벅저벅 들어가는 장면이 있었다. 인디언이나 악한, 또는 퓨마에 쫓기는 위태로운 상황이라면 어쩔 수 없다. 그런데 그들은 부츠를 벗을 시간이 넉넉히 있는데도 그대로 저벅저벅 들어갔다.

부츠가 아깝다는 쪼잔한 말을 하려는 것이 아니다. 부츠를 신은 채 강물로 들어가는 감각이 의심스러울 뿐이다. 저러면 불쾌하지 않을까 싶다. 한번은 나도 흉내를 내 보았는데, 뭐랄까 영……. 아무튼 정상적인 인간이 할 짓이 아니라고 느꼈다.

그리고 그 맛없는 고기를 배 속에 처넣는 점도 '짐승'이라고 생각한다. 점잖은 신사도 그렇다. 턱시도를 입고 나비넥타이를 매고 있어도, 식사 때는 공포를 느낀다. 매너 있게 나이프와 포크를 움직이고 있어도, 냅킨으로 열심히 입가를 닦고 있어도, 그 이미지는 사라지지 않는다. 백인만이 아니라 흑인에게서도 그런 공포를 느낄 때가 있지만, 그들이 하얀 이를 보이며 씩 웃기만 해도 그 이미지가 사라지는 것은 어째서일까. 저 사람들은 동족이로군, 하는 생각이 들고 만다.

에어스 록 주변 모텔에서는 거의 매일 밤 디스코 파티가 열렸다. 백인 남녀들이 늦은 밤부터 시작해 거의 새벽녘까지 미친 듯이 춤을 춘다. 낮의 거친 투어링 때문에 지친 우리는 도무지 그럴 기운은 없었다. 멀리서 울리는 음악 소리를 들으며 잠이 드는데, 그렇게 듣는 디스코는 멜로디가 사라진 리듬뿐이다. 그리고 그 리듬은 타잔 영화에 자주 등장하는 식인종의 북소리와 똑같다. 그런

데다 사방 분위기가 그런지라 이미지가 더욱 생생하게 부풀어, 당장이라도 벌거벗은 백인들이 창을 휘두르며 습격해 오는 것은 아닐까……, 거기까지 상상하지는 않았지만, 가게야마 씨에게 그 얘기를 했더니 그는 이렇게 말하면서 껄껄 웃었다.

"정말 그런데. 어느 쪽이 야만인인지 모르겠어."

오스트레일리아에서 돌아온 후, 우리 셋 다 좀 투박해졌다는 것을 알았다. 여행 도중에도 어렴풋 느끼고 있었지만, 일본에 돌아와 보니 한층 명백해졌다. 게다가 출발 전에 찍은 사진과 비교해 보니 그 한 달 사이에 폭삭 늙었다는 것도 알았다. 겨우 한 달 타국을 어슬렁거렸을 뿐인데, 이렇게 얼굴이 바뀔 줄이야 꿈에도 몰랐다. 그 반대로 생각했다. 오히려 젊어져 돌아오지 않을까 했다. 우리 셋은 현재 다른 계획도 갖고 있다. 그러나 한동안 상태를 봐가며 결정하는 게 좋겠다는 의견들이다. 사막이 좋지 않았던 것일까. 그러고 보니 사막에서 만난 남자들은 모두 제 나이보다 늙어 보였다.

어떤 마을이었는지 이름은 잊었다. 트레일러에서 오토바이를 내리고 처음 탔을 때, 기분이 복잡했다. 어찌 되었든 타고 싶었다. 타고 싶어서 참을 수가 없었다. 그래서 헬멧도 쓰지 않고 부츠도 신지 않았다. 진동 때문에 어디 고장이라도 나지 않았을까 했는데, 세 대 모두 아무 탈이 없었다. 킥 한 번에 엔진이 부르릉거렸다. 투 사이클 엔진 소리가 내 오감을 두들겨 깨웠다.

저녁때였다. 태양과 달이 동시에 보였다. 과감하게 스로틀을 열었다. "이거야, 바로 이 기분이야." 하고 나도 모르게 외쳤다. 그런데 그다음이 문제였다. 당황하고 말았다. 너무 넓어서 어디를 어떻게 달리고 있는 건지 감이 안 잡혔다. 미친 말처럼 저쪽으로 달렸다 싶으면 다시 이쪽으로 돌아오기를 몇 번, 그러다 끝내는 머리가 혼란스러워졌다. 방향감각을 잃었다. 브레이크를 밟고 오토바이를 세워 놓고 사방을 돌아봐야 한다는 것은 알고 있었다. 그런데도 나는 생쥐처럼 끝없이 빙글빙글 돌았다.

그때 나는 아마, 마당의 조그만 연못에서 갑자기 넓은 호수로 뛰어든 물고기 꼴이 아니었을까. 그 광활함에 당황해서 같은 곳을 빙빙 돌 수밖에 없었던 것이리라. 도중에 개가 쫓아와 겨우 정신을 차렸다. 그 개는 오토바이를 처음 보는 것 같았다. 사막의 조그만 동네에 오토바이를 타고 오는 사람은 없을 것이다. 동네에도

지금, 나는 틀림없이 살아 있다고 느낀다. 살아 있다는 증거를 일일이 찾을 필요가 없었다. 그것은 몸 구석구석까지 꽉 차 있었다.

오토바이는 한 대도 없었다. 개는 오토바이를 뭐라고 생각했을까. 마치 사슴을 쫓는 사냥개처럼 내 뒤를 쫓아다녔다. 다른 동네에서도 자동차를 죽어라 쫓아다니는 개를 보았다. 분노에 차 으르렁거리며 차를 덮쳐 유리창 너머에 있는 사람을 놀라게 했다.

사막에서는 때로 뒤를 돌아보아야 했다. 밤에도 물론 그랬지만, 낮에도 돌아보고 싶어졌다. 짐승이나 인간이 습격할지도 모른다, 누군가 미행하고 있을지도 모른다, 그런 유의 불안 때문이 아니었다. 또 회오리바람이나 뇌운이 두려웠던 것도 아니다. 사람 수가 맞는지 그게 영 마음에 걸렸다. 우리는 셋밖에 없으니 굳이 셀 것도 없다. 그런데도 작은 소리로 "하나, 둘, 셋." 하고 세지 않을 수 없었다. 알게 모르게 하나가 사라질지도 모른다, 반대로 넷이 될지도 모른다, 그런 생각을 떨쳐 버릴 수 없었다. 사라지는 것보다 생기는 쪽 상상이 더 불쾌했다. 또 다른 가게야마 씨, 또 다른 도시 씨, 그리도 또 다른 내가 우리도 모르게 이 여행에 동참해 시치미 뗀 표정으로 오토바이를 타고 있으면 어쩌나 했다. 더위를 먹은 것도, 술에 취한 것도, 지쳐서 정신이 혼미해진 것도 아니다. 오히려 몸 상태가 좋을 때, 날씨도 비교적 시원할 때 그런 생각이 들었다.

　사막 같은 공간은 오히려 아무도 없어 휑할 때가 안심할 수 있다. 괜히 사람이 눈앞에 어정거리지 않는 편이 마음이 평온해진다. 우리가 아닌 사람의 발자국을 발견하는 순간 불안해진다.

어디서 누군가가 이쪽을 지켜보고 있을지도 모른다는 망상, 정신과 의사는 당장에 병명을 갖다 붙일 것이다. 만약 이 여행을 셋이 아니라 혼자 하고 있다면, 멜버른에서 들은 충고대로 정말 미쳐 버렸을지도 모른다. 하지만 그것도 엔진을 끄고 쉬고 있을 때 얘기다. 액셀 페달을 밟고 있거나 스로틀을 활짝 열고 앞을 향해서 질주할 때는 그런 생각이 비집고 들 여유가 전혀 없었다. 나 같은 타입은 움직이지 않으면 미치광이가 될 것인가.

여자가 없는 생활을 가장 힘겨워했던 사람은 도시 씨가 아니었을까. 사흘 정도는 그도 그럭저럭 견딘다. 그런데 나흘, 닷새가 되면 버거워진다. 변화의 조짐은 우선 말수가 적어지는 것에서 나타난다. 이어 움직임이 둔해진다. 먼 곳을 멀뚱멀뚱 바라보는 일이 잦아진다. 그러다 결국은 피곤하지도 않은데 눕는다. 이는 새로운 발견이었다. 오토바이만 타면 마냥 빛나는 타입이라고만 믿고 있었다.

오토바이에서 내리는 순간 그가 바뀐다는 것은 전부터 알고 있었다. 오토바이를 타고 있을 때의 그와 타고 있지 않을 때의 그는 전혀 다른 사람이다. 그 차이가 너무 커서 이중인격이라고 해도 무방할 정도다. 한마디로 느슨해진다. 그러나 오토바이에만 올라타면, 아무리 콧대 높은 여자라도 한눈에 반할 만큼 당당한 사내로 변신한다. 오토바이를 잘 타는 이는 세상에 얼마든지 많다. 배짱만 두둑해서 거칠게 몰아 대는 남자도 이루 헤아릴 수 없이 많다. 그러나 그처럼 화려하게 타는 남자는 없을 것이다. 나의 촌스런 친구들이 오토바이를 타는 그의 모습을 보고는 감동한 나머지 눈물을 글썽였을 정도다.

그렇다고 도시 씨의 이성에 대한 욕구 불만이 섹스가 주체인 것은 아니었다. 그 점은 참 신기했다. 그러니까 여자와 함께 식사만 해도 좋고, 그게 힘들면 잠시 얘기만 나눠도 좋단다. 그런 시간조차 없을 때에는 지나가는 여자를 힐금 쳐다만 봐도 그의 갈증은 거짓말처럼 사라진다. 마약 환자가 모르핀 주사를 맞은 것처럼 효과 만점이다. 그렇게 손쉽고 그렇게 싼 해갈법解渴法도 없을 것이다.

그는 이성의 분위기를 약간 접하는 것으로도 족하다고 설명한다. 섹스는 아무 상관없고, 여자와 함께 시간을 보내는 것, 그것도 힘들면 여자와 같은 공간에 있는 것으로도 충분하다고 한다.

"그거 완전히 꼬맹이 수준이잖아." 가게야마 씨는 그렇게 말했다. 그러나 본인이 그렇다고 하니, 우리는 가끔가다 여자가 있을 만한 동네를 지나가면 그만이었다.

도시 씨는 초등학생 시절에 학예회에서 연극을 하면 왕자 역을 맡는 일이 많았다고 한다. 나와는 하늘과 땅 차이다. 나는 음악회에서는 캐스터네츠, 연극에서는 귀뚜라미, 심할 때는 다시마 역을 맡기도 했다. 용궁 한구석에서 두 손을 머리 위로 올리고 하늘하늘 흔드는 것이 다시마의 유일한 연기였다.

"그러니 우리와는 다른 게지." 가게야마 씨 말이다. 뭐가 어떻게 다르다는 건지 모르겠지만, 그는 그렇게 말하고는 멋대로 도시 씨를 이해했다.

보통 사람들은 하고 싶어 하지 않는 이 기묘한 여행은 출발해서 약 한 달 후 다윈에서 끝났다. 오토바이 세 대와 사륜구동차 두 대 그리고 트레일러는 다윈에 남겨졌다. 시간만 있으면 다른 코스로 멜버른까지 돌아가고 싶었고 그럴 수 있는 체력도 충분했다.

다윈을 떠날 때, 우리는 신변 잡화만 챙겨 공항으로 갔다. 날이 밝기 전에 비행기는 이륙했고, 셋 다 금방 잠이 들어 우리가 오토바이를 타고 지나온 곳을 하늘에서 바라보지는 못했다. 한 달에 걸쳐 횡단했던 그 사막을 불과 몇 시간 만에 통과할 수 있다는 사실을 인정하고 싶지 않았는지도 모르겠다. 그야말로 '도로'였다는 무상함에 젖을 게 뻔했으니까.

우리는 기내에서도 별말을 하지 않았다. 우리가 정말 바람이 되었는지에 대해서도 얘기하지 않았다. 감상 따위는 거의 없었다. 대단한 기쁨도 없었다. 이 여행은 성공이나 실패란 말과는 연관이 없었다. 아무튼 셋 다 무사했다. 무사했기 때문에 오히려 미진함이 남았다. 어쩌면 우리 셋은 사느냐 죽느냐의 아슬아슬한 기로에 놓이기를 기대했는지도 모르겠다.

멜버른에는 가을비가 내리고 있었다. 겨울의 기척이 문턱까지 와 있었다. 공항에서 배웅해 준 브루스가 웃으면서 말했다.

"자네들 또 비를 데리고 왔군."

그러고 보니 우리가 멜버른에 처음 도착한 날도, 준비를 끝내고 사막으로 출발한 날도 비가 내렸다. 게다가 도착한 나리타 공항에도 비가 내렸다.

멜버른의 호텔로 돌아왔을 때, 식사보다는 목욕을 먼저 하고 싶었다. 샤워만으로는 개운할 것 같지 않아 욕조에 뜨거운 물을 가득 받아 조용히 누웠다. 꿈같은 신기한 기분이었다. 사실은 한 달동안 그 호텔에 죽 머물고 있는 듯한 기분이 들었다. 사막에서 있었던 일이 하나둘 떠올랐지만, 생생함은 조금도 느껴지지 않았다. 몸 여기저기에 긁힌 자국을 손으로 더듬어 보아도 현실감이 없었다. 지금은 얼이 빠져 있으니 일본으로 돌아가야 실감이 나지 않을까 싶었다. 그러나 시간이 흐르면 흐를수록 점점 더 기억이 흐릿해지고 이렇다 할 실감도 없고 꿈을 꾸는 일조차 없었다.

다만 지인들은 내게 변했다고 말했다. 오스트레일리아에 다녀온 후로 변했다고 한다. 나 역시 같은 생각이었다. 어디가 어떻게 변했는지는 나도 잘 모른다. 하지만 변한 것만은 확실하다.

지금은 그저 단편적인 광경밖에 남아 있지 않다. 그런 의미에서는, 나는 정말 바람이 되었는지도 모르겠다. 바람처럼 오스트레일리아의 사막을 그저 스쳐 지났으니 생생한 현실감이 남아 있지 않은지도 모른다. 그런데 신슈에서 오토바이를 타고 지프차의 핸들을 잡자 불현듯 오스트레일리아가 되살아났다. 엔진 소리를 듣는 순간, 사막에서 있었던 모든 일이 떠올랐다. 그리움이 끓어오른다. 다시 한 번 "인생은 농담이라니까." 하고 속으로 중얼거리고 싶어진다. 나는 다소 변했다. 한동안 그 여운에 잠겨 집에 틀어박혀 있을 수 있지 않을까.

변한 것은 맞지만, 약한 방향으로 변한 것은 아니다. 그 점은 분명하다. 강한 방향으로 기울었는지는 알 재간이 없지만, 약한 쪽으로 기울지 않았다고는 단언할 수 있다. 그러니 이번 여행은 도로가 아니었다. 도로인지 아닌지는 움직여 보고서야 알 수 있다. 움직이고 도로를 느낀다면 움직이지 않고 느끼는 것보다 훨씬 낫지 않을까. 적어도 이 여행에서 내가 잃은 것은 하나도 없을 것이다. 무엇을 얻었는지는 지금 바로 대답할 수 없지만, 잃은 것이 없다는 대답은 바로 할 수 있다.

나는 도시에서 자연의 품으로 돌아갔다가 다시 도시로 돌아온 것이 아니다. 자연에서 자연으로 옮겨 다닌 것이다. 그래서 나는 집으로 돌아온 다음 날 바로 차고에서 오프로드 바이크를 꺼내 올라탔다. 사막에서 하는 라이딩과 어떻게 다른지 비교해 보고 싶어 바로 산으로 들어갔다. 울퉁불퉁한 돌이 있고, 구불구불하고 경사가 급한 오르막과 내리막이 이어지는 산길을 가볍게 달려 보았다. 솔직히 말해서, 사막보다 변화무쌍한 산길이 타는 재미는 훨씬 좋다. 평평한 대지를 마냥 달리는 것보다 한두 시간 기복이 심한 산길을 극도의 긴장감 속에서 달리는 것이 내 성격에는 맞는 듯하다.

흥미로운 것은, 며칠이 지나도록 펜을 쥐려 하지 않았다는 점이다. 책상 앞에 앉고 싶지도 않았다. 사막에서는 문득 원고지가 떠오르고 소설이 쓰고 싶어 쓸쓸하게 웃는 일이 종종 있었는데, 막상 집에 돌아오니 도무지 그럴 마음이 안 생겼다. 쓰고 싶지 않은 상태가 한 달은 계속되었을까. 다른 두 사람도 그랬다고 한다. 가게야마 씨와 도시 씨는 "착실하게 일하는 게 하잘 것 없게 느껴져서." 하고 말했다. 사막의 열기에서 아직 헤어 나오지 못한 것이다. 현실을 눈앞에 하고도 아직은 인정하려 하지 않고, 가능하면 앞으로도 인생을 농담이라 여기며 지낼 수는 없을까, 그런 생각을 했던 것이다.

가게야마 씨는 도쿄로 돌아간 당일 자기 차를 운전했다. 그리고 수많은 식상인늘이 땀을 뻴뻴 흘리며 걸어가는 모습을 보고는 심한 충격을 받았다고 한다. 왜 사람들은 저런 식으로밖에 살지 못

포장된 넓은 길을 수많은 사람들이 아우성치며 걸어 본들 무슨 재미가 있을까.

길은 도처에 있다. 아니, 도처가 길이다.

할까, 그런 생각이 들었단다. 어떻게 저런 생활을 계속할 수 있을까, 하고. "어느 날 갑자기 전원 탈퇴를 외치면서 그런 생활을 그만두면 재미있을 텐데."

그렇다, 우리 셋 다 탈퇴했다. 나는 펜을 쥐고, 가게야마 씨는 카메라를 들고, 도시 씨는 오토바이를 타면서 벌써 몇 년 전부터 일반적인 생활에서 탈퇴해 있었다. 농담이라고 하기에는 좀 무겁지만, 우리는 농담 같은 나날로 심각하게 돌진했던 것이리라. 그렇게 해서야 한 줌의 자유를 획득했는지도 모르겠다.

그래도 엄격하게 말하면 우리 역시 사회의 한 톱니바퀴로 일하고 있는 것은 다르지 않다. 꽤 자유롭게 살고 있다 여기지만, 보다 넓은 시각에서 보면 직장인과 별반 다를 게 없을지도 모른다. 가게야마 씨도 도시 씨도 자식이 있다. 얽매이기에 충분하다. 자식이 없는 나 역시 가정이란 게 있다. 그러니 늘 자유로울 수는 없다. 하지만 우리는 언제나 우리가 원할 때 자유로울 수 있다고 믿고 있다. 오토바이에, 오프로드 바이크에, 지프차에 올라타는 순간, 무한한 자유로 뛰어들 수 있다고 믿고 있다. 혹자는 술과 마약을 마셨을 때와 같은 착각이라고 할 수도 있을 것이다. 그러나 알코올 중독자나 마약쟁이와 분명하게 다른 점은 행동을 동반한다는 것이다. 오감이 실제로 거머쥔 것에 취한다는 점이다. 존재하지 않는 것에 취하는 것이 아니다. 이 기분을 뭐라 설명해도 움직이지 않는 사람은 이해하지 못할 것이다. 그러니 설명하고 싶은 생각도 없다.

정신이 눌어붙기 시작했다고 느낄 때에는 행동이라는 강편치를 한 대 먹여 줄 필요가 있다. 정신의 문제를 정신으로 해결하려는 것은 잘못이다. 옳지 않다.

그래도 백인 마을의 한구석에 모여 있는 애버리지니 같은 삶의 형태는 남는다. 목적과 이유와 자기 자신마저 쓰레기통에 내던지고 땅만 보며 살아간다. 뭐가 떨어져 있으면 바로 주워 주머니에 집어넣는다. 그런 이들이 어디에나 있고, 언제든 금방 모여든다. 들개조차 동료라 생각하는지 모여 든다. 그런 식으로 용케 산다.

절대 혼자가 아니다. 배 속에 먹을거리를 집어넣기 바빠서 외토움을 느낄 틈조차 없는시노 모른다. 때로 농료늘과 먹을거리의 분배를 놓고 싸우기도 한다. 훔친 술을 마시고 곤드레가 되어서는 고급차를 몰고 지나가는 이들에게 돌을 던진다. 그러고도 사막에서 죽을 때까지 구질구질 사는 것으로 만족한다.

성가신 자존감 따위는 궁지에 몰릴 대로 몰리면 의외로 쉽게 …… 아니, 나 같으면 절대 그럴 수 없다. 언어에 의한 의미 부여와 체계 만들기를 한 번이라도 시도한 사람은 아마 자존감을 버리고는 살 수 없을 것이다. 남이 버리고 내던진 것을 줍기보다는 갖고 있는 것을 빼앗으려 생각하고 실행하는 쪽을 택할 것이다.

과연 이 세상은 살 만한 가치가 있는 것일까. 있다고도 없다고도 단언할 수 없다. 그것은 온갖 가능성에 도전해 본 후에야 결정할 수 있는 문제가 아닐까. 행동해 보지 않고는 알 수 없는 것들이 아주 많다. 움직임을 완전히 포기했을 때, 이 세상은 살 가치가 없어질지도 모른다. 새로운 목적을 향해 움직이려 하지 않는 자들만 뒤에 남겨지지 않을까.

그러나 보다 적극적으로 뒤에 남겨지기를 원하는 경우라면 그 자체도 당당한 목적이 될 수 있다. 도피조차 그렇다. 끝까지 도망치려는 자세는 뒤집어 보면 끝까지 쫓아가려는 것과 다르지 않다. 그 반대도 마찬가지다. 끝까지 쫓아가려는 자의 자세는 때로 도망치는 것처럼 보이기도 한다. 삶을 서두르는 자는 죽음에 빨리 다가가려는 것일 수도 있다.

사람들 대부분이 쫓고 쫓기기를 반복하고 있다. 움직이기도 하고 움직이지 않기도 하면서 살아가고 있다. 그 균형감을 유지하는 자야말로 충실한 시간과 공간 속에서 삶을 지속할 수 있지 않을까. 그러나 현대인은 움직임의 수를 극단적으로 줄이고 말았다. 그리고 또 스스로 자유를 내던지고 말았다. 사방이 막힌 상태에 치를 떨면서도 그곳에서 탈출하려 생각하지 않는다. 탈출한 순간 호흡곤란을 일으켜 죽을 것이라고 믿고 있는 것일까.

나는 그저 다른 나라의 황량한 벌판을 바람처럼 가로질렀을 뿐이다. 일반 관광객들은 쳐다도 보지 않는 곳이었을지도 모른다. 도로라는 두 글자로 그 여행을 일축하기는 간단하다. 그러나 확실한 감동이 남아 있다. 몸으로만 얻을 수 있는 감동이 남았다. 그러나 이 감동을 말로 타인에게 전하기는 아주 어렵다. 나는 행동의 멋짐을 강조하는 정도밖에 할 수 없다. 그렇다고 오프로드 바이크나 사륜구동차를 타고 사막을 질주하라고 권하는 것은 절대 아니다. 이는 다소 화려한 힌트에 지나지 않는다.

언어로 표현할 수 있는 유일한 감동은 '아직은 충분히 살지 않았다'는 실감일까. 격렬한 행동 뒤에는 평범한 부담감과 허탈감이 도사리고 있었고, 그게 지나면 아직 충분히 살지 않았다는 소리 없는 깨달음이 기다리고 있었다. 그것을 향상심이라고 부를 수 있을까.

죽음에 다가서면서 삶을 아는 것은 그리 권할 만한 방법이 아닌지도 모르겠다. 그러나, 사내에게는 그런 피가 흐른다. 적어도 나는 필요했다. 보다 강한, 보다 격렬한 방향으로 살지 않으면 인생이란 가치 없는 것이라고 믿는 내게는 물과 공기만큼이나 그것이 필요하다.

인간은 나약하다. 그런 말은 누구나 할 수 있다. 인간은 자살해야 마땅한 비극적인 생물인지도 모른다. 그것도 알고 있다. 하지만 나약함을 인정한다고 강하게 살 수 있으리란 보장은 없다. 나약하게 살고자 하면 끝이 없다. 하지만 강한 쪽을 지향하면 우스꽝스러워진다. 그러면 어떤가. 행동에는 우스꽝스러움이 늘 따른다. 행동을 조소하고 부정하는 것은 간단한 일이다.

타인의 시선 속에서 사는 삶은 중단해야 한다. 정말 어리석은 짓이다. 또 타인을 말로 부정해 자신을 긍정하려는 태도도 허접하다. 타인의 삶을 문제 삼기 전에 자신의 삶을 확립해야 하는 것이다. 타인의 감동을 나눠가지려 하기 전에 스스로 감동을 찾아 나서야 한다.

나는 요즘 집에 틀어박혀 지낸다. 이 책 한 권을 마무리하기 위해 50일 동안을 집에서 꼼짝하지 않았다. 물론 오후에는 밖으로 나가 움직였지만, 그것은 새로운 발견으로 이어지는 행동이 아니라 욕구를 해소하기 위한 행동이었다. 그러니 앞으로 100일을 더 집에 틀어박히면 나는 훨씬 더 강렬한 행동을 해야 할지도 모른다. 그래도 좋지 않은가. 그것이 정답이라고 나는 생각한다. 이 정도 행동으로 청춘에 미련을 버렸다는 생각은 절대 하지 않는다. 미지의 공간은 아직도 한참 남아 있다.

해가 떨어지기 직전의 다윈 해변을 두 사람이 천천히 걷고 있었다. 한 사람은 이미 인생이 끝나 가고 있었고, 다른 한 사람은 인생이 이제 막 시작되었다. 두 사람은 이따금 대화를 나누며 파도가 철썩거리는 해변을 조용히 걷고 있었다. 실로 아름답고 실로 상징적인 풍경이었다.

나는 모터크로서의 엔진을 끄고 두 사람을 한없이 바라보았다. 두 사람은 내게 중요한 답을 알려 주었다. 내게 뭐가 결여되어 있는지를 가르쳐 주었다. 그 두 사람은 바다만큼이나 영원한 존재였다. 나는 모터크로서를 트레일러에 실었다. 그때가 오스트레일리아에서의 마지막 질주였다.

2

폭주
오디세이
케냐
사파리
랠리

사파리 랠리는 세계 각지에서 진행되는 랠리 중에서 가장 거칠고 가혹한 자동차 레이스로 알려져 있다. 매번 죽는 사람이 나온다. 다섯 명이나 목숨을 잃은 때도 있었다. 비라도 한차례 쏟아지면 길이라는 길은 모두 진흙탕으로 변하고, 때로는 뾰족한 바위가 지표면을 뚫고 솟아 있는 아프리카 대지를 최대한의 속도로 닷새에 걸쳐 폭주하는 이 경기에서, 그러기 위해 개조된 차를 모는 드라이버와 내비게이터는 과연 어떤 유의 감동을 얻을 수 있을까. 그들이 추구하는 것은 무엇일까. 또 자욱한 모래 먼지를 일으키며 잇달아 눈앞을 지나가는 광기의 자동차를 바라보는 구경꾼들의 가슴에는 어떤 색의 불길이 타오르고 있을까. 그리고 질주하는 자와 질주하지 않는 자를 동시에 쳐나보는 나와 가게야마 씨는 거기에서 뭘 기대하고, 뭘 바라고, 뭘 흡수할 것인가.

극도로 압축된 긴장의 시간을 빠져나올 때만큼 감동적인 일은 없다. 스스로 원해서 육체와 정신의 전부를 혹사한 순간을 가졌던 남자는 '나는 행복하다.' 하고 말할 수 있는 자격이 있다. 그렇게 가혹한 행위에 의미를 묻는 것은 무의미하다. 그들에게 "뭘 위해서?"라고 물어서는 안 된다. 그 질문은 입에서 나오는 순간 증폭되고 반향을 일으켜, 자신의 인생으로 되돌아올 것이기 때문이다. 그렇다면 당신 인생에는 무슨 의미가 있나, 하는 추궁을 받게 되기 때문이다. 인생에서 중요한 문제는 등에서 시작해 온몸이 떨리는 시간을 얼마나 가질 수 있느냐, 하는 것이다.

히라바야시 다케시, 이 서른다섯 살의 가정 있는 남자는 이미 안정된 나날에 안주할 수 없다. 최대 한계까지 튜업한 엔진과 차륜 지지 장치로 단단히 무장한 자동차에 올라타, 기능성 발군의 스티어링steering을 잡은 날부터, 그의 일상에서 삶의 구차한 요소들이 사라졌다. 즉 거친 움직임과 빛을 느끼지 않고는 살아 있다고 자각할 수 없게 된 것이다. 그런 길을 가는 남자는 완전한 고독 속에 있다.

그는 자신의 일로 타인의 결혼식과 장례식을 늘 접하고 있다. 거의 매일 빨간 꽃다발과 하얀 꽃다발을 준비해 생활의 양식을 마련하는 그의 입장은 당연히 단순하지 않다. 그의 눈은 행복과 불행을, 시작과 끝을 이루 헤아릴 수 없이 보아 왔다. 그러나 그의 눈이 진정 보고 싶어 하는 것은 아프리카였다. 그가 오래도록 꾸어 온 꿈은 5일 동안의 거친 폭주였고, '축하한다'는 말이거나 '고

인의 명복을 빕니다'라는 명료한 말이 아니었을까. 이번에는 그가
빨강이든 하양이든 어느 쪽 꽃다발을 받을 차례이다.

히라바야시 다케시는 개인으로 출전했다. 한마디로 자기 돈으로
랠리에 참가한 것이다. 지금까지 그가 자기 꿈을 실현하지 못한
것은 드라이빙 실력이 모자라서가 아니었다. 오히려 초일류 랠리
드라이버였기에 서른다섯 살이 되도록 꿈이 유지될 수 있었다. 모
든 것은 돈이었다. 자금 부족이 늘 그의 발목을 잡았다. 사파리 랠
리가 진행되는 닷새 동안 잘하면 집 하나 지을 수 있는 거금이 사
라져 버린다. 경기가 잘 풀려 좋은 성적을 거뒀다 해도 돌아오는
것은 거의 없다. "돈을 도랑에 내다 버리는 게 차라리 낫지." 그렇
게 말하는 사람도 있다. 도랑에 버리면 목숨은 버리지 않을 수 있
으니 그렇다.

그렇게 계산밖에 모르는 남자는 불행하다. 뺄셈밖에 모르는 자
의 인생이야말로 도랑에 버려진 것이나 진배없다. 히라바야시는
그 사실을 잘 알고 있다. 일하면서 수도 없이 보아 온 죽은 자들이
거느리고 있는 것은 결국 무상함뿐이었다는 사실을 너무도 잘 알
고 있었다.

죽은 사람을 꽃으로 장식하는 일을 계속하면서 그는 죽은 자라
도 할 수 있는 일만은 절대 하지 않기로 결심했을 것이다. 그리고

그는 마침내 자금은 모으는 데 성공했다. 가족을 위해 저금한 돈을 꺼내고, 빚을 지고, 머리를 숙여 가면서 스폰서를 구해 드디어 사파리 랠리에 참가하게 되었다.

개인 출전 외에 자동차 회사 소속으로 출전하는 길도 있다. 회사 이름을 걸고 출전하는 자를 일반적으로 워크스 또는 팩토리라고 부른다. 회사에서는 거금을 아낌없이 쏟아붓는데, 나름의 메리트는 있다. 보답이 있다. 이기면 기업의 이미지 향상에 도움이 되는 것은 물론 자동차 판매에도 좋은 영향을 미친다. 그래서 더욱 열을 올리는 것이다. 시판되는 자동차와 겉모습은 똑같아도 내부는 완전히 다르다. 개조에 개조를 거듭해 완전히 다른 차인데도 사람들은 우승한 회사의 차를 사고 싶어 한다.

이번 사파리 랠리에 참가하는 회사는 닷선과 벤츠, 그리고 오펠이다. 벤츠의 책임자는 내게 이렇게 말했다.

"우리가 이 사파리 랠리에 출전하는 의의는 선전 효과가 전부야."

벤츠는 과거 로드 레이스에서 사고를 일으켜 수많은 사상자—주로 갤러리—를 낸 후로 레이스에서 멀어졌다. 그 여파가 잠잠해진 데다 독일 국내의 경쟁사인 BMW의 추격을 의식하지 않을 수 없어 다시 레이스 참가를 결정했다. 우선 사파리 랠리에서의 우승을 노렸다. 무슨 일이 있어도 반드시 우승해야 한다는 벤츠의 자세는 거의 5억 엔에 이르는 자금에서도 확실하게 나타난다. 이 금액은 대충 계산해 봐도 일본의 드라이버 50명이 개인으로 출전할 수 있는 거금이다. 벤츠의 5억 엔에 비해, 닷선의 자금은 십분의 일인 5,000만 엔이라고 하는데, 사실인지는 알 수 없다. 기업이 공표하는 숫자는 믿을 게 못 된다. 사람이 한 가지 목적을 위해 모였을 때, 사람 수만큼 거짓말도 늘어난다. 거짓말과 거짓말의 전쟁이다. 그리고 기업 대 기업의 전쟁이다.

벤츠는 랠리에 출전하는 차 '450 SLC'에 지극히 독일적인 방식으로 과학을 도입했다. 인간이 해야 할 조작을 기계가 하도록 하고, 내비게이터가 사용하는 계기에 컴퓨터를 도입한 것이다. 그들은 인간의 능력보다 과학의 힘을 믿는 것일까. 인간의 실수를 보완할 수 있는 것은 과학뿐이라는 철학이라도 신봉하는 것일까. 드라이버와 내비게이터의 부담을 줄이면 우승할 수 있다고 정말 믿고 있는 것일까.

아무튼 케냐에 입성한 벤츠 팀은 주위를 압도했다. 그것은 나치 시절 기계화 부대의 진군을 방불케 했다. 그들에게서 백인 특유의 물질만능주의를 가장 생생한 형태로 본 듯한 느낌마저 들었다. 450 SLC에 탄 인간에게 나는 일말의 연민을 느꼈다. 어쩌면 그들은 인간마저 기계의 일부로 보고 또 다루고 있는 게 아닐까. 운전하는, 안정적인 성능의 로봇으로.

가난한 나라 케냐에서 사파리 랠리는 관광 사업의 의미가 강하다.

사파리 파크만큼은 아니어도 주요한 수입원인 것은 사실이다. 누구의 아이디어였는지는 모르겠지만, 첫 계기는 영국 여왕을 기쁘게 하기 위해 마련한 행사였다고 한다. 광활한 벌판을 이용해서 싸게 준비할 수 있는 이벤트를 고안한 것이다. 랠리를 구경한 여왕이 과연 기뻐했을지는 몹시 의문스럽다. 당시 이 랠리는 케냐 한 나라에서 치러진 것이 아니었다. 코스는 세 나라에 걸쳐 있었다. 그러나 국경을 통과할 때 문제가 계속되어 결국은 지금의 형태로 정착되었다고 한다.

케냐는 랠리의 조건을 모두 갖추고 있다. 나라 곳곳이 랠리 코스가 될 수 있다. 어디를 어떻게 달려도 신난다. 달려도 달려도 끝이 없는 길이 무수하다. 좁은 일본에서는 도저히 상상할 수 없는 일이다. 그럼에도 타히타 힐에 있는 산길은 일본의 신슈 여기저기에 있는 길과 흡사하다. 그래서 나는 저 멀리 지평선만 바라보지 않으면, 기묘한 착각을 즐길 수 있었다. 그 순간 나는 다른 나라에 있다는 긴장감에서 헤어났고 정신도 일상적으로 돌아갈 수 있었다. 커브 길에 접어들 때마다, 핸들을 꺾은 채 돌진해 오는 차를 볼 때마다, 뒷바퀴가 신음을 지르고 있는데도 나는 거의 놀이공원에라도 온 기분일 수 있었다.

예를 들어서 가게야마 마사오—그는 뛰어난 랠리 드라이버이고, 또 내게는 기본적인 드라이빙 테크닉을 가르쳐 주었다—가 조종하는 자동차를 바라볼 때 같은 편안함이 있었다. 그리고 저 정도는 나도 달릴 수 있겠다고 우쭐했다.

히라바야시 역시 신슈에 살고 있다. 본 경기가 시작되기 전에 그는 전 코스를 시주試走했다. 시주는 어느 드라이버든 반드시 해야 하는 것이다. 5,000킬로미터 시주를 끝내고 차고로 돌아왔을 때, 그는 내게 이렇게 말했다. "사파리 코스가 얼마나 험난한지 잘 알겠더군요." 그러고는 이런 말도 덧붙였다. "그런데 낯선 길을 달리는 기분이 안 들더라고요. 신슈에도 비슷한 길이 많아서 그런가 봅니다."

그래서 그는 긴장이 조금은 풀렸던 모양이다. 나는 이렇게 대답했다.

"뭘 그러나. 화성이나 금성에서 달리는 것도 아닌데."

그는 웃으면서 고개를 힘껏 끄덕거렸다.

이런저런 걱정을 하고 망설인 끝에 마음을 딱 정하는 남자를 보면 정말 기분이 좋다. 남자가 변하는 순간이기 때문이다. 인간이 다른 인간으로 변하는 순간만큼 감동적인 것도 없다. 약한 방향이 아니라, '그래, 어디 한번 해 보자고.' 하는 방향으로 돌진하는 모습은 실로 아름답다. 그 감동은 행동에만 있다. 방에 틀어박혀 책에 둘러싸여 있는 나날에는 절대 존재하지 않는 감동이다.

물론 기껏해야 자동차 경주일 뿐이다. 그러나 자동차를 몰고 산길을 최대한 빠른 속도로 달려 보면 알 것이다. 공포가 낙석처럼 덮친다. 거기서 대부분은 포기하고 만다. 포기할 변명거리는 얼마든지 있다. 황당한 짓이라느니 얻는 게 없다느니, 뭐든 상관없다. 그렇게 말하면서 손을 턴다고 해서 뒤끝이 남을 것도 없다. 그러나 변화는 생기지 않는다. 감동은 왜 그런지 늘 공포의 저 너머에 있다. 랠리처럼 사소한 실수가 목숨을 위협하는 직접적인 공포뿐 아니라 간접적인 공포 너머에도 변화와 감동이 기다리고 있다.

급커브를 빠른 속도로 돌기 위해 필요한 기본적인 테크닉이 몇 가지 있다. 그러나 그 테크닉을 머리로 아는 것과 몸으로 아는 것에는 큰 차이가 있다. 공포에 질린 나머지 액셀에서 발을 떼고 급커브를 도는 것과 얼굴에 경련을 일으키면서도 아무튼 매뉴얼대로 커브를 도는 것과는 하늘과 땅만큼의 차이가 있다. 전자는 여전히 혼미 속에 있을 것이고, 후자는 변명이 필요치 않은 삶의 입구에 서 있다. 전자는 원점으로 돌아가고 후자는 추구해 마지않았던 세계로 얼굴을 들이민 격이다. 후자는 행동에서 간혹 엿볼 수 있는 어리석음을 깨닫고 자조적인 한숨을 쉴 수도 있겠지만, 혼자가 되어 이불 속에 들어가 잠들려 할 때에 전자처럼 변명거리를 찾지 않아도 된다. 또 수치스러워할 필요도 없다.

변화를 추구하지 않는 사람은 프로 드라이버를 목숨 아까운 줄 모르는 자라는 한마디로 치부한다. 그들은 진정한 감동이 무엇인지 모른다. 드라이버는 죽음을 재촉하고 싶어서, 또는 삶을 서둘고 싶어서 차를 모는 것이 아니다. 그들은 그저, 차의 성능과 자신의 반사 신경의 한계를 보통 사람들보다 잘 알고 있을 뿐이다. 그들 역시 공포를 느낀다. 그들은 능력의 한계를 뛰어넘어 질주하고 있다고 깨닫는 순간, 자신의 손발이 평소의 움직임보다 몇 분의 1초 늦다고 느끼는 순간, 공포를 느낀다고 한다. 일류 드라이버는 급커브를 돌 때 거기에 뭐가 도사리고 있든 피할 수 있는 속도를 늘 유지한다고 한다.

케냐는 빈부 격차가 심한 나라다. 개발도상국이라 불리는 다른 나라와 공통된 점이다. 그런데 그 빈부 격차가 너무 노골적이면 어이없다는 이상의 인상을 받기가 어렵다. '혁명이라도 일으켜야 하지 않나.' 하는 분노 대신 '세상이 이런 거지, 뭐.' 하는 깨달음 비슷한 체념에 젖을 뿐이다.

소년 시절의 나는 주로 고무 조리를 신고 다녔다. 좀 좋으면 나막신이었다. 가죽 구두를 신게 된 것은 아주 훗날의 일이다. 만약 부모가 돈이 많아 언제나 번듯한 차림을 하고 있었다면, 나는 아마 다른 타입의 인간이 되었을 것이다. 번쩍거리는 가죽 구두를 신고서는 산에서 마음껏 놀 수 없었을 테니까. 그리고 일류 브랜드를 알고 식사 매너와 없는 사람 다루는 법을 터득했을 것이다. 그것도 인생의 한 코스일 수 있다. 하지만 나는 그런 환경에서 자라지 않기를 천만다행이었다고 생각한다. 고무 조리를 신고 다니며 나는 중요한 것을 많이 배웠다. 자연이란 무엇인지, 자연 속에서의 인간은 무엇인지를 내 몸으로 깨달았으니까.

취재를 하고 있는데, 풀 한 포기 나지 않은 황무지에서 갑자기 두 소년이 나타났다. 그들은 자기 몸과 소를 사자로부터 지키기 위해 창을 들고 있었다. 다가온 두 소년은 우리에게 물을 좀 달라고 부탁했다. 그들은 물밖에 요구하지 않았다. 돈이나 물건을 빼앗으려 하지 않았다. 그들에게 필요한 것은 물뿐이었던 것이다. 한참이 지나 우리는 이런 얘기를 나눴다.

"아무래도 우리가 갖고 싶어 하는 게 너무 많은 듯하군."

소년 시절에 궁핍했던 자들은 어른이 되면 격렬하게 소유하려한다. 물욕의 화신이 되어 원하는 물건을 하나에서 열까지 다 가지려 한다. 그러기 위해 기를 쓰고 일한다. 물욕을 에너지로 살려고 한다. 그리고 그 에너지만으로도 살아가니 놀라운 일이다.

그런데 풍족한 소년 시절을 보낸 자들은 어른이 되면 뭘 에너지로 살아갈까. 그들은 성장하면서 무언가를 잃어 갈까. 아니면보다 많은 것을 원하게 될까.

어린 시절의 나는 맨발로도 산과 숲속을 돌아다닐 수 있었다. 그러나 지금은 그러지 못한다. 구두를 얻은 탓에 무언가를 잃은것은 분명하다. 마사이족 소년 둘은 소와 함께 다시 발걸음을 돌려 마침내 우리 시야에서 사라졌다.

케냐 라디오 방송에서는 사파리 랠리가 시작되기 며칠 전부터 경기에 임하는 차에 투석을 금지하는 장소를 계속 안내했다. 그러나그 효과는 없었다. 이번에도 또 차 몇 대가 돌 세례를 면치 못했다. 숲에 몸을 숨긴 지역 사람들이 엄청난 속도로 달리는 차를 향해 작은 돌멩이 하나를 툭 던진다. 그야말로 슬쩍 던질 뿐이다. 그러나 차는 시속 100킬로미터에서 200킬로미터로 질주하고 있으니 그 파괴력은 굉장하다. 돌을 맞은 쪽에게는 더없이 끔찍한 일이다.

히라바야시처럼 개인으로 출전한 사이토의 차는 앞 유리창이 깨졌다. 명중한 돌이 유리창을 깨고 들어와 내비게이터를 맞혔다. 히라바야시의 차에는 그가 창문을 여는 순간 돌이 날아들었다고 한다. 우리가 취재용으로 사용하고 있던 레인지로버도 돌을 맞았다.

그들이 돌을 던지는 이유에는 여러 가지가 있다고 한다. 주최 측 사람들 중에는 '그저 장난삼아 그러는 것'이라거나 '분풀이'라고 딱 잘라 말하는 사람도 있다. 분풀이설에는 두 가지가 있다. 하나는 가축이 치어 죽은 원한 때문이며 다른 하나는 백인 사회에 대한 전통적인 원한이라고 한다. 물론 일본 사람은 백인이 아니지만, 검은 사람들 눈에는 백인적 생활을 하는 사람은 누구나 백인으로 보일 것이다. 히라바야시는 시주 중에 호로호로새 서른 마리, 그리고 본 경기 중에는 톰슨가젤 한 마리를 죽였다. 처음에는 그도 마음이 상했다고 한다. 가축이 아니라 야생동물인데도 뒷맛이 씁쓸했다고 한다. 그래서 그는 눈앞에 동물이 나타날 때마다 핸들을 급히 꺾어 피했다. 호로호로새는 부딪쳐도 별 이상은 없다. 오히려 피하는 쪽이 위험하다. 그런데 그의 그런 매너는 오래가지 않아 마비되었고 그는 급기야 쾌감까지 느끼게 되었다고 한다. 본 경기 중에 충돌한 톰슨가젤은 부딪친 후 한동안 보닛 위에 걸쳐 있었고, 금방 죽지 않아 사지를 떨면서 그 눈이 히라바야시 쪽을 향하고 있었다고 한다.

히라바야시는 이렇게 말했다.

"여기 사람들이 돌을 던지는 기분도 알 만합니다. 그 입장에서 살면 나 역시 돌을 던지겠죠."

현대의 상징이라 할 수 있는 랠리 차가 가난하지만 조용히 사는 오지 사람들의 생활에 회오리바람을 일으키듯 헤집고 지나간다. 진짜 회오리바람이라면 체념하겠지만, 그 회오리바람 속에 자신들과 같은 인간이 있다. 안 그래도 화가 나는데, 가축과 인간까지 죽인다. 돌이 아니라 창을 던져도 이상한 일이 아닐 것이다.

케냐에서 소위 권력층이 민중을 대하는 태도는 정말 가혹하다. 이 사파리 랠리는 스포츠이면서 동시에 큰 축제이기도 하기 때문에 당일은 흥분한 사람들로 북적거린다. 저마다 자리를 잡고 구경하면서 광분한다. 그들은 안 그래도 따분한 나날을 보내고 있었다. 1,000만 인구 중 일정한 직업이 있는 사람은 십분의 일인 100만. 나머지 900만 인구가 그저 어슬렁거리며 무위한 나날을 보내고 있다. 그러니 좀 신기하다 싶은 일이 생기면 사람들이 우르르 모여든다.

출발 지점에 모인 사람들의 수는 어마어마했다. 그들은 조금이라도 앞에서 보려고 엎치고 밀치고 야단이다. 정리하는 경관들은 말을 타고 다니며 곤봉을 휘두른다. 위협이 아니다. 정말 머리를 내려친다. 곤봉이 머리를 치는 소리가 쉴 새 없이 들린다. 맞는 쪽은 늘 있는 일이라 익숙한지 화도 내지 않는다. 그렇게 얻어맞으면서도 앞으로 나아가려 한다. 끈질긴 사람들이다. 그런데도 다들 웃고 있다. 쫓아내는 남자들만 음험한 표정으로 가축 다루듯 임무를 수행하고 있다.

살벌한 나라다. 치안도 좋지 않다. 잠깐 한눈을 팔면 순식간에 뭐가 없어진다. 이런 얘기를 들었다. 마을에서 자동차 사고가 생겼다. 사람이 죽었다. 그러자 자동차 부품이 하나둘 없어졌다. 이어 죽은 사람의 옷이 사라졌다. 보다 못한 신사—점잖은 남자는 어디에나 있다—가 벌거숭이가 된 시신에 타월을 덮어 주었다. 그러자 그 타월마저 어느 틈에 없어졌다. 이 일화가 블랙유머나 허풍이 아니라는 것은 이 나라에 발을 디뎌 보면 충분히 알 수 있을 것이다. 누가 나쁜 사람이고 누가 좋은 사람인지, 이 나라에서는 구분이 가지 않는다.

나이로비 공항에 도착한 순간, 우리는 공항 직원에게 느닷없이 돈을 뜯겼다. 필름 수가 너무 많다느니 뭐가 어떻다느니 하면서 세금이라는 명목으로 상당한 돈을 요구했다. 귀국할 때 돌려준다는 서류를 작성했지만, 결국은 절반밖에 돌려받지 못했다. 그 절반도 손을 써서 상부에 압박을 넣어 겨우 돌려받았다. 게다가 그

상부 인간에게도 상당액을 쥐어 주었으니, 결국 전액 돌려받지 못한 셈이었다.

귀국할 때는 공항 직원이 우리 가방을 마구 들쑤시면서 이렇게 속삭였다. "나 지금, 맥주가 마시고 싶거든." 요컨대 또 돈을 뜯어내려는 것이다. 돈을 쥐어 주자 직원은 가방 안에 넣었던 손을 빼고는 가라고 했다. 돈만 쥐어 주면 권총이든 뭐든 들고 들어갈 수 있지 않을까.

케냐라는 나라에 도착해 일을 끝내고 돌아갈 때까지, 우리는 줄곧 방심할 수 없었다. 낯선 상대와 돈이 관련된 얘기를 할 때는 무조건 의심부터 하기로 했다. 친절하게 말하는 사람은 특히 조심했다. 그럼에도 우리는 어이없는 일을 당했다. 취재용 차를 빌릴 때도 그랬다. 빌리고 한 시간쯤 달렸는데 고장 나고 말았다. 돌아가, 이런 고물차는 쓰고 싶지 않으니 돈을 돌려 달라고 하자, 차를 고장 낸 것은 당신들이니 돈은 돌려줄 수 없다고 했다. 그런 말에 물러서지 않았다. "우리는 제대로 달릴 수 있는 차를 빌리려고 선금을 낸 것인데, 이건 얘기가 다르지 않은가." 옥신각신한 끝에 그러면 신고를 하겠다고 하자, 상대는 마지못해 돈을 돌려주었다.

윤리 의식이 낮아 나라가 못 사는 것인지, 나라가 가난하니 윤리 의식이 없는 것인지 모르겠지만, 일본으로 돌아와서야 안도하면서 우리는 이런 말을 나눴다. "그래도 일본은 정상적으로 돌아가는 나라군."

물론 막대한 자본을 배경으로 케냐 같은 나라를 마음대로 휘저으며 어마어마한 수익을 올리고 있는 선진국의 장사치 쪽이 훨씬 비윤리적이라는 점을 잊어서는 안 된다.

랠리는 차와 드라이버와 내비게이터라는 요건만 갖춘다고 할 수 있는 것이 아니다. 적어도 시주용 다른 자동차 한 대와 본 경기 때 서비스에 사용하는 자동차가 두 대 정도 필요하다. 또 메카닉과 서비스를 겸한 요원이 대여섯 명 필요하다.

서비스 요원은 바쁘다. 늘 랠리 차를 앞서 가며 기다려야 하기 때문이다. 우선 기름 보급, 그리고 타이어 및 부품의 교환, 점검과 수리. 그 외에도 드라이버와 내비게이터에게 정보를 제공하고 그들을 보필해야 한다. 그러기 위한 인원은 많을수록 유리하기 때문에 워크스의 자동차 뒤에는 늘 대부대가 따라다닌다. 벤츠의 부대가 가장 화려했다. 서비스카만 해도 몇 십 대, 세스나기cessna plane, 헬리콥터까지 동원한 전쟁이다. 규모가 그 정도 되면 이미 랠리가 아니다. 그런 랠리 차와 드라이버를 포함해도 열 명이 채 안 되는 개인 참가자들의 차가 같이 달린다는 점이 재미있다고 하면 재미 있고, 불공평하다면 그만큼 불공평한 일도 없다.

이런 상황에서는 당연히 워크스가 이긴다. 개인이 워크스를 이길 가능성은 아예 없다. 워크스가 상위권을 차지하는 것은 당연한 일. 개인은 완주만 해도 성공이다.

주최 측은 랠리를 보다 자극적으로 진행하기 위해 점차 코스를 어렵게 만들었다. 그 코스를 달리기 위해 자동차 회사는 차의 성능을 더욱 향상시킨다. 그러면 또 코스를 어렵게 만든다. 악순환이다. 그러니 개인으로 출전하는 자동차는 점점 더 궁지에 몰린다. 과도한 자금이 필요하기 때문에 실력이 있어도 쉽게 참가하지 못한다. 스포츠 정신은 미약해질 뿐이다. 그러다 보니 경기는 매력이 없어지고 점차 외면당한다.

그런 이유로 현재 사파리 랠리는 과거만큼 흥행하지 못하고 있다. 워크스의 자동차 대수도 부쩍 줄었다. 주최 측은 이쯤에서 대수술을 해야 할 것이다. 예를 들어서 서비스 요원의 자동차와 인원수를 제한하고 세스나기나 헬리콥터는 사용을 금지하는 등 진지하게 재검토해야 할 시기다. 그러지 않고는 폭주만 할 뿐 사람 냄새가 사라진 차에 대체 무슨 의미가 있는지 알 수 없게 된다.

이 사파리 랠리는 그 외에도 다양한 문제를 안고 있다. 대충 처리하는 일들이 너무 많다. 때로는 엉터리 운영을 한다고 해도 좋을 정도다. 유럽 등지에서 진행되는 랠리처럼 엄격한 규칙에 따른 운영 방식을 고수하지 않으면 끝내는 아무도 상대하지 않을 것이며, 출전하는 자동차도 줄어 과거의 이류 랠리로 전락할 가능성이 높다.

케냐에는 랠리에 조금도 관심을 보이지 않는 이들도 많다. 눈앞으로 랠리 차가 질주하는데도 그들은 돌아보지 않는다. 묵묵히 일상생활을 계속한다. 일부러 무시하는 것은 아닌 듯하다. 그들은 대지를 천천히, 뚜벅뚜벅 걸어간다. 그런 때 랠리 차가 옆으로 지나가는 광경은 실로 기묘하다. 다른 차원의 풍경이 겹친 듯한 기분이 든다. 그들은 랠리를 좋아하는, 축제를 좋아하는 대부분의 사람들처럼 흥분하는 일이 거의 없는 것일까. 어제와 똑같은 오늘을 사는 것에 만족하고 있다는 말일까.

오지에서 그런 사람들과 종종 마주쳤다. 그들을 볼 때마다 나는 압도되었다. 때로는 화가 치밀어 이렇게 호통을 치고 싶었다.

"너희도 랠리를 구경하란 말이야. 이렇게 떠들썩한 축제를 언제 또 볼 수 있겠어. 혹시 실수를 범한 차가 여기서 뒤집힐지 어떻게 알겠어. 너희는 대체 뭘 기대하고 살고 있는 거지? 바보 아니냐, 어!"

그렇게 고함을 지르고 싶었다. 그러나 그다음 내 마음은 반드시 무거워진다. 이상한 것은 내 쪽이 아닐까 하는 죄책감에 시달리다 왠지 모르게 견딜 수 없어진다.

그 광기에 찬 폭음과 흙먼지가 싫다면 그나마 납득이 간다. 돌이라도 던지면서 증오를 보여 준다면 나도 안도할 것이다. 그러나 그들은 아무것도 하지 않는다. 무관심하다. 일상을 계속하는 것밖에 염두에 없는 듯 보인다. 그들의 가슴속은 무엇이 지배하고 있을까. 그들의 그 무심함은 어디에서 오는 것일까.

마치 영원한 시간을 소유하고 있는 것처럼 고요한 그 사람들을 볼 때마다 나는 초조해지고 만다. 내가 어리석게 느껴진다. 뭘 그렇게 아등바등 살고 있느냐는 생각이 덮친다. 변화다 충실감이다 감동이다, 그게 뭐 어쨌다는 것이냐. 그들은 내게 말 없는 질문을 던진다. 그들의 주변을 떠돌고 있는 것은 영겁의 흐름과 야생동물과 다름없는 처지를 깨우친 충족감이다. 강하고 질긴 사람들이다. 그들은 아마 죽음 앞에서도 저렇게 평온하지 않을까. 자신의 육체가 미생물에 의해 남김없이 흙으로 변하고 양분이 되어 잡초의 뿌리로 빨려 들어갈 것을 예감하며 숨을 거둘 것인가. 또는 아무것도 의식하지 못한 채 잠자듯 고요하게 죽어 갈 것인가. 광활한 벌판에 유유히 서 있는 그들의 모습이 인간을 초월한 존재로 보이기도 하고, 그들이야말로 인간이라는 생각도 들어, 내게는 씁쓸한 대상이 되고 말았다.

나이로비에 사는 관계자들 중 몇 명이 우리에게 충고했다. 밤에는 취재를 하지 않는 편이 좋을 것이라고. 너무 위험하다고 했다. 수풀에 숨어 있는 사자가 덮칠지도 모르고 독사나 전갈에게 물릴지도 모른다고 한다. 그러나 우리는 그 충고를 무시하기로 했다. 충분히 주의하면 괜찮을 것이라고 생각한 것이다. 과거 우리가 오스트레일리아의 사막을 한 달에 걸쳐 횡단할 때에도 유사한 충고를 몇 번이나 들었다. 그러나 실제로 오지에 들어가 보면, 이렇다 할 위험이 없었다. 하기야 그때 우리에게는 무기가 있었다. 산탄총과 소총에 탄환 500발과 함께였다.

이번에 우리는 무기류를 소지하지 않았다. 권총을 한 손에 들고 취재할 수는 없다. 가게야마 마사오가 차에서 내려 사진을 찍고, 도시 니시야마와 내가 망을 보기로 했다. 현지 사람들은 사자의 위험을 외쳤지만, 자연공원에서도 한 마리 보지 못했다. 그에 관해 잘 아는 사람에게 물어보니, 사자는 딱 네 마리밖에 없다고 가르쳐 주었다. 차에서 내려 사진을 찍고 있던 관광객이 사자에게 통째로 삼켜진 비극적인 뉴스는 알고 있었다. 그 당시 함께 있었던 관광객이 찍은 사진을 잡지에서 보기도 했다. 그러나 마주칠지 안 마주칠지 모르는 사자에 겁을 먹고 밤의 취재를 포기할 수는 없었다. 우리 일을 거드는 인도 청년 모하메드 역시 밤을 두려워했다. 그는 말했다. 신발은 반드시 부츠를 신으라고. 우리는 그 말을 따랐다.

모하메드는 오른쪽 발목에 사람이 만든 대형 나이프를 숨기고 있었다. 잘만 다루면 사자의 심장에 꽂을 수도 있을 만큼 멋들어진 나이프에 날도 예리하다. 그러나 우리는 그가 정말 두려워하는 것은 사자 등의 야생동물의 습격이 아니라 흑인이라는 것을 알았다.

흑인과 인도인은 사이가 좋지 않다. 피부색은 유사하면서 백인과 비슷한 생활을 하고 싶어 하는 인도 사람들이 흑인 눈에는 영 못마땅한 것이다. 인도 사람들은 상술이 뛰어나 외국에서 성공한 예가 많다. 그 점, 화교와 비슷하다. 인도 사람들에게는, 바로 얼마 전까지 창을 들고 초원에서 방랑하던 흑인들과 같을 수 없다는 자존심이 있을 것이다. 케냐에 사는 인도계 사람들 대부분은 과거 이 나라의 철도 공사 때 돈을 벌러 온, 또는 노예에 가까운 형태로 일하러 온 사람들의 자손이라고 한다. 돈이 없어 돌아가고 싶어도 돌아가지 못하고 어쩔 수 없이 케냐에 남은 사람들의 자식이다.

흑인과 인도인은 서로를 끔찍하게 싫어하고 또 경멸한다. 그런 사람들 위에 백인이 똬리를 틀고 앉아 있는 셈이다. 흑인이 우리를 보는 시선과 모하메드를 보는 눈초리는 분명히 달랐다. 또 모하메드는 모하메드대로 우리를 보는 눈으로 흑인을 보지 않았다. 그는 흑인을 전혀 믿지 않았다. 우리가 차를 떠나 반경 약 50미터 이내에서 일할 때에도 그는 언제나 차 옆을 지켰다. 짐에서 한시도 눈을 떼지 않았다. 그리고 흑인이 다가오면 온후한 그의 인상이 싹 바뀌었다.

모하메드의 집은 사파리 파크 바로 옆에 있는 언덕 꼭대기에 있다. 소를 몇 마리 키우며 생계를 꾸리고 있다. 인도계 사람치고는 그리 성공하지 못했다. 타인에게 사기를 치면서 돈을 우려내지는 못하는 착실한 사람이라 그럴 것이다. 그는 우리에게 말했다.

"바로 얼마 전에 우리 송아지가 네 마리나 당했습니다."

공원에 사는 치타가 범인이었다. 발자국으로 알았다고 한다. 있기는 있는 것이다. 방심은 금물이다.

그러나 결국 모하메드도 자연을 필요 이상 두려워하는 시티 보이였다. 우리가 산속 깊숙이 들어가면 그는 말수가 점차 줄었다. 침착함을 잃었다. 그러다 끝내는 "여기가 촬영하기에 가장 좋은 뎁니다." 하고 적당히 말하고는 민가에서 멀어지기를 싫어했다. 우리는 그의 말을 무시하고 달렸다. 내게 산은 별거 아니었다. 우리 집 주변은 온통 산이다.

우리는 밤낮을 마다 않고 달렸다. 촬영을 끝내면 다음 장소까지 서둘러 이동해야 했다. 시속 160킬로미터 속도로 달리는 일도 드물지 않았다. 우리도 랠리에 참가하고 있는 거나 다름없었다. 밤 사이 줄곧 달려 어둠이 물러갈 무렵, 저만치에서 랠리 차의 헤드라이트가 보이면 우리는 환성을 질렀다. 멋진 광경이었다. 사자와 전갈의 위험을 까맣게 잊고 차에서 내렸다. 그러나 주위에서 이상한 기척이 느껴져 눈을 찡그리고 돌아보면, 우리 바로 옆에 흑인들이 말없이 서 있었다. 그들은 오래도록 우리를 관찰하고 있었던 것이다. 마음만 먹으면 우리를 언제든 마음대로 죽일 수도 있었다. 그러나 그들에게도 우리가 불길한 존재였던 것 같다. 날이 밝아 서로의 얼굴이 분명히 보이면, 그들의 얼굴에서도 우리와 같은 두려움을 읽을 수 있었다.

사파리 랠리를 중계하기 위해 세계 각지에서 보도 관계자들이 몰려와 있었다. 영국 BBC에서는 텔레비전 스태프들을 파견했고, 독일과 프랑스도 통신 관계자들을 보냈다. 일본은 우리 외에 전문지 기자가 와 있었다. 그러나 정작 랠리가 시작된 후로 우리는 그들의 모습을 거의 보지 못했다. 물론 어디선가 일을 하고 있을 터였다. 그러나 대낮에도 안전한 장소가 아니면 그들과 마주치는 일은 없었다. 그들은 나이로비를 중심으로 일할 뿐 멀리까지 발을 뻗지 않았다. 그리고 취재를 위해 정해진 장소에 가는 정도. 게으름을 피운다고 할까, 대충대충 일한다고 할까, 예산을 아낀다고 할까, 아무튼 참 엉성하게 일했다.

독일 취재진은 거의 폭도였다. 촬영에 적합한 장소를 발견하면 독점하고는 다른 사람을 그 장소에 들어오지 못하게 했다. 다가가면 그들은 저리 가라고 소리를 질러 댔다. 하기야 가게야마 씨는 이렇게 말했지만. "거기는 평범한 각도를 노리는 장소야. 무리하면서까지 끼어들 필요는 없어." 그러나 나는 못마땅했다. 도시 니시야마의 의견도 같았다. 두말 않고 물러날 수는 없었다. 우리는 일부러 거기에서 꼼짝하지 않고 그들이 투덜거리면 일본말로 받아치면서 겁을 줬다. 그들도 치고 박을 배짱까지는 없는지 그러다 포기하고 입을 다물었다.

그들이 정말 보도 관계자들이었는지도 의심스럽다. 벤츠를 촬

영하고 나면 바로 다른 장소로 가버렸기 때문이다. 벤츠의 광고
용 사진을 찍으러 온 자들일까. 영국 BBC의 힘은 정말이지 막강
했다. 출발 직전에 사파리 랠리의 최대 스폰서인 말보로 스티커를
뗐을 정도다. BBC는 주최 측에 말보로라는 글자가 너무 크다는
클레임을 걸었다. 이래서는 말보로 광고가 되고 만다는 것이다.
그러나 말보로는 이 랠리에 해마다 150만 달러의 거금을 쏟아붓
고 있는 회사다. 이어 BBC는 요구를 수용하지 않으면 취재를 거
부하고 철수하겠다고 협박했다. 힘의 상관관계가 어떻게 되는지
몰라도 결과적으로 주최 측이 뜻을 꺾었다.

주최 측은 출전하는 모든 차에 스폰서의 스티커를 몇 장씩 붙
이도록 지시한다. 그러나 이를 거부할 수는 있다. 주최 측에 돈을
지불하면 그만이다. 벤츠는 그렇게 했다. 벤츠에서는 450 SLC에
차 번호를 제외한 스티커를 한 장도 붙이지 않았다. 자기 회사의
차를 선전하기 위해 도전하는 경기이니 당당한 상업 근성이라 할
수 있겠다. 참 대단하다.

그 밖의 차는 개인적인 스폰서 스티커를 붙인다. 따라서 그 수
가 많으면 많을수록 자금난에 허덕였다는 뜻이 된다. 케냐 출전
차 중에 카지노 스티커를 붙인 차도 한 대 있었다.

일본의 개인 출전자들 차에도 스티커가 닥지닥지 붙어 있어 안
타까웠다. 일본의 스폰서는 이런 랠리에는 출자를 잘 하지 않는다
고 한다. 해도 액수가 영 비미하다. 여행비에 소금 더 얹어 주는
정도란다. 부품을 지급하는 선에서 입을 닦는 경우도 적지 않다고

한다.

하기야 스폰서 입장에서는 기껏해야 완주가 목표인 개인 출전자들에게 돈을 들여 봐야 별 메리트가 없다. 완주는 물론에 상위권에 진입했다고 해야, 일본에서는 전문지 한구석에 사진이 실리는 정도이니 채산이 맞지 않는 것이다. 그 전문지라는 것도 회사에는 맥을 못 추는지, 랠리의 실체를 정확하게 전하지 못한다. 어느 정도는 어쩔 수 없는 일이다. 그러나 지나치면 회사의 선전용 잡지와 다를 게 없으니 독자를 우롱하는 꼴이 되고 만다. 사파리 랠리를 보고 싶어도 볼 수 없는 많은 팬에게 '닷선이 우승해서 다행'이라는 기사 일변도는 곤란하다.

우리는 워크스 관계자들에게는 최대한 접근하지 않으려고 했다. 차 한 잔도 얻어먹지 않으려고 주의했다. 그들에게 친절을 베푸는 일은 있어도 그 반대는 절대 고사했다. 그런 우리가 그들에게는 영 마땅찮은 존재였던 모양이다. 닷선 관계자는 수시로 다가와서는 우리 눈치를 살폈다. 우리는 계속 모르는 척했다. 그러자 그는 답답한 나머지 우리에게 물었다. "당신들 진짜 노리는 게 뭐요?" 우리가 냄새를 맡고 다니면 곤란한 일이라도 있는 것일까. 아무튼 그들에게 우리는 마음대로 다룰 수 없는 성가신 대상이었을 것이다. 식사와 술과 귀가 솔깃해지는 정보로는 낚을 수 없는 얄밉는 존재였을 것이다.

벤츠 차고에 취재 신청을 했다가 문전박대를 당한 자동차 평론가가 있었다. 그는 우리에게 이렇게 말했다. "양복에 넥타이까지 매고 찾아갔는데, 그 작자들 '당신, 닷선의 첩자 아니냐.' 하면서 상대도 안 해 줍디다."

그가 화를 내는 것은 당연한 일이지만, 그런 의심을 사도 어쩔 수 없는 이유가 있었다. 그가 닷선 관계자와 늘 붙어 다녔으니 그런 오해를 받을 수밖에 없는 것이다. 그는 귀국해서도 닷선 찬양 기사를 썼다.

도시 니시야마는 이렇게 말했다. "다 그런 겁니다. 차도 그렇지만 오토바이 세계도 다를 게 없어요."라고.

랠리가 시작되자 실황을 중계하는 방송이 온 케냐에 울려 퍼졌다. 구경꾼 중에는 소형 라디오를 들고 있는 사람도 몇 명 있었다. 그들은 중간 보도가 들어오면 큰 소리를 지르면서 주위에 있는 사람들에게 알렸다. 아무리 오지에 들어가도 구경꾼들은 차의 이름과 유명한 드라이버의 이름을 알고 있었다. 그들에게 사파리 랠리는 축제의 의미를 뛰어넘어 뜨거운 꿈이 아닐까 싶을 정도였다. 자전거 한 대 살 돈이 없어도, 기를 쓰고 일해 봐야 중고차 한 대 살 수 없는 처지임을 알면서도, 그들은 그 꿈에 다가서고 싶어 했다. 어떤 형태로든 상관없으니까, 그에 가까워지려 했다.

그들의 이상은 물론 자기 자동차를 타고 참가하는 것이었다. 그 다음은 내비게이터로 누군가의 차에 타는 것. 그것도 안 되면 서비스 요원의 한 명으로 참가하는 것. 그것도 힘들면 모하메드처럼 취재를 거드는 일도 상관없었다. 모하메드는 우리에게 돈을 받지 않았다. 억지로 건네려 해도 그는 절대 손을 내밀지 않았다. "나도 즐겼으니 그것으로 충분하다. 돈을 받으면 당신들과의 관계가 거기서 끝나고 말지 않겠나. 받지 않으면 친구일 수 있다." 하면서.

케냐에는 랠리에 심취해 있는 자들이 많다. 그들은 핸들을 잡으면 엄청난 속도로 질주한다. 모하메드도 예외가 아니었다. 드라이빙 테크닉을 제대로 배우지 못했으니 그저 무턱대고 달릴 뿐이라 무척 위험하다. 순간의 실수에 그는 어떻게 대처해야 하는지 모를 것이다. 히라바야시의 서비스 요원으로 참가한 인도 사람 역시 목숨 아까운 줄 모르고 차를 몰았다. 스태프는 늘 조마조마해했다. 이번이 일곱 번째 출전인 이와시타 팀은 그런 사정을 충분히 알고 있는 터라 현지 사람에게는 절대 운전을 맡기지 않았다. 우리도 중간부터 그렇게 하기로 했다. 모하메드에게 핸들을 맡겼다가는 목숨이 몇 개라도 부족할 것 같았다. 그런데 평지에서는 그렇게 달리는 주제에 산길로 접어들면 갑자기 속도를 떨구고 거북이처럼 느릿느릿 달렸다.

케냐에서 성공한 인도인은 대개 랠리 차를 갖고 싶어 한다. 경기 시작 열흘 전부터 랠리용으로 차를 개조, 요란하게 페인트칠을 한 포르셰가 나이로비 번화가를 보란 듯이 질주했다. 그 주인공은 터번을 두른, 부잣집 한량이겠다 싶은 인도 사람이었다. 그는 매일 포르셰를 몰면서 온 나이로비에 폭음을 뿌렸고, 사람들이 많은 길에 일부러 차를 세웠다. 그리고 포르셰와 함께 수많은 사람들에 둘러싸이는 것이 최고의 기쁨인 것처럼 행동했다. 그것이 그의 인생의 전부인 듯 굴었다.

나는 한눈에 그 청년의 심리를 이해했다. 별거 없는 드라이버라는 것도 알 수 있었다. 그런 인간일수록 본 경기에서는 일찌감치 미끄러진다. 만약 그가 자기 혼자의 힘으로 부를 축적했다면 그런 허영기 가득한 얼굴을 하고 있을 리 없다. 또 자신의 부를 과시하는 것으로만 만족할 리도 없다. 그 포르셰—케냐에서는 200퍼센트에 가까운 세금을 내야 한다—는 아마 아버지가 사 줬을 것이다. 그는 절대 일정한 틀 밖으로 나가려 하지 않는다. 틀 밖에 진정한 감동이 있다는 것을 모르고 또 그럴 용기도 없으니, 여자와 꼬맹이들이 꺄악꺄악 환호하는 정도의 틀 안에 안주하고 만족하는 것이다. 아마 그는 아버지가 애써 끌어 모은 부를 탕진하고 말 것이다. 그런 의미에서 세상이란 합리적이다. 역시 그는 본 경기가 시작되자 초장에 탈락하고 말았다.

어떤 직업이든 일류가 된 사람은, 그 자신이 자각하고 있고 말고에 상관없이, 틀을 깬 사람이다. 어느 날 갑자기 틀 밖으로 뛰쳐나가 타인의 시선 따위는 개의치 않고 몸으로 부딪친다. 모 아니면 도의 갈림길에 섰을 때, 그들은 주저 없이 틀 밖으로 뛰어나간다. 그리고 필요하면 수단을 가리지 않는다. 이런 감각을 태어날 때부터 갖추고 있는 자들이 간혹 있다. 천재다. 천재는 혈통으로만 만들어지는 것은 아니다. 자립과 고립의 길을 당당하게 걸을 수 있는 환경에서 자랐는지, 그것이 결정적인 조건이다.

히라바야시 다케시는 랠리형 드라이버다. 고도의 드라이빙 테크닉만 알아서는 사파리를 달릴 수 없다. 마지막에 문제가 되는 것은 체력과 기력이다. 그 두 가지의 유지에 승패가 갈린다. 피로가 쌓이면 당연히 집중력이 떨어진다. 정신력은 충실한 육체가 뒷받침한다. 그 점, 외국인 드라이버는 유리하다. 그 유명한 셰키 메타는 그렇게 달리면서도 여전히 투실투실 살쪘고, 마지막까지 허접한 농담을 늘어놓았다.

긴장한 일본의 드라이버는 출발과 동시에 액셀을 힘껏 밟고 질주하려 한다. 그 결과 엔진이 과열되어 탈락하는 자가 많았다. 사파리 랠리는 거친 경기이지만, 무턱대고 달린다고 이길 수 있는 것이 아니다. 차가 망가지지 않을 아슬아슬한 선에서 달리는 것이 중요하다. 대담함은 물론 섬세한 감각이 필요하다. 그 균형감이 어려운 항목이다.

히라바야시는 더할 나위 없는 체력과 외국인 수준의 기력을 겸비한 드라이버였다. 대담하며 치밀한 타입이고, 거친 듯하면서도 절세를 안다. 그와 똑같은 모델의 차를 타고 출전한 다카오키와는 실로 대조적이다. 다카오카는 제2레그 도중에 탈진, 엔진 과열로 탈락하고 말았다. 스바루 팀의 리더는 다카오카가 운이 없었다는

어떤 직업이든 일류가 된 사람은, 그 자신이 자각하고 있고
말고에 상관없이, 틀을 깬 사람이다.

말도 안 되는 설명을 했지만, 문외한이기는 하나 우리도 눈이 있
다. 출발 전부터 그렇게 될 줄 알고 있었다. 정말 달릴 마음이 있
는 건지 없는 건지, 누가 봐도 자명했다. 히라바야시는 본 경기 전
에 5,000킬로미터를 시주했는데, 다카오카는 바쁘다는 이유로 하
지 않았다. 완주가 목표라고 열심히 떠들어 댄 팀 리더만 해도 하는
말과 행동이 달랐다. 광고 사진을 찍는 데는 열심인 듯했지만. 다카
오카는 스바루의 정직원이고 히라바야시는 계약 드라이버였다.

　적어도 히라바야시는 진심이었다. 도락 삼아, 혹은 자동차 선전
을 위해 케냐까지 온 것이 아니었다. 각오를 다지고 경기에 임했
다. 그러나 그는 금방 깨달았다. 이런 형태로 참가하는 것이 아니
었음을. 할 마음이 있는지 없는지 모를 사람들과 팀을 짜는 게 아
니었다고 후회했다. 빚을 더 지는 한이 있어도 자신의 차로 출전
해야 했다고 생각했단다. 스바루 팀은 첫 출전이었고, 개인 출전
의 형태를 취하고 있었지만 문제점이 너무 많았다. 보다 빨리 달
리기 위한 문제라면 상관없지만, 그렇지 않았다. 체면과 돈을 둘
러싼 음험한 문제였다.

　그러나 히라바야시는 어른이었다. 무수한 분노를 꾹꾹 삭이고
불합리함을 견디면서 오로지 본 경기만을 기다렸다. 그는 달리기

위해서 왔으니 나머지 복잡한 문제들에는 눈을 감자고 결심했으리라. 자동차에도 큰 문제가 있었다. 일본에서 공수한 쇼크 업소버가 약해서 본 경기 중에 몇 번이나 교체하느라 귀중한 시간을 빼앗겼다. 그 문제점은 출발 전부터 리더도 잘 알고 있었다. 왜 사전에 다른 쇼크 업소버로 교체하지 않았을까.

스바루의 리더는 비가 와 주기를 기대했다. 비가 내리면 사륜구동차가 유리할 것이라고 생각했던 것이다. 그러나 실제로는 비가 오지 않아 다행이었다. 만약 비가 쏟아졌다면 파워가 부족한 사륜구동은 거의 제구실을 못 했을 테고, 노멀 와이퍼도 아무런 도움이 안 되었을 것이다. 파워 부족은 대책이 없었다. 직선 코스에서도 기껏해야 시속 120킬로미터 정도. 같은 길을 벤츠는 230킬로미터 속도로 달릴 수 있다. 스바루와 같은 차고를 사용하는 실비아의 정비공들에게 물어보았다. "히라바야시의 차로 정말 사파리 랠리를 할 수 있는 겁니까?" 그들은 피식 웃으면서 대답하지 않았지만, 그게 대답인 셈이었다.

히라바야시 다케시는 회사원은 적성에 맞지 않는 남자일 것이다. 그런데도 우리보다는 한결 분별력이 있고 예의 바르다. 그러나 핵심적인 문제에 대해서는 절대 타협하지 않는다. 고집을 부릴 때에는 부린다. 설령 자신이 불리해진다 해도 반드시 거쳐야 할 것은 거친다.

스바루 팀의 리더는 출발 직전에 히라바야시에게 이렇게 말했다고 한다.

"다카오카와 같이 달려. 만에 하나의 경우에 서로 도울 수 있게."

이 말의 진의는 무엇이었을까. 다카오카가 탈락하면 너도 탈락하라는 뜻일까. 액면 그대로 해석한다 해도 앞뒤가 맞지 않는 이상한 말이다. 그런 레이스가 있을 수 있나. 출발하고 나면 동료도 지인도 관계없다. 자신 외에는 모든 드라이버를 적으로 여기고 전력 질주하는 것이 공정한 스포츠 정신 아닌가. 그러나 이런 유의 작전은 어느 경기에나 있는 듯하다. 벤츠는 과거에 톱을 달리던 드라이버에게 다른 드라이버에게 자리를 양보하라는 지시를 내린 적이 있다는 소문도 있다. 이유는 복잡하다. 투덜거리며 톱의 자리를 넘긴 드라이버에게는 나중에 충분한 보상이 있었다고 한다.

그러나 히라바야시는 다카오카와 같이 달리라는 리더의 지시를 무시했다. 나라면 그 자리에서 바로 화를 냈을 텐데, 그는 알겠다는 대답만 하고는 출발과 동시에 질주, 제1레그에서 있는 힘을 다해 달렸다. 우리는 호텔 풀 사이드에서 히라바야시의 모습을 종종 보았다. 그는 혼자서 맥주 한 병을 테이블에 놓고 늘 생각에 잠겨 있었다. 그런 그가 후회의 덩어리처럼 보였다. 힘내라는 상투적인 말조차 건네기가 힘들었다. 우리는 그저 묵묵히 그를 지켜보기만 했다. 그때 그는 무슨 생각을 하고 있었을까. 불리한 조건을 극복하고 완주할 수 있는 구체적인 방법이었을까. 또는 지금까지 랠리에 정열을 불태워 온 자신은 과연 무엇인지를 생각했을까.

히라바야시는 원래 명랑한 사람이다. 타인의 발목을 잡거나 궁지로 모는 비열한 잔재주를 피우는 쪼잔한 타입이 아니다. 우리는 다른 테이블에 앉아 때로 히라바야시의 뒷모습을 바라보면서 이런 얘기를 나눴다.

"그 차로 완주를 한다면 기적이지."

"제2레그까지가 한계 아니겠어."

"내가 부자라면, 좀 좋은 차에 태워 줄 텐데."

다 불평에 지나지 않는 말들이었다. 그 시점에는 모든 것이 늦어, 그저 히라바야시를 쳐다보는 수밖에 없었다.

출발 전, 히라바야시 자신의 예상은 대충 이랬다. 제1레그를 무사히 통과하면 제2레그도 달릴 수 있을 것이다. 제1레그는 속도가 느린 차와 적당히 개조한 차를 떨어뜨리기 위한 코스이기 때문에 험한 코스가 많다. 그러나 제2레그는 주로 속도를 내기 위한 코스이기 때문에 험한 길이 많지 않다. 몸바사까지 갔다가 나이로비로 그저 돌아오는 격이다. 문제는 제3레그다. 이 코스는 만만치 않다. 1, 2레그를 달린 후에 달리기에는 상당히 벅차다. 드라이버와 차의 진가가 드러나는 코스가 바로 제3레그이다.

히라바야시는 출발한 후 사람이 싹 달라지고 말았다. 생기에 넘쳤다. 그때까지의 수많은 고뇌가 어니론가 다 날아가 버린 것처럼 보였다. 그는 역시 랠리 드라이버였다. 주위의 색깔에 자신의 색을 맞춰가며 사는 쪼잔한 사내가 아니었다. 그가 추구하는 것은 단순 명쾌한 세계였다. 달리고 또 달리는 시간과 공간 속에서 그의 충족감과 감동은 무한하게 확대되었다. 일의 일부로 핸들을 잡은 드라이버는 달리면 달릴수록 피로한 기색을 보이는데, 그는 오히려 반대였다. 더욱 대담해지고 더욱 빛났다.

본 경기 중의 히라바야시 모습은 이랬다. 담배를 피우면서 대범한 미소를 머금고 주행 중에 간혹 크게 웃기도 했다. 그리고 산속에서 기다리는 우리 모습을 언뜻 발견할 때마다 손을 크게 흔들어 답해 주었다. 달리는 동안 그는 거의 음식다운 음식을 먹지 않았지만 충분히 먹을 때보다 훨씬 발랄했다. 워크스의 차를 조종하는 유명한 드라이버보다 한층 대담했다. 첫 출전임에도, 또 쇼크 업소버가 툭하면 파열—그야말로 파열이었다—을 거듭하는데도 그의 육체는 생기에 찬 다채로운 빛을 발했다.

만약 히라바야시에게 '당신은 뭐 때문에 그렇게 달리는가?' 하고 야유와 빈정거림이 섞인 투로 묻는 자가 있다면 내가 그를 대신해 이렇게 답해 줄 것이다.

"질주하는 히라바야시의 모습을 보라. 그러면 한눈에 알 수 있잖은가."

또 이렇게도 말해 줄 것이다.

"긴 인생에서 당신 얼굴이 저렇게 눈부시게 빛나 본 적 있나? 없을 테지."

이 세상에는 그 사람만이 할 수 있는 것을 갖고 태어나는 사내가 있다. 그들이 그 일을 하는 모습은 실로 멋지다. 그들이 그 일을 함으로써 신변에 다소 풍파가 있다 해도 비난할 마음이 조금도 없다.

이번 랠리에서 벤츠가 사용한 450 SLC라는 스포츠카는 아우토반이라는 훌륭한 고속도로를 질주하기에는 최고의 자동차다. 걸작이라도 해도 좋다. 그러나 랠리용으로는 적합하지 않다. 개조에 개조를 거듭하면 성능이 좋아질 수 있는 그런 문제가 아니다. 치명적인 결점이 있다. 차체가 너무 무겁다는 것이다. 무거운 차가 랠리에 적합하지 않다는 것은 벤츠에서도 족히 알고 있을 것이다. 그런데도 랠리 차로 개조한 점, 참 독일적인 고집이다. 무거운 만큼 파워를 올리면 된다는 생각에 엔진은 무려 300마력. 직선 코스에서 230킬로미터의 속력을 낼 수 있다. 게다가 4속 오토매틱 fourth speed automatic이다. 랠리 차에 오토매틱을 도입한 것은 벤츠 정도일 것이다. 거기에다 에어컨과 컴퓨터를 비롯해서 편리한 장치를 다양하게 장착하고 있다. 이 정도 되면 이미 랠리 차가 아니다. 그런 차로 달리는 레이스는 랠리가 아니다.

작년 사파리에서도 닷선에 졌는데 그래도 450 SLC를 고집하고 있다. 어지간히 이 차로 우승하고 싶은 모양이다. 그러나 안 되는 것은 안 되는 것이다. 다른 기능이 아무리 우수해도 정작 차가 랠리에 적합하지 않고서는 좋은 점이 하나도 없는 것이나 다름없다.

그 반대가 그나마 낫다. 자동차가 랠리에 적합하면 다소의 결함이 있어도 랠리를 기대할 수 있다.

직선 코스라면 몰라도 산길에 접어들자 예상했던 대로 450 SLC는 비참한 주행을 보여 주었다. 코너에서 파워를 올릴 때마다 후미가 흔들려 시간을 축냈다. 그런데 알 수 없는 것은 제2레그에서 주최 측이 갑자기 코스의 일부를 잘라 버린 일이다. 그곳이 또 450 SLC가 낑낑거려야 할 코스였기 때문에 벤츠가 압력을 넣은 게 아닐까 하는 소문이 나돌았다.

주최 측은 비가 왔다는 이유를 들었다. 우리는 믿지 않았다. 바로 그 무렵 우리가 그 부근에 있었기 때문이다. 비는커녕 빗방울조차 떨어지지 않았다. 한참이 지나 주최 측에서 이런 발표를 했다. 실은 비 때문이 아니라 탄자니아 국경 경비대의 발포가 있었기 때문이라고. 어떤 말을 믿어야 할지 도무지 알 수 없었다. 랠리 차가 그곳을 아직 지나지도 않았는데 어떻게 발포를 확인할 수 있었을까. 또 오피셜 차가 총격을 당했다면 왜 군대가 출동하지 않는 것일까.

우리는 이렇게 농담을 했다.

"주최 측의 머리에 마르크의 비가 뿌린 모양이지."

흑인들은 모두 멋쟁이다. 싸구려에 구멍 뚫린, 말도 안 되는 배색의 셔츠 하나도 그들은 멋지게 입는다. 물론 피부색과 팔다리의 길이 덕이 크다는 것은 부정할 수 없다. 그런데 그게 다는 아닌 듯하다.

그들은 하얀 셔츠를 입어도 사흘은 그 하얀 색을 유지한다. 우리는 고작 반나절을 입고도 먼지와 땀으로 구질구질해지는데, 그들 셔츠는 늘 하얗다. 취재용 레인지로버를 타고 질주하는 동안, 우리는 그 얘기를 나눴다. 우선 생각할 수 있는 첫 번째 이유는 땀의 양에 차이가 있다는 것. 이렇게 더운 나라에 사는 사람들은 우리처럼 땀을 줄줄 흘리지 않는다. 두 번째는, 그들은 옷을 조심스럽게 입는 게 아닐까 하는 것. 충분히 가능성이 있는 이유다. 몇 가지 안 되는 옷을 그들이 허술히 다룰 리가 없다. 우리는 지치면 어디든 아무렇게나 주저앉는다. 손이 더러워지면 셔츠든 바지든 닥치는 대로 닦는다. 나중에 드라이를 하면 그만이고, 찢어지면 새로 사면 된다고 생각한다.

그러나 그들에게 셔츠 한 장이라도 그것을 더럽히거나 버린다는 것은, 우리가 상상하는 이상으로 심각한 문제일지 모른다. 그들에게는 평생을 입어야 하는 소중한 재산일지도 모른다. 아니, 아마 그럴 것이다. 그렇다면 일본 사람이 자가용을 반짝거리게 닦고 조심조심 몰고 다니는 것과 비슷한 감각일까. 나 같은 사람은 자기 차를 씻지도 않거니와 왁스칠도 하지 않는다. 진흙이 묻은 채로 며칠을 내버려 두었다가 가끔 세차장에 끌고 갈 뿐이다. 가게야마 마사오의 차는 더 심각해서 달리는 쓰레기통이다. 차 안이 언제나 너저분하다. 또 도시 니시아마 역시 차를 그렇게 소중하게 다루지는 않을 것 같다.

게다가 우리는 아직 충분히 달릴 수 있는 차를 연식이 오래되었다는 이유 하나로 미련 없이 팔아 치우고 새 차를 산다. 당연한 일인 듯 그렇게 한다. 나쁜 습성이다. 자동차 회사가 놓은 덫에 보기 좋게 걸려드는 것이다.

케냐는 다르다. 달리지 못하는 순간까지 차를 갖고 있다. 도저히 움직일 것 같지 않은 차인데도 어떻게든 끌고 다닌다. 나이로비 어디를 가든 고물차가 우글우글하다. 시동이 꺼져 정체를 빚는 일도 허다하다. 나이로비에서는 그게 일상이다.

그런데 우리는 과연 새 차를 그렇게 쉽게 살 수 있을 만큼 풍요로운 것일까. 그렇게 풍족하게 살고 있는 것일까. 차를 바꾸는 것이 아니면 변화를 추구할 수 없으리만큼 궁지에 몰려 있을 뿐은 아닐까. 그 정도 변화에나 기대를 거는 세상에 살고 있는 것은 아닐까. 새것을 가졌을 때의 사소한 흥분을 감동의 일부로 착각하면서 그런 허망한 짓거리를 계속하고 있는 것은 아닐까.

서른 살이 되기까지 나는 자동차는 물론 오토바이도 없었다. 그 때까지는 걸어 다니거나 자전거를 탔고, 버스를 이용했다. 그래도 충분히 살 수 있었다. 당시는 자동차나 오토바이를 살 수 있는 여유가 없었지만, 돈이 있었어도 나는 엔진이 있는 탈것은 사지 않았을 것이다.

소년 시절의 나는 다 떨어져 여기저기 기운 셔츠와 바지를 입고 다녔다. 당시 아이들은 대개 그런 차림이었다. 그 무렵 나는 아무것도 원하지 않았다. 바라 봐야 얻을 수 없다는 걸 알아서가 아니다. 그저 원하지 않았을 뿐이다.

그런데 요즘은 너무 많은 것을 원한다. 하나를 얻은 순간 그다음 것을 생각하고 있다. 이제 우리는 그 시대로, 그 생활로 돌아갈 수는 없을 것 같다. 허망하다는 것은 알지만 결국은 현재와 같은 삶을 유지할 수밖에 없지 않을까. 그런 기분이 든다.

지금 나는 오프로드 바이크와 랠리 차의 엔진 소리를 듣지 않고는 하루도 살 수 없다. 그 폭음이 견딜 수 없이 좋다. 거의 중독이다. 폭주족 형님 같은 취미라고 놀려도 어쩔 수 없다. 그 배기음에 몸이 흥분한다. 끼리끼리 모인다고, 가게야마 마사오와 도시니시야마도 그렇다. 우리의 공통점은 술을 마시지 않는다는 것이다. 술 대신 휘발유를 마시는 셈일지도 모르겠다.

오토바이든 자동차든, 만약 그 엔진 소리가 없다면 어떨까. 가령 배터리만으로 소리 없이 빠르게 움직이는 탈것이 있다면 그래도 그것에 몰입할까. 그렇지 않을 것 같다. 소리는 절대 필요한 조건이다. 흥분 속에는 언제나 폭발하는 음향이 있어야 한다. 그 증거로, 축제라는 행사에 소리가 없는 경우는 없다. 반드시 일상적인 소리를 뛰어넘는 커다란 소리가 있다. 불꽃놀이, 음악, 구령. 그런 의미에서 사파리 랠리는 일류급 축제다. 지평선 저 너머에서 랠리 차의 폭음이 다가오면 우리는 가슴이 뛰고 피가 끓는다. 그 소리를 들은 자들은 얼른 돌아보며, 이성을 내던지고 그 천둥 같은 소리의 덩어리에 변화와 감동을 기대한다. 따분한 일상에 넌더리가 난 사람들에게 랠리의 폭음은 살아 있다는 증거의 소리이기도 하다.

닷선은 작년 사파리에서 종합 우승을 했지만 올해는 벤츠의 추격에 상당히 긴장한 상태였다. 사파리 랠리 전에 진행된 랠리에서 벤츠는 줄줄이 우승했다. 그 기세가 엄청나 닷선은 겁을 먹고 있었다.

우리가 나이로비에 도착했을 때, 닷선의 리더는 몹시 화가 나 있었다. 큰 문제에 봉착해 있었기 때문이다. 우리의 취재 신청에 대해서도 예의를 잊을 정도로 당황해서 지금은 안 된다는 한 마디로 거절했다. 그들의 문제는 트윈캠 엔진twin-cam engine이 호몰로게이션homologation을 통과하지 못한 것이었다. 워크스라고 해서 어떤 자동차든 상관없는 것은 아니다. 일정 대수 이상 시판된 자동차와 똑같은 모델이 아니면 안 된다는 원칙이 있다. 차체가 똑같아도 엔진이 다르면 안 되는 것이다. 싱글 엔진을 트윈으로 하는 것은 허용되지 않는다. 그 정도는 알고 있으면서 트윈캠 엔진을 사용하려 한 것은 역시 벤츠의 추격을 어떻게든 떨쳐 보려고 초조해한 탓이다. 물론 주최 측에 대한 물밑 작업을 잊지는 않았겠지만 결국 수포로 돌아갔다.

이렇게 되면 회사 대 회사의 전쟁이다. 이기기 위해서는 수단을 가리지 않는다. 저쪽도 하는데 우리라고 못 할쏘냐 하는 치사한 방향으로 기운다. 게다가 워크스의 경우, 리더는 이기느냐 지느냐에 따라 그 세계에서의 출세가 걸려 있다. 트윈캠 엔진 건으로 닷선은 재삼 이의를 제기한 모양이지만 수용되지 않았다. 어쩔 수 없이 그들은 시판되는 차와 똑같은 엔진으로 교체하기에 이르렀다. 닷선 측의 설명으로는, 싱글 엔진을 일부러 공수했다고 하는데 사전에 두 가지 엔진을 준비했다고 하는 자도 몇 명 있었다.

닷선이 이 사파리 랠리에 출자한 비용은 벤츠의 십분의 일이라고 한다. 아마 사실일 것이다. 두 회사의 차고를 비교해 보면 출자금의 차이가 분명하게 보인다. 그러나 그 점은 닷선에게는 유리한 요건일지도 몰랐다. 벤츠에 졌을 경우에는 변명거리가 되고 이기면 두세 배로 자랑할 수 있기 때문이다.

그 정도 저예산으로 재우승을 노린 닷선은 극히 일본적인 기업 경영 방식을 케냐에 도입했다. 닷선은 최소한의 자본으로 최대의 이익을 추구하며 이렇게까지 성장한 일본 경제를 여지없이 보여주었다. 부족한 예산을 메운 것은 사원들의 맹렬한 노동이었다. 근로기준법이고 뭐고 없었다. 그들은 회사를 위해서 있는 힘을 다해 일했다. 웃는 얼굴도 잊지 않았다. 전원이 똘똘 뭉쳤다는 표현을 쓰면 듣기에는 좋지만, 자유로운 입장에 있는 우리 눈에는 솔직히 가엾은 집단으로밖에 비치지 않았다. 연민이 느껴질 정도였다. 그러나 우리 역시 일을 할 때는 일본적인 방식을 선택하곤 했다. 좋은 결과를 내기 위해서는 무리를 하게 된다. 그래도 우리는 상하관계가 분명한 음습함은 없었다. 가령 리더 격인 사람의 기분이 좋지 않다고 나머지 사람까지 침울해지는 일은 절대 없다. 우리는 각자의 역할이 정해져 있었고, 일도 확실하게 분담했다. 기본적으로 대등한 관계였다.

알 수 없는 일이 있었다. 닷선 팀 옆에 스바루 팀의 차고가 있고 스바루 팀과 같은 건물 안에 이와시타 팀이 있었다. 닷선과 이와시타의 관계는 이해할 수 있다. 이번 랠리에 '실비아'를 가지고 출전한 이와시타는 개인 출전이기는 하지만 지금까지 닷선의 도움을 상당히 많이 받아 왔다. 그러지 않고는 일곱 번이나 사파리에 참가할 수 없었을 것이다.

이와시타의 내비게이터인 나카하라에게 이렇게 물어보았다. "만약 실비아가 닷선의 '바이올렛'을 앞질러 우승하게 된다면 어떻게 할 것인가?" 그는 "뭐, 그런 일은 없겠지만, 골 앞에서 바이올렛을 기다려야 하겠죠." 하고 대답했다. 농담인지 진담인지 알 수 없는 말투였다.

알 수 없는 것은 닷선과 스바루의 관계다. 왜 닷선은 스바루에게 그렇게까지 협력하지 않으면 안 되었을까. 스바루가 일방적으로 신세를 지고 있었다. 닷선의 리더는 툭하면 스바루의 리더를 불러 세세한 지시를 내렸다. 사파리의 대선배가 신입 후배를 도와주는 의미 이상의 무언가가 있을 것이라고 나는 짐작했다. 개인적인 관계만은 아닐 것이다. 배후에 기업 간에 모종의 관련이 없다면 두 사람은 그런 태도를 취할 타입이 아니다. 닷선과 스바루는 기술 제휴를 하고 있다니까, 그 때문에 두 사람이 사파리에서 엮였을 뿐일 것이다. 닷선 입장에서 스바루 팀 따위는 경쟁 상대가 아니다. 닷선의 적은 벤츠뿐이다.

한편 벤츠의 차고는 느긋하고 차분하게 작업을 진행했다. 눈에 핏발을 세워가며 바삐 일하는 사람은 한 명도 없었다. 닷선에서는 자동차 한 대에 서비스 요원 여러 명이 들러붙어 있었지만, 벤츠는 한 대당 한 명이 소리 없이 일하고 있을 뿐이었다. 벤츠의 그 고요함이 오히려 으스스했다. 5억 엔의 위력이 사방에 떠도는 느낌이었다.

사파리 랠리에 대해 조금이라도 아는 사람이라면 조긴더 싱이라는 이름의 명드라이버를 알고 있을 것이다. 2년 연속 종합 우승을 거머쥔 적이 있는 케냐 거주 인도인이다. 그 무렵 랠리계의 슈퍼스타였다. 물론 지금도 유명하다. 그런 그가 이번에는 좀 이상한 형태로 출전했다. 내비게이터로 왕초보를 기용한 것이다. 물론 그가 아무런 보상 없이 그런 무모한 짓을 했을 리 없다. 들리는 소문에 따르면, 그 내비게이터는 미국에서 한참 잘 나가는 탤런트라고 한다. 스포츠 관련 평론가라는 말도 있다. 미국의 한 방송국에서 사파리 랠리 본 경기를 이용해 드라마를 만들 계획인 모양이다.

그리고 조긴더 싱은 틀림없이 거액의 개런티를 받았을 것이다. 말도 안 되는 얘기다.

아니나 다를까 싱은 조금도 도움이 안 되는 내비게이터 탓인지, 그 자신의 자신감 과잉 탓인지 초반에 실수를 해서 내비게이터 쪽 바디를 우그러뜨리고 말았다. 랠리 차는 안쪽에 롤 바라고 불리는 굵은 금속 파이프로 안전망이 쳐져 있기 때문에 전복되거나 카 체이스 정도의 사고가 발생해도 운전자가 죽은 일은 없다. 그 점이 오토바이와 다르다.

싱의 내비게이터는 랠리에서는 흔한 그 사고 하나 때문에 완전히 얼어서 제2레그에서는 살아 있는지 죽었는지 모를 상태가 되고 말았다. 지쳐서 잠이 들었을까, 아니면 기절해 버렸을까. 그래도 도중에 내리지 않은 점은 대단한 근성이라고 해 두자. 초보가 랠리 차를 타면 어지간히 배짱이 두둑한 남자여도 그렇게 되기 십상이니까. 싱의 자동차는 계속 속도에서 밀렸다. 그러다 끝내는 상위권 진입을 포기했다. 완주를 목표로 하는 주행으로 바뀌었다. 그런데도 속도가 늦어 제3레그에서는 과연 완주를 할 수 있을지도 위태로워졌다.

케냐에서 조긴더 싱이 전적으로 영웅 대접을 받고 있는 것은 아니다. 우리는 그에 대한 좋지 않은 소문을 많이 들었다. 그가 계속해 우승할 수 있었던 것은 구경꾼에게 돈을 풀어 후속 차의 주행을 방해했기 때문이라고 하는 사노 녕 녕 있었다. 바위나 통나무 등을 길 한가운데에 갖다 놓아 차간을 벌리는 비겁한 수단을 써서 우승의 영광을 안았다는 것이다. 이는 있을 수 없는 일은 아니다. 하고자 하면 누구든 할 수 있다. 과거 이와시타 팀은 커브를 도는 순간 눈앞에 풀 더미가 있어 간담이 서늘해진 적이 있다고 한다. 돌을 던지는 사람 중에는 돈을 받고 하는 자도 있다고 한다.

가령 우리에게 그런 비열한 의도가 있었다면 그 정도는 손쉽게 할 수 있었을 것이다. 기회는 언제든 있었다. 취재를 가장하고 돌이든 통나무든 얼마든지 길에 굴릴 수 있었다. 5,000킬로미터에서 6,000킬로미터에 달하는 코스 전체를 다 감시한다는 것은 불가능하다.

지름길로 가는 랠리스트도 있다는 말을 들었다. 히라바야시의 차는 제1레그에서 레인지로버를 40분 이상이나 따돌렸는데, 어느 지점에 도착했을 때 바로 앞에 그 레인지로버가 달리고 있다는 것을 알고 경악했다고 한다. 이 사파리 랠리에서는 언제 어디서 무슨 일이 벌어질지 전혀 예측할 수 없다. 어쩌면 이 세상에서 가장 추잡한 랠리일지도 모르겠다. 유럽 등지의 랠리에 비하면 사파리는 순전히 엉터리다. 그래서 사파리 랠리가 일류로 인정받지 못하는 것이다. 지금도 혹자는 시골 랠리라고 혹평한다.

조긴더 싱의 차는 점점 더 후미로 쳐져 타임아웃에 걸릴 처지에 놓였다. 아무 일 없었다면 그는 절대 완주하지 못했을 것이다. 그런데 기적이 일어났다. 주최 측이 별다른 이유 없이 타임아웃 시간을 연장한 것이다. 그것도 두 시간이나. 그 두 시간이 조긴더 싱이 완주할 수 있는 시간이었다는 점, 그저 단순한 우연이었을까. 그 유명한 세키 메타의 부인의 차도 그 기적 덕을 보았다. 두 유명한 사람을 위한 시간 연장이 아니었을까 하는 이들도 적지 않았다.

그 덕분에 사이토 팀도 완주할 수 있었다. 사이토 팀은 진정한 의미의 개인 참가자라고 할 수 있다. 그는 어느 회사의 도움도 받지 않고 자신의 힘으로 출전했다. 결과가 어떻게 되었든 가장 바람직한 형태다. 누구의 잔소리와 충고도 들을 필요 없이 자신의 생각대로 주행할 수 있다. 그러나 돈이 든다. 그런 형태로 출전하기까지 그도 상당히 고민이 많았다고 한다. 그는 이렇게 말했다.

"케냐까지 왔으니 사파리 랠리의 삼분의 일은 끝난 거나 다름없죠. 달리는 게 차라리 쉬워요. 여기에 오기까지의 고생이 힘들었죠."

그는 사륜구동이 아닌 '레오네'를 탔다. 그는 자기 돈으로 차를 구입했다. 스바루와는 아무 관계가 없다. 스바루 팀은 사이토를 탐탁지 않게 여기는 듯 보였다.

아무튼 사이토는 두 번째 출전에서 보란 듯이 완주했다. 개인으로 출전한 자는 사이토를 본받아야 하지 않을까. 그런 방법도 가능하다는 선례를 보여 준 그의 공적이 크다. 히라바야시 역시 사이토 같은 방식으로 출전했어야 하지 않았을까.

사이토 팀은 비행기 삯이 부족해서 귀국도 뒤늦게 했다.

벤츠의 철저한 방식은 어느 부분에서는 닷선과 비슷하기도 하다. 과거 독일군과 일본군의 공통점과 닮았는지도 모르겠다. 물량을 배경으로 한 철저함과 정신력을 기축으로 한 철저함이라는 차이는 있지만, 같은 목적을 위해 개인이 집단에 맞춰 일사불란하게 움직이면서 같은 방향으로 돌진하는 점이 아주 흡사하다. 독일이나 일본이나 그렇게 해서 그 전쟁을 치렀고, 졌고 그리고 재기했다.

나는 아주 흥미로운 점을 발견했다. 벤츠와 닷선의 활약상은 비슷했지만, 현장에서 일하는 말단의 모습은 사뭇 달랐다. 닷선 팀은 위에서 아래까지 거의 비슷하게 분발하고 있는데, 벤츠 팀은 그렇지 않았다. 중간 정도까지는 긴장한 상태에서 부지런히 움직이는데, 그 아래 말단은 게으름을 피웠다. 중요한 장면에서 꾸물거렸다. 서비스 면에서 그 차이가 분명하게 드러나, 벤츠 팀은 귀중한 시간을 잃었다.

나는 벤츠의 서비스 요원 한 명을 붙잡고 물어보았다.

"벤츠와 닷선, 어느 쪽이 이길 것 같은가?"

정곡을 찔러 물었다. 그러자 군대로 하면 하사관 정도 되는 남자가 딱딱하게 굳은 표정으로 답했다. "당신들 닷선의 인간인가?" 그렇지 않다는 것이 분명해졌는데도 '노 코멘트'로 일관하고는 지 쪽으로 가 버렸다. 그런데 이등병쯤 되는 이들은 내 인터뷰에 가볍게 응해 주었다. 그들은 "그야 닷선이 이기겠지." 하고 한마디로 인정했다. 내가 "왜?" 하고 묻자, 그들을 껄껄 웃으면서 "우리 차로 어떻게 이기겠어." 하고 답했다. 그것은 솔직한 의견이었다. 450 SLC가 우위에 있는 시점에서도 현장 사람들은 결과를 알고 있었다.

만약 같은 질문을 닷선 팀에게 했다면 뭐라고 대답했을까. 아마 위에서 아래까지 똑같은 대답을 했을 것이다. 속내를 숨기고 표면적인 대답만 하지 않았을까. 아아, 일본 사람이다.

어느 지인이 과거 내게 이렇게 말한 적이 있다.

"자원도 없고 물자도 부족한데 머리만 좋은 국민이 마지막에 매달릴 수 있는 것은 정신뿐이야. 그렇게 않겠어. 달리 방법이 없는데, 정신은 공짜니 말이지."

일본은 그렇게 해서 여기까지 올라오는 데 성공했다. 덕분에 그 정신은 너덜너덜 닳아빠지고 말았다. 그러고는 개인은 혼자서는 뭘 하면 좋을지 갈피를 못 잡는 인간이 되고 말았다는 것을 뒤늦게 깨달았다. 조직 안에서만 생기를 발하는 이상한 인간이 되고 말았다. 지배하는 쪽에는 아주 편리한 국민이 되고 만 것이다.

이 랠리에서 벤츠는 경비행기와 헬리콥터를 사용했다. 출발 전 인터뷰에서는 "헬리콥터는 사용하지 않는다. 세스나기를 무선의 중계기지로 사용할 뿐이다." 했지만, 본 경기에 들어가자 헬리콥터를 띄웠다. 물론 세스나기도.

여기저기에서 대기하고 있던 우리는 랠리 차가 지금 어디쯤 달리고 있는지 하늘을 올려다보면 금방 알 수 있었다. 경비행기와 헬리콥터 바로 아래에는 반드시 450 SLC가 달리고 있었다. 먼저 비행기가 날아오고 이어서 헬리콥터와 랠리 차가 함께 나타난다.

헬리콥터의 역할은 450 SLC의 선도이다. 산속 구불구불한 코스에 접어들면 최대한 저공비행을 하면서 밖으로 몸을 내민 남자가 무선으로 바로 밑에 있는 차에 지시를 내렸다. 커브의 각도, 장애물의 유무, 노면 상태 등의 정보를 신속하게 알리는 것이다. 그러니 드라이버들은 안심하고 어떤 커브에서도 과감하게 돌진할 수 있다. 이렇게 되면 이미 랠리가 아니다. 벤츠는 어떻게든 이기고 싶은 것이다. 어떤 수단을 동원해서든 이기고 싶은 것이다. 세상은 결과에만 관심을 표한다. 어떤 차가 이겼고, 어느 차가 졌는지만 알고 싶어 한다.

일설에 따르면 벤츠의 헬리콥터에는 다른 역할도 있다고 한다. 예비 부품의 운반이다. 차가 고장 났을 경우, 현장으로 가장 빨리 출동할 수 있는 것은 헬리콥터뿐이다. 그리고 차가 진흙탕에 빠져 오도 가도 못할 때 로프에 매달아 꺼낸다고도 한다. 도시 니시야마는 "어떻게 그럴 수가 있지." 하고 광분했고 가게야마 마사오는 "치사하기 짝이 없군." 하고 화를 냈다. 자동차 경주에 헬리콥터까지 띄우는 것은 명백한 잘못이다. 수치스러운 행위다.

헬리콥터가 날 때마다 우리는 실망하고 치를 떨었다. 화도 났다. 손에 권총이라도 있다면 쏴 버렸을지도 모른다. 우리의 취재가 바보짓 같다는 생각이 들어 일을 계속하고 싶지 않은 적도 있었다. 이왕 하는 거 왜 차에 프로펠러나 날개를 달지 않았나 모르겠다.

요즘 워크스의 참가가 부진한 것은 벤츠의 그런 무지막지한 방식이 원인은 아닐까. 이런 짓거리를 계속해서 허용하다 보면 사파리 랠리 자체가 사라질 수도 있다. 아니, 지금 사라져 가는 중인지도 모르겠다. 벤츠와 닷선 두 회사만 경기를 치르면 될 일이다. 마음껏 사기를 치면서.

스바루 팀은 레오네 사륜구동의 해치백 파워가 부족해 골머리를 앓았다. 아무리 생각해도 일본에서 너무 서둘러 선적하지 않았나 싶다. 선적하기 전에 보다 정확한 정보를 입수해야 했다. 엔진에 어느 정도까지 손을 댈 수 있는지를 알았을 때 차는 이미 일본에 없었다. 때문에 메카닉들―대부분이 자비로 왔다―은 현지에 도착한 후로 계속 고생만 했다. 엔진을 분해해서 호텔로 가져와 밤늦게까지 실린더 헤드cylinder head의 밸브를 갈아 내야 하는 지경이었다. 손을 대면 댈수록 내 눈에는 나빠지는 것처럼 보였다.

그런데도 그들은 열심히 일했다. 그리고 본 경기가 시작되자 그들은 서비스 요원으로 일하면서 반나절마다 체중이 줄어드는 게 눈에 보일 정도로 일했다. 히라바야시는 그들의 노고에 답해 달리고 또 달렸다. 그가 완주했기에 망정이지, 만약 다카오카와 함께 탈락했다면 메카닉들의 분노가 단박에 폭발하지 않았을까 한다. 드라이버들은 왕왕 자신의 실수를 메카닉 탓으로 돌리는 경향이 있다. 달리기가 싫어 일부러 엔진 과열을 일으켜 탈락하고는 나중에 메카닉들의 능력을 트집 잡는다.

그러나 히라바야시는 절대 그런 짓은 하지 않았다. 나쁜 조건은 전부 제 가슴에 묻고 차의 결점까지 커버하면서 완주를 목표로 했다. 서비스 구역에 들어가서도 그는 누구에게 화풀이하는 따위의 짓은 한 번도 하지 않았다. 아주 사무적인 말투로 이상한 부분을 지적하고는 고쳐지지 않으면 고쳐지지 않는 대로 다시 주행에 나섰다. 그런 그가 내게만은 이런 말을 했다. 우리가 취재용으로 사용하는 레인지로버를 가리키면서 "그럴 수만 있다면 그 차로 달리고 싶군요." 하며 씩 웃었다. 그렇게 말하는 그의 심정은 충분히 이해할 수 있었다. 보통 차임에도 우리 차가 훨씬 빨랐기 때문이다. 히라바야시의 차는 최고속도가 시속 120킬로미터밖에 안 되는데 우리 차는 160킬로미터 이상 된다.

그런가 하면 한편에서는 넘치는 예비 부품을 나무 상자에 담고 유유하게 임하는 팀도 있었다. 벤츠였다. 출전 차 네 대는 널찍한 차고를 사용하고 한 대당 한 명의 메카닉이 들러붙어 마지막까지 정비를 했다. 본국에서 보낼 때 이미 450 SLC는 거의 완성된 상태였다.

내가 일하는 방식은 벤츠에 가깝다. 소설을 쓸 때가 특히 그렇다. 시간을 충분히 들인다. 아침부터 밤까지 쉬지 않고 써 대는 일은 단 한 번도 없었다. 오전에 네 시간 펜을 쥐고 일하고 나머지 시간에는 어슬렁거리며 내일을 위한 에너지를 축적한다. 그리고 신중하게 쓴다. 벤츠가 닷선에 진 것은 그런 방법에 문제가 있어서가 아니다. 방법은 틀리지 않았다. 자동차 자체가 랠리에 적합하지 않아서다. 이유는 그뿐이라고 생각한다. 만약 벤츠가 450 SLC처럼 무거운 차가 아니라 바이올렛처럼 가벼운 차로 출전했다면 결과는 어떻게 되었을지 알 수 없다. 들리는 소문에 벤츠는 다음 사파리 랠리에는 차종을 바꾼다고 한다. 미국에 수출하는 좀더 가벼운 스포츠카를 개조해서 출전하지 않을까 하고 예상하는 이도 있다. 벤츠는 아마 그렇게 할 것이다. 그러지 않고는 또 질 테니까.

닷선 팀의 리더는 제2레그에서 450 SLC가 바이올렛을 앞지르자, 야간 서비스 지점에서 갑자기 땅에 주저앉고 말았다. 그리고 머리를 움켜쥐고는 잠시 움직이지 않았다. 피로와 자신의 앞날 등 갖가지 생각이 겹쳐 그렇게 되었을 것이다. 부하들은 그에게 접근하지 않았다. 뭐라 건넬 말이 없이 시었을까. 혼자 가만히 내버려 두고 싶었던 것일까.

그때 그는 과연 무슨 생각을 했을까. 바이올렛이 졌을 경우, 회사에 둘러댈 변명이었을까. 또는 그저 맥이 풀렸을 뿐일까. 또는 인생의 새로운 시작을 궁리하고 있었을까. 아무튼 거기에 주저앉아 있는 사람은 명실상부한 회사원이었다. 오랜 세월을 거대한 조직 속에서 지낸, 그렇게밖에 살 수 없었던 한 남자였다. 그가 만약 자유로운 위치에 있었다면, 똑같은 충격에서도 달리 행동하지 않았을까. 적어도 땅에 주저앉는 일은 없지 않았을까. 설사 가벼운 현기증 때문이었을지언정 사람들 앞에서는 버텼을 것이다. 어두운 곳에 가서 회복되기를 기다렸다가 시침 뗀 얼굴로 동료들에게로 돌아왔을 것이다.

내가 친하게 지내는 사람들은 대개 프리랜서로 일한다. 그들은 처음부터 끝까지 모든 책임을 스스로 져야 한다. 조직 속에 있는 사람들을 좋다 나쁘다 평가하려는 것이 아니다. 그들 역시 열심히 살고 있다. 그러나 내가 하고 싶은 말은, 어딘가가 다르다는 것이다. 조직 속에 있는 사람들과 교류하면, 화제가 가장 중요한 핵심에 접어들면 의사소통이 잘되지 않고 얘기에 진전이 없다. 조직에 의존하는 안이함이 엿보여 신경이 쓰인다. 속내를 좀처럼 드러내지 않고 잘 빠져나간다. 자신의 의견을 말하기 전에 주위 눈치를 살피는 버릇이 있고 옥신각신할 분위기가 느껴지면 재빨리 자리를 피한다. 그리고 대외적으로는 A사의 누구누구입니다, 하고 자기소개를 하고 싶어 한다. 별 상관없는 상대에게도 그렇다. 개인적인 시간에도 머리에서 회사를 떨쳐 내지 못한다. 개인으로 돌아가지 못하는 것이다. 회사라는 조직을 등에 업지 않고는 한 걸음도 걷지 못한다. 직함에 얽매여, 인간 대 인간, 남자 대 남자로서 대등하게, 어깨에서 힘을 빼고 아주 평범하게 얘기를 나누지 못한다. 늘 상하관계를 의식한다. 즉 사람을 대할 때 거드름을 피우든지 굽실거리든지 두 가지밖에 모른다. 하지만 일본에는 자유로운 위치에 있으면서도 추잡한 인간이 많다. 손을 비비면서 조직에 다가가 떡고물을 기대하는 자들이 너무 많다.

회사원 시절의 내 신조는 '몸은 팔아도 정신은 팔지 않는다.'였다. 주어진 일은 철저하게 하되 그 이상의 일은 절대 사양했다. 송년회와 사내여행에도 참가하고 싶지 않았고, 퇴사한 후에는 직장 동료들과 교류도 잘 하지 않았다. 그런 방식이 일본의 기업에서 통용될 리 없다는 것은 잘 알고 있었다. 특히 출세를 바라는 자에게는 치명적인 결함이었다. 그러나 나는 그러고 싶지 않았다. 나는 무엇보다 나를 위해 살고 싶었다. 별거 아닌 출세를 위해 내 인생을 희생하고 싶지 않았다. 아무리 자기를 죽이고 몸 바쳐 일해도 회사라는 조직은 끝에는 사람을 퇴직금과 함께 내동댕이치고 만다. 내쫓기고서야 자신의 인생이 무엇이었는지를 생각하면 이미 늦다.

그렇다고 모든 회사원이 탈회사원의 길을 걸어야 한다고는 할 수 없다. 위에서 내려오는 명령에 따르는 것 외에는 살 방법을 모르는 타입의 남자도 많다. 그들은 애당초 그렇게 태어났는지도 모른다. 자유를 갈망하면서 회사에서 뛰쳐나온 것까지는 용감했는 나는 무엇보다 나를 위해 살고 싶었다. 별거 아닌 출세를 위해 내 인생을 희생하고 싶지 않았다.

데, 혼자가 되고 나니 뭘 어쩌면 좋을지 몰라 우왕좌왕하다 그대로 추락한 남자를 나는 몇 명이나 알고 있다. 그들은 비참했다. 결국 회사원 세계로 돌아가는 수밖에 없었다.

프리랜서로 일한다고 해서 반드시 자유로운 것은 아니다. 한 폭의 그림 같은 자유 속에서 사는 것도 아니다. 때로는 하고 싶지 않은 일도 해야 한다. 그런 타협이 알게 모르게 버릇이 되어 돈을 위해서라는, 먹고살기 위해서라는 빌미로 일하다 보면 자유와는 아주 먼 생활을 하게 된다. 어느 날 지친 표정의 자기 모습을 깨달았을 때는 경악하고 만다.

출발 전 취재에서 우리가 같은 차고를 몇 번이나 들락거렸더니 이와시타 팀의 한 메카닉이 이렇게 말했다. "좋겠습니다. 매일 그렇게 어슬렁거리기만 해도 되니." 우리는 피식 웃고 말았다. 뭘 모르는군, 하고 생각했다. 우리가 특별한 일이 없는데도 그 차고에 자주 들락거렸던 것은 속내를 알고 싶어서였다. 인터뷰만으로는 그것을 알기가 쉽지 않다. 메모장과 카메라를 향해 속내를 털어놓는 자는 많지 않다. 농담을 주고받으며 상대가 마음을 열기까지 끈질기게 맴도는 길밖에 없다. 그들은 우리를 사파리 랠리를 수박 겉핥기식으로 취재하러 온 자들이라 여겼을 것이다. 그게 목적이었다면 우리는 굳이 케냐 같은 나라에 오지 않았다. 인간이 빚는 생생한 드라마를 보는 것이 목적이었다. 어느 차가 우승할지는 두 번째나 세 번째 목표에 지나지 않았다.

얼마 전 나는 아주 진지하게 이런 말을 했다. '인생은 농담이다.' 라고.

이번과 똑같은 멤버로 오스트레일리아 사막을 횡단할 때 내 입에서 수시로 튀어나왔던 말이다. 그러자 한 남자가 내게 말했다. "당신은 성실한 남자이군." 하고. 즉 그렇게라도 중얼거리지 않고는 살아갈 수 없는 타입이며 그 말의 근저에는 '성실함'이 묵직하게 자리하고 있다는 것이다. 맞는 말일지도 모른다. 부정하지 않겠다. 만약 내가 불성실한 인간이었다면 굳이 그런 말을 하지 않고도 별 볼 일 없는 일들을 아무렇지 않게 했을 것이다.

그러나 나는 농담을 이해하지 못할 정도로 고리타분한 사람은 아니다. 평소 나는 언제나 허접한 말장난을 한다. 내가 쓴 문장으로만 나를 아는 자들은, 실제로 나를 만나면 아마 놀라 자빠질 것이다. 그들은 나를 오해하고 있다. 스물네 시간 생각에 잠겨 있는 인간이라고 상상하는 듯하다. 그러고는 나를 만나면 바로 실망이 크다는 감상을 늘어놓는다. 그들의 실망 속에는 아마 경멸의 의미도 포함되어 있을 것이다. '좀 더 소설가답게 처신하면 좋지 않겠는가.' 하고 심각하게 충고한 편집자도 있었다. 그러나 나는 도저히 그러지 못한다. 이제 와서 점잔을 떨어 본들 소용없다고 생각할 뿐이다.

성실함 하면 이와시타 팀을 돕기 위해 온 메카닉 다카사키라는 남자가 떠오른다. 정말 성실하다. 꼼꼼한 데다 걸어 다니는 컴퓨터랄까, 이론의 화신이랄까, 무슨 일을 하든 우선 이론이 앞선다. 그리고 그대로 작업하고, 인생도 그렇게 산다. 처음에 나는 그가 메카닉 전문인지 알았다. 그런데 머지않아 유럽에서 드라이버로 랠리에 참가할 예정이라고 한다. 허세를 부리는 남자가 아니었다. 한번 한 말은 반드시 그대로 하는 사람이었다.

나는 놀라서 다카사키의 얼굴을 멀뚱멀뚱 쳐다보았다. 그가 드라이버로 대형 경기에 출전하다니, 상상도 못 한 일이었다. 내비게이터라면 그래도 이해가 간다. 신속하고 치밀하게 계산하고, 드라이버의 부담을 덜어 주는 역할의 내비게이터라면. 그런데 드라이버라고 한다. 어느 모로 보나 드라이버 타입은 아니다. 랠리의 드라이버는 물론이요, 오프로드 라이더도 어딘가 모르게 거칠다. 공통적으로 엉성하고 성격이 온순하지 않다. 이와시타와 히라바야시가 그렇고, 도시 니시야마도 그렇다. 물론 그게 전부는 아니다. 그런 기본 위에 드라이버와 라이더로서의 예리한 감각이 있다. 예술가의 예민한 신경과는 다른 종류다. 창의 날카로움이라고 표현하면 좋을까.

그 주변 사람들에게 다카사키에 대해 물어보았다. 대체 어떤 남자이냐고. 몇 명에게서 이런 대답을 들었다. "그 사람은 보기와는 달리 핸들만 잡았다 하면 거칠게 몹니다." "인격이 변했다 싶을 정도로 돌진하거든요." 운전석에 앉았다 하면 미친 듯이 질주하는 남자를 몇 명 알고 있다. 가게야마 마사오가 그 전형일 것이다. 그러나 다카사키는 알아보지 못했다. 일본에서 출발해 파키스탄의 카라치까지 우리는 함께였다. 카라치에서 사나흘을 기다렸다. 거기에서 먹은 것이 잘못되었는지, 그는 케냐에 도착하자 복통과 설사로 고생했다. 그런데도 일을 쉬지 않았다. 위약을 먹으면서 배에 셔츠를 둘둘 묶고서도 이와시타 팀의 실비아를 열심히 만지작거렸다. 때문에 살이 쏙 빠졌는데도 그는 우는소리 하나 하지 않았고 웃음을 잃지도 않았다. 그리고 늘 예의 발랐다.

나는 다카사키가 드라이버로 출전하는 랠리를 한번 보고 싶다. 그는 과연 어떤 질주를 보여 줄까. 랠리는 이론이 아니다. 일단 출발하면 이론은 잊어야 한다. 일일이 생각해서는 1미터도 달릴 수 없다. 다카사키도 틀림없이 그렇게 달릴 것이다.

사파리 랠리 같은 이벤트는 냉정하게 생각해 보면 실로 어리석은 짓이라는 결론이 나온다. 관심이 전혀 없는 인간이 보면 '거 참, 한심한 작자들도 다 있군.'이라고 중얼거릴지도 모른다. 다른 길이 없다면 몰라도 일부러 나쁜 길을 골라 코스를 만들고, 또 그러기 위해 개조한 차로 달리니 어리석게 느껴질 것이다. 몇 억 엔이나 쏟아붓는 데다 때로는 사상자도 생긴다. 그런 짓거리에 무슨 의미가 있는지 고개를 갸웃거리는 사람들도 많을 것이다.

구경꾼들 머리 너머, 높은 빌딩 옥상처럼 좀 떨어진 곳에서 경주 광경을 바라보면 나도 시큰둥한 기분이 들곤 했다. 인간이란 참 이상한 짓을 하는 생물이다 싶었다. 그러나 동시에 이렇게 자문했다. "그렇다면 너는 뭐가 재미있다는 거지?" 이어서 "이 정도 흥분감을 뭘 해서 얻을 수 있겠어?" 나는 한참을 대답하지 못한다. 일이라고, 또 여자라고 단언할 수는 없다.

인간은 원래 시속 100킬로미터에서 200킬로미터로 이동하는 데 적합한 감각이 없다고 한다. 그렇게 부자연스러운 속도에 몸을 맡기고 쾌감을 느낄 수는 없다고 한다. 그런데 속도는 여자나 술보다 격한 흥분감과 충실감을 선사해 준다. 이는 대체 무슨 이유 때문일까. 변신의 욕망을 자극하기 때문일까. 사실은 엔진이 발휘하는 힘인데 자신의 몸 어딘가에서 뿜어 나오는 능력이라고 착각하는 쾌감일까. 또는 남자들 모두의 소망인 탈출을 자극하기 때문일까. 남자는 늘 탈출을 꿈꾼다. 아무리 자유로운 위치에 있어도 생각한다. 도피와는 좀 다르다. 또는 위험에 다가서서 '생'을 확인하는 기쁨을 누리려는 것일까. 여자와 여자에 가까운 남자는 자기라는 존재를 그렇게 의심하지 않지만, 남자는 그렇지 않다. 정상적인 남자일수록 정상적으로 행동하고 싶어 하지 않는다.

때로 나는 차를 몰고 밤의 산길을 달린다. 랠리 연습이라는 이유를 둘러대고 정처 없이 길도 아닌 험한 길을 질주한다. 그러고 싶다. 프로 랠리 드라이버를 지향하는 것도, 국내 랠리에 수시로 출전하는 것도 아닌데 그러고 싶다. 그러지 않고는 해소되지 않을 만큼 내 생활이 비참한 것도, 가정에 해결되지 않는 문제가 있는 것도 아니다. 보람 없는 일을 참으면서 하는 것도 아니고, 달리 할 일이 없지도 않다. 그런데도 나는 늘 그러고 싶다. 자칫 잘못하면 벼랑 아래로 떨어질 수도 있는 속도로 구불구불 좁은 산길을 달린다. 빛이 넘치는 낮에는 같은 길이어도 그렇게 빨리 달릴 수 없다. 너무 잘 보이기 때문이다. 깊은 골짜기와 장애물이 똑똑히 보이기 때문에 오히려 겁을 먹는다. 질주를 끝내고 다시 일상으로 돌아온 나는 머리가 완전히 비어 있다. 그리고 지금 막 세상에 태어난 것처럼 신선한 기분으로 내일을 맞는다.

현대가 자동차 사회가 된 것은 편리한 이동 수단이라는 이유 때문만은 아닐 것이다. 남자들이 이렇듯 자동차에 열광하는 것에는 뭔가 다른 작용이 있기 때문이다.

지인이 비아냥거리듯 이렇게 말한 적이 있다. "지금 세상 남자들이 자기 마음대로 조종할 수 있는 건 자동차 정도 아니겠어." 일리가 있다. 현재의 일본은 남자들이 충분히 만족할 수 있는 세상이 아니다. 안정된 나날은 남자들의 얽매임을 견고하게 만들었을 뿐이다. 불변하는 세월은, 10년 후를 내다볼 수 있는 생활은 남자의 체질에 맞지 않는다. 여자들의 이상일 수는 있어도 남자에게는 그렇지 않다. 앞뒤가 딱딱 들어맞는 정확한 이론은 여자들을 빛나게 할 수는 있어도 남자들은 옭죄고 만다. 남자들이 바라는 것은 뒤죽박죽인 변화이며 혼란이고 무질서이다. 그것이 남자다. 그런데 그런 남자들이 완전히 갇혀 손가락 하나 까딱할 수 없게 되었다.

그리고 몇 퍼센트의 남자는 남자이기를 포기했다. 이런 세상에서는 남자를 포기하는 편이 살기 편하다는 것을 깨달았기 때문이다. 아니, 시대가 그렇게 만들었다. 그들은 껍질뿐인 세계로 도망쳐, 거기에서 한 걸음도 나오려 하지 않는다. 이득과 손실을 따지는 현실적인 잣대에 매달리는 것이다.

그런데 차에 올라타 핸들을 잡고 액셀을 꾹 밟는 순간, 남자를 되찾을 수 있다. 남자의 피가 들끓는다. 폭력적인 변화를 기대하는 기분이 쑥쑥 고개를 쳐든다. 욕설을 지껄인다. 회사가 다 뭐냐, 가장은 또 뭐냐, 법률 따위는 엿이나 먹어라, 그 자식을 언젠가는 때려죽이겠다. 그렇게 고함을 지르면서 달린다. 오랜 시간 자신이 쌓아 올린 모든 것을 순간에 다 잃어버려도 상관없다는 생각까지 한다. 속도를 더욱 올리면 저 멀리에, 희미하게 반짝이는 것이 보인다. 그것은 죽음이 발하는 빛인지도 모른다. 남자는 모두 죽고 싶어 하는지도 모른다.

몸바사에서 아주 가까운 서비스 지점에서 우리는 랠리 차를 기다리고 있었다. 그곳 날씨는 최악이었다. 나이로비처럼 더워도 공기가 건조하면 그나마 견딜 수 있다. 그러나 그곳 공기는 끈끈했다. 그런 데다 더위가 엄청났다. 밀려오는 더위에 우리는 땀에 절었고 지쳐 갔다. 레인지로버를 타고 달리는 편이 차라리 나았다. 그러나 기다려야 했다. 그때 이미 나는 부츠를 벗고 있었다. 독사든 전갈이든 내 알 바가 아니었다. 그게 무서워서 부츠를 신고 있을 수는 없었다. 고무 슬리퍼를 신고 바지 자락을 걷어 올리고 셔츠 자락을 쥐고 펄럭거렸다. 근처의 주유소에서 산 주스는 조금도 시원하지 않아, 한 모금 마실 때마다 얼굴이 절로 찡그려졌다.

서비스 요원들 모두가 축 늘어져 말이 없었다. 소나기가 내릴 것 같더니 비구름이 저 멀리 바다 쪽으로 가 버렸다. 마침내 차 한 대가 보였다. 사방에 폭음을 뿌리며 다가온 그것은 휘발유를 채우고 타이어를 갈자 다시 떠나갔다. 또 한 대가 들어와 서비스를 받고 떠났다. 감동은 없었다. 달리는 자도 달리게 하는 자도 나른함에 짓눌려 있었다. 어떤 차는 떨어진 머플러를 질질 끌고 불똥을 튀기며 나타났다.

히라바야시는 뒤늦게 도착했다. 다카오카가 탈락했다는 정보가 들어온 것은 그때였다. 그러나 확실한 정보가 아니어서 스태프는 답답해했다. 다카오카가 탈락을 하고 안 하고는 큰 차이였다. 그러나 아무도 말하지 않았다. 기대하지도 않았다. 다카오카가 그 정도 달린 것만 해도 신기했다. 그가 탈락했다면 히라바야시의 완주를 기대할 수 있게 된다. 부족한 쇼크 업소버를 히라바야시 차 한 대에 집중할 수 있기 때문이다. 남은 쇼크 업소버로 그럭저럭

제3레그를 달릴 수 있을 것이다. 타임아웃에 걸리지만 않는다면.

450 SLC가 통과하고 바이올렛에 이어 실비아도 서비스 지점을 통과했다. 구경꾼들은 그럴 때마다 환성을 질렀지만 그 소리는 더 위에 단박에 변질되어 저 높은 하늘로 빨려 들어갔다. 그때 우리는 등 뒤에서 밀려오는 아이들 노래 소리를 들었다. 나도 모르게 뒤돌아 보았다. 가게야마도 도시도, 그리고 서비스 요원들도 일제히 고개를 돌려 소리가 나는 쪽을 보았다.

길 옆에 서 있는 소박한 건물 하나에서 노랫소리가 흘러나오고 있었다. 일요 학교인 것일까. 100명 정도 되는 아이들이 노래하고 있는 것 같았다. 찬송가를 아프리카식으로 부르고 있었다. 훌륭한 하모니였다. 그 어떤 프로가 부르는 노래보다 멋지고 우아하기까지 했다. 영혼에서 우러나오는 목소리가 아닐까 싶을 정도였다. 신은 그들에게 검은 피부를 준 보상으로 아름다운 목소리를 준 것일까. 아이들은 노래를 계속했다. 후덥지근한 공기를 헤치고 쉼 없이 노랫소리가 들려왔다. 한 시간, 두 시간이나 계속되는데도 그 목소리는 힘을 잃지 않았다. 오히려 반짝임과 생기를 더해 갔다. 누군가 '목소리가 참 좋다.'라고 중얼거리자, 그 자리에 있던 모두가 고개를 깊이 끄덕거렸다. 그때 랠리를 생각하는 이는 아무도 없지 않았을까. 순위도 탈락도 남은 쇼크 업소버의 숫자도 까맣게 잊고 있지 않았을까.

아이들의 노랫소리가 들리는 범위 안에서 시간은 영원이었다. 거기에는 틀림없는 영원이 있었다. 우리가 먼 옛날에 잊어버린 무언가가, 거기에서 반짝거렸다. 내일 끼니를 때울 수 있는지조차 불분명한 그들은, 그럼에도 빛났다. 그들은 그 노래 하나로도 살아갈 수 있는 것일까. 노래만 있으면 아무것도 필요치 않다고 속삭이는 듯했다. 그런 장엄함 속으로 때로 괴물 같은 자동차가 지나간다. 그 어마어마한 폭음도 아이들의 노랫소리를 해치지는 못했다.

자동차는 노랫소리에서 도망치듯 달려갔다. 검은 피부의 그들은 노래 하나로 충실함과 감동을 얻고 있는데, 우리는……. 쇳덩어리를 달리게 하지 않고는 살아 있다고 자각할 수 없게 된 인간은, 지금 비극의 정점에 서 있는 게 아닐까.

"목소리가 참 좋네."

또 누군가가 말한다. 그러자 또 모두가 맞장구를 친다. 메카닉 중의 한 명이 이렇게 중얼거렸다. "나, 이거 끝나도 당분간 케냐에 남을래." 그러나 "왜?"라고 묻는 이는 없었다.

다카오카의 탈락이 확실해졌다. 그때 히라바야시의 차가 들어왔다. 히라바야시는 번들거리는 눈으로 사방을 노려보고는 도시니시야마에게 말했다.

"이 인도 사람에게 말해 주시죠. 좀 차분하게 굴라고요."

그의 내비게이터인 인도인이 욕심을 부리기 시작한 것이다. 제1레그에서는 완주밖에 생각지 않더니, 제2레그에서는 상위권 진입을 노리며 더 바짝 달리라고 고함을 질러 댔다. 그는 엔진이 과열돼 차가 불탈 수도 있다는 걱정을 억누르며 달리고 있는 히라바야시의 심정을 조금도 이해하려 하지 않았다.

히라바야시의 차가 다시 떠나가자 우리는 또 땅에 웅크리고 앉아 아이들의 노랫소리에 귀를 기울였다. 나는 문득 이렇게 중얼거렸다. "우리가 잘못 살고 있는지도 모르겠군."

사파리 랠리 같은 이벤트에서 구경꾼들이 은밀하게 바라는 것은 사고다. 매번 모든 차가 무사히 완주한다면 이렇게 많은 구경꾼들이 몰리지 않을 것이다. 모두가 어쩌면 내가 보는 앞에서 화려한 사고가 날지도 모른다는 기대를 품고 구경하고 있다. 그러니 그럴 확률이 높은 자리를 차지하고 싶어 하는 것이다. 진흙탕, 헤어핀 코너, 바위투성이 열악한 길. 그들은 성공 이상으로 실패를 보고 싶어 한다. 요컨대 비극을 기다리고 있는 것이다. 차가 두 번세 번 뒤집히고 구르면서 벼랑 아래로 떨어져, 드라이버도 내비게이터도 살아남지 못하는 대형 사고를 원한다. 돌을 던지는 사람들 중에는 기다리기가 답답해 제 손으로 사고를 일으키려는 자도 있을지 모르겠다.

구경꾼 모두가 성원을 보낼 것이라는 생각은 안이하다. 입으로는 '힘내라.' 하고 외친다. 그러나 마음속에는 무슨 생각이 뙤리를 틀고 있을지 알 수 없다. 만약 그 자리에서 비극이 벌어지면, 그들은 몇 배나 흥분할 것이다. 그런 정상을 뛰어넘은 흥분도 때로는 완벽한 감동이 될 수 있다. 타인의 비극은 자신이 사는 밑거름이 될 수 있으니까.

물론 드라이버도 그 정도는 알고 있다. 위험한 코스에서 기다리는 수많은 사람을 볼 때마다 드라이버는 긴장한다. 비극을 기다리는 구경꾼들이 저기 있다고 생각하면 오히려 투지가 불타오른다. 실수를 할 수는 없지, 하고 속으로 새삼 중얼거린다. 그렇다고 속도를 줄이고 얌전히 그곳을 통과할 수는 없다. 조소를 받으며 달릴 수는 없다. 있는 힘을 다해 구경꾼들의 은밀한 기대에 부응해야 한다. 저 코너를 멋진 드리프트를 보여 주며 돌자고 생각한다. 그런 때 구경꾼을 치어 죽일 수도 있다고 생각할 여유는 없다.

이런 소문을 들은 적이 있다. 만약 사람을 치어 죽였을 때는 차를 세우지 말고 그대로 도망치는 편이 좋다, 그런 때 꾸물대면 죽은 사람의 동료들이 나타나 다짜고짜 보복 행위를 한다고 한다, 창이 날아온다고 한다. 그런가 하면 다른 소문도 있었다. 사람을 치어 죽였을 경우, 죽은 사람의 입에 1만 엔짜리를—3,000엔이라는 설도 있다—쑤셔 넣으면 모든 것이 해결된다는 것이다. 그들의 중요한 자산인 소를 치어 죽이면 일이 더 복잡해지니, 그때는 무조건 도망치는 편이 현명하다고 한다. 케냐 같은 나라는 비극의 기준이 일본과는 전혀 다른지도 모르겠다.

이와시타 팀의 메카닉은 전부 알짜였다. 일곱 번째 출전인 만큼 그럴 만도 하지만, 개인 팀 중에서는 가장 유능한 스태프들이었다. 그들의 움직임은 실로 정연해서 보고만 있어도 기분 좋았다. 그런데 닷선 팀과는 아주 달랐다. 일을 잘하는 점은 다르지 않은데 분위기가 전혀 달랐다. 이와시타 팀의 스태프 대부분은 자비로 온 사람들이었다. 자원봉사자로 아프리카에 왔다가 참가한 청년도 있었다. 그는 일부러 휴가까지 냈다. 제 돈을 내고 참가한 이상, 그들은 기본적으로 대등한 관계였다. 바꿔 말하면 그들 모두가 의견을 내세울 자격이 있는 셈이다. 이는 공중분해의 위험성을 늘 품고 있다는 뜻이기도 하다.

나는 지인의 후의로 영화를 촬영한 젊은 감독을 알고 있다. 그는 그 일을 자랑스러워했다. "동료가 나를 지원해 줘서 다들 자비로 참가했습니다." 나는 그때 감동하지 않았다. 일을 추진하는 데 오히려 단점이 되지 않을까 걱정했다. 내 생각이 옳았다. 한참이 지나자 저마다 영화에 대해 군소리를 하기 시작했다. 당당하게 비판까지 하는 통에 끝내는 분열 직전까지 몰렸다. 나는 이 자비라는 형태가 마음에 들지 않는다. 어린애들 놀이나 도락이라면 몰라도, 다 큰 어른이 며칠이나 일을 돕는데 나름의 보수는 있어야 하지 않나. 좋아서 하는 일이니 보수는 없어도 괜찮다는 말로 끝나지 않는다고 믿고 있다.

어떤 남자를 붙잡고 내가 그렇게 말하자 그는 이렇게 반론했다. "그렇지가 않아요. 자기 돈으로 일하러 온 사람들이 오히려 열심히 합니다. 50만 엔이라는 큰돈을 써 가면서 케냐까지 왔으니 반드시 성공시키겠다는 각오죠. 반대로 돈을 받으면서 일하는 놈들은 그런 자각이 없으니, 귀찮은 일이 생기면 자기 하나쯤이야 싶은 생각으로 대충하고 맙니다. 그런 거예요, 인간이란."

이와시타 팀에도 물론 리더가 있고 상하 관계도 있지만 회사의 메카닉과는 달랐다. 그들 사이에 오가는 말만 들어봐도 알 수 있었다. 그들은 정중하고, 의견이 엇갈릴 때에도 감정을 드러내며 일방적으로 상대를 매도하는 일은 절대 없었다. 이는 아마 이와시타와 나이 지긋한 메카닉들의 인품에 따른 것이 아닐까 한다.

제2레그 도중에 이와시타의 차가 5위에 진입했다. 서비스 요원들은 차동장치 교환을 10분 내에 하기 위해 어느 지점에서 대기하고 있었다. 그들 옆에는 닷선 팀의 서비스 요원들도 대기하고 있었다. 바이올렛이 들어와 이와시타 팀 몇 명이 그쪽을 거들었다. 그런데 나이 지긋하신 메카닉은 모르는 척하면서 거들지 않았다. 나는 그에게 물었다. "지금 만약 실비아가 들어오면 어떻게 할 거죠?" 그러자 그는 "실비아라고 뭐가 다르겠어. 그냥 내버려 두는 거지." 하고 대답했다. 이어서 "당신은 왜 바이올렛을 돕지 않는 건데요?" 하고 묻자 그는 히죽 웃으면서 대답했다. "나는 닷선에 빚진 게 없거든." 하고는 침을 퉤 뱉었다.

바이올렛이 떠난 후, 실비아가 들어왔다. 이와시타 팀의 서비스 요원은 일제히 차동장치 교환에 들어갔다. 그들이 그 작업을 10분 안에 할 수 있으리라고는 생각되지 않았다. 그러나 작업은 착착 진행되었다. 그 광경을 구경하는 현지 사람들 입에서 이런 말이 튀어나왔다. "도라 도라 도라."

처음에는 무슨 말인지 몰랐다. 그러다 예의 영화 제목(〈Tora! Tora! Tora!〉)이라는 것을 알고는 그 영화에 일본군의 신속한 작업 장면이 있다는 기억이 떠올랐다. 그들도 그 장면을 떠올린 것이다.

그런데 예상치 못한 사고가 생겼다. 차체가 들어 올려진 순간 잭이 튕겨 나가고 말았다. 차 밑으로 들어간 메카닉이 비명을 질렀다. 간발의 차였다. 잭을 대신해 전원이 차를 들고 버텼다. 한순간만 늦었더라도 그 메카닉은 깔려서 뭉개졌을 것이다. 요행히 비극을 면한 그들은 그 후에도 침착하게 작업을 계속했고, 정말 10분 안에 차동장치를 교환했다.

그리고 실비아도 떠났다. 남은 서비스 요원들은 조금 전의 사건에 대해 아무런 말도 하지 않았다. 그리고 재빨리 도구를 챙겨 다음 서비스 지점으로 향했다. 한 가지 물건만 잃어버리고. 그들이 떠난 자리에 인스턴트식품을 담은 종이봉투가 남아 있었다.

거기에서 그리 멀지 않은 장소에 있던 벤츠의 서비스 팀은 별 수리를 하는 것도 아닌데 시간을 지체했다. 조급해진 윗분들은 고함을 질러 댔지만, 아랫사람들은 그 말대로 움직여 주지 않고 꾸물댔다. 일부러 그러는 것은 아니겠지만, 벤츠는 그러느라 귀중한 시간을 버렸다.

일본으로 돌아온 후, 이와시타의 내비게이터였던 나카하라에게 이런 얘기를 들었다.

"잭이 튕겨 나갔을 때, 차 밑에 들어가 있던 메카닉은 빠져나오려고 하지 않았어요. 그대로 일을 계속했죠. 도망치는 게 당연한데."

이 랠리에 참가한 드라이버는 다양하다. 저마다 노리는 목표도 다르다. 어떤 드라이버는 돈을, 어떤 드라이버는 명성을, 또 어떤 드라이버는 흥분을, 또는 도락을. 그런 중에 내가 호감을 품은 이는 영국에서 온 한 청년 출전자였다. 그는 내 인터뷰에 이렇게 한마디로 대답했다.

"내게 랠리는 스포츠입니다. 그뿐이에요."

타임아웃에 걸렸는지, 아니면 엔진에 문제가 있었는지, 그는 아쉽게도 완주하지 못했다. 그러나 그의 모습은 속이 시원할 만큼 상큼했다. 그 같은 남자에게 이 랠리에 따라 다니는 무수한 흑색 소문은 하잘 것 없는 것이었으리라 생각한다. 물론 목표는 완주였고 상위권 진입이었을 것이다. 그러나 그의 내면에는 보다 큰 목적이 있지 않았을까. 그의 머리를 차지하고 있는 생각은 자기 힘의 한계에 도전하는 것이지 않았을까. 그의 태도를 보면 확연하다. 그는 누구든 똑같이 대했다. 독일인에게든 흑인에게든 정중하게 말했다. 황색인종인 우리의 무례한 질문에도 그는 절대 웃음을 잃지 않고 답했다. 그런 타입의 백인 청년은 오랜만에 만났다.

그리고 또 한 사람 드문 타입의 드라이버를 발견했다. 차 검사장으로 자기 차를 몰고 왔을 때, 그는 보기가 딱할 정도로 겁에 떨고 있었다. 출전하는 차는 검사를 받아야 한다. 개조에 위반 사항이 있는지, 안전 주행을 위한 부품을 장착했는지에 관해 엄격한 점검을 받아야 한다. 그가 안절부절못한 이유는 여러 가지가 있다. 우선 차가 한심했다. 거의 똥차 수준이었다. 닷새를 달리기에는 턱없이 부족했다. 부품 하나하나도 이리저리 끌어 모은 것 같았다. 그저 볼품없다는 한마디로 끝나는 차였다. 그리고 타이어는 놀랍게도 보통 차의 레이디얼 타이어radial tire였다. 물론 그가 그런 타이어로 본 경기에 임했다고는 생각지 않는다. 설마 그런 무모한 짓은 하지 않았을 것이다.

검사장 관계자들은 그를 몹시 냉랭하게 대했다. 너 같은 놈이 어떻게 출전을, 하는 표정이었다. 매스컴 관계자들도 그를 무시했다. 가게야마 마사오 하나가 겨우 그에게 카메라를 돌렸다. 갑자기 플래시가 터지자 그 흑인 청년은 깜짝 놀라는 듯 하더니 이내 기쁜 표정을 지었다. 그리고 간신히 검사에 통과하자 도망치듯이 검사장을 빠져나갔다. 이 랠리에 참가하기 위해 그는 아마 상당한 무리를 했을 것이다. 먹는 것마저 줄였을지도 모른다. 그런데도 그는 출전하고 싶었던 것이다. 구경을 하는 쪽이 아니라 그 반대쪽에 있고 싶었던 것이다.

흑인이 지배하는 나라에서도 흑인에 대한 차별은 여전하다. 이 랠리의 주도권은 흑인이 쥐고 있지 않다. 백인과 인도계 사람들이 진두지휘하고 있다. 또 끝난 후의 파티에도 흑인의 모습은 거의 찾아볼 수 없다. 초대하지 않는 것인지, 참석하지 않는 것인지는 모르겠지만, 아무튼 없다.

그러나 그런 고물차를 끌고 참가한 흑인 청년은 그들 사이에서는 아마 영웅일 것이다. 완주는커녕 제1레그에서 탈락할지언정, 사파리 랠리에 참가한 것만으로도 대단한 일일 것이다. 벌써 몇 번이나 출전했다고 한다. 결과는 늘 좋지 않았고, 이번에도 좋지 않았다. 그런 차로는 아무리 실력이 좋아도 결과가 나쁠 수밖에 없다. 멀쩡한 차를 몰았다면 보다 좋은 성적을 올렸을 것이다. 내가 만약 케냐의 가난한 흑인 입장이었다면, 그를 위해 무슨 짓이든 할 것 같다. 힘이 될 수만 있다면 차고에 숨어들어 남아돌아가는 부품을 훔쳐 오고, 주유소를 습격해 연료도 충분히 확보할 것이다. 그게 힘들면 그보다 빨리 달리는 차에 대가리만 한 돌을 던질 것이다. 이런 나라에 태어났다면, 나는 도덕이라는 말조차 모르면서 컸을 것이다. 꼭대기부터 저 밑바닥까지 엉터리 잣대를 휘두르며 살고 있으니, 나 역시 그렇게 할 것이다. 그러지 않고는 살 수 없다면 나는 주저 없이, 철저하게 그렇게 살 것이다.

케냐 인구 90퍼센트가 매일 하는 일 없이 지낸다고 한다. 그러나 그들은 한없이 밝다. 음울한 표정의 사람은 찾아보기가 어렵다. 과거에 이 나라 대통령은 국민에게 이런 약속을 했다. '아이들 전원에게 우유를 주겠다.' 그러나 그 훌륭한 공약은 아직도 지켜지지 않고 있다. 그 대통령은 광대한 사유지를 소유하고 있다. 그 비옥한 땅에서 소들이 유유히 자유롭게 풀을 뜯고 있다. 모순과 불평등을 도처에서 볼 수 있었다.

우리의 가이드 모하메드 청년은 이렇게 말했다. "이 나라는 빈부의 차가 너무 심합니다." 그리고 우리를 대하는 공기관 사람들의 더러운 수작을 보고는 '이런 나라는 싫다.'고 단언했다. 먼 다른 나라에 가고 싶다고도 했다. 그가 앞으로 선택할 수 있는 길은 몇 가지 없다. 정말 외국으로 탈출하든지, 케냐에 남아 가난한 생활을 계속하든지 둘 중에 하나다. 아니면 늘 발목에 숨기고 다니는 대형 나이프를 유일한 무기 삼아 혁명의 전사가 될 것인가. 아니면 또 사기 치는 기술을 배워 장사치로 대성공을 거둔 끝에 자기 차로 사파리 랠리에 참가할 것인가.

히라바야시는 출발 직전에 내게 이런 말을 했다.

"유서를 쓰고 출발해야겠죠."

사뭇 일본적인 각오다. 사정을 이해하는 나는 허풍이라고 생각지 않았다. 그가 정말 유서를 썼는지는 모른다. 그러나 그는 당당한 질주를 보여 주었다. 그가 꽁무니를 뺄 수 있는 빌미는 얼마든지 있었다. 그가 "포기했어." 하면서 일본으로 돌아간다 해도 우리는 절대 그를 경멸하지 않고 오히려 연민을 느꼈을 것이다. "회사 힘을 빌리지 않고 혼자 힘으로 다시 출전해." 하면서 어깨를 툭툭 쳤을 것이다.

그러나 히라바야시는 그러지 않았다. 도망치지 않았고, 도중에 포기하지도 않았다.

"이왕 이렇게 된 거, 부딪쳐 봐야죠."

그는 그렇게 말했다. 그 말은 명백히 그 자신에게 하는 말이었다. 일류가 될 것인가 이류에 머물 것인가는 그 시점의 선택에 좌우된다. 도망만 치는 남자는 한눈에 알 수 있다. 처음 보는 상대의 얼굴을 똑바로 쳐다보지 못한다. 말은 하지만 어미가 애매모호하다. 계속 고개를 흔들거린다. 웃는 소리가 작다. 상대의 말에 무턱대고 맞장구를 친다. 친절하지만 술이 들어간 순간 배포가 커지고 급기야는 난동을 부린다.

도망치는 것도 버릇이다. 비겁한 성격과 무관하지 않지만, 그것이 주된 원인은 아니다. 버거운 현실에 부딪쳤을 때 쉽게 도망쳤기 때문에 점차 버릇으로 굳어졌을 뿐이다. 그 버릇 때문에 더욱이 자신감을 잃어 겁쟁이로 태어난 것처럼 만들지 않았을까. 인간의 능력에는 사실 별 차이가 없다. 하려고 들면 대개는 할 수 있다. 해 보지도 않고서 할 수 없다고 스스로 물러날 뿐이다. 도망만 치는 삶에 브레이크를 걸었을 때, 그 남자의 능력, 잠자던 능력이 깨어나 빛나기 시작한다.

그런데 도망치면서도 먹고살 수 있는 동안은 계속 도망친다. 지금의 일본이 그렇다. 도망칠 장소, 도망칠 길이 얼마든지 있다. 도망치기 위한 그럴싸한 말만 생각하는 필자도 많고, 그들은 또 인기를 누린다. 그들은 폼 나게 도망치는 방법을 가르친다. 어쩌면 문학은 도망치는 타입의 인간들이 떠받치고 있는지도 모르겠다. 자연 속에 살고 자유롭게 사는 것을 도망치기 위한 강력한 변명으로, 마지막 카드로 지나치게 써먹는 것은 아닐까.

그래도 앞으로 나아가는 삶은 때로 우스꽝스럽게 보일지도 모른다. 진흙탕도 덮어써야 하고 좌충우돌해야 하니, 깔끔하고 산뜻하다 할 수 없다. 아름다운 말로 표현할 수 있는 범위를 넘어서는 일이다.

케냐 사람들의 발랄함은 어디에서 오는 것일까. 태양이 가까워 더운 날씨 탓일까. 광활한 땅 때문일까. 비극의 재료는 도처에 널려 있는데, 그들은 태어나길 잘했다는 표정으로 산다. 잃을 것이 목숨밖에 없으니 오히려 마음 편히 살 수 있는 것일까. 부랑아들만 보아도, 전후에 우에노 역에 모여 살던 아이들과는 전혀 다르다. 태어나면서부터 부랑아인 경우와 갑자기 그렇게 된 경우와의 차이일 것이다.

내 생각이 그른지도 모른다. 내 눈에는 비참해 보여도 그들의 생활은 나날이 좋아지고 있고, 이전보다 훨씬 나은지도 모른다. 만약 그렇다면 움츠러들 이유 따위는 없다. 수많은 랠리 차가 그

인간의 능력에는 사실 별 차이가 없다. 하려고 들면 대개는
할 수 있다.

도망만 치는 삶에 브레이크를 걸었을 때, 그 남자의 능력, 잠
자던 능력이 깨어나 빛나기 시작한다.

들에게 주는 감동은 우리가 UFO를 목격했을 때의 감동과 비슷한
지도 모르겠다.

어린 시절에 나는 관광버스가 가솔린 냄새를 피우며 지나갈 때
마다 일부러 밖으로 뛰어나가, 저만치 멀어져 보이지 않을 때까지
그 자리에 서 있곤 했다. 또 유선형 승용차를 볼 때마다 요란을 떨
었다. 당시의 나는 자동차가 어떤 원리로 움직이는지 조금도 몰랐
다. 오해하고 있었다. 드라이버가 두 발까지 사용하는지는 꿈에도
몰랐다. 두 손으로 핸들을 좌우로 돌리기만 하면 차가 달린다고
믿었다.

그런 내가 서른 살이 되자 갑자기 엔진 달린 탈것에 손을 내밀
기 시작했다. 오토바이를 사고 지프차를 사고, 그러다 못해 랠리
차까지 샀다. 사파리 랠리까지 관전했다. 언젠가는 드라이버로 오
아시스 랠리에 출전해 볼까 하는 생각까지 진지하게 하게 되었다.
문학 관계자들은 나를 '소설가로서는 참 드문 타입'이라고 한다.
그러나 나로서는 글사만 겨나보고, 산옥 술섭에 가서 술이나 마시
며 살 수 있는 쪽이 더 신기하다.

움직이는 타입과 움직이지 않는 타입은 서로를 조금씩 깔본다. 지식에 기대어 움직이지 않는 타입은 움직이는 타입을 '단세포'라는 한마디로 경원한다. '경박한 무리'라고도 한다. 한편 움직이는 타입은 움직이지 않는 타입을 '말만 많았지 어중간한 놈들'이라 평하고 경멸한다. 지식만 많아서 무슨 소용이 있느냐고 야유한다.

나는 어느 쪽인가. 시각에 따라서는 어느 쪽도 아닌 애매모호한 인간일까. 나 자신은 그렇게 생각지 않는다. 균형 감각이 있는 남자라고 자부하면서 자만에 빠져 있다.

나의 눈길은 냉소적이다. 철이 들었을 무렵 이미 세상을 객관적으로 바라보는 버릇이 있었다. 나 자신에 대해서도 냉철했고 마음속에는 늘 '내 알 바가 아니지.' 하는 유의 뻔뻔함이 도사리고 있었다. 그런 태도는 오래도록 계속되었다. 그런데 마침내 그래서는 안 된다고 생각하기에 이르렀다. 그렇게 냉담하게 인생을 끝내는 것은 아까운 일임을 깨달았다. 그러지 않고는 결국 미쳐 버릴 거라는 예감이 들었다.

그런 때 내 앞에 엔진 달린 탈것이 있었다. 폭음과 폭주 속에 나를 열중케 하는 세계가 있다는 사실은 30년 동안 단 한 번도 생각해 본 적이 없었다. 폭주하는 동안 나는 생고생해서 거머쥔 언어를 잊고, 나 자신마저 잊을 수 있었다. 완전히 부상할 수 있었다. 그러나 엔진에서 떠나면 또다시 허무주의에 휘둘려 냉담함에 쫓기고 말았다. 그런 내게 밀려오는 것은 언어의 홍수였다. 부정의 폭풍우였다. 그리하여 나는 펜을 쥔다. 펜과 엔진 사이를 쉴 새 없이 오간다. 형광등 같은 삶인지도 모르겠다. 꺼졌다 켜졌다를 순간적으로 수도 없이 반복하면서 결과적으로 빛을 만들어낸다.

어떤 변명을 늘어놓든 우승을 포기한 조긴더 싱은 이미 조긴더 싱이 아니다. 방송국에서 거액의 개런티를 받은 것까지는 그렇다 치자. 그러나 초보 내비게이터를 태우고 달려서야 일류 드라이버랄 수 없다. 하기야 싱의 전설과 신화를 만들어낸 것은 일본의 매스컴이지 실제로는 그렇게 대단한 랠리 드라이버가 아니라고 회자되기도 한다. 원래가 대충 넘어가는 남자란다. 그 증거로 사파리가 아닌 랠리에서는 그 이름이 통용되지 않는다고 한다. 유럽 출신에다 특히 눈길에서 단련한 북유럽계 드라이버의 발치에도 못 미친다고 한다.

조긴더 싱은 은퇴를 염두에 두고 있는 것일까. "이번 경기는 놀이 삼아 할 거야." 하는 말이라도 한 것일까. 그렇다면 그의 참담한 이번 패배도 충분히 이해가 간다. 영광을 추구하기 위해 팽팽하게 당겨졌던 실이 툭 끊어졌을 때, 전락의 속도는 당사자의 예상보다 훨씬 빠르다. 삶의 증거였던 것을 미련 없이 내던졌다고 평온하고 유쾌한 나날이 기다리고 있는 것은 아니다.

이번에 싱은 많은 것을 잃었다. 반대로 그 내비게이터는 많은 것을 얻었을 것이다. 제1레그에서 차체가 손상돼 주행 중에 문이

열리는 등 무수한 공포에 짓눌려 거의 실신에 가까운 꼴을 보인 것은 사실이지만, 그래도 그는 묵직한 무언가를 얻었을 것이다. 마지막까지 그 자리를 지킨 것만도 칭찬해 주어야 한다. 그는 일류 내비게이터를 지향하는 사람도 아니다. 그는 다른 세계에서 일류가 되기 위해 그런 무모한 짓을 한 것이다.

제3레그에서 타임아웃이 두 시간이나 연장된 덕분에 조긴더싱은 겨우겨우 완주에 성공했다. 앞으로 그는 어떻게 살아갈까. 장사꾼으로 악착같이 살아갈 것인가. 그러다 이번처럼 구미가 당기는 건수가 굴러 들어왔을 때만 핸들을 잡을 것인가. 한 남자가 이렇게 말했다. "애당초 그렇게 성실한 남자가 아니니 내년에도 아마 달릴 겁니다. 그 사람이 노리는 것은 영광 뒤에 있는 돈이니까. 돈을 위해서라면 당장 일류 드라이버로 돌아갈 거예요."

정말 그럴까. 만약 그 말이 맞다면 그는 질기고 뻔뻔한 남자다. 그야말로 케냐가 낳은 케냐다운 드라이버. 만약 그가 어느 회사의 워크스 차를 조종해 다시 한 번 종합 우승의 영광을 누리는 일이 있다면 나는 내 생각을 다소 수정해야 할 것이다. 내게 부족한 것은 그런 유의 강함이니까. 그러나……

오토바이든 자동차든 새로 사면 한동안은 애지중지 다룬다. 아마 누구나 그럴 것이다. 부지런히 세차장에 다니고, 개조가 끝난 다음에도 갑자기 격렬한 주행은 시도하지 않는다. 그러나 한 달쯤 지나면 차체에 묻은 얼룩도 별 신경이 쓰이지 않고 거친 질주도 마다하지 않는다. 그러다 보면 어딘가는 반드시 긁힌다. 급커브에서 각도를 잘못 가늠해 크게 돌다가 옆구리를 우그러뜨리는 일도 있다. 그러나 어쩌면 마음 한구석으로는 그렇게 되기를 바라고 있었는지도 모른다. '이제 마음껏 탈 수 있겠군.' 하고 생각한다. 후련해진다. 물론 유쾌하지는 않다. 애써 새 차를 샀는데, 아깝다고 한탄한다. 그러나 그것도 잠시다. 얼마 후면 왜 새 차를 샀는지 그 목적을 확실하게 상기한다. 격렬한 주행을 견딜 수 있는 새 차였고, 그러기 위한 개조였다는 것을 깨닫는다.

사람에 따라서는 반대로 말하는 경우도 있다. 차를 소중하게 다루지 않는 사람은 실력이 붙지 않는다고. 그러나 나는 그 말에는 해당되지 않는 듯하다. 일찌감치 어디 한군데 우그러지고 나면 실력이 부쩍 는다.

내가 만약 국내 랠리에 참가했다면 차가 1년도 못 견뎠을 것이다. 아무리 보강을 하고 부품을 교환하고 수리를 해도, 기껏해야 2년이다. 한번은 근처에서 열린 랠리에 갑작스럽게 참가한 일이 있다. 하지만 그렇게 느려 터진 레이스는 내 성격에 맞지 않았다. 일본은 속도 제한이 너무 심하다. 좁고 인구가 많은 나라이니 어쩔수 없다. 하지만 재미가 없다. 히라바야시는 내 주행을 보자마자 정곡을 찔렀다. "더트 트라이얼에 맞다." 하고. 그의 말이, 랠리는 그저 거칠게 몰기만 하면 되는 것이 아니란다. 그는 입버릇처럼 이런 말을 한다. "좀 더 화려하게 운전을 해야지." 그 점, 더트 트라이얼은 거칠어도 상관없다. 이삼 분 코스를 최대한 빠른 속도로 달리면 그만이니 절반은 배짱이 승패를 좌우한다 할 수 있다.

20만 엔 정도 되는 중고차를 산 적이 있다. 그러자 단박에 운전이 거칠어지고 말았다. 어차피 중고차라는 생각이 나를 나쁜 길로 인도했다. 그러다 한참이 지나자 정신까지 거칠어지고 말았다. 차창으로 태연하게 쓰레기를 버리지 않나 침을 뱉지를 않나, 경제속도로 달리는 차에 욕설을 퍼붓지 않나, 정말 한심해지고 말았다. 환경에 좌우되기 쉽거나 물들기 쉬운 타입인 것일까.

그 후로는 중고차를 사지 않는다. 무리를 해서라도 새 차를 산다. 중고차를 타면 내가 다른 사람이 되고 만다는 말을 하고 싶은 것은 아니다. 내 본성이 고스란히 드러나는 것 같아 기분이 나쁘다. 그렇다고 슈퍼 카처럼 최고급 요란한 스포츠카를 사면 또 거기에 맞춰 다른 내가 표면으로 드러날 것이다. 세상 사람들을 아주 깔보는 표정을 짓고, 운전도 아주 거만하게 하고, 또 그 수준 사람들이 주위에 모여들 것이다. 그런 의미에서 베스트셀러가 없는 자신의 처지에 감사해야 하는 것일까.

오래도록 이와시타의 내비게이터로 콤비를 이뤘던 나카하라라는 남자가 있다. 그는 대학을 졸업한 후로는 랠리 외길에 몸 바쳤다.

그러나 랠리만으로는 먹고살 수 없으니, 레스토랑에서 일하고 있다. 그 직장이 있는 한 그는 언제든 랠리를 할 수 있어 편리하다고 한다. 과연 평범한 회사원은 할 수 없는 일이다.

나카하라는 과거에 히라바야시와 함께 사파리 크로스 랠리에 출전했다. 그 후 이와시타와 한 팀으로 몇 번 사파리에 참가했다. 드라이버를 꿈꾼 적도 있다는데 성격상 내비게이터가 맞을 것이라고 생각한다. 그는 실비아의 차고에서 아침부터 밤까지 페이스 노트를 작성했다. 사파리 랠리 코스는 매번 같기 때문에 큰 변화는 없다. 그러니 현지 출신 드라이버가 유리한 것은 당연하다. 언제든 원할 때 그 코스에서 연습할 수 있기 때문이다. 일본에서 내비게이터를 데리고 가는 것보다 현지에서 고용하는 편이 유리한 이유가 거기에 있다. 오피스에 의뢰하면 내비게이터는 얼마든지 구할 수 있다. 그때에도 돈을 찔러 주면 좋다고 한다. 이 나라에서는 돈이 모든 것을 말한다. 온갖 문제를 돈으로 해결한다. 이 나라는 지옥인가. 앞으로 사파리 랠리는 겨냥하는 자는 그 점을 반드시 염두에 두어야 할 것이다.

사파리를 몇 번이나 경험한 나카하라는 수북이 쌓인 페이스 노트를 갖고 있다. 그러나 코스가 같아도 매번 다시 작성해야 한다고 한다. 1년 사이에 노면의 상태가 완전히 달라지기 때문에 지난해의 자료만 믿고 달리면 도처에서 문제와 직면한다고 한다. 뿐만 아니라 본 경기 전에 만든 페이스 노트 역시 신뢰하지 않는 편이 좋다는데. 비만 조금 내려도 길은 상황이 달라진다. 이번에는 다행이랄까, 재미가 없었다고 할까, 우기가 늦게 시작되는 바람에 날씨가 건조했다. 그 탓에 진정한 사파리 랠리가 아니었다. 건조한 날씨 덕분에 완주한 차가 많을 것이다.

페이스 노트에는 대개 이런 내용이 적혀 있다. 커브의 각도, 토질, 노면의 굴곡, 장애물의 유무 그리고 물론 코스의 순서도. 시주는 반드시 해야 한다. 전 코스가 대략 5,000킬로미터에서 6,000킬로미터나 되니 시주와 본 경기를 합하면 1만 킬로미터 이상 주행하는 셈이다. 그 밖에도 차의 시험 주행이 있다. 실제로는 1만 이상의 거리를 달려야 한다. 일반 승용차가 1년에서 2년에 걸쳐 달리는 거리를 불과 한 달만에 달린다. 게다가 한계에 가까운 속도로. 정상적인 행위라 할 수 없다. 정상적인 인간이라고도 할 수 없다.

이와시타와 나카하라는 과거 시주 중에 이런 체험을 했다. 차가 오지의 진흙탕 길에 빠지고 말았다. 꼼짝하지 않았다. 이런저런 시도를 해 봤지만 결국 빠져나오지 못했다. 누가 지나가기를 기다리는 수밖에 없었다. 그런데 아무리 기다려도 도움의 손길은 나타나지 않았다. 날이 저물어 밤이 되었는데도 사람의 모습은 보이지 않았다. 그렇다고 걸어서 도움을 청하러 가는 것은 너무 위험했다. 사자의 먹잇감이 될 수도 있다. 먹을거리는 샌드위치뿐. 둘은 그것을 우물거리면서 기다렸다. 원래가 낙천적인 둘은—낙천적인 면이 없고는 도서히 랠리를 지속할 수 없다—조금만 기다리면 될 거라 여기고 샌드위치를 다 먹었다. 맛없다고 투덜거리면서 귀를 떼어 차창 밖으로 내던졌다.

그런데 아무도 지나가지 않았다. 또 배가 고팠다. 그러나 남은 샌드위치는 없었다. 더는 참을 수 없을 때, 이와시타가 나카하라에게 말했다. "저거, 아직 먹을 수 있겠는데." 버린 빵의 귀를 말하는 것이었다. 둘은 차에서 내려 땅에 엎드려 그것을 주워 먹었다. 마침내 그들은 구조되었다. 운이 좋았다. 현지 사람들이 그곳은 진흙탕으로 변하면 아무도 지나가지 않는 길이라고 했단다.

나는 나카하라에게 물어보았다.

"왜 드라이버가 아니라 내비게이터를 하는 거지?"

그는 양쪽 다 비슷한 것이라고 대답했다. 핸들을 잡느냐 안 잡느냐 하는 차이는 있지만, 같은 차를 타는 것은 똑같다고. 내가 또 물었다. "그러면 랠리는 언제까지 할 생각인데? 앞으로는 어쩔 생각이야?" 그는 글쎄요, 하고는 "딱히 별생각이 없는데요." 하고 대답했다. 전혀 생각이 없는 것은 아닐 것이라고 말꼬리를 물고 늘어졌는데도 그의 대답은 똑같았다. 그러고는 잠시 후 대답했다. "이와시타 씨에게 달렸죠, 뭐. 그가 사파리에 한 번 더 나가자고 하면 또 나갈 겁니다."

그렇게 말하는 얼굴에는 일말의 불안도 없었다. 나 같은 인간은 상상도 할 수 없는 삶이라, "아 그래요." 하고 순순히 인정하고 싶지 않았지만, 그를 바라보면서 그렇게 살아도 좋지 않을까 싶은 기분이 들었다. 그렇게 살 수 있다면 꽤나 편할지도 모르겠다는 생각도 들었다. 그야말로 내비게이터다운 삶이었다. 그가 만약 드라이버의 길을 택했다면 다른 방식으로 살았을까. 이와시타처럼 자동차 부품 가게라도 열어, 보다 구체적이고 계획적인 인생을 살았을까. 아니다, 내비게이터가 아닌 나카하라는 생각할 수 없다. 그는 그답게 살고 있는 것이다.

목하 사파리 랠리에서 이와시타를 능가하는 일본인 드라이버는 없다. 독무대라도 해도 무방하다. 출전 횟수로나 체력과 기력 면에서나, 짐승 같은 외국인 드라이버에 절대 뒤지지 않는다. 여전히 개인 자격으로 출전하는 것이 이상할 정도다. 일본의 자동차 회사는 왜 그처럼 우수한 드라이버를 워크스 차에 태우지 않는지 모르겠다. 일본인 드라이버가 일본 차를 몰아 승리하면 광고 효과가 훨씬 클 텐데 말이다.

물론 이유가 있다. 생명이 오가는 대형 사고가 발생했을 때, 일본인 드라이버의 보상 문제는 외국인 드라이버보다 훨씬 복잡하다. 외국인 드라이버는 돈으로 처리할 수 있다. 돈만 지불하면 쉽게 해결된다. 대륙의 인간들은 그런 문제에는 아주 사무적이다. 또 하나, 일본인 드라이버가 사파리에서 사망하거나 구경꾼을 사망케 했을 때, 일본의 매스컴은 이를 대대적으로 보도한다. 회사 차원에서는 타격이 크다. 기업 이미지의 격하로 이어진다. 같은 경우, 외국인 드라이버는 거의 뉴스로 다뤄지지 않는다. 다룬다고 해야 소소하고, 반응도 미미하다. 누구누구가 그런 일을 당했더라하고는 금방 잊힌다.

이와시타는 이번 경기에서 종합 7위였다. 개인 출전자로서는 더 이상의 성적은 올릴 수 없을 것이다. 그는 일곱 번 출전해서 정점에 오른 셈이다. 이제는 워크스의 차를 타는 길밖에 남지 않았다. 그가 내비게이터 나카하라와 결정적으로 다른 것은 꽤 수완 좋은 장사꾼이라는 점일 것이다. 나카하라처럼 앞일은 모른다는 식으로 살지 않는다. 할 일은 반듯하게 하고 딴전을 피울 때는 딴전을 피우고, 가정에 대해서도 진지하게 생각한다. 그의 그런 자세는 국내 랠리 드라이버가 꿈꾸는 하나의 이상형인지도 모른다. 앞으로 그는 또 어떤 이상을 추구할까. 절반 남은 인생, 상도의 길에 몸 바치는 것으로 충실함을 기할까.

이와시타에게 물어보았다.

"해마다 사파리 랠리에 출전하고 있는데, 자금은 어떻게 마련하는 것이죠?"

그는 분명한 대답은 하지 않았다. 여기저기에서 스폰서를 구하고 닷선의 지원까지 받는다 쳐도 500만 엔 정도는 스스로 부담해야 한다. 매번 그런 거금을 갖다 쓰면 가정은 쑥대밭이 될 것이다. 그 점에 대해서 어느 자동차 평론가는 이렇게 말했다.

"이와시타는 사파리 출전으로 손해도 이득도 없을 겁니다. 플러스 마이너스 제로가 아니겠어요."

요컨대 적자는 아니라는 말이다. 그러나 이와시타는 그 말을 딱 잘라 부정했다. 사파리 랠리에 개인으로 출전하는데 어떻게 적자를 보지 않을 수 있겠느냐고 주장한다. 그래서 부인은 못마땅해한다고 한다. 그건 그렇고, 그가 다음 사파리 랠리에 과연 출전할까, 그게 문제다. 개인으로는 정점을 찍었다. 그렇다고 닷선이 워크스의 차에 태울 리도 없다. 그런데도 출전하겠다면 방식을 바꿀수밖에 없다. 이제 남은 것은 놀이 삼아 출전하는 길밖에 없다. 랠리 팬이 '아, 이번에는 놀이 삼아 출전하는 거군.' 하고 분명하게 납득할 수 있는 형태다.

예를 들어서 랠리를 좋아하는 어느 회사 간부의 부탁을 받고, 그의 인생 마지막 추억을 만들어 주기 위해 조수석에 앉혀 주는 방법도 있다. 그러면 비용 문제는 해결되고 팬도 '이번에는 저런 노인을 내비게이터로 기용했으니 성적은 기대할 수 없겠다.'라고 생각해 줄 것이고, 그 자신도 마음 편히 달릴 수 있을 것이다.

만약 그렇게 된다면 나카하라는? 셋이 한 차에 탈 수는 없다. 물론 이는 괜한 노파심이지만 신경이 쓰이는 부분이다. 이와시타는 대범하고 배짱 좋은 남자이니 이미 생각하고 있을 것이다. 그가 빨리 달리기만 하는 남자라면 그렇게 유능한 남자들이 그의 주변에 몰려들 리 없다.

사파리 랠리에서 이와시타의 후계자가 될 수 있는 일본인 드라이버는 현재 히라바야시라고 할 수 있을까. 히라바야시는 이와시타와 무척 비슷하다. 내가 보기에는 똑같은 타입이다. 보스 스타일인 것하며, 드라이빙하며, 터프한 점하며, 랠리 이외의 인생에도 야무진 것하며, 정말 비슷하다. 아니, 그런 타입이 아니면 랠리를 할 수 없는 게 아닐까. 결국은 그들 같은 드라이버여야 살아남을 수 있지 않을까.

나카하라는 내게 이렇게 말했다.

"한두 번 출전해서는 사파리를 이해할 수 없죠. 출전을 거듭할수록 이 사파리 랠리는 재미있어요. 말로는 전할 수 없는데, 그게 또 신기하고 말이죠."

이와시타도 비슷한 말을 했다. 사파리 랠리의 매력은 무엇일까. 매회 무슨 일이 벌어질지 예측할 수 없는 터프함일까. 아프리카의 엉성함일까. 일본으로 돌아와 한동안은 '이제 그만해야지.' 하면서도 여름이 끝날 무렵이면 '또 출전해야지.' 하고 가을에는 똑같은 고생을 마다 않고 처음부터 다시 시작하게 된다고 한다. 그 정도면 매력이 아니라 마력이다. 내 생각에는 무질서의 재미가 그 마력인 듯하다. 이 나라에서는 어떤 식으로든 살아갈 수 있다는 발견이다. 삶의 원점을 도처에서 목격할 수 있다는 점이다. 일본에는 이미 없는 것들이다.

케냐의 수도 나이로비에는 지방 사람들이 스펀지가 물을 먹듯 몰려든다. 그리고 눌러 산다. 어느 나라나 비슷한 현상은 있다. 지방에서 먹고살 수 없는 사람들은 대도시로 몰려들어 어떻게든 살아남으려 한다. 도시에는 살기 위한 기회가 얼마든지 널려 있다. 그러나 시골은 다르다. 이제 틀렸다는 결론이 나오면 정말 끝이다. 단계적으로 추락하지 않는 생활 공간이 시골이다. 길거리에서 빌어먹거나 도둑질을 하려고 해도 인구가 적으니 대책이 없다.

그러나 도시에서는 온갖 형태의 삶이 성립한다. 수많은 타인에 에워싸여 시골에서는 상상도 할 수 없는 장사도 할 수 있다. 잘하면 졸부가 될 수도 있다. 그러나 그 반대는 불가능하다. 도시 인간이 시골 생활에 도전하면 대개 실패한다. 대자연 속에서 인간다운 생활을 추구한 자는 한 달이 못 가 쫄쫄 굶는다. 그들이 만약 쉽사리 시골 생활에 적응할 수 있었다면, 시골 사람들이 굳이 도시로 몰려가는 일은 없었을 것이다.

나이로비 교외 여기저기에는 종이 상자로 지은 집이 산재한다. 처음에는 일본의 길거리 포장마차 같은 것인가 했다. 거기에서 물건을 팔고 있었기 때문이다. 가게일 뿐 사는 집은 따로 있을 것이라 생각했다. 그런데, 그렇지 않았다. 그들의 생활의 장이었다. 종이 상자로 지은 '집'이었다. 그들은 거기에서 장사를 하고 아이들을 낳고 키웠다. 우기가 되면, 돌풍이라도 불면, 무너지고 날아간다. 그러나 그곳 사람들은 이렇게 말한다. 또 어디 가서 종이 상자를 주워 와 새 집을 지으면 된다고.

이곳에서는 판때기와 막대를 끌어 모아 지은 집은 궁궐이다. 멀쩡한 목재는 비싸서 살 수가 없다고 한다. 종이 상자조차 쉽게 구할 수 없다고 한다. 그러니 각 자동차 회사가 사파리 랠리를 위해 부품을 담아 옮기는 나무 상자는 그들에게 상당한 값어치가 있는 것이다. 일본 같으면 쓰레기로 태워 없앨 테지만, 여기에서는 서로 가지려고 싸운다. 그들에게 사파리 랠리는 집을 지을 수 있는 자재를 공짜로 얻을 수 있는 1년에 한 번뿐인 기회인지도 모른다. 그 이상의 의미는 없을지도 모른다.

정글에서 뛰쳐나온 그들에게는 종이 상자로 지은 집도 모던한 거주지일 수 있다. 풀과 소똥으로 지은 집에서 몇 년에서 몇 백 년을 살아온 그들에게, 종이 상자는 아주 문화적인 건축 자재일지 모른다. 그들의 시골집은 어느 것이나 다 비슷하지만 나이로비는 다르다. 철근 콘크리트로 지은 초현대식 건물이 있는가 하면 벽돌 주택도 있다. 생활수준을 한눈에 알 수 있다. 종이 상자조차 구하지 못해 빌딩 한구석이나 다리 밑에서 먹고 자는 사람들도 있다. 이런 환경이 그들의 사고방식에 중대한 영향을 미치지 않을 리 없다. 무엇이 위고 무엇이 아래인지를 수시로, 그것도 눈에 보이는 형태로 보고 있으니 말이다. 그들은 과연 무슨 생각을 하며 살까. 버리고 온 시골일까. 먹을 것은 부족해도 평등했던 과거의 나날일까. 또는 언젠가는 정원이 있는 멋진 집에서 살겠다는 의지를 다질까. 또는 흙과 물과 태양이 있어 돋았을 뿐인 잡초처럼, 그저 살아갈 뿐일까. 심각하게 굴지도 않고 인생의 의미 따위는 묻지 않은 채. 그리고 때가 오면 시들고 말라 버릴 뿐일까. 1년에 한 번 랠리 차의 폭음을 수도 없이 듣고는 조용히 죽어 가는 것일까.

전에 프로 오프로드 라이더였던 도시 니시야마는 사파리 랠리를 관전하고 이렇게 느낌을 말했다.

"차라리 오토바이가 빨리 달리겠어. 오토바이는 훨씬 더 험한 길도 달릴 수 있고 말이지."

맞는 말이다. 급커브에서도 기울기를 이용해 재빨리 턴할 수 있다. 좀 과장해서 말하자면, 차바퀴 하나만 한 너비의 길만 있어도 충분하다. 아니, 길이 아니어도 달릴 수 있다.

도시는 드라이브 솜씨도 상당하다. 그러나 그는 절대 랠리에는 관심을 보이지 않는다. 좌석에 앉은 채 달린다는 것에 거부감이 있는 듯하다. 롤 바, 버킷 시트, 사점식 안전벨트 등의 안전장치도 못마땅할 것이다. 같은 더트코스를 달릴 때에도 사륜과 이륜의 위험도는 상당히 차이 난다. 오토바이를 타다 실수하면 전복과 부상으로 직결된다. 다리 하나나 둘쯤 쉽게 부러진다.

자동차에 비하면 오토바이 레이스는 별 인기가 없다. 상금의 액수도 자릿수가 다르다. 오토바이를 즐기는 인구가 적은 것이 근본적인 이유다. 자동차 운전은 할 수 있어도 오토바이는 탈 줄 모르는 이들이 많다. 오토바이와 자동차는 전혀 다른 차원의 탈것이라고 생각해야 한다.

랠리에 필적하는 오토바이 레이스에 엔듀로가 있다. 이는 모터크로스처럼 인위적으로 만들어진 코스가 아니라 자연의 지형을 그대로 이용해 달린다. 대표적인 경기로 ISDT가 있다. 하루에 여덟 시간씩 엿새를 달리는 격한 레이스인데 일본에는 잘 알려져 있지 않다. 도시 니시야마는 전에 몇 번이나 개인으로 그 경기에 출전한 적이 있다. 비용은 사파리 랠리의 십분의 일 정도면 충분하다. 오토바이를 개조하지 않아도 되고, 서비스 요원과 메카닉도 필요 없다. 하나에서 열까지 혼자서 해낼 수 있다.

그러나 라이더의 수명은 짧다. 서른 살이 넘으면 어렵다. 그 점, 랠리는 삼십 대에서 사십 대 중에 일선에서 활약하는 프로가 가장 많다. 오십 대가 되어서도 하려고 들면 할 수 있다. 랠리는 삼십 대에 시작하는 것이라는 정설이 있을 정도다. 이십 대에는 체력은 있어도 자금력이 없다. 가령 대부호의 아들이라도 랠리에는 다른 조건도 필요하다. 정신력과 자제력 등 눈에 보이지 않는 힘이 중요하다. 젊은이들에게는 부족한 조건이다. 체력과 배짱만으로 달려서는 이길 수 없다고 한다. 과속으로 사고가 나고 자동차까지 못 쓰게 만들기 때문이다.

가게야마 마사오는 도시에게 이렇게 말했다.

"오토바이를 그만두고 랠리로 전향하지 그러나."

도시는 랠리로 전향해도 문제가 없는 사람이다. 초보가 시작하는 것보다 훨씬 빨리 마스터할 것이다. 오토바이로 몸에 익힌 속도감이 랠리에서도 큰 도움이 될 것이다. 이와시타가 그렇다. 그는 과거에 모터크로스를 지향했다고 한다. 시작도 못 했는지 어쩐지는 알 수 없지만, 도중에 랠리로 전향해 성공한 사람이다. 실은 히라바야시도 그렇다. 그는 열다섯 살 때부터 오토바이를 타기 시작했다. 그러나 일본 첫 그랑프리를 보고서, 그 화려함에 압도되어 사륜으로 옮겨 갔다고 한다.

그러니 도시가 랠리를 한다고 이상할 것은 없다. 그러나 그는 가게야마의 권유를 탐탁해하지 않았다. 한참이나 말이 없더니, 결국 이렇게 대답했다.

"한 번 더 ISDT에 나가 볼 거야."

아마 그는 자신이 오프로드 라이더로는 생명이 다했다는 것을 인정하고 싶지 않았을 것이다. 또 마음 한구석으로 할 수 있다고 믿고 있을 것이다. 그에게 오토바이는 청춘 자체였다. 그는 청춘을 오토바이와 함께했다. 청춘이 끝났다는 것을 그런 형태로 인정하고 싶지 않았을 것이다. 나는 그에게 말했다.

"그래, 다음 ISDT에 출전해 봐. 아직 충분히 달릴 수 있을 거야."

5,000에서 6,000킬로미터의 험악한 길을 닷새 만에 달리면 피로가 심하게 쌓이는 것은 당연한 일이다. 물론 자는 시간은 있다. 정해진 지점에 일찍 도착하면 느긋하게 쉴 수 있다. 늦게 도착하면 그만큼 쉬는 시간이 줄어든다. 그러니 늦게 도착한 드라이버는 점점 불리해진다. 잠도 제대로 못 자고 다음 날 아침 또 달리면 피로

가 쌓일 뿐이다. 피로는 속도로 이어진다. 또 늦는다. 그러다 무리하면 사고가 난다. 조심조심 달리면 타임아웃이다.

드라이버의 피로를 어떻게 해소할 것인가. 랠리의 중요한 관건이다.

이와시타의 경우, 경기 시작 일주일 전부터 수분을 섭취하지 않는다. 수분이 없는 상태에 몸을 적응시켜 피로를 덜 느끼게 하는 것이다. 그러나 무더운 나라 케냐에서는 힘겨운 방법이다. 강한 의지가 요구된다. 워크스의 드라이버들도 유사한 노력을 하겠지만, 그들은 개인에 비해 다른 차원의 서비스를 받는다. 운전에만 집중할 수 있도록 온갖 서비스를 받는다. 비타민 주사, 피로회복제, 소화와 흡수에 좋은 음식.

개인으로 출전한 사이토는 피로에 많이 시달린 모양이었다. 제1레그가 끝나고 호텔로 돌아왔을 때, 그와 스쳐 지났다. 그러나 그가 사이토라는 것을 후에야 알았다. 샤워를 한 후라 깔끔하기는 했지만 중환자와 다름없는 모습이었다. 망령 같았다. 머리를 똑바로 들지 못하고 두 팔은 옆으로 축 늘어지고, 다리는 휘청거렸다. 퀭한 두 눈마저 바닥을 향하고 있어 살아 있는 시신 같은 몰골이었다. 저래서 제2레그를 달릴 수 있을지 걱정스러웠다. 솔직히 나는, 끝났다고 생각했다. 그런데 그는 제2레그, 이어 제3레그를 달려 마침내 완주했다. 믿을 수 없는 일이었다. 피로는 한계에 도달하면 그 이상은 쌓이지 않는 것일까. 오히려 기운을 되찾게 되는 것일까. 혹시 그의 육체가 보기와는 달리 끈질겼던 것일까.

신기한 사람이 또 있다. 히라바야시였다. 그는 피로라는 중대한 문제에 무심했다. 전혀 개의치 않는 듯 보였다. 체력만큼은 자신이 있었던 것일까. 먹을 만큼 먹고 마실 만큼 마셨다. 그런데 본 경기에 들어가자 먹지 않았다. 입에 들어가지 않았을 것이다. 줄곧 담배를 피우면서 소프트드링크만 마셨다. 서비스 요원이 준비한 음식이 좋지 않았던 탓도 있다. 케냐 남자가 준비한 카레라이스 조금과 춘권 비슷한 것만 한 입 먹었는데, 어떻게 그렇게 힘차게 질주할 수 있었는지 신기하다.

보다 못한 내가 제2레그가 끝났을 때, 비타민C를 슬쩍 그에게 건넸다. 비타민C 정제를 입에 물고 달리면 목도 마르지 않고 피로를 다소는 덜 느낄 것이다. 그러나 그의 체력은 정말 예사롭지 않았다. 괴물이 아닐까 의심스러울 정도로 강인했다. 대범함도 초일류였다.

제2레그가 끝났을 때 나는 그의 방을 슬며시 들여다보았다. 그는 팬티 한 장 차림으로 코를 골고 있었다. 극도의 긴장감 때문에 자고 싶어도 자지 못하는 드라이버가 많다고 들었다. 하물며 히라바야시는 첫 출전에 남은 제3레그를 무사히 달릴 수 있을지 기로에 서 있었다. 그런 남자가 코를 골고 있었다.

나 같은 일을 하는 사람도 종류는 다르지만 피로가 늘 쌓인다. 특히 소설을 쓸 때에는 더 심하다. 분란한 생활에서는 똑바른 소설이 나오지 않는다. 반드시 여덟 시간 이상은 수면을 취한다. 밤 10시에는 잠들고 아침 6시에 눈을 뜬다. 그리고 7시에 아침 식사,

8시에는 집필에 들어간다. 아무리 상태가 좋을 때에도 정오가 되면 펜을 내려놓는다. 네 시간도 길지만 생활을 위해서는 어쩔 수 없다. 점심 후에도 글을 쓴 적이 있다. 그러나 그저 글자를 끄적이고 있을 뿐이었다. 나중에 읽어 보니, 써먹을 수 있는 문장이 아니었다.

술고래에 종일 움직이지 않고서 책상 앞에 앉아 글을 써 대는 소설가가 많다. 나는 그들의 생활을 도저히 흉내 낼 수 없다. 그들의 작품을 간혹 읽어 보는데, 역시 군데군데에서 피로감이 느껴진다. 허접한 스토리를 적당한 문장으로 엮어 내고 있다. 자제력도 말을 듣지 않아 들떠 있다. 그런데 그런 작품을 좋다고 달려드는 독자가 세상에는 참 많다. 문학을 뒷받침하고 있는 것은 그들이다. 소설가도 독자도 다 지친 것일까. 케냐보다 나은 생활을 유지하기 위해 열심히 일해야 하니, 일하다 지쳐 버린 것일까.

어느 랠리 드라이버가 이런 말을 했다.

"피로가 쌓이면 여러 가지 생각을 하게 된다. 운전에 집중하려고 해도 이내 생각이 파고든다. 그건 꿈 같은 것이다. 어쩌면 핸들을 잡고 조는지도 모르겠다. 옛날 일이 떠오른다. 오래전에 잊었던 일, 기억하나 마나 한 일들이 줄줄이 떠오른다. 사고만 나지 않으면 그런 기분도 나쁘지 않다. 달리면서 달리고 있다는 것을 잊는 것이 좋다."

소름 끼치는 말이다. 만약 랠리에서 느끼는 매력의 핵심이 그런데 있다면 드라이버는 모두 중독자나 다름없다.

케냐 오지, 사람이 거의 없는 곳에서 갑자기 흑인과 마주치면 섬 뜩하다. 사자와 마주치는 편이 낫겠다 싶을 정도다. 그들이 창을 던지지 않는다는 것을 알지만, 하얀 이를 드러내고 웃어 줄 때까지는 안심할 수 없다. 하기야 서부 영화에서는 악역이 히죽 웃는 순간 총알이 쏟아지지만.

그러나 흑인들이 개를 데리고 있을 때는 다르다. 개를 보는 순간, 우리는 그들을 믿는다. 그러나 백인들이 개를 데리고 있으면 경계한다. 흑인들의 개는 얌전하다. 안쓰러울 정도로 온순하다. 짖거나 으르렁거리는 일도 없다. 오스트레일리아 사막에 사는 애버리지니 흑인들 역시 개를 데리고 다니는 경우가 많았다. 그 개들도 조용했다. 나는 개를 다루는 데는 이골이 나 있지만, 백인이 데리고 다니는 개에게는 절대 손을 내밀지 않는다. 달려들어 덥석 물 것만 같다. 콤플렉스의 일종일 것이다.

그런데 흑인들은 왜 개를 키우고 싶어 할까. 사냥을 할 때 사용하는 것일까. 아니면 애완견의 의미일까. 또는 식용으로 키우는 것일까.

베이징에 이주일 체재했을 때, 개가 한 마리도 보이지 않았다. 새도 그랬다. 참새 한 마리 없었다. 그때 나는, 아마 혹독한 추위 때문이겠지 생각했다. 그러나 개는 아무리 추워도 기운차게 뛰어다니는 동물인데, 한 마리도 없다는 것이 좀 이상했다. 아주 부자연스러웠다.

그러다 통역인 왕 씨와 묘한 대화를 나누게 되었다. 나는 우선 "개를 좋아합니까?" 하고 물었다. 그러자 왕 씨의 얼굴이 갑자기 환해지더니 말을 쏟아 냈다.

"그렇군요. 당신도 개를 좋아하는군요. 나도 정말 좋아합니다." 그리고 한참이나 개 얘기를 했다. 그러다 얘기가 조금씩 어긋난다는 것을 알아차렸다.

"개고기, 정말 맛있죠."

급기야 왕 씨가 그렇게 말했다. 개를 목 졸라 죽이는 재주도 좋다는 말까지 했다. 그가 '좋아한다'고 몇 번이나 말한 것이 실은 개가 아니라 개고기였던 것이다. 그는 개를 죽이는 방법에 대해 설명하고 베이징 시내에 개고기를 먹을 수 있는 가게가 있으니 안내하겠다고 했다. 어처구니가 없어진 나는 '좋아한다'는 의미를 착각하고 있다고 몇 번이나 지적했지만 왕 씨에게는 통하지 않았다. 나 역시 개고기를 좋아한다는 남자에게 개고기를 좋아하는 남자로 마지막까지 오해받았다.

베이징을 떠날 때, 공항으로 가는 버스 안에서 또 개를 찾아보았다. 그러나 역시 한 마리도 보이지 않았다. 배웅하러 나온 왕 씨의 옆얼굴을 쳐다보면서 나는 "아아, 그런 거였구나." 하고 작은 소리로 중얼거렸다.

나는 차우차우종 개를 키우는데, 이 개는 원래 세계에서 유일하게 식용으로 개량된 개다. 원산지는 중국. 그러나 현재 중국에는 차우차우가 없다고 한다. 그럴 것이다. 이 개는 아닌 게 아니라 살집이 참 맛있게 생겼다. 차우차우의 고기는 특유의 풍미가 있고 맛도 좋다고 책에도 쓰여 있다. 먹기 위해 개를 개량하다니, 그야말로 중국적이다. 중국인다운 발상이다. 차우차우는 혀가 파랗고 발바닥에 털이 나 있다. 학설에 따르면 곰의 특징을 갖고 있다고 한다.

우리 집 차우차우는 보름달이 뜬 밤이면 테라스에 앉아 꼼짝도 하지 않는다. 그리고 한없이 밤하늘을 올려다본다. 내가 불러도 오지 않는다. 사자 갈기 같은 긴 목털이 바람에 나부낀다. 차우차우의 그런 모습은 그의 조상들이 걸어온 운명을 알고 있는 것처럼 보여, 무척이나 처량하다.

케냐 흑인들은 개를 먹지는 않을 것 같다. 개를 대하는 그들의 태도를 보면 알 수 있다. 양쪽이 거의 평등해 보인다.

경바이크를 타기 전 다리로 삼았던 것은 자전거였다. 초등학생 시절, 아버지가 친척에게서 얻어다 준 자전거는 당시로서는 희귀한 아동용이었다. 녹슬고 고장 나 수리하지 않고는 탈 수 없는 고물이었다. 형의 도움으로 사흘 동안 연습을 하고, 드디어 나 혼자 탈 수 있게 되었을 때의 감동은 지금도 잊을 수 없다. 양 페달을 밟기만 하면 전력 질주할 때 같은 속도로 어디든 마음대로 쉽게 이동할 수 있다는 것은 정말 유쾌한 일이었다. 나는 거의 매일 자전거를 타고 돌아다녔다. 어딜 가기 위해 자전거를 탄 것이 아니라 자전거를 타기 위해 어디를 갔다.

중학생 시절에는 뒤에는 나이 어린 사촌 동생을 태우고 앞에는 동생을 태우고 경찰들이 훈련하는 사격장에 간 일도 있었다. 한창 무더운 여름이었다. 사격장의 착탄 지점인 둑을 열심히 찾다 보면 납작하게 찌그러진 납 총알을 발견할 수 있었다. 어린 우리에게는 작은 보물이었다. 그런데 거기까지 가는 길이 보통 힘든 게 아니었다. 산속에 있어서 오르막길의 연속이었다. 절반쯤 올라갔을 때였을까, 갑자기 속이 울렁거리고 눈앞이 아득해졌다. 그다음 자전거가 넘어갔다. 뭐가 어떻게 된 건지 알 수 없었다. 그다음 정신을 차렸을 때, 나는 길 한가운데에 쓰러져 있고 사촌동생과 동생은 내 이름을 부르고 있었다. 쨍쨍한 햇살 아래 낑낑거리며 오르막길을 오르느라 일사병에 걸린 것이었다. 나는 시원한 장소에서 쉬어야겠다고 생각했다. 다행히 길 위쪽에 분교장이 있었다. 나는 간신히 일어서기는 했지만 걸을 수가 없어 비탈진 둑을 기어 올라갔다. 동생들은 내 이름만 부를 뿐 손을 빌려 주지 않았다. 그저 내 뒤를 쭈뼛거리며 따라왔다.

간신히 운동장 구석에 있는 우물로 간 나는 시원한 물을 벌컥벌컥 마시고 나무 그늘에서 쉬었다. 혹시 이대로 죽는 게 아닐까. 그때는 정말 그렇게 생각했다. 죽는다는 게 이런 상태로구나, 하는 생각도 했다. 이런 거라면 죽는 것도 그렇게 무섭지 않겠다는 생각에 다소 안심했던 기억이 선명하다.

집 안에서 얌전히 있는 것이 죽기보다 싫었다. 내게 자전거만큼 편리한 것도 없었다. 자전거를 타는 순간, 바람이 불고 나를 얽어매는 갖가지 구속이 사라졌다. 세상이 달라졌다. 부정적인 기분은 희미해지고, 속박의 걸쭉한 잔소리가 머리 위로 오가는 일도 없었다. 사방은 예찬의 빛으로 빛났다. 자전거로 이동하는 동안에는 불안도 느껴지지 않았다. 그 불안은 그 또래면 누구나 느끼는 두려움이었을 것이다.

움직임을 멈추는 순간에 덮치는 불안을 어떻게 퇴치할 것인가. 소년 시절을 그 고민으로 다 보낸 것 같다. 아니, 청춘 시절에 이어 지금도 계속하는 고민일지 모르겠다. 행동하지 않고는 충족하지 못하는 남자는 언제나 불안에 떤다. 역시 소설가 타입인지도 모르겠다.

센다이 시에서 고등학교에 다닐 때, 기숙사 생활을 하면서 자전거를 떠났다. 도쿄에서 일하게 된 후에도, 소설가가 된 후에도 한동안 자전거를 잊고 있었다. 그러다 다시 자전거를 타게 되었을 때, 나는 아무런 감동도 느낄 수 없었다. 태어나서 처음 내 돈으로 산, 변속 기어까지 있는 멋진 자전거였는데 아무리 달려도 만족할 수 없었다. 그 세상이 어떻게 돌아가는지를 대충 알게 되자 자전거를 타는 정도로는 아무 감동도 일을 수 없었다. 아무리 멀리 가봐야 거기에는 예상했던 풍경이 있을 뿐, 내 생활과 별 차이 없는 일상적인 공간이 있을 뿐 아무 재미가 없었다. 차라리 달리는 편이 나왔다. 물론 자전거보다 느리지만, 자신의 두 다리로 달리는 편이 충실감과 감동이 있었다. 땀에 젖은 혼에서 샘솟는 것은 육체가 개조되는 자각이며, 엉킨 정신이 정리되는 쾌감이었다.

자전거 하면 늘 한 일화가 떠오른다. 어느 마을에 살 때였다. 달이 뜬 밤이면 단신으로 사는 노인이 자전거를 타고 동네를 어슬렁거렸다. 밤새 돌아다니면서 눈에 띄는 물건을 닥치는 대로 훔쳐 짐칸에 묶어서는 집으로 가져갔다. 방치되어 있던 물건이라 큰 피해는 없었다. 녹슨 괭이, 끊어진 로프, 기껏해야 그런 것들이어서 아무도 없어졌다고 야단을 떨지 않았다. 알면서도 모르는 척한 것이다. 그런데 노인은 없어지면 안 되는 물건에까지 손을 대게 되었다. 그러자 마을 파출소 경찰이 무거운 엉덩이를 들어 노인의 집을 찾아가 말없이 가택 조사를 하고 문제의 물건을 찾아왔다. 주인 역시 두말 않고 그 물건을 받아 들었다. 절대 사정을 묻지 않는다. 노인은 결국 죽었다. 파출소 경찰의 유일한 일이 없어졌다.

나는 그 얘기를 듣기만 했지 실제로 본 적은 한 번도 없었다. 그런데 달이 밝은 밤, 근처에서 끼익끼익 자전거 소리가 들려올 때마다, 그 노인이 아닌가 싶어 내다본다. 물론 논의 물을 보러 나온 농가 사람이다. 끼익 하는 소리가 다시 멀어져 사방이 고요해지면, 풀벌레 소리만 들려온다.

케냐에서 자기 차가 있는 사람은 상류층이다. 고물 똥차라도 그렇다. 일반 사람들은 멀리 갈 때면 버스를 이용한다. 그 버스도 입이 딱 벌어질 정도로 낡은 고물이다. 그리고 어느 버스나 초만원이고 느릿느릿 달린다. 콩나물시루처럼 꽉꽉 들어찬 손님은 그래도 기쁜 표정이다. 도쿄에서 만원 전철을 타고 가는 회사원처럼 찡그린 얼굴은 보고 싶어도 볼 수 없다.

흥미로운 것은 불법 영업을 하는 버스였다. 그런 버스는 늦은 밤에 보는 경우가 많았다. 취재를 위해 넓은 초원을 달리다 보면 지평선 저쪽에서 나타나는 일이 종종 있었다. 말이 버스지 자동차를 개조한 것인데, 일본에서는 상상도 할 수 없을 만큼 장거리를 뛴다. 때로는 수천 킬로미터의 길을 며칠에 걸쳐 달린다고 한다. 참 한가롭다. 게다가 어떤 버스든 늘 만원이다. 그런데도 그들은 옆을 지나가는 우리에게 열심히 손을 흔든다.

나는 버스를 좋아하지 않는다. 어렸을 때부터 그랬다. 어렸을 때는 버스를 탈 기회가 좀처럼 없었다. 아이들은 모두 버스를 타고 싶어 했고, 탄 다음 날에는 반드시 자랑을 늘어놓았지만 나는 그러지 않았다. 내가 버스를 타는 것은 외가에 갈 때뿐이었다. 그럴 때마다 마음이 무거웠다. 버스를 타느니 걷는 편이 낫다고 생각했다. 걸어갈 수 없는 거리도 아닌데 어머니는 버스를 타고 가려 했다. 버스를 타고 외가에 갈 때면 어머니는 무척 기뻐하는 듯 보였다. 버스를 타기 전부터 들떠 있었다.

내가 버스를 타고 싶어 하지 않은 이유는, 모르는 사람들과 상자에 갇히는 것이 싫어서였을 것이다. 나만 특별 취급해 달라는 뜻이 아니다. 또 낯을 가리는 타입도 아니지만, 버스에서 낯선 사람들에 에워싸이면 왠지 굴욕적이고 고통스러웠다. 분명한 답이 있는 것도 같고, 일방적으로 답을 강요당한 것 같기도 한 이상한 기분이 들었다. 소풍이나 수학여행을 가기 위해 타는 버스도 불쾌했다. 같은 이유에서였을 것이다. 당시부터 나는 세상과 무관하고 싶었던 것일까. 어떤 틀에도 갇히지 않고 자유롭고 싶었던 것일까. 협동심도 없었다. 마음에 들지 않는 인간과 원만하게 교류하는 것은 지금도 못 한다. 그러니, 한마디로 어른이 아니다.

그런 의미에서 내가 생각해도 일을 참 잘 선택했다 싶다. 아니, 시기야 어떻든 결국 이런 일을 할 수밖에 없지 않았을까. 지인들은 모두 내가 좋아서 소설을 쓰고 있다고 믿고 있다. 그러나 사실은 그렇지 않다. 그들은 내가 문학을 좋아하다가 마침내 선망하던 직업에 안착한 것으로 믿고 있는 듯한데, 그렇지 않다. 펜을 쥐고 종일 책상 앞에 앉아 있을 수 있는 타입이 아니라는 것은 내가 가장 잘 안다. 그렇다면 그만두고 전업轉業을 하면 될 텐데 왜 소설가 노릇을 계속하는 것일까. 자유로움을 좋아하기 때문이다.

내 위에서 이래라저래라 잔소리 하는 사람이 없고, 내 밑에 이래라저래라 잔소리해야 하는 사람도 없는 이 위치, 하루 스물네 시간, 1년 내내 내가 하고 싶은 대로 할 수 있다. 나는 최대한 집단이나 조직에 가담하고 싶지 않다. 규칙은 법 하나로 족하다. 국민의 한 사람, 시민의 한 사람이 아니어도 상관없다고 생각한다. 혼자 살 수는 없으니 물론 이는 거만한 생각이다. 이 일만 해도 가게야마 마사오와 도시 니시야마의 도움이 있어 가능하다. 그래도 최종적으로는 자신이 정한 규칙을 지키려 한다. 또 그런 자세야말로 소설가다운 것이라고 믿고 있다.

나를 잘 아는 사람은 입을 모아 이렇게 말한다.

"다른 일을 하는 당신을 어떻게 상상할 수 있겠어. 소설가면 된 거지."

처음에 나는 그 말을 순순히 인정하고 싶지 않았다. 어떤 일이든 그럭저럭 해낼 수 있는 자신이 있었기 때문이다. 그러나 13년 동안 소설가로 지내고 난 지금은 내가 할 수 있는 다른 일은 없지 않을까 생각한다. 도시 니시야마처럼 프로 라이더가 될 수도 없고, 가게야마 마사오처럼 사진가가 될 수도 없다는 것이 지금에야 명확해졌다. 즉 앞이 보인 것이다. 그런 나이가 된 것일까.

그렇다고 가능성을 내던진 것은 아니다. 혹은 믿음을 잃어버린 것도 아니다. 소설만 쓰다가 인생을 끝내고 싶지 않다. 아직은 몸 부림쳐 보고 싶다. 오토바이, 지프 차, 랠리 차뿐만 아니라, 버스도 타 보고 싶다. 합승 버스든 전세 버스든 상관없이 타 보고 싶다. 지금 같으면 태연하게 버스를 탈 수 있을 것 같다. 이건 성장일까. 아니면 추락일까. 버스는 현실이다. 소설가의 주된 일이 현실과 현실에 관계된 사람을 발견하고 그리는 것이라면, 나는 버스를 싫어해서는 안 된다. 어떤 버스든 탈 수 있어야 한다. 버스와 버스에 탄 손님들이 나를 바꿔 줄 것이다. 그런 생각이 든다.

드라이버인 히라바야시는 내비게이터를 현지에서 구했다. 그 인도 청년과는 첫 만남부터 의기투합했다. 시주를 끝냈을 때는 벌써 몇 번이나 랠리에 출전한 명콤비처럼 보였다. 히라바야시는 영어를 거의 못 하고 그 인도 청년은 일본말을 전혀 모른다. 그런데도 그 격렬한 주행에 아무 지장이 없었다. 인도 청년은 과거에 조긴더 싱의 내비게이터였던 적이 있고, 당시의 페이스 노트를 갖고 있었다. 그래서 그는 여느 내비게이터와는 다르다는 자부심을 갖고 있었다. 그러니 일본에서 온 무명에 가까운 히라바야시를 슬쩍 무시한 것도 무리가 아니다.

그러나 그의 편견은 시주 첫날 해소되었다. 그 인도 청년의 이름은 칸이다. 히라바야시의 드라이빙을 본 칸은 '뷰티풀, 원더풀'을 연발하고는 안심했다. 그는 이 사람과 함께 하면 아무리 한심한 차라도 그렇게 한심한 주행으로 끝나지는 않겠다고 생각했다.

그러나 히라바야시는 시주가 끝났을 때, 본 경기에서는 페이스 노트에 의지하지 않기로 마음먹었다. 내비게이터가 외치는 숫자 따위는 무시하고 달리자고 생각한 것이다.

드라이빙에 있어 외국인과 일본인의 차이는 별반 없다. 결정적인 차이는 커브를 돌 때 나타난다. 외국인 드라이버는 앞이 보이지 않는 커브를 돌 때는 페이스 노트의 숫자에 의지한다. 그러나 일본인 드라이버는 대개 자신의 눈으로 확인하면서 진입한다. 보면서 최대한의 속도로 돈다. 그것은 특공대 정신의 흔적 따위가 아니다. 탁월한 반사 신경이 있고 이론 없이는 행동하지 않는 외국인 특유의 잣대가 없기 때문이다. 이론적인 예상이 무너졌을 때 외국인이 보이는 나약함은 다른 스포츠에서도 흔히 볼 수 있다. 그들은 이론대로 진행될 때에는 거침없이 공격하지만, 사고가 생기는 순간 의욕을 잃는다. 아직 가능성이 충분히 남아 있는데도 미련 없이 발을 뺀다. 그러나 일본 사람은 끈질기다. 어떤 사태가 벌어져도 물고 늘어진다.

히라바야시는 그 전형이라 할 수 있다. 불리한 방향으로 기울면 기울수록 터프해진다. 이런 힘을 외국인은 무척 신기해하는 것 같다. 동양의 신비한 힘, 그런 표현을 쓰고 싶어 한다.

히라바야시의 차는 한 번 전복될 뻔했다. 칸이 페이스 노트에 적힌 숫자 하나를 잘못 읽었기 때문이다. 그러나 그때 히라바야시는 대범하게 씩 웃으며 파랗게 질린 칸의 어깨를 툭 쳤다.

이상과 꿈, 그런 얘기는 어디서든 누구에게든 들을 수 있다. 그러나 꿈과 이상에 어떻게 접근할 것인지를 진지하게 생각하고 구체적인 계획을 세워 실행에 옮기는 사람은 쉬이 볼 수 없다. 뜬구름이라도 잡으려 한다면, 환상이라도 좇으려 한다면 그나마 낫다. 그 자세 자체는 미래지향적이기 때문이다.

그러나 꿈을 액세서리로 이용해 몸만 치장하는 남자는 도무지 대책이 없다. 요즘 그런 남자들이 늘고 있다. 입만 살았지 알맹이 혹은 실체가 없다고 할까, 풍선 같은 타입이 우글거린다. 어떤 의미에서 그들은 현실을 잘 알고 있다. 출판계가 어떻게 돌아가는지, 영화계의 이면이 어떤지, 음악계의 문턱은 어디에 있는지, 그런 것들을 속속 알고 있다. 그리고 의견을 구하면, 그럴싸한 코멘트로 답하기도 한다. 그러나 거기서 끝이다. 조금도 앞으로 나아가지 않는다. '나는 내 방식대로 하겠다.' 하는 패기가 없다. 그들에게는 그 길로 돌진할 마음이 사실은 없는지도 모른다. 멋져 보이는 세계 주변에서 괜히 들썩이고 싶을 뿐인지도 모른다.

그들은 그렇게 허황된 현실에는 기꺼이 접근하려 하지만, 그 길을 조금 걷다가 흔히 있는 장애물에 부딪치면 그 순간 아니, 부딪치기도 전에 재빨리 몸을 움츠리고 만다. 조금 더 가면 부딪칠 것 같은 지점에서 못 본 척하면서 얼른 발길을 돌린다. 말없이 그런다면 몰라도, 도망치면서도 한마디는 꼭 한다. '적성에 맞지 않는다'라거나 '실망했다'고. 사실은 그다음부터가 현실인데, 입 꾹 다물고 발길을 돌려 좀 그럴싸해 보이는 다른 세계로 다가가 그 주변에서 어슬렁거린다. 그러다 또 도망친다. 이래서야 현실을 알 뿐이지 이해한 것은 아니다.

그들 같은 남자를 낳은 것은 아무튼 밥은 먹고살 수 있는 안정된 나날이다. 허접한 환상에 휘둘리거나 매달려만 있어도 생활할 수 있는 시대와 사회가 그들의 등을 떠받치고 있다.

예를 들어서 내가 하는 일이나 가게야마 마사오의 일은 그들에게 상당히 멋져 보이는 듯하다. 그러나 어떤 일이든 하다 보면 현실과 부딪쳐야 하고, 장애물도 수없이 헤치고 나아가야 한다. 이미지만으로 계속할 수 있는 일은 이 세상에 없다.

행동이 중심이 되는 일에는 반드시 장애가 따른다. 세심한 주의를 기울여 계획을 짜도 예기치 못한 벽에 부딪친다. 특히 이번 같은 일은 우리 페이스로 할 수 없다. 사파리 랠리라는 괴물의 페이스에 맞춰야 한다. 드라마가 아니니 처음부터 다시 할 수도 없다. 단판 승부다. 우리가 노리는 것은 리허설이 없는 본 경기라는 현실에서 진정한 감동을 움켜쥐는 것이다.

우리가 가장 싫어하는 것은 '날조'다. 자동차 회사의 광고 전략, 잡지 등에서 흔히 사용하는 수법이다. 본 경기의 사진처럼 발표했지만 대개는 경기 전이나 후에 찍은 사진이다. 자세히 보면 번호가 찍혀 있지 않아 '날조'라는 것을 금방 알 수 있다. 현대는 그런 날조의 시대인지도 모른다. 요컨대 표면적으로 보기 좋은 것들의 시대다. 구체적인 계획을 짜서 이상과 현실에 대치하려는 타입의 인간이 적은 것을 빌미로 장사치들이 날조를 일삼는 것이다. 진정한 감동을 모르는 자는 그런 가짜 감동을 의심 없이 받아들여 현실로 생각한다.

현실 속의 감동은 한눈에 알아볼 수 있다. 사진은 특히 그렇다.

검은 사람들 사이에서 마사이족은 특별한 존재다. 높은 자긍심하며, 창 하나로 사자를 잡는 용기하며, 정갈한 생김새하며, 존경할 만한 사람들이다. 그러나 현재 마사이족의 그런 전통은 무너져 가고 있다. 우리는 나이로비 여러 곳에서 그들을 보았다. 독특한 의상 속에 끝이 두 갈래로 갈라진 창을 숨기고 있었고, 어딘가 모르게 문명을 거부하는 눈빛이었다. 그러나 지금의 그들 생활은 그 눈빛과 어울린다 할 수 없다. 관광객과 같이 사진을 찍고 돈을 받는 비참한 양상을 보이고 있다. 그들의 추락은 그들이 도시로 발을 들여놓았을 때부터 시작되었다.

창고지기 일을 하는 마사이족은 그나마 나은 편인지도 모른다. 그러나 그 눈에 이미 상대를 찌를 듯한 힘은 없었다. 불행한 일이

어떤 일이든 하다 보면 현실과 부딪쳐야 하고, 장애물도 수없이 헤치고 나아가야 한다. 이미지만으로 계속할 수 있는 일은 이 세상에 없다.
우리가 노리는 것은 타이어실이 없는 본 경기라는 현실에서 진정한 감동을 움켜쥐는 것이다.

다. 오히려 도시에서 태어나 도시에서 자란 다른 종족 아이들 쪽이 콘크리트 정글에서 살아남기에 필요한 예리한 눈빛을 지니고 있었다.

나이로비에 모여든 마사이족 남자들은 대체 뭐 때문에 그 요란한 무기를 지니고 다녀야 하는 것일까. 도시에 숨은 적은 사자보다 강해서 창으로는 절대 대적할 수 없을 텐데.

메카닉이 사용하는 공구는 한 세트에 비싸면 200만 엔까지 한다고 한다. 벤츠의 메카닉들이 그런 공구 세트를 갖고 있었는지는 알 수 없지만, 그들이 각자의 공구를 소중히 다루는 모습은 인상적이었다. 그들은 모두 차분했다. 한 대당 한 명의 메카닉이 빈틈없이 작업한다. 그리고 다 사용한 공구는 바로 원래 위치에 집어넣는다. 뒷주머니에 몇 개나 꽂는 짓은 절대 하지 않는다. 프로다운 모습이었다.

도구를 소중하게 다루지 않는 사람은 일도 잘 못한다는 말이 있는가 하면, 도구에 집착하는 사람일수록 일을 잘 못한다는 말도 있다. 결과적으로 벤츠는 닷선에 졌다. 그렇다고 벤츠의 메카닉을 후자로 여기는 것은 오산이다. 벤츠의 패인은 그들과는 아무 관계가 없기 때문이다. 닷선과 같은 차를 다룬 것도 아니다. 450 SLC를 랠리 차로 개조한 것 자체가 무모한 짓이었지만, 명령이었다고는 하나 어떻게든 그 수준의 랠리 차로 개조한 그들의 실력은 대단하다. 그들이 한 일은 좋은 일이었다. 보닛을 열어 볼 기회가 있었던 나는, 마치 시계의 내부를 바라보고 있는 듯한 기분이 들었다.

내 일의 도구는 펜과 종이뿐이라 대단할 게 없다. 요즘은 만년필 대신 수성펜을 사용하고 있고, 원고지도 문구점에서 파는 것이다. 나는 도구는 아무 상관없다고 생각한다. 가리지 않는다. 이 일은 아무리 좋은 도구를 사용해도 마지막에는 활자로 바뀌기 때문이다. 독자는 알 리가 없다. 중요한 것은 어디까지나 내용이다. 내용에 충실을 기하는 것으로 충분하다.

어느 편집자가 이렇게 반론했다.

"그건 틀린 생각이죠. 인쇄소에 들어가면 다 활자가 되는 것은 맞습니다. 하지만 마음가짐이 다르지 않겠어요. 좋은 도구로 일하는 자세가 일의 내용에도 반영되지 않을 리 없잖아요."

나는 씁쓸하게 웃으면서 비아냥거리는 말투로 되물었다.

"예의 마음을 말하는 건가? 마음의 문제라는 뜻인가?"

그 편집자는 조금은 화가 났는지 다시 반론하면서 마음가짐의 중요성에 대해 뭐라뭐라 늘어놓았지만, 나는 귀담아 듣지 않았다. 왜냐하면 주문 제작한 원고지에 붓으로 글을 쓴다는 소설가의 작품을 읽었다가 실망한 적이 있기 때문이다. 그 소설가 또한 좋은 도구를 사용하는 것으로만 만족하지는 않았겠지만, 일의 내용을 스스로 평가하고 싶을 경우 나는 볼펜이 편리하다.

가게야마 마사오의 도구는 당연히 카메라다. 사진가는 도구의 영향이 상당히 클 거라고 생각했는데, 그는 그렇지 않다고 한다. 카메라는 다 엇비슷하기 때문에 비싼 것이 아니어도 손질만 게을리하지 않으면 된다고 한다. 그럴지도 모르겠다. 그 역시 본질을 꿰뚫는 남자다. 도시 니시야마도 그렇다. 아무리 성능이 좋은 오토바이를 타도 오토바이에 휘둘리지 않는다.

진정한 감동은 언제나 형태의 바깥쪽에 존재한다. 이것이 나의 지론이다. 그러나 그런 감동은 땀과 흙 범벅이다. 여자나 여자에 가까운 남자는 엄두를 내기가 쉽지 않다. 그들이 랠리보다 로드레이스를 즐기는 것 역시 그런 이유일지 모른다. 서킷에서 이뤄지는 레이스는 속도 면에서는 랠리를 능가하지만, 왠지 감동이 없다. 사고도 요란하게 난다. 그리고 뭔지 모르게 미진하다. 흙먼지일까. 폭음은 충분하다. 그러나 흥분은 있어도 감동이 없다. 랠리에는 감동이 있다. 흥분보다 감동이 있다. 흥분과 감동을 혼동해서는 안 된다. 흥분은 육체적인 것이고 감동은 정신적인 것이다. 그러나 감동 전에는 반드시 흥분이 있다. 따라서 정신 앞에는 반드시 육체가 있어야 한다. 도구에 집착하는 것은 육체 앞에 정신을 두는 일이 아닐까.

어둠 속으로 랠리 차가 빨려 들어갈 때, 정해진 코스를 달리고 있다는 것을 알면서도 비장함을 느낀다. 회오리바람처럼 흙먼지를 날리면서 오로지 돌진하는 모습에 남자로서의 업이 들러붙어 있다. 도망을 모르는 남자들이 거기에 있다. 오직 앞으로 나아가지 않고는 살아 있음을 증명할 수 없는 남자들이다.

그들은 삶을 서두르는 것일까. 만약 자동차나 오토바이가 없는 시대에 태어났다면 그들은 과연 어떤 인생을 살까. 엔진 달린 탈 것이 없었던 시대의 남자들에게는 랠리를 뛰어넘는 자극적인 요소가 있었을까. 또는 그들이 랠리를 시작한 것은 그저 우연이었을까. 계기가 없었다면 전혀 다른 인생을 살고 있을까. 좀 더 차분하고 안정된 나날 속에서 얌전히 잠자고 있을까. 또 지금 그렇게 사는 남자들 중에도 랠리 드라이버와 비슷한 삶을 살게 될 자가 있을까. 계기만 주어지면 불현듯 미친 듯이 돌진하는 남자가 많이 있을까.

서른 살이 되기 전의 나는 조용했다. 내면은 몰라도 하는 짓은 얌전했다. 주변에 휘발유 냄새 따위는 떠다니지 않았다.

건강한 인간은 보통 밖으로 나가고 싶어 한다. 안으로 틀어박히는 것은 정신의 병이다. 역사를 만드는 것은 인간의 그런 진출 욕구이며 탈출하고자 하는 바람이다. 그것은 생활공간의 확장, 영토의 확대 등 형태로 나타나 이 지구가 좁아지고 말았다. 그리고 많은 사람들이 이 조그만 별에 갇혀 살 뿐이지 않은가 하고 생각하게 되었고 삶에 시큰둥해졌다. 이 이상은 어떻게 할 수 없음을 깨달은 것이다. 강대국이 천문학적인 돈을 투자해 쏘아 올리는 수많은 로켓에 꿈을 실어 봤자 딜레마에 빠질 뿐, 갇혀 있다는 답답함은 오히려 심해졌다. 출구가 없다는 것을 깨닫지 않을 수 없게 된 것이다.

이제 착각이나 즐기는 수밖에 없다. 이미 알고 있는 공간을 엔진의 힘을 빌려 정처 없이 질주하는 유사 모험 행위 속에서 탈출과 진출을 추구하는 수밖에 없다. 또는 그 반대로 스스로 육체를 가두고 정신 하나에 집중해 거기에서 진출과 탈출을 추구하든지. 1초에 몇 천, 몇 만 세포가 생사를 반복하고 있는 육체를 내버리고 관념의 세계로 떠난다.

움직이고 시도하지 않는 한, 세계는 영원히 확장된다. 가능성도 무한하다. 자동차에 비유하자면 이렇다. 기어를 뉴트럴에 넣은 채로 공회전을 하면서 눈을 감고 있는 셈이다. 엔진이 아무리 비명을 질러도 그 차는 1센티미터도 앞으로 나가지 않는다. 눈을 뜨면 그 상태를 알게 되니 눈을 꼭 감고 있다. 그러나 이 방법으로는 무수한 식은 만들 수 있어도 답은 하나도 얻을 수 없다. 하기야 이런 방법을 원하는 자들은 애당초 답 따위는 찾지 않는지도 모른다. 사는 것처럼 살지 않아도 상관없는지도 모른다.

그렇다면 랠리 드라이버들은 사는 것처럼 살고 있다는 자각이 있을까. 조작 하나만 잘못해도, 예상치 못한 장애물을 만나도 단박에 목숨이 오락가락하는 위험한 경험을 했으니 충분히 느꼈을 것이다. 지칠 대로 지친 육체와 너덜너덜해진 정신을 끌고 전 코스를 완주한 직후에 그들은 '이런 게 사는 거지.' 하면서 강렬한 감동을 만끽했을 것이다. 경험하지 못한 자는 이해하기 어려운 충실감을 느꼈을 것이다. 그러나 그 감동이 언제까지 유지될 것인가.

한 달 정도는 지속될 것인가. 또는 1년쯤은 갈 것인가. 나이가들어 손발이 과거처럼 기민하게 차를 몰 수 없게 되고, 끝내 숨을 거두는 순간까지 그 감동이 계속될 것인가. '그 누구보다 사는 것처럼 살았다.' '남들의 두 배 세 배는 격렬하게 살았다.' 하는 회상이 전류처럼 늙은 몸을 관통해 미소를 머금고 죽어갈 수 있을까.

히라바야시 다케시는 이렇게 말한다.

"기껏해야 반년이죠. 나머지 시간은 원래대로 생활합니다."

그리고 이렇게 덧붙였다.

"남들 다 하는 생활로 돌아가서, 세상에 흔히 있는 복잡한 일도 겪으면서 그날그날을 아등바등 살 뿐이죠. 그래도 보통 사람들과 다른 것은 마음이 거기에 있지 않다는 거겠죠. 그렇다고 게으름을 피우는 건 아닙니다. 열심히 일하지만, 마음은 다른 데 가 있다는 뜻이죠. 이런 생활은 임시방편이라고 생각하는 거죠."

그의 눈은 더트코스를 봤을 때, 랠리에 적합한 신형 자동차를 봤을 때, 그리고 다음 출전을 위한 자금책이 마련되었을 때만 빛나는 것일까. 나는 그의 생활상을 거의 모른다. 그의 집에 놀러 간 적도 가족의 일굴을 본 적도 없다. 또 일하는 그의 모습을 본 적도 없다. 빛나는 히라바야시밖에 모른다.

사파리 랠리 주최자의 한 명이 이런 말을 했다.

"다들 미쳤다고 할 수 있죠. 핸들을 잡고 있는 놈은 물론이고, 그 옆에 올라타 커브를 돌 때마다 고함을 질러 대는 놈도 미쳤어요."

그리고 입가에 음흉한 미소를 띠고는 우리를 가리켜 말했다.

"그걸 거드는 나도 그렇지만, 그 먼 나라에서 여기까지 보러 온 당신네들 머리도 어떻게 된 거겠죠."

한 걸음 물러나 이 이벤트를 바라보면 제정신으로 하는 짓이라 여겨지지 않을 것이다. 인간 외에 이런 짓을 하는 동물은 없다. 얼룩말과 치타가, 톰슨가젤이 자기들끼리 달리기 시합을 했다는 얘기는 한 번도 들은 적이 없다. 인간이 아닌 동물은 자연의 법칙을 따라 살고 그 범위를 절대 벗어나지 않는다. 그들은 이 지구에 잘 적응해서 살고 있다. 그런데 인간은 그렇지 않다. 적응하기는커녕 거스르며 살고 있다. 있는 그대로의 형태를 받아들이려 하지 않고 파괴해서 다른 형태로 바꾼다. 똑같은 매일이 지겨워지면 섣부른 생각을 하고 실행에 옮긴다. 그 끝없는 몸부림은 대체 뭐란 말인가. 과연 인간은 어디로 가려 하는가.

이 세상을 움직이고 이끌어 가는 일부 윗사람들은 다 미치광이일지도 모른다. 그들은 예비 미치광이인 일반 사람들을 압박해 복종케 하고 휘두르고 때로는 배제하고 말살한다. 다른 동물과 마찬가지로 자연에 순응하며 소박하게 사는 것 이상을 바라지 않는 사람들은 그 미치광이들에 의해 어느 날 갑자기 불합리한 취급을 받는다.

우리의 이 미치광이 짓은 언제까지 계속될 것인가. 이 랠리는 100년 후에도 존재할까. 그때에는 어떤 자동차가 달리게 될까. 액화수소를 연료로 하고 터보를 한층 능가하는 엔진을 탑재한 자동차가 여전히 이 케냐를 폭주할 것인가. 그리고 사상자는 주는 게 아니라 오히려 늘 것인가. 이 나라의 흑인들은 어떻게 변해 있을까. 그들은 그때도 그저 바라만 보는 처지일까. 지평선 저 너머에서 또는 정글에서 불쑥 나타나 쇳덩어리 괴물에게 성원을 보내거나 또는 허둥지둥 도망칠 것인가. 여전히 돌을 던지기도 할 것인가. 장사와 오락을 겸한 선진국의 이벤트가 이 나라를 변함없이 휘젓고 있을 것인가. 아니면 입장이 뒤바뀌어 흑인들이 모는 자동차가 유럽을 무대로 질주하고 있을까.

히라바야시, 그는 지금도 달리고 있다. 비타민C 정제를 입에 물고 제3레그에 도전하고 있다. 터프한 그도 지금은 피로감을 감추지 못하고 있다. 앞으로의 문제는 기력이다. 제2레그까지는 육체가 정신을 이끌었지만 지금부터는 정신이 육체를 빌어 줘야 한다. 여전히 자동차 상태는 좋지 않다. 클러치가 이상하고, 후방 서스펜

션도 이상하다. 때문에 시간을 잡아먹고 있다. 그는 지금 타임아 웃에 걸릴 수도 있는 기로에 놓여 있다.

450 SLC는 벌써부터 상태가 이상해졌다. 바이올렛은 문제없이 달리고 있다. 실비아도 좋다. 사이토의 레오네는 상당히 뒤쳐져 있다. 조긴더 싱도 위태롭다. 갖가지 소문이 난무하고 있다. 제2레그에서 갑자기 코스의 일부가 잘린 이유는 비 탓이 아니라 실은 탄자니아 군대에서 발포했기 때문이라고 한다. 제3레그에서 타임아웃이 두 시간 연장된 것은 조긴더 싱과 메타 부인을 완주하게 하기 위한 배려가 아니었을까 하는 자도 많다. 만약 그런 소문들이 사실이라면 이런 엉터리 경기가 없다. 성실하게 달리는 드라이버들이 바보 같을 정도다. 그야말로 이 나라에 어울리는 더티한 랠리다.

히라바야시는 그의 라이벌인 레인지로버 사륜구동차를 다시 따돌렸다. 그대로 질주하면 그는 완주와 함께 클래스 우승을 거머쥐게 될 것이다. 이는 엄청난 일이다. 첫 출전에서 클래스 우승을 한 자는 사파리 역사상 그 예가 없다. 스바루 팀의 서비스 요원은 타임아웃이 두 시간 연장되었다는 정보를 입수하지 못했다. 때문에 초조해했다.

히라바야시는 도락이라는 말을 싫어한다. 도락으로 사파리를 달릴 수는 없다는 것이 그의 지론이다. 도락으로 하는 것이라면 좀 더 손쉬운 스포츠를 택했을 것이라고 한다. 그의 신조는 '척하지 말고, 답게'이다. 그는 또 이렇게 말한다.

"세상 사람들은 랠리를 위험하다고 하지만, 99퍼센트 자기 힘으로 언제나 안전을 유지할 수 있어요."

그에게서는 배울 것이 많다. 아슬아슬 위태로운 선 위에서 사는 남자의 굳건한 철학이 있다.

이번 사파리 랠리 출전 경험을 통해 히라바야시는 또 크게 변할 것이다. 랠리 드라이버로서 명성을 날리는 것에 그치지 않는다. 한 남자로서의 가치도 올라간다. 즉 그는 한층 강한 인간이 될 것이다. 그러나 지금의 일본은 강한 남자를 필요로 하지 않는다. 두말 않고 명령을 따르는 로봇 인간을 원할 뿐, 히라바야시 같은 타입은 감당하지 못한다.

여자는 하늘하늘한 옷을 차려 입고 남자들이 하는 것을 바라보기만 해도 살아갈 수 있다. 남자들의 시선 하나로도 충실감과 감동을 얻을 수 있다. 위험한 행위에 몸을 긴장할 필요도 없고 뚜렷하지 않은 목적을 위해 헤매 돌아다닐 필요도 없다. 그녀들은 자신

랠리에는 감동이 있다.

흥분은 육체적인 것이고 감동은 정신적인 것이다. 그러나 감동 전에는 반드시 흥분이 있다. 따라서 정신 앞에는 반드시 육체가 있어야 한다.

의 존재를 의심하지 않는다. 태어날 때부터 자신이 거기에 있다는 것을 굳게 믿고 있는 것처럼 보이는 것은 왜일까. 그녀들은 거리를 걸을 때, 빛과 바람을 불러일으키는 것은 바로 자신이라고 생각한다.

그녀들은 아무것도 하지 않고 그냥 거기에 서 있는 자신들마저 예찬한다. 아무 시도도 하지 않았는데 그녀들은 이 세상의 정수를 정확하게 알고 있다. 유익하고 무익한 것을 그 유연한 허리로 깨닫는다. 놀라우리만큼 강하다. 그녀들은 랠리를 구경하러 온 것이 아니다. 거기에 남자라는 거울이 잔뜩 모여 있기 때문에 왔을 뿐이다. 그러나 드라이버들을 자신들을 보기 위해 일부러 왔다고 생각하고 싶어 한다. 하지만 그녀들은 보기 위해서가 아니라 보이기 위해서 왔다. 남자와 여자 사이에 이 어처구니없는 어긋남이 몇천 년, 몇 만 년을 이어져 내려오고 있다.

케냐 오지에서 다양한 흑인 아이들을 만났다. 우리는 도처에서 맨발의 그들을 보았다. 타이타 힐 산에 있던 아이들은 랠리 차 이상으로 우리에게 관심을 보이며 모여들었다. 정글에서 불쑥 나타나 우리를 에워쌌다. 처음에는 우리를 똑바로 쳐다보지 못했다. 말을 건네면 부끄러워하면서 도망갔다. 그러다 잠시 후, 한 걸음 두 걸음 다가왔다. 마지막에는 웃어 주었다.

우리는 음료를 계속 마시면서 빈 병을 길로 던졌다. 그들은 그 병을 주웠다. 케냐에서는 흔히 볼 수 있는 광경이다. 우리가 버린 것에 아이들이 오르르 몰려든다. 그러나 타이타 힐 산에서는 달랐다. 리더 격인 아이가 빈 병을 다 빼앗아 독차지하는 줄 알았는데, 그렇지 않았다. 그는 나이 어린 아이들을 조르륵 모아 놓고 빈 병에 남은 액체를 손바닥에 고루 분배했다. 빈 병만 가졌다. 아이들은 맛있다는 표정으로 그것을 핥아먹었다.

우리 소년 시절의 상하 관계가 거기에 있었다. 당시에는 우리도 그랬다. 나이 많은 아이가 나이 어린 아이를 보살피면서 대장 노릇을 했다. 어른들이 일일이 나서는 일은 없었다.

왜 그랬는지 모르겠지만, 그들은 가장 나이 어린 아이를 정글 속에 숨기고 우리가 다가가지 못하게 했다. 카메라에 관한 징크스라도 있는 것일까. 어린 아이가 사진에 찍히면 불행을 부른다는 등. 그래서는 아닌 듯했다. 어린 아이가 처음 보는 황색인종을 무서워했던 것이다. 아니면 랠리 차에 가까이 가지 못하도록 한 배려였는지도 모르겠다.

그 일이 도시 니시야마에게는 무척 인상적이었던 것 같다. 나리타 공항에 도착하자 마중 나온 아들을 붙잡고는 갑자기 고함을 질러댔다.

"이놈이 왜 이리 못됐어."

무슨 말인지 알아듣지 못한 아들은 어리둥절한 표정이었다. 그런데도 도시는 말을 멈추지 않았다.

"케냐 아이들은 어떤지 아냐. 넌 그 아이들에 비하면 정말 못됐어."

나중에 도시에게 사정을 물어보니, 그는 어이가 없다는 표정으로 이렇게 말했다.

"조금 전에 '아빠, 죽어 버려.'라고 했다고요. 아빠인 내게. 부족한 거 없이 자라서 그런지 배려라는 걸 몰라요. 자기만 좋으면 그만이라고 생각하니, 참."

그러나 아이들만 그런 것이 아니다. 아이들은 어른들의 삶을 그저 흉내 내고 있을 뿐인지도 모른다.

서비스 지점에도 아이들이 우글우글했다. 그들은 랠리를 구경하는 것이 주목적이 아니었다. 각 팀의 서비스 요원들이 버리고 가는 사소한 물건들이 목적이다. 볼트, 전선 자투리, 비닐 봉투 등이다. 어느 팀 남자가 몇 번이나 외쳐 댔다. "다들 도구 잘 챙겨. 순식간에 없어질 수도 있으니까!" 서비스 요원들의 물건을 훔치는 것은 어른이지 아이들은 주울 뿐이라고 한다.

각 차가 통과한 후 서비스 요원들까지 사라진 자리는 말끔했다. 쓰레기 하나 떨어져 있지 않았다. 아이들에게는 크리스마스였는지도 모르겠다. 서비스 요원들에게는 불필요한 것도 그들에게는 귀중한 장난감이다. 이 나라에서는 뭐가 없다 하면 정말 아무것도 없는 것이다. 버릴 것이 진혀 없다. 중국도 그랬다. 베이징 시내가 늘 깨끗한 이유는 구석구석 청소를 해서만은 아닌 듯했다.

사파리 랠리는 소비의 상징이다. 5일 동안 오직 차를 달리게 하기 위해 거금을 쏟아붓고 엄청난 수와 양의 물자를 소비한다. 타이어 하나만 봐도 그렇다. 보통 자동차 같으면 멀쩡하게 쓸 수 있는 타이어를 수시로 교체한다. 그러나 자동차 회사는 이기기만 하면 그 몇 만 배의 돈을 벌어들일 수 있다. 5억 엔 따위 그들에게는 푼돈일 것이다.

이 랠리 최대의 스폰서인 말보로 역시 150만 달러쯤 돈도 아닐 것이다. 또 개인으로 출전한 드라이버 역시, 가계에 타격을 줄지언정 길거리에 떨어진 물건을 주워야 할 정도는 아닐 것이다.

번영을 대신해 보다 큰 것을 잃었다고 지적하는 사람이 많다. 그 말이 옳다는 것을 케냐에서 알았다. 우리는 분명히 무언가를 잃었다. 무언가를 얻을 때마다 다른 무언가는 손가락 사이로 우수수 흘러 떨어졌다. 그리고 알게 모르게 정신마저 잃어 갔다. 핸들에 매달려 액셀을 꾹 밟고 폭음을 뿌리며 질주하지 않고는 살아 있음을 자각할 수 없게 되었다.

그런 거친 행위의 이면에 있는 것은 대체 무엇일까. 모든 것을 잃고 싶어 하는 파탄의 갈망은 아닐까. 워크스의 차를 운전하는 드라이버나 개인으로 출전한 드라이버나 그걸 간절히 원하는 것은 아닐까. 그들의 격렬한 삶을 뒷받침하고 있는 것은 영광도 감동도 아니고 돈은 더욱이 아니며 실은 이 세상을, 모순투성이 인간을 부정하고픈 마음이 아닐까. 그런 느낌이 든다.

이 랠리 때문에 마사이족은 소를 몇 마리나 잃었을까. 그들이 사람 목숨보다 귀중히 여기는 소가 올해도 미쳐 날뛰는 차의 먹잇 감이 되었을 것이다. 그들의 높은 자긍심도 문명의 거친 파도에는 제대로 맞서지 못했다. 슬금슬금 밀리다 숨통이 조인 채 구석으로 쫓겨나다 못해 지금은 관광 사업의 소도구로 전락했다. 문명은 그들에게 많은 것을 주는 동시에 더 많은 것을 빼앗아 갔다. 이미 그들의 시공간은 영원하지 않다. 불멸하지도 않는다. 온갖 형태로 갉아먹힌 그들은 지금 우리처럼 변화를 원하고, 변화에 기대를 걸지 않고는 살아 있다고 자각할 수 없게 되었다.

사태는 심각하다. 마사이족은 다른 인종의 삶을 알면서 자신들의 그 위대한 날들에 의심을 품게 되었다. 어느 날 난데없이 "소가 뭐 어쨌다는 거야!" 하고 외치는 청년이 점점 더 늘어날 것이다. "답답해서 견딜 수가 있어야지!" 하고 소리치면서 부락을 떠나는 젊은이도 늘 것이다.

그들은 백인 관광객 앞에서 창을 들고 춤만 춰도 꿈같은 생활을 누릴 수 있다는 것을 알았지만 대신 자긍심을 잃었다. 형태는 전투의 춤이지만 내용은 수치의 춤이다. 그러나 그들은 두 번 다시 원래 생활로 돌아가지 못할 것이다.

나 역시 그렇다. 20년 전, 아니 10년 전의 생활로 돌아갈 수 없다. 자동차 없는 생활은 상상도 할 수 없다. 오토바이도 버릴 수 없다. 그러나 과거에 나는 자전거 한 대도 없었다. 그래도 살았다. 두 다리로 충분히 이동할 수 있었다. 집세가 싼 곳을 찾아 수시로 이사했다. 그러면서 팔리지도 않는 소설을 1년에 두세 편 써서 연명했다. 그러나 그 당시에 나는 당당했다. 지금보다 훨씬 빛났다. 젊었기 때문이었을까. 어디서 길을 잘못 든 것일까.

지인은 짐짓 이렇게 말했다.

"그때가 청춘이었으니 그렇지."

그러나 그게 전부는 아니었을 것 같다는 생각이다. 무언가를 잃었다. 그리고 늘 어리석음이 따라다닌다. 그러나 이 자리에서 남은 반생을 보내고 싶지는 않다. 환영이 아닌 진짜 감동을 얻기 위해서라면 나는 앞으로도 어떤 일에든 손을 댈 것이다. 의미가 있든 없든 움직일 것이다. 혼미 속에서 무언가를 확실히 하기 위해서는 아무튼 움직이는 수밖에 없다. 그런 삶은 사파리 랠리처럼 폭주의 오디세이다. 그러나 랠리와 다른 점은 페이스 노트도 없거니와 길도 모른다는 것이다. 또 내비게이터도 없다.

히라바야시 다케시는 완주했다. 결과는 종합 18위, 그 외에 클래스 네 부문에서 우승했다. 이제 그는 명실 공히 일류 랠리 드라이버다. 아무도 부정할 수 없다. 랠리를 끝낸 그는 감상을 이렇게 말했다.

"아직 끝난 것 같지가 않아요. 한 레그 더 남아 있는 듯한 느낌입니다."

그러고는 예의 대범한 미소를 지었다. 출발 전의 그, 즉 닷새 전의 그는 거기에 없었다. 체중이 5킬로그램이나 줄었지만 그만큼 정신은 강건하고 묵직해졌다. 이어서 그가 말했다.

"이제 사소한 일은 어떻든 상관없습니다. 누가 마음에 안 들고, 누구는 주먹 한 방 날려 주고 싶고, 그런 생각 없습니다."

히라바야시는 그 자리에서 결심했다. 앞으로는 개인 드라이버로 살아가자고. 그러나 그 길은 더트코스다. 혼자 힘으로 그 길을 달리는 것은 사파리 랠리에서 승리하는 것 이상으로 힘들 것이다. 이번 랠리의 최대 수확은 완주와 클래스 우승 따위가 아니다. 그는 개인으로서의 자부심을 탈환했다. 기업의 비호를 거부하고, 혼자 힘으로 해나가겠다는 결심을 얻었다. 사파리에 해마다 출전하기보다 그쪽이 더 중요하다는 것을 그는 깨달았다.

마쓰모토 역까지 마중 나온 그의 부인은 남편의 몰골을 보고는 충격을 받았다고 한다. 다른 사람이 아닐까 싶을 정도로 살이 빠졌기 때문이다. 그녀는 그런 남편은 두 번 다시 보고 싶지 않았다. 왜 그런 고생을 하면서까지 랠리를 꼭 해야 하는지 알 수 없었다. 그러나 히라바야시 다케시는 랠리를 그만두지 않는다. 타인이 랠리를 하는 의미를 물으면 그는 언제나 뭐라 대답하지 못한다. 말이 막힌다. 그러나 "랠리를 하지 않는 나를 상상하면, 그게 답이 될 것이다."라고 한다.

환영이 아닌 진짜 감동을 얻기 위해서라면 나는 앞으로도 어떤 일에든 손을 댈 것이다.

그런 삶은 사파리 랠리처럼 폭주의 오디세이다. 그러나 랠리와 다른 점은 페이스 노트도 없거니와 길도 모른다는 것이다.

나이로비의 일본인 학교에 초대받은 사이토는 감격해서 엉엉 울었다고 한다. 두 번째 출전에서 완주한 그의 감동도 상당했을 것이다. 그러나 히라바야시는 눈물은 한 방울도 흘리지 않았다. 그때 그의 뇌리에 스친 것은 다음 랠리의 날씨였다. 그는 틀림없이 비가 내릴 것이라고 예감하고 있었다. 그때 그는 이미 비를 상정한 랠리를 생각하고 있었던 것이다.

땀과 흙먼지에 범벅을 한 히라바야시는 몇 번이나 문제를 일으켰던 차를 떠나, 시원한 맥주를 마셨다. 단숨에 벌컥벌컥 마시고 싶었을 것이다. 그러나 위가 받아들이지 않았다. 어쩌면 위가 아니라 그의 긴장한 정신이, 예민해진 영혼이 거부했는지도 모르겠다. 흔하디흔한 남자로 돌아가게 하지 않기 위해서.

3
미드나이트 선, 백야 노르웨이

암울하고 무겁고 넌더리 나는 나날과 결별하고 싶다면 여행을 떠나는 것이 좋다. 여행이 최고의 방법이다. 몸부림치면서 악을 쓰고 괴로워했지만, 더는 방법이 없다고 생각했다면 여행을 떠날 일이다. 마지막 남은 방법이다. 물론 그것은 명실상부한 도피 행위이다. 내빼고 도망치고 어떻게든 도피하려는 결의 너머에서 기다리고 있는 것은 어쩌면 인생을 다시 불태워 보려는 의지일지도 모른다.

적어도 집에 틀어박혀서 무미건조하게 지내는 것보다는 낫다. 변명거리에 묻혀 움직이지 않는 것보다는 아무튼 집 밖으로 나갈 일이다. 미지의 시간과 공간을 뚫고 나아가다 보면 어떻게든 될 것이다. 어떻게든 되지 않는다 해도 이동하는 동안 눈 부신 빛에 싸일 수 있는 순간이 찾아올 것이다. 오늘은 그런 순간이 없었지만 내일은 있을지도 모른다는 기대를 할 수 있는 것만도 의미는 있다.

여행을 떠나는 남자의 등에 드리운 그림자가 제삼자의 눈에 어떻게 비치든 알 바가 아니다. 비탄과 절망의 나락에서 헤매는 형편없는 남자, 무책임한 남자라고 여겨져도 상관없다. 인간의 눈은 등 쪽에 달려 있지 않다. 자신의 비참함은 굳이 깨우치지 않아도 된다.

한번 집을 떠난 남자는 완전히 해방되었다는 자각을 얻기까지는 누구도 떠올리지 말아야 한다. 만약 가족과 친구들이 가슴을 차지하고 있다면 발을 더 빨리 움직여야 한다. 절대 쉬어서는 안 된다. 연락을 해서도 안 된다. 오로지 걷고 또 걸어서 일상으로부터 최대한 멀어져야 한다. 그렇지 않으면 집으로 돌아와 퍼져 자야 할 것이다.

노르웨이는 두 번째 찾는 것이다. 6년 전에 한 번 갔지만, 그때 기억은 거의 희미해지고 말았다. 일정이 정해져 있고 가이드까지 있는 평범한 여행이었기 때문이다. 그런데 잘 생각해 보면, 한 가지 감동은 있었다. 언젠가는 다시 한 번 찾으리라는 묘한 예감이 남았다. 그 여행에서 들렀던 덴마크와 스웨덴은 나 같은 남자에게는 아무 매력 없는 그저 문명국에 지나지 않았다. 얻을 게 별로 없는 너무도 차분한 나라였다. 그러면서도 도처에 퇴폐의 벽이 도사리고 있었는데, 노르웨이는 달랐다. 그렇다고 활기에 넘치다 못해 폭력적인 뜨거운 가능성까지 느꼈다는 뜻은 아니다. 억지로 비집고 들어가 한바탕 요동을 치고 나면 단박에 거머쥘 수 있는 종류의 매력이 아니다. 정반대 쪽에 위치한 감동이라고나 할까. 즉 혈기왕성한 남자들은 원하지 않는 아주 정신적인 나라였다. 육체보다 정신에 강한 영향을 미치는 나라가 바로 노르웨이라고 생각했다. 부옇게 빛나는 미드나이트 선과 그 정적에 잠겼을 때, 나는 왠지 그것을 거부하지 않았다. 허세도 과장도 반항도 다 사라지고, 욕지거리 하나 뱉지 않는 있는 그대로의 내가 나타났다. 불안과 공포, 초조함까지 다 소멸했다. 그 상태가 좋았다. 신비한 체험이었다.

노르웨이에 도착해서 떠날 때까지 죽 그랬다. 그동안 내 마음의 호수는 피오르 해안처럼 잔물결 하나 일지 않았다. 욕망에 시달리지 않는 자신을 볼 수 있으리라고는 꿈에도 몰랐다. 그때 나는 불쑥 이렇게 중얼거렸다. 내가 최종적으로 추구하는 세계는 이런 것이 아닐까, 하고.

발버둥 치며 산 결과, 죽음 직전에는 노르웨이에서의 그 심경에 도착하지 않을까, 하고 생각했다. 그럴 수 있다면 더할 나위 없겠다고 생각했다. 그래서 죽음이 머지않았다는 것을 알면, 다시 노르웨이를 찾아 색으로 하면 순백, 불교의 정신으로 하자면 무아의 경지에 잠기자고 은밀히 생각하고 있었다. 그런데 그 생각마저 곧 잊히고 말았다. 나는 아직은 충분히 젊고 문학에만 매달리기에는 체력도 넘쳐 났다. 욕망이 넘실거리는 거친 바다 한가운데에서 허우적거리며 살기 위한 부력을 찾아 하루하루를 불사르다 보니, 어느 틈에 노르웨이의 기억은 의식의 저편으로 밀려나 끝내는 꿈이 되고 말았다.

언젠가 노르웨이에 다녀왔다는 사실조차 불분명해져, 앨범의 사진을 보지 않고는 확인할 수도 없었다. 그 후의 몇 년 동안 나를 채운 것은 오프로드 바이크와 지프차와 랠리 차였다. 또는 도전적인 언어와 거의 모험에 버금가는 거친 행위였다. 그것들을 추구하고 또 극복하면서 강인한 방향으로 변화하는 나를 자각하는 순간이 있었다. 그것은 하나의 충실한 답이었다. 그러나 어느 날 불쑥, 나는 묵직한 피로를 느꼈다. 잠을 푹 자도 사라지지 않는 피로였다. 여러 가지로 생각해 보았지만 원인을 알 수 없었다. 오토바이도 타지 않고 랠리 차로 개조한 차를 타고 질주하는 일도 없어졌다. 친구도 멀리했다. 그렇다고 글을 쓰는 것도 아니었다. 근처에 있는 호수로 나가 아침부터 밤까지 낚싯줄을 드리우고 몇 백 날을 지냈다.

부옇게 빛나는 미드나이트 선과 그 정적에 잠겼을 때, 나는 왠지 그것을 거부하지 않았다. 허세도 과장도 반항도 다 사라지고, 욕지거리 하나 뱉지 않는 있는 그대로의 내가 나타났다. 그 상태가 좋았다.

그러던 어느 날, 갑자기 노르웨이가 떠올랐다. 그렇게 빨리 노르웨이를 원하게 되다니 어찌된 일일까. 그러나 나는 노르웨이를 다시 원하고 있었다.

당시 나는 마지막 카드가 없을 만큼 궁지에 몰려 있었다. 몇 번째 인지는 모르겠다. 과연 뭘 붙들고 살아가면 좋을지 알 수 없었다. 남은 인생을 폭주와 휘발유 타는 냄새로 살 수 있겠다고 여겼는데. 그러다 어쩌면 노르웨이가 마지막 카드일 수도 있겠다는 생각이 들었다. 2, 30년 후를 위해 남겨둔 비장의 카드를 사용하기로 했다. 노르웨이에 가면 어떻게든 되겠지 했다. 그 신비로운 차분함과 정적이 과연 내 삶의 부력이 될 수 있을까. 가능성이 조금이라도 있으면 시도해 볼 일이었다. 니힐리즘은 지긋지긋했다.

나로서는 드물게 정신적인 여행이 될 것 같았지만, 언젠가는 거쳐야 하는 일이었다. 노르웨이에는 신변의 위험을 각오해야 하는 조건이 하나도 없다. 강도를 당하거나 경찰에게 얻어맞는, 짐승에 쫓기거나 물과 식료품에 쪼들리는 나라가 아니다. 그러나 나로서는 위험 요소가 가득한 나라가 오히려 마음 편하다. 체력과 폭력이 말하는 세계가 내게는 어울린다. 그런데도 굳이 그 반대 여행을 하려고 한다. 의외로 이번 여행에 어떤 힌트가 숨겨져 있을지도 모른다. 만약 아무것도 없다는 결론이 나왔을 때는 어떻게 하

면 좋을까. 귀가 아플 정도로 고요한 정적 너머를 가로지르는 것
이 죽음의 세계에 있는 적막함과 똑같은 것이라면, 나는 엉뚱한
마지막 카드를 쥐고 있었던 셈이다. 그런 의미에서는 지금까지의
어떤 여행보다 위험한 여행일 수도 있다. 그러나 시도해 볼 가치
는 있었다.

첫 노르웨이 여행에서 받은 인상이 나의 착각이라면 좋겠다고
생각했다. 그 몇 년 사이에 노르웨이가 일본처럼 크게 변했기를
바랐다. 욕망의 도가니 같은 나라로, 끔찍하리만큼 활기찬 나라로
변해 있다면 나는 안도의 한숨을 내쉬리라.

"그래, 인간이 어딜 가나 다 똑같지 뭐."

그렇게 중얼거리면서 가슴을 쓸어내리고는 원래의 나로 돌아
갈 수 있을 테니까. 내키지는 않지만 그래도 지금까지의 연장선에
서 그럭저럭 살아갈 수 있을 테니까.

그런데 오슬로에 내리는 순간, 나는 조금도 변하지 않았다는 것
을 알았다. 공항에서 호텔로 가는 동안, 역시 예의 차분함과 정적
이 나를 완전히 에워쌌다. 첫 번째 인상은 꿈도 착각도 아니었다.
거기에는 막 시작된 여름이 있고, 저물려 하지 않는 태양이 있고,
노르웨이의 일상이 있었다. 사람이 있고 자동차도 전철도 다니고
활동하는 도시인 것은 분명한데 오슬로는 현실감이 없었다. 무성
영화를 보는 기분이었다. 거대한 그림 속에 던져진 심경이었다.
그러나 내 발소리는 또렷하게 들렸고, 길을 오가는 사람에게 말
을 건네면 대답이 돌아왔다. 그것도 현실인 것은 맞는데, 나는 당

황스럽고 의심스럽고 답답했다. 감흥이라는 게 전혀 없었다. 그런 현실로 들어가기에 우리는 너무도 육체적인 존재였던 것일까. 스쳐 지나가는 오슬로 사람들은 마치 봐서는 안 될 것을 본 것처럼 이내 눈길을 돌리고 움직이는 인형, 혹은 그림의 일부로 변해 저쪽으로 가 버렸다. 동료 중 한 명이 중얼거렸다. "뭐야, 이 나라. 별나네, 별나." 하고.

이동을 시작하기에 앞서 우리는 사흘 동안 오슬로에서 지냈다. 20일 동안 노르웨이 구석구석을 주파하기 위한 차와 지도와 정보를 구하기 위해서였다. 그러나 지난 여행 같은 긴박감은 없었다. 가게 아마는 "이 나라는 너무 아름다워서 탈이군." 하고 투덜거렸다. 어디를 보나 그림엽서 같은 구도뿐이었다. 나는 "이게 이 나라의 현실인데 어쩔 수 없잖나." 하고 말했다. 그리고 "북쪽으로 올라가면 좋은 사진을 찍을 수 있을 거야." 하는 무책임한 말도 했다.

그럴 가능성이 적다는 것은 나도 잘 알고 있었다. 첫 노르웨이 여행 때, 그림엽서 같은 광경을 벗어난 지역을 한 번도 보지 못했다. 땀과 때가 느껴지는 인간도 만나지 못했다. 그 사흘 동안에 우리 목소리는 점차 작아졌다. 모기 우는 소리로 소곤소곤 얘기하게 되었다.

가령 도로 옆에 좀 낡은 오토바이가 서 있다고 치자. 그것은 조

금 전까지 달렸고, 앞으로도 달 수 있도록 손질이 잘된 진짜 기계
다. 그런데 왠지 장난감처럼 생각된다. 실물 크기의 프라모델이라
만지고 탈 수는 있지만, 엔진이 움직이긴 하는지 실제로 달릴 수
는 있을까 싶은 의심이 앞선다. 잠시 후 주인이 나타나 그 오토바
이에 올라탄다. 그리고 그리운 엔진 소리를 내면서 사라졌지만,
내 의심은 여전히 사라지지 않았다. 오토바이도 라이더도 장난감
으로 보였다.

웬만한 자동차도 빌리고 정확한 로드 맵도 구했다. 출발 전날 우
리는 다시 한 번 오슬로 거리를 어정거렸다. 세 시간 정도 걸었다.
노르웨이에서 쉬 볼 수 없는 것과 마주칠지도 모른다는 기대를 품
고 계속 걸었다. 그러나 여전히 차분함과 정적뿐이었다. 어디를
어떻게 지나든 긴장과 흥분은 느낄 수 없었다. 사람들은 소리 없
이 천천히 걸어 다니면서 쇼윈도를 구경하고 차를 마시고 식사를
했다.

유럽 어디서나 볼 수 있는 광경일지는 모르겠지만, 그래도 모두
가 그럴 리는 없다. 사람들이 많이 모인 곳에 가면 어깨에 힘을 빼
주고 있는 형씨 한두 명쯤은 볼 수 있었고, 암울하게 일그러진 표
정의 남녀들과 마주치는 것도 예사였다.

그러다 발길이 항구에 닿았다. 그곳에서 어뢰정과 수병을 보았

다. 그런데 그들은 전쟁에 대비해 훈련받고 있는 인간 같지 않았다. 장난감 배에 정렬한 장난감 병사였다. 그들이 정말 과거에 초라한 배 하나로 세계의 바다를 주름잡았던 바이킹의 후손이라는 말인가. 살육과 약탈을 일삼았고, 외국인을 두려움에 떨게 했으며 피와 보물과 굶주림으로 상징되는 해적의 유전자를 물려받은 남자들이란 말인가.

그들에 비해 우리 쪽이 훨씬 거칠게 느껴지는 것은 어째서일까. 우리에게 길을 비켜 주지 않는 이는 한 명도 없었다. 인상이 좋지 않은 탓도 있었을까. 나는 그들을 보면서 속으로 이렇게 중얼거렸다.

"살아 있는 인간이라면, 좀 더 그럴싸한 표정을 지어야지. 좀 더 성큼성큼 걷고, 말도 좀 더 큰 소리로 하고, 웃기도 하라고. 반년 만에 태양이 이렇게 지상에 빛을 뿌리고 있는데, 좀 더 기쁜 얼굴로 떠들어도 되잖아."

한참을 걸어 다니다 도착한 곳은 미술관이었다. 뭉크의 대표적인 그림이 전시되어 있었다. 어둡고 무거운 그림들뿐이었다. 물론예의 〈절규〉도 있었다. 그리고 슬픔에 겨운 여자와 죽음의 신을 그린 그림이 몇 점 있었다. 그것은 겨울이면 두꺼운 눈구름으로 뒤덮이는 산악지대에서 태어나 자랐고 지금도 거기에 사는 나와 공통되는 테마일지도 몰랐다. 긍정할 마음은 전혀 없었지만, 이해할 수 있는 그림이었다.

벽에 걸려 있는 것은 그림이 아니라 '이 세상은 살 가치가 있는가?'라는 질문이었고, 그 대답은 '노'의 연속이었다. 뭉크는 결연하게 '노'라고 대답하고 있었다. 그러나 나는 아직 대답하지 않겠다. 그처럼 '노'라고 결론을 내리기 전에 좀 더 몸부림쳐 볼 필요가 있다. 가령 같은 대답이 나왔다 해도 틀어막아야 한다.

그건 그렇고 〈절규〉라는 그림은 정말 처절했다. 빛과 소리가 너무도 희박한 이 나라에서 살아가기 위해 그 비명에 가까운 절규는 심호흡과 같은 중요한 의미를 지니는지도 모른다. 그래야 살아 있는 인간이라고 할 수 있다. 그래도 맑은 정신으로 내지르는 외침은 아니었다. 외쳤을 때는 이미 광기에 허우적대고 있었을, 그런 유의 외침이었다. 방을 따로 마련해 전시해야 할 만큼 거대한 그림도 있었다. 거기에는 넘치는 빛이 거의 절망적으로 그려져 있었다. 그것을 북유럽 사람들의 간절한 소망으로 보는 해석도 틀리지는 않겠지만, 내게는 외친 사람에게 밀려오는 광기의 해일처럼만 보였다. 그 유난히 눈부신 그림은 외치고 난 직후 얼굴이 일그러지면서 결국에는 소리 내어 웃는 불길한 웃음이 아닐까 싶었다. 그래도 죽기 직전에 그렇게 웃을 수 있는 자는 그나마 행복한지도 모른다.

마치 대장균처럼 별다른 의미 없이 태어났다가 죽는다는 결론을 내리면, 인간은 그 순간 두려움에 떨게 된다. 그러나 그 두려움도 오래가지 않는다. 그 끝없는 삭막함 속에서 언제까지 살 수는 없다. 그러다가 그 결론에 익숙해지고 있는 그대로를 인정하고 받아들이게 되고, '그래서 뭐 어쨌다는 거냐.' 하는 식으로 태도를 바꾸는 것이 보통이다.

인간은 참 잘 만들어져 있다. 얽매이고 구속받는 환경에서도 한 줄기 변화와 기대를 품고, 가령 식물과 동물의 성장이나 거리 한 모퉁이의 사소한 변화에 기대어 그럭저럭 살아갈 수 있다. 그렇게 충분하지는 않지만 무위 속에 몇 만 몇 천 날을 지내다 늙어 가는 것도 나쁘지 않다고 단언할 수 있는 사람이 이 세상에 과연 얼마나 있을까. 그 깨우침을 타인에게 당당히 피력할 수 있는 사람은 많을 수도 있다. 그러나 혼자가 되었을 때, 사방을 가로막은 벽에 조그만 창문 하나밖에 없는 방에 갇혔을 때, 자신만만하게 그렇게 말할 수 있는 사람이 과연 있을까.

따스한 햇살이 비치는 공원의 벤치에 앉아 있을 때의 그 온화한 표정을, 침착한 몸짓을 침대까지 끌고 갈 수 있는 노인이 몇 명이나 있을까. 개중에는 있을지도 모른다. 소리 없이 시들어 가는 풀잎처럼, 또는 작별 인사 하나 나눌 상대 없이 숨을 거두는 온갖 동물처럼 저 어두운 무의 세계로 이동할 수 있는 인간이 있을지도 모른다. 1년 후에는 확실하게 흙으로 변해 있을 육체의 마지막 순간을 외침 소리 하나 지르지 않고 맞는 노인은 의외로 노르웨이 같은 나라에 많을지도 모르겠다.

나는 열차를 매우 좋아한다는 노인을 알고 있다. 그런데 그는 절대 열차를 타지 않는다. 늘 바라볼 뿐이다. 근처의 선로를 달리는 전철과 디젤차를 보며 만족한다. 만족하는 듯이 보인다. 그의 말이, 여행을 싫어한다고 한다. 노인 특유의 고집만은 아닌 듯하다. 아직 얼마든지 움직일 수 있는 다리와 용돈 걱정 없는 환경이 그 증거다. 몸도 건강하다. 나는 이렇게 생각해 보았다.

그는 겁쟁이가 아닐까. 그래서 눌러사는 곳에서 한 걸음도 밖으로 나가기 싫은 것이 아닐까. 지인이 있고 속속들이 아는 풍경 속이 아니면 살 수 없는 게 아닐까. 아니면 열차를 타고 나가 다른 곳을 경험했을 때의 실망을 두려워하는 것일까. 어딜 가나 풍경은 비슷하다는 것을 알게 될까 걱정스러운 것일까.

직접 나서지 않으면, 세상은 한없이 넓고 꿈같은 아름다움을 지닐 수 있다. 그리고 멋대로 상상하며 즐길 수도 있다. 그 노인은 다가오는 열차보다 멀어져 가는 열차가 좋다고 한다. 끝내 사라져 버리는 것이 좋다고 한다. 그 이유는 자신도 모른다는데. 물론 나도 모른다.

열차를 좋아하는 노인은 그 선로를 통과하는 열차의 종류와 시각을 정확하게 기억하고 있다. 시간표에 수정 사항이 있어도 바로 기억한다. 그래서 그는 시계 없이도 대개 현재 시간을 알고 있다. 나는 그의 과거에 대해서는 전혀 모르고 물어본 적도 없다. 오프로드 바이크나 랠리 차를 타고 산속에 들어갔을 때, 간혹 봤을 뿐이다. 얘기는 두 번 정도 나눴다. 그러니 그가 왜 열차를 바라만 볼 뿐 타지 않는지는 모른다.

어쩌면 그는 젊은 시절에 무수한 곳을 돌아봤을지도 모른다. 일이나 전쟁 때문에, 혹은 식량난이나 여행으로 충분히 돌아다녔을 지도 모른다. 그의 인생은 이동에 이은 이동의 연속이었을까. 그 래서 이제 움직이고 싶지 않은 것일까. 열차를 바라만 봐도 과거 의 여행을 떠올릴 수 있고, 그 추억이 과거의 빛나는 감동으로 이 어지는 것일까. 나는 그렇기를 바란다. 동시에 나의 노후 역시 그 렇기를 바란다. 아니, 그런 날을 생각만 해도 끔찍하다. 열차를 바 라보고는 잠잠해진 거리를 터덕터벅 걸어 돌아가다니, 생각만 해 도 끔찍하다. 그러나 그런 노인이 되어 있을지도 모른다.

여행에 필요한 물건이 다 갖춰지자 우리는 도망치듯이 오슬로를 떠났다. 목적지는 노르웨이의 동쪽 끝에 있는 국경 마을 시르케네 스라는 곳이다. 장소에는 그리 중요한 의미가 없다. 갈 수 있는 데 까지 가고, 달릴 수 있는 데까지 달릴 뿐이다. 한 가지 문제가 있었 다. 렌터카 회사에서 그렇게 먼 곳까지 갔다가 차를 두고 오면 곤 란하다고 했다. 그래서 우리는 시르케네스까지 갔다가 다시 중간 쯤까지 내려오기로 일정을 변경했다. 4,000킬로미터를 달려야 한 다는 뜻이다. 그런데 5,500킬로미터를 달리고서야 여행이 끝났다.

핸들을 잡고 액셀을 꾹 밟고 이동을 시작할 때의 기분을 뭐라 표현하면 좋을까. 로드 맵을 보면서 미지의 공간으로 돌진할 때의 해방감은 최고다. 육체의 여기저기에 남아 있던 일상의 찌꺼기가 물에 쓸려 내려가는 모래처럼 떨어져 나간다. 그리고 묘한 설렘이 찾아온다. 나는 도시가 맞지 않는 사람이다. 오슬로는 대도시는 아니지만 그래도 내게는 불편한 곳이었다. 오래 있으면 육체와 정신이 썩어 버릴 듯한 공간이었다. 초여름의 노르웨이는 꽃이 만발해 있었다. 사방이 꽃에 묻혀 있었다. 황량한 사막이나 오프로드 차가 일으키는 흙먼지에 익숙한 우리에게 화사한 꽃 풍경은 낯간지러웠다. 사진가 가게야마는 여성 잡지에서 의뢰받은 일을 하는 기분이라고 했다.

길은 지금까지 우리가 달렸던 길 중에 최고가 아니었을까. 그리 넓지도 않고—일본의 국도 정도—구불구불하고 높낮이가 심했지만, 오스트레일리아나 케냐에서 달렸던 길과는 비교가 안 되었다. 오프로드만 달렸던 우리에게는 단조롭고 굴욕적인 드라이브였다. 그래서 차창 너머로 수풀과 나무와 산, 인가 그리고 사람들을 관찰하는 수밖에 없었다. 그러나 어디에나 차분하고 품위 있는 일상이 있을 뿐이었다. 나는 긴장을 원했다. 그러나 긴장은 어디에도 없었다. 이번 여행이 모험에 가깝지 않다는 것은 미리 알고 있었지만, 막상 핸들을 잡고 나니 이 길이 더트코스였다면 얼마나 재미있을까 하는 생각을 하면서 커브를 돌게 되었다. 승용차와 트럭을 수도 없이 추월했다. 매너가 좋은 노르웨이의 운전자들은 모두 뭘 그리 서두르느냐는 표정으로 우리를 쳐다보았다. 물론 서둘러야 할 일은 없었다. 그래도 우리는 속도를 늦추지 않았다. 그렇게 일주일을 달리고 나서야 노르웨이 속도로 달렸다.

가도 가도 풍경은 거의 바뀌지 않았다. 예의 그림엽서 같은 풍경이 가로놓여 있을 뿐이었다. 물과 숲, 물과 숲의 반복. 그것은 풍요로움과 안정의 상징이지 우리가 원하는 것은 아니었다.

자연을 좋아하지만 어딘가 거친 부분이 없으면 만족하지 못한다. 노르웨이는 자연 속에 나라가 있고, 사람은 그 일부인 것처럼 자연에 녹아들어 있다. 물론 인구가 적은 탓일 것이다. 그리고 일본처럼 아등바등하지 않는 그들의 성격이 급격한 변화를 원하지 않기 때문일 것이다. 일본 사람은 조급하다. 자동차 운전 하나만 봐도 그렇다는 것을 알 수 있다. 서두를 이유가 없는데도 주변을 따라 서둔다. 그러다 보니 버릇이 되어 어느 나라를 가든 서둔다. 서둘기 위해서 서둔다. 그것도 정확하게 빈틈없이 서둔다.

그렇게밖에 살 수 없는 자가 느닷없이 다른 나라에 던져지면, 당황해서 우왕좌왕하다가 자기를 잃어버린다. 자기만 바보처럼 조급하게 군다고 생각하면서도 좀처럼 그만두지 못한다. 느긋한 페이스에 맞추려 애쓰지만 자신도 모르게 또 서둘고 만다. 허둥지둥 서두는 것으로 살아 있다는 자각을 얻으려 하는 것일까.

조급하게 굴고 허둥대는 것으로 우리는 무언가를 흡수하고 무언가를 배출한다. 그 반복 속에서 빛나는 충실함을 얻고 살아 있다는 증거를 쟁취하려고 한다. 변화에는 이미 익숙하다. 변화 없이는 살 수 없다. 변화가 없어지면 궁지에 몰렸다고 한탄한다. 이제 끝났다고 낙담하고, 불평불만을 늘어놓는다. 나는 그 선형이나.

대부분의 일본 사람은 입으로는 '조용하게 느긋하게 살고 싶다.' 하거나 '자연 속에서 평화롭게 살아 보고 싶다.' 하고 말한다. 그러나 그 바람을 실행하는 자는 적다. 그들은 그 구실과 변명으로 금전적인 여유가 없다는 것을 첫째로 꼽는다. '돈만 있으면 그런 생활을 하고 싶지만, 돈이 없으니 어쩔 수 없이 이렇게 분주한 나날을 보내고 있다.'라고 한다. 그러나 그 말은 발뺌에 지나지 않는다는 것을 당사자들도 속으로는 알고 있다. 정말 그렇게 살고 싶으면, 언제든 그렇게 살 수 있다. 큰돈이 필요한 것도 아니다. 그들이 그럴 마음만 먹으면, 진정으로 원하면 할 수 있다. 그러지 않는 이유는 따분한 생활이 성격에 맞는다는 것을 알고 있기 때문이다. 꿈은 언제까지나 꿈꿀 수 있기에 꿈이다. 꿈을 위한 꿈, 동경을 위한 동경으로 놔두는 것이 가장 좋다는 것을 알기 때문이다.

그들은 큰돈을 거머쥐게 되어도 시골로 이사하는 짓은 하지 않는다. 그 돈을 굴려 보다 많은 돈으로 만들기 위해 분망한 나날로 뛰어든다. 기껏해야 유명한 피서지에 별장을 짓고는 한여름의 며칠을 그곳에서 지내는 정도밖에 하지 않는다. 그 며칠도 혼자서 지내지 못해 주변 사람들을 데리고 가 요란법석을 떤다. 그들은 돈을 벌고 출세하는 것이 인생이라고 당당하게 말한다. 그러니 돈에 여유가 생기면 '조용하고 느긋하게 살고 싶다'던 그들의 바람은 일종의 오기였던 셈이다. 또는 도피를 위한 꿈이었던 셈이다. 일본 사람에게, 조금 영리한 일본 사람에게 가장 어울리는 삶은 결국 허둥대는 것밖에 없을지도 모른다. 조급하게 굴고 허둥대도록 만들어져 있으니, 광활한 국토를 지닌 사람들 흉내는 도저히 낼 수 없다. 나는 자연 속에서 벌써 10년 이상을 살고 있다. 한여름에도 눈이 사라지지 않는 산에 둘러싸여 생활하고 있다. 그렇다고 차분한 나날을 원하는 것은 아니다. 조금이라도 좋은 일을 하기 위해, 시골 생활 속에서 몸부림친다. 수많은 욕망에 시달리고 본능을 그대로 드러내며 사는 사람들을 꼼꼼히 관찰하고, 그들 속에서 나를 발견하며 소설을 쓰고 있다. 들새와 들풀을 사랑하는 고상함과 선함만으로는 소설을 절대 쓸 수 없다. 그 점을 오해하는 문학 팬이 많은 듯하다. 그리고 그들의 오해 위에 성립한 일본 문학은 알게 모르게 왜곡되고 말았다. 작품의 주인공이기도 한 작가는 자신이 얼마나 나이브하고 마음씨 좋은 사람인지를 다투는 거짓 세계로 방향을 틀었다.

노르웨이에서는 인구가 2만을 넘으면 명실상부한 도시다. 나머지는 천 명 단위, 백 명 단위의 조그만 동네가 있을 뿐이다. 우리는 그런 동네를 몇 군데나 지났다. 어느 동네나 고요하고 사람들은 비슷한 모양과 색의 집에서 살았다. 자연 속에 녹아 그림 같은 삶을 살고 있었다. 우리가 그런 고요함 속을 질주할 때, 그들에게 그것은 큰 변화였다. 일본 사람을 처음 본다는 이도 많았다. 그들은 우리를 신기해하며 쳐다보았지만, 그 눈길은 아주 조심스러웠다. 겁에 질린 눈빛도 있었다. 한껏 웃으면서 다가가도 주춤거리다 뒤로 물러나는 사람이 많았다. 민망해하는 미소가 일본 사람 특유의 것이 아님을 알았다. 우리가 말을 건네면 그들은 당황하고 우물쭈물 대답하고, 끝에는 웃음으로 얼버무렸다.

덴마크와 스웨덴 사람들은 노르웨이 사람들을 시골 사람이라며 깔본다는데, 닳지 않았다는 의미에서는 그렇다고 할 수도 있겠다. 노르웨이 사람은 또 노르웨이 사람대로 덴마크와 스웨덴을 호색한들의 나라라고 놀린다. 그러나 그들은 누런 피부에 인상 좋은 우리를 어떻게 대하고 접하면 좋을지 몰라 당황스러워했다. 오토바이와 자동차, 카메라와 시계를 어느 나라보다 정확하게 만들어 싸게 파는 나라 사람들이라는 지식밖에 없는 그들은 실물이 눈앞에 나타나자 쩔쩔맸다. 그러다 못해 일본 사람이 백인에게 하는 것처럼 의미를 알 수 없는 묘한 미소를 지었다. 아이들 중에는 도망치는 경우도 있었다.

우리를 신기해하면서도 다가와 말을 거는 일은 없었다. 지나가다 걸음을 멈추고 잠시 곁눈질하는 정도지 그 이상은 접근하지 않았다. 호기심 많은 이들도 우리가 말을 건넬 때까지 입을 열지 않았다. 우리와 몇 마디 대화를 나눈 사람들은 아주 기뻐하거나 부끄러운 표정을 지었다. 오스트레일리아에서는 주유소에 들를 때마다 거의 무례한 질문과 야유 세례를 받았는데, 또 케냐에서는 속셈이 뻔한 이들에게 둘러싸였는데, 노르웨이에서는 그런 일이 단 한 번도 없었다.

그들은 내성적이지만 마음이 따뜻했다. 누구와도 대등하게 교류할 수 있는 사람들이었다. 동료 하나가 지갑과 여권이 든 가방을 호텔 앞에 두고 왔을 때도, 돌아가 보니 프런트에서 가방을 보관하고 있었다. 당연한 일일 수도 있지만, 그 당연함이 통용되지 않는 나라도 많다. 타인이 잃어버린 물건을 자기 소유로 삼는 것이 상식인 나라도 얼마든지 있다. 이 여행에서는 불쾌한 일을 당한 적이 없다. 처음부터 끝까지 모든 것이 순조로워 오히려 어이가 없었을 정도였다. 오슬로를 떠난 후 우리는 케냐에서 터득한 경계심의 찌꺼기를 모두 버렸다. 누구 하나는 반드시 짐을 지키지도 않았고, 사방을 두리번거리며 주의하지도 않았다. 숙소에 들어갈 때마다 문 잠글 걱정도 하지 않았다.

"이런 나라도 다 있네."

동료 하나가 말했다.

"편해서 좋군."

다른 동료가 말했다. 그리고 나는 "가끔은 이런 나라도 좋잖아." 하고 말했다. 절반은 본심이었고 절반은 실망이었는지도 모르겠다.

노르웨이에서는 도시에 사는 사람과 시골에 사는 사람을 구분하기가 매우 어렵다. 주의 깊게 관찰해 보았지만 양자의 격차를 거의 느낄 수 없었다. 입고 있는 옷, 표정, 몸짓, 말투, 걸음걸이, 그어느 것도 별 차이가 없었다. 결정적으로 다른 것을 보여 줄 수 있는 대도시가 없어서일까. 촌스런 사람도 없거니와 도회적으로 세련된 사람도 없어 모두가 비슷해 보였다. 하기야 여행객인 우리가 그 미묘한 차이를 어찌 알 수 있으랴.

외국인은 누구도 찾지 않았을 법한 시골에서도, 일본의 산촌 같은 뭐라 말할 수 없는 답답함은 느낄 수 없었다. 집의 생김새는 그야말로 시골스러워 '시골집이네.' 하고 생각하지만 그 안에 사는 사람은 도시 인간과 다르지 않았다. 노르웨이 전체가 시골이라고 생각해도 무방할 듯했다. 북쪽으로 올라가면서 밤은 점차 짧아지고 그만큼 낮이 길어졌다. 그렇게 밝은 노르웨이만 봐서는 노르웨이의 본연의 모습을 이해했다 할 수 없을 것이다. 밤만 계속되는 겨울의 노르웨이도 봐야 무거운 주제만 다룬 뭉크의 그림도 이해할 수 있을 것이다.

내가 사는 동네에는 자살하는 사람이 매우 많다. 이사 온 후에도 네 명이나 죽었다. 인구에 비해 많다는 것을 경찰에서도 인정하고 있다. 그 원인을 잘 모르겠다. 죽어야 할 만큼 가난한 것도 아니다. 돈벌이를 위해 집을 떠나지 않아도 먹고살 정도의 생활은 유지할 수 있다. 그러니 생활고 때문에 죽는 것이 아니다. 별다른 이유도 없는데 미련 없이 죽는다. 도망칠 길은 얼마든지 있는데, 충분히 다시 시작할 수도 있는데 죽어 버린다.

나는 그 원인을 여러모로 생각해 보았다. 우선 어중간하게 먹고살 수 있는 생활 그 자체에 있지 않을까 싶었다. 먹을 수 없으면 오히려 힘차게 산다. 생활이 어느 정도 안정적이라서 오히려 죽음을 서두르는 것은 아닐까. 그러나 조건이 비슷한 지역은 일본의 도처에 있다. 그런데 왜 우리 동네만 그럴까. 그래서 산골이라는 폐쇄적인 환경을 원인에 포함했다. 좁은 곳에서 오래 살다 보면 당연히 시야가 좁아진다. 마음속까지 산에 갇혀 버렸는지도 모른다. 그렇다 보니 사소한 실패와 좌절에도 조급하게 부정적인 결론을 내린 것일까.

산 너머에 살기 위한 무수한 길이 아직도 여러 갈래 있다는 것을 모르는 채 이곳에서의 실패와 좌절이 전부라고 여기는 것일까. 그러나 산에 둘러싸이고 생활이 안정적인 곳은 여기가 아니라도 많다. 이어서 나는 이곳의 산이 여느 산보다 무척 높다는 점을 꼽아 보았다. 높은 산이 근처에 있으면 변화무쌍한 기압의 영향을 받게 된다. 몸이 그 변화를 미처 따라가지 못하는 것일까. 지인 중에도 저기압이 빠른 속도로 접근하면 두통을 호소하는 이가 많다. 두통까지는 아니어도 울적해하는 이는 더 많다. 비나 눈이 내리는 날이면 신이 나서 돌아다니는 사람은 거의 없다. 겨울에 불과 20킬로미터 정도 떨어진 곳에서 우리 집 쪽을 보면, 짙은 잿빛 구름에 덮여 있다. 그곳에만 구름이 껴 있는 것이다. 저 구름 아래서 생활하다 보면 머리가 아픈 것도 우울해지는 것도 살기가 싫어지는 것도 무리는 아니겠다고 생각한다. 이 기압설을 친구들에게 말했더니 그들은 "설마, 그 정도로." 하며 웃어 젖혔다. 그러나 나는 여전히 버리지 못하고 있다.

노르웨이 같은 나라에서 태어난 사람이 한없이 밝게 컸다면 아주 부자연스러운 일이다. 비뚤어지지는 않았어도 보통 기후에 맞는 성격이 형성될 것이다. 케냐처럼 일 년 내내 덥고 눈부신 빛으로 가득한 나라는 내일 먹을거리가 없고 중병에 걸리는 등 비극적인 일들이 널려 있는데도, 미래에 희망을 걸 만한 요소가 없는데도, 사람들이 모두 명랑했다. 너무 요란스럽지 않나 싶은 사람들이 많았다. 태양이 인간을 크게 좌우하는 것이다.

문명과 문화는 안정의 추구에서 발달하기 시작해, 그다음에는 싫증의 반작용으로 다시 추진력을 얻는지도 모르겠다. 북유럽에 만약 고도의 문화가 없다면 심심하고 답답해서 도저히 살 수 없을 것이다. 그러나 그 문화 역시 어둠 속에서 결실을 맺으니 사람들은 점점 더 답답해진다.

민박에 머물 때, 거실 벽에 커다란 하와이 사진이 걸려 있었다. 야자나무와 파란 바다, 반짝거리는 태양이 찍힌 허접한 관광 포스터 같은 사진이었다. 그러나 나는 그들의 기분을 알 것 같았다. 그 사진은 겨울 동안 큰 효과를 발휘할 것이다. 나는 남쪽 나라 얘기를 들려줄까 하다가 그런 태도는 친절도 아무것도 아님을 깨닫고는 그만두었다. 밖에서는 시원한 바람이 불었다.

북극에 가까운 노르웨이에서 사람이 살 수 있는 것은 바다에 난류가 흐르기 때문인데, 그래도 어딘가에 무리가 있다. 세계 각국을 넘어서는 생활수준을 누리고 있지만 중대한 조건이 빠져 있는 듯한 생각이 든다. 일조량의 부족은 치명적이다. 삼각돛도 몰랐던 바이킹족이 조그만 배 하나로 세계의 바다로 나아갔던 것은 사실 약탈이 목적이 아니라 태양을 추구하는 이동이 아니었을까. 그러나 바이킹 대부분은 그 거친 행위를 끝내고는 반드시 자기 나라로 돌아왔다. 스칸디나비아보다 훨씬 살기 좋은 나라를 많이 봤을 텐데, 그곳에 눌러산 자는 많지 않았다. 그들이 영주할 땅은 역시 태어나고 자란 나라뿐이었을까. 따뜻하고 눈부신 햇살이 반짝이는 땅보다 반년 동안이나 밤이 계속되는 땅이 좋았던 것일까. 또는 남기고 온 가족을 위해 돌아갈 수밖에 없었을까. 바이킹의 항해는 상상할 수 없으리만큼 처절했다고 한다. 그 조그만 배로 망망대해를 건넜으니 정신력이 막강했을 것이다. 체력만 해도 현

내가 여행에서 기대하는 것은 해묵은 성도 아름다운 공원도, 또 예술품도 아니다.
나는 인간을 보고 싶다. 평범하게 지금을 사는 인간을 넉넉히 바라보고 싶다. 그들의 '일상'을 접하고 싶다.
진리는 일상 속에 숨겨져 있다.

대인보다 월등했을 것이다. 사각돛은 바람이 없으면 움직이지 않는다. 그런 때 그들은 노를 저었다. 젓고 또 젓고 쉴 새 없이 저었다. 개인 물품이나 무기, 음식, 물 등은 개인 좌석 밑에 보관했다. 그러나 배 자체가 작기 때문에 많은 짐을 실을 수는 없다. 귀향길을 위한 식량과 물까지 실을 수 없다. 그러니 어느 나라든 습격해 성공하지 못하면 굶어 죽는 길밖에 없다. 그야말로 배수진이다. 또 항해 중에 풍랑을 만나면 모포를 머리에 뒤집어쓰고 물을 퍼내면서 몸을 웅크리고 있었다고 한다. 그러나 지금의 노르웨이에서 그런 분위기를 지닌 남자는 만날 수 없었다.

그러나 지금도 선원들의 세계에서는 북유럽 계통의 남자들이 존경받는다고 한다. 몇 년 전에 나는 거대한 유조선을 타고 아라비아 항해를 경험한 적이 있다. 그때도 승선원 모두가 입을 모아 그들을 칭찬했다. 일본의 선원도 우수하기로 유명한데 그들마저 그 남자들은 정말 굉장하다고 했다. 모 사의 유조선이 과거에 일본 근해에서 사고를 일으켰다. 선체가 반으로 뚝 부러졌다. 부근에 있던 일본 배가 구조를 위해 그쪽으로 방향을 돌렸지만 겨울의 거친 바다에서 손쓸 대책이 없었다. 만약 바다로 떨어지면 그대로 동사할 터였다. 그런데 그것은 일본인 선원들의 생각이지 북유럽 선원들에게 통용되는 잣대가 아니었다. 우연히 사고 현장 옆을 지나던 북유럽 배에서 남자들이 잇달아 바다로 뛰어들어 조난자들을 끌어올렸다. 직접 목격한 일본인 선원이 내게 해 준 얘기다. 그는 이렇게 말했다.

"정말 대단한 놈들이야. 우리가 만약 그랬다가는 바다에서 그냥 얼어 죽었을 거라고."

바이킹의 피를 틀림없이 물려받기는 한 것이다. 그 일화는 먼 옛날 바다에서 살았던 조상의 자손이라는 증명일 것이다. 그러나 과연 그 피가 언제까지 이어져 내려갈까. 자동화, 대형화가 계속되고 있는 현대의 배에서 하는 생활은 육지 생활과 별반 다르지 않다. 이미 바다는 모험의 무대가 아니다. 선원들의 성격도 회사원이나 다를 바 없다. 바다나 배나 남자들의 낭만에서 멀어지고 있다. 지금도 똑똑히 기억한다. 남자의 들끓는 피 따위는 필요치 않은 시대가 된 것일까. 아직 그런 피에 휘둘리는 자는 범죄자나 전쟁을 부추기는 협잡꾼이 되는 것밖에는 살길이 없는 것일까.

거의 매일 가족 단위의 여행객들을 만났다. 주로 유럽 사람들이었다. 그들은 자동차 뒤에 캠핑카를 끌고 여름의 노르웨이를 횡단했다. 이런 식의 여행은 일본 사람들은 아직 흉내 내지 못하는 것 중의 하나이다.

우선 그렇게 긴 휴가를 받을 수 없다. 가령 받았다 해도 가족과 함께 여행하는 남자는 적다. 하루 이틀이면 남자는 지치고 만다. 그들의 얼굴에는 이건 가족을 위한 서비스지 나는 조금도 즐겁지 않다고 쓰여 있다. 죽어라 일한 후에 왜 이런 서비스까지 해야 하느냐는 표정이다. 그렇다고 일본 남자들이 처자식을 배려하지 않는 것은 아니다. 다만 그런 일에 익숙하지 않은 것이다. 가족과 함께 긴 여행을 즐기는 습관이 없기 때문에 애를 쓰면서도 민망해한다. 이목을 필요 이상 신경 쓰다 보니 더 지친다. 일본의 남자들은 좁은 방에서 얌전히 할 수 있는 놀이를 좋아한다.

그래도 요즘은 많이 변한 것 같다. 형식적으로나마 가족 여행을 하는 남자들이 늘었다. 그러나 여전히 적응하지 못한다. 쑥스러워하고 허세를 부리다가 지친다. 혹은 대륙에 비해 일본의 자연이 스케일이 작은 탓에 그렇게 보이는 것일까. 나 역시 가족 여행을 할 것 같지 않다. 부끄럽다. 모처럼의 휴일에는 내 마음대로 즐기고 싶다. 그래 봐야 오토바이를 타거나 낚시를 하는 정도지만. 좁고 어두컴컴한 방에서 짙게 화장한 여자를 상대로 술을 마시는 꼴사나운 짓도 절대 할 수 없다. 내가 그렇게 말하면 친구는 '그렇게 노는 것도 꽤 괜찮은데.' 하고 주장한다.

일본 사람은 놀 때도 점잔을 부리지 않나 싶다. 여행할 때는 특히 그런지도 모르겠다. 좋은 옷을 차려 입고 두둑한 지갑을 지니고 허세를 부리려면 필요 이상의 가오를 해야 한다. 그러니 피곤해지는 것이다. 일상의 연장으로 별 준비 없이 나설 수 없기 때문에 생각만 해도 발이 안 떨어지는 것이다. 이왕 하는 여행 재미있는 일이 없으면 의미가 없다면서 과도한 기대를 걸기 때문에 떠나지 못한다. 아니면 일상이 충분히 재미있기 때문에 굳이 여행할 필요가 없는 것일까.

일본 사람이 긴 휴가를 낼 수 있는 날은 언제나 올까. 여름 내내 도쿄와 오사카가 텅텅 비는 날이 과연 오기는 할까. 오지 않을 것 같다. 그래도 딱한 국민이라는 생각은 하지 않을 것이다. 일을 해야 안심이 되는 국민성이니 어쩔 수 없다.

로드 바이크로 여행하는 젊은이들과 하루에도 수없이 마주쳤다. 그들은 발랄하고 느긋했다. 장비만 봐도 정말 오토바이를 사랑하는 라이더라는 것을 알 수 있었다. 그들은 절대 오토바이를 무모하게 몰지 않았다. 아크로바트를 하듯이 몰지도 않았고, 머리 수준을 세상에 어필하듯이 요란을 떨지도 않았다. 젊고 어엿한 남자였다. 한마디로 자립한 어른이었다. 폭주족은 한 번도 보지 못했다. 물어봐도 "영화에서나 본 적이 있지, 실제로는 없다."는 대답이었다.

그들에 비하면 일본의 라이더들은 아직 어린애다. 오토바이가 어린애 장난감으로 전락하고 말았다. 5,500킬로미터를 달리면서 교통을 단속하는 광경은 한 번도 보지 못했다. 경찰차는 딱 두 번 보았다.

우리가 본 오토바이는 전부 로드 바이크였다. 눈에 불을 켜고 찾아보았지만 오프로드 바이크는 없었다. 왜 그럴까. 오프로드 바이크 여행은 무척 피곤하다. 포장도로가 있는데 굳이 나쁜 길로 갈 필요가 없지 않느냐고 반론하면 할 말이 없다. 그러나, 그래도 아깝다. 이 나라의 지형은 오프로드 바이크를 위해 있다고 해도 과언이 아니다. 도처에 트라이얼 머신에 적합한 암산巖山이 있어 나는 마냥 부러웠다. 오프로드의 천국이다.

그런데 어느 산에서나 오프로드 바이크는 도통 보이지 않았다. 산세가 좋은 암산에서 마주치는 사람이래야 산딸기를 따러 나온 어르신들뿐.

고생고생해서 '옷사'라는 회사에서 제작한 트라이얼 머신을 구했다. 나는 그것을 타고 해안을 달리고 암산을 올랐다. 유쾌했다. 우리 집 근처에 만약 이런 산이 있다면 실력이 쑥쑥 늘 것이다.

그런데 왜 노르웨이에는 오프로드 바이크가 보급되지 않는지 이해가 안 되었다. 산을 달려 봐야 별 재미없다고 생각하는 것일까. 로드 바이크가 이용 가치가 뛰어나기 때문일까. 아니면 그런 스포츠가 있다는 것 자체가 알려지지 않은 것일까. 여러 가지를 생각할 수 있지만 역시 돈 문제일 것이다. 오프로드 바이크는 험한 길을 거칠게 몰기 때문에 고장률이 높아 돈이 많이 든다.

요즘 나는 오토바이를 잘 타지 않는다. 타기 시작했을 때만큼은 안 탄다는 뜻이지, 보통 라이더보다는 그래도 많이 탄다. 근처 산길이라는 산길은 다 돌아다녀, 어디에 어떤 커브가 있고 어디에 어떤 바위가 있는지 속속 아는 터라 별로 타고 싶지 않아졌다. 이제 속도나 내면서 흥분하는 수밖에 없는데, 아쉽게도 일본의 산길은 노르웨이처럼 한산하지 않다. 산에 들어갔다가 사람과 마주치지 않은 적이 없다. 20분쯤 달리면 인가가 보이고, 좀 더 높은 산에는 등산객들이 있다. 한껏 고양되었던 감동과 충실감이 거기서 뚝 끊기고 만다. 일본에서는 뭘 하든 좁은 땅과 많은 인구라는 벽에 부딪쳐, 거기서 더는 앞으로 나아가지 못한다.

요컨대 오프로드 바이크 놀이는 이제 한계에 달했다. 그저 타고 다니는 것만으로는 만족할 수 없는 나이가 되기도 했다. 다소 아쉽지만 사실이다.

오스트레일리아의 광활한 사막을 달린 탓에, 그때의 감동을 넘어서기가 쉽지 않다. 불행인지도 모르겠다. 그렇다고 '아라비아의 로렌스'처럼 일부러 위험을 감행하면서 생을 확인하는, 또는 죽고 싶어 하는 마조히스트적인 방식으로 타고 싶지는 않다. 로렌스가 한 행위에 용기라는 표현을 사용하는 것은 옳지 않다. 그러나 영웅이라 불리는 남자들 중에는 그와 비슷한 인종, 즉 마조히스트가 많은 것도 사실이다. 예술가 중에도 많은 듯하다.

여성 잡지에서 원고 의뢰가 들어오면 나는 거절한다. 오토바이에 관한 인터뷰 정도에는 응한다. 거절당한 편집자는 왜냐고 물고 늘어진다. 나는 여자와 동성애자 잡지에는 원고를 쓰지 않는다고 대답한다. 그러면 편집자들은 대개 화를 내면서 편견이라고 항의한다. 나는 물론 편견이라고 대답한다. 그러면 끝난다. 나는 안도한다. 그렇게 몇 번을 하다 보니 요즘은 여성 잡지에서는 아예 전화가 걸려 오지 않는다. 바람직한 일이다.

'미래의 사랑에 대해서', '이렇게 하면 사랑받는 여자가 될 수 있다.' 나는 그런 테마로는 글을 쓸 수 없다. 주로 그런 생각만 하는 남자도 있겠지만, 나는 그렇지 않다. 여자와 동성애자와는 말이 통하지 않는다. 그들은 처음부터 자기만의 답을 갖고 있고, 타인의 의견을 구하는 것은 그 답을 긍정해 주기를 원할 때뿐이다. 또 그들은 자신에게 유리한 말밖에 원하지 않는다.

여자와 동성애자는 강하다. 그들에 비하면 평범한 남자가 오히려 약하다. 언어에 의지하지 않고는 살 수 없는 부분이 있다. 사랑과 연애라는 언어로는 모자란다. 좀 더 복잡하다. 고뇌의 수도 종류도 많다. 특히 오늘날처럼 안정적인 시대에는 어떻게 살면 좋을지를 모른다.

여자의 인생은 사랑의 폭포와 연애의 홍수에 젖기만 해도 빛날 수 있다. 거기에 착목한 남자들은, 어머니 치마폭에서 성장한 남자들은 남자이기를 포기했다. 여자에 가까운 인간이 되어 편하게 살려 한다. 형태와 감각과 쾌감밖에 없는 인생을 구가한다. 그런 남자가 앞으로는 점점 더 늘 것이다.

남자들에게는 불행한 시대가 되었는지도 모르겠다. 남자가 남자로서의 진가를 발휘할 기회는 죄 박탈당하고 말았다. 이제 남자는 남자일 필요가 없어진 것일까. 이런 시대에 '남자, 남자'를 외치는 것은 꼴사나워 보인다. 끝내는 아무도 상대해 주지 않는다. 뿐만 아니라 '저 인간은 우익'이라는 딱지를 붙이고, '야만족'이라고 매도한다. 거기서 끝이다. 그러나 나는 폭력적이고 전투를 좋아하는 거친 남자야말로 남자라고는 생각지 않는다. 제복 입고 어깨에 힘준 남자들의 집단에게서 남자다움을 추구한 적도 없다. 군복으로 무장하고 거울 앞에 서서 경례를 수 천 번, 수 만 번 거듭하는 자신의 모습에 황홀해하는 무리들은 인정하지 않는다. 남자들만의 세계에 몸을 던지고 전쟁 놀이에 광분하는 남자들도 부정한다.

그들은 명령이 없으면 움직이지 못하는 수동적인 남자들일뿐 정신은 여자에 가깝다. 문제는 자립과 독립의 정신을 갖추고 있느냐 하는 것이다. 자기 머리로 생각하고 자신의 의지로 움직일 수 있느냐 하는 것이다. 생각하고 말만 할 뿐이라면 실격이다. 가장 쉬운 1에서 가장 어려운 10까지 열 가지 수단이 있다면, 필요에 따라 어떤 방법이든 택할 수 있고 행동으로 옮길 수 있는 남자여야 한다. '필요에 따라'가 중요하다. 필요도 없는데 느닷없이 8이나 9 또는 10을 수단으로 사용하거나 1에서 바로 10의 행동에 나서는 것은 마음에 어떤 결함이 있다고 생각하는 것이 좋다. 또 방법이 그것밖에 없는데 행동하지 못하는 남자는 쉬운 것만 좋아하는 자신을 자각하고 부끄러워해야 할 것이다. 변명거리를 찾거나 후회의 한숨을 쉴 시간이 있으면 제대로 된 남자가 되는 길을 생각해야 마땅하다.

남자를 남자로 존재케 하는 것은 향상심이다. 그리고 조금이라도 그 방향으로 자신을 접근케 하는 노력이다. 힘겹다고 하면 참 힘겨운 인생이다. 그러나 거기에서 보람을 추구하지 않고 다른 무엇에서 충실감과 감동을 얻을 수 있다는 말인가. 전에는 할 수 없었던 일을 지금은 할 수 있고, 전에는 도망쳤지만 지금은 그 자리에서 버틸 수 있는 강함을 지향하지 않는다면 뭐 때문에 남자로 태어났다는 말인가. 이렇게 말하면 웃는 이들이 많다. 웃어넘기는 편이 '폼 나는' 시대가 되었다. 그리고 그들은 '자연스러운 사람', '자신에게 솔직한 사람', '있는 그대로의 삶'이라는 말로 반격한다.

"인간은 살아 있으니, 그렇게는 살 수 없다." "그렇게 힘들게 고집 피울 거 없잖나." "좀 더 자신을 풀어 놓으라고."

그리고 그들은 나약함과 안정 위에 편히 앉아 도망치기 위한 말과 씁쓸한 미소를 최대의 무기로 오늘도 몇 년 후의 자신과 마주하고 있다.

이기냐 저거냐, 결착을 지어야 하는 사건에 휘말리면 얼굴을 찡그리고 눈을 감은 채 그대로 멀거니 서 있거나 슬금슬금 꽁무니를 빼고는, 시간과 타인에게 해결의 맡기고 시치미를 뗀다.

그러다 풍파가 잠들면 다시 큰소리를 쳐 대고, 칠칠치 못한 남자의 실패담을 귀담아듣고는 공감이 간다는 둥, 인간다워서 좋다는 둥, 남자는 서글픈 존재라는 둥의 말을 내뱉는다. 그렇게 남자들이 어물거리는 동안 여자들은 냉혹한 실천력을 발휘해 온갖 분야로 진출했다. 당연한 일이다. 남자가 꾸물대고 있으니 여자가 분발할 수밖에 없다.

요즘은 여자 중에도 상당한 인재가 많다. 일을 철저하게 하는 여자들이 눈에 띈다. 그러나 유감스럽게도 그녀들 대부분은 여자이기를 포기했다. 남자가 되었다. 그렇다고 나긋나긋, 사근사근해야 여자답다고 생각하는 것은 아니다. 또 여자라는 것을 충분히 활용해서 일하는 태도를 여자답다고 생각하지도 않는다. 허접한 남자들에게 질쏘냐 하고 오기를 부리고 뻔뻔하게 앞뒤 가리지 않는 여자도 꼴불견이다. 그녀들이 정말 남자와 어깨를 나란히 할 수 있다고 생각한다면, 자연스럽게 그 일을 해내기를 바란다. 신경질적으로 짜증을 부리지 말고, 더는 대책이 없을 때에도 '여자라서 더는 무리'라는 말을 하지 말고……. 무리한 주문일까. 그러나 요즘 남자들 같은 정도의 일이라면 그녀들도 할 수 있고, 또 넘어설 수도 있다. 또 남자가 남자이기를 포기했으니, 여자가 여자이기를 그만뒀다 해도 조금도 이상하지 않다.

그러나 불어 터진 남자들과 비슷한 정도의 일을 했다고 해서 남자 전체를 뛰어넘은 것처럼 우쭐해서는 곤란하다. 그 정도 남자를 넘어섰다고 해서 남자의 저력을 우습게 봐서는 안 된다. 힘과 체력을 문제 삼는 것이 아니다. 남자가 한 번 진지하게 삶을 이끌어가기 시작하면, 이해타산을 버리고 엉뚱한 방향으로 돌진할 수도 있다는 점을 염두에 두어야 한다. 남자가 최종적으로 바라는 것은 안정이 아닐 수도 있다. 잔디 깔린 정원 있는 집에서 골프채와 낚싯대를 닦고, 파이프를 물고 아이들을 흐뭇하게 바라보는 생활에 만족하지 않을 수도 있다.

평온함에 진력이 나고 여자 짓에도 염증을 느낀 남자는 과연 그다음 뭘 하려 할까. 요즘은 군대에서 꿈과 변화를 추구하는 젊은이들이 늘고 있다. 제복 입은 폭력적인 집단에 몸담고, 나라에서 주는 직위와 돈으로 전쟁놀이를 할 수 있는 세계를 선망하는 이들이 늘었다고 한다. 그런 그들 정신의 이면에는 역시 동성애자들의 발상이 눌어 붙어 있다. 소위 '하드 게이'라고 불리는 인종과 비슷한 발상이다. 나라를 지키기 위해, 자유를 구가하기 위해서라는 말은 입에 발린 허풍이고 구실이지, 사실은 형식미에 사로잡혀 명령대로 움직이는 것에 황홀해할 뿐이다. 근본적으로 마조히스트인 그들이 바라는 것은 화려한 죽음이다.

독립과 자유를 원하는 자는 군대를 생리적으로 꺼린다. 그만큼 독립과 자유를 빼앗는 세계도 없으니 말이다. 어떤 명령에도 절대 복종해야 하는 세계를 바람직하게 여길 리가 없다. 나라를 움직이는 힘을 지닌 자들은 이렇게 말한다. "우리나라를 우리 손으로 지키는 것은 당연한 의무가 아닌가." 하고. 논리적인 말로 들리기는 한다. 그러나 생각해 보자. 물론 나는 일본 사람이고 내 나라는 틀림없는 일본이다. 나는 미국인도 아니거니와 노르웨이인도 아니고 또 중국인도 아니다. 그러니 나라의 법률에 따르고 세금도 내는 것이다. 성실한 국민이다. 거슬리지 않는 시민이다. 그러나 단 한 가지, 목숨까지 내놓으라고 하면 애기는 달라진다. 몸까지 바쳐야 할 만큼 이 나라가 내게 베푼 것이 있는지 꼼꼼히 생각해 봐야 한다. 게다가 나는 일본 사람이지만 동시에 지구인이기도 하다.

저 높은 곳에 있는 사람들은 이렇게 윽박지른다. "당신에게는 애국심이란 게 없는 것인가?" 그들이 나라를 사랑하라고 하는 것은 같은 지구인과 서로 싸우고 죽이기 위해 목숨을 내놓으라는 뜻이다. 아무리 생각해도 그럴 만큼의 빚이 없다. 의무도 없다. 내 목숨은 내 것이지 나라의 것이 아니다. 최소한 내 목숨 정도는 내 마음대로 할 수 있어야 하지 않나. 그러면 높으신 분들은 또 이렇게 위협한다.

"나라를 지키는 것은 곧 네 가족을 지키는 일이다. 당신들의 딸과 며느리가 외국 병사에게 몹쓸 짓을 당해도 좋은가?"

물론 그래서는 곤란하다. 곤란하니까 총을 쥐어 주고 명령과 피의 홍수 속으로 뛰어들게 한다. 아무것도 모르는 채 명령에만 따르는 한 마리 개미 취급을 당하기는 싫다. 꼭 싸워야 한다면, 어느 나라의 어느 남자를 죽여야 한다면, 내 의지로 어떻게 할 것인지를 정하고 싶다. 지하로 들어가 게릴라전을 펼치든 어쨌든 단독 전쟁을 하고 싶다. 전쟁의 역학 관계를 생각하면 그런 발상은 너무 터무니없어 웃음거리밖에 되지 못할 것이다. 충분히 알고 있다. 그런 행위가 아무 도움도 안 된다는 것은 안다. 그러나 나는 그래도 그쪽을 택하고 싶다. 어느 전쟁에서든 허무하게 죽는 것은 마지못해 동원된 자들뿐이다. 전쟁을 일으킨 자들은 죽지 않는다. 살아남아 새 시대가 오면 되살아난다. 이는 실로 불쾌한 일이다. 자기 의지를 짓밟히는 것만 해도 분통이 터지는데, 전쟁의 빌미를 마련한 자들은 안전한 곳에 몸을 숨기고 있다니 용서할 수 없다.

막상 전쟁이 발발했을 때, 우리가 잃는 것은 목숨 외에 몇 푼 안되는 재산뿐이지만, 그 몇 십 배, 몇 백 배를 잃게 되는 이들이 있다. 부자라 불리는 인종들이다. 그 수는 아주 적다. 겨우 한 줌이다. 거금을 쥐고 있는 자들은 필요 이상 겁을 먹는다. 그래서 집 주위에 높은 담을 쌓고 경비를 세우고, 훈련된 개를 키우고 출입하는 사람들을 감시하기 위해 감시 카메라를 설치한다. 잃을 것이 많기 때문에 과민해지는 것이다. 접근하는 사람들은 일일이 감시한다. 돈을 노리는 것은 아닐까 의심한다. 전혀 빗나간 대비는 아니다. 타인의 재산을 강탈하고 사기를 쳐 우려내려는 자들이 우글거린다.

그러나 한번 겁쟁이가 되면 의심만 커질 뿐이다. 끝없이 안전을 추구한다. 국내의 인간을 의심하는 것에서 그치지 않는다. 국외의 인간까지 똑같은 시선으로 본다. 당장 그들이 공격해 와 약탈을 자행하지는 않을까 상상한다. 그 사태를 막기 위해서는 훈련된 개의 역할을 하는 인간을 늘리는 것이 최고다. 경비를 열 명이고 스무 명이고 늘려야 별 소용이 없으니, 대등하게 겨룰 수 있는 군사의 수를 늘리고 무기를 확충한다. 그들은 돈 외에도 그 돈을 지키기 위해서 나라를 움직일 수 있는 힘이 있다. 자신들을 대변해 줄 정치가를 세상에 내세울 수 있고, 매스컴에 입김을 작용할 수 있는 평론가를 등장시킬 수도 있고, 욕망에 눈이 멀어 다가오는 작자들에게 사탕을 물려 줄 수도 있다. 그들 뜻을 따르지 않는 사람에게는 협박도 마다하지 않는다. 그렇게 해서 그들은 조금씩, 때로는 불쑥 우리를 총알받이 개로 만들었다. 도베르만 버금가는 인간이 된 남자를 남자답다고 하면서 치켜세운다.

군대가 어떤 세계인지 나는 잘 모른다. 군인 경험도 없다. 내가 철이 들었을 때, 전쟁은 이미 끝나 있었다. 그러나 별 볼 일 없다는 상상은 족히 할 수 있다. 어떤 타입의 남자들이 거들먹거리는 세계인지는 쉽게 알 수 있다. 그 위에는 공명심의 화신인 상관이 우글거리고, 또 그 위에는 '이 정도 희생은 어쩔 수 없지.' 하는 말을 아무렇지 않게 내뱉는 파충류 같은 냉혈한들이 있을 것이다. 그런 남자들 중 몇 명은 지키기보다는 공격하는 편이 손쉽고 효과적이라고 믿을 것이다. 그들의 유일한 철학은 '이 세상은 싸우기 위해 있다.' 하는 것이며 그 증거로 역사를 들이밀 것이다. 그리고 '전쟁이 없었던 시대는 없었다'고 하고 '평화는 전쟁과 전쟁 사이의 휴지기'일 뿐이라고 한다. 설득력 있는 의견이다. 인간은 지금까지 준비한 무기를 사용하지 않은 적이 없었고 무수한 전쟁으로 세월을 보냈다. 인류의 역사는 선생의 역사이기도 하다.

그러나 핵무기 시대로 접어든 현재, 다음 전쟁은 최후의 전쟁이 될 것이다. 그 전쟁은 인류뿐만 아니라 지구의 멸망을 의미한다. 머리가 잘 돌아가고 잃을 것이 많은 자들 중에는 그 전쟁 다음에 올 시대를 예상하는 경우도 있을지 모르겠다. 그들만이 살아남을 수 있는 방공호를 만들고 대기하고 있는지도 모른다. 몇 십 년분의 물과 식량, 연료와 의약품, 방사능 제거 장치, 발전기 등 수많은 물품을 어느 사막 지하에 준비해 두었을지도 모른다. 당연히 무기와 탄약도 쌓아 두었을 것이다. 살아남은 자들끼리 또 한 번의 쟁탈전을 벌일 가능성이 높기 때문이다. 우리의 생명을 걱정하는 인간은 애당초 없다.

핵전쟁이 발발했을 때, '내 알 바가 아니다. 싸우고 싶은 놈들끼리 싸우면 될 일'이라고 태연하게 대처하는 인간은 한 명도 없을 것이다. 그런 전쟁이 벌어졌다는 것조차 모르는 미개지의 인간들에게도 죽음은 빠짐없이 찾아간다.

현재 대국이 보유하고 있는 핵무기의 양은 과하리만큼 충분하다. 이 지구를 몇 번이든 파괴할 수 있다. 예의 완벽에 가까운 방공호에 들어간 사람이 아니면 유사 이래 최대 공포의 불꽃을 본 것에 만족하면서 벌레처럼 죽어 갈 것이다.

'인간은 그렇게까지 어리석지 않다.' 하고 주장하는 낙관론자가 없는 것은 아니다.

"개개인에게 의견을 물어보면, 아무도 전쟁을 원하지 않는다. 모두가 평화를 원하고 있지 않은가. 적어도 핵무기를 사용하는 어리석은 짓은 하지 않을 것이다."

그들은 그렇게 말한다. 그러나 내 생각은 다르다. 말은 어떻게 하는지 몰라도 전쟁을 원하는 이들은 틀림없이 존재한다. 지금까지의 전쟁도 그들이 촉발했다. 이 세상에는 전쟁 주변에서만 살아갈 수 있는 변종들이 아주 많다. 그들은 특별한 인간이 아니다. 국민의 대변자이며 대표자일 수도 있다. 우리 머릿속에도 살육과 파괴를 원하는 본능이 살아 있다. 일부 인간이 슬쩍 불을 지르면 그 검은 불길이 멋대로 훨훨 타오른다.

그런가 하면 이렇게 말하는 자도 있다. 이대로 평화가 유지되면 늘어나는 인구 때문에 언젠가는 비극적인 사건이 벌어질 것이라고. 그러나 핵전쟁 정도는 아니다. 핵무기 사용에 비하면 살아남을 기회가 얼마든지 있을 것이라고 한다.

지구는 과연 어떤 방향으로 가고 있는 것일까, 외국을 여행할 때마다 그런 생각을 하게 된다.

세계 각지를 다니면서 느끼는 것은, 일본 사람이 생각하는 것만큼 인간이 고등한 생물이 아니라는 점이다. 생각보다 훨씬 악질적이며 야만스럽고, 양심도 양식도 없는 자들이 나라를 좌지우지하고 있다. 평화 운동 정도로 어떻게 될 수 있는 문제가 아니다. 그리고 사람들이 왜 종교에 매달리는지, 왜 종교에 얽매이지 않고는 살 수 없는지를 이해하게 된다. 일본인의 척도로 세계를 재면, 인간 전체를 재면 아마 올바른 해답은 나오지 않을 것이다. 여러 의미에서 일본 사람은 특별하다. 세계에서 소외된 나라이며 소외된 국민이다. 그러나 소외된 채 우월감에 젖어 있으면 그만일 정도로 세계정세는 단순하지 않다. 다른 나라 사람들은 느릿느릿 걷고 있는데, 일본 사람들은 전속력으로 달리고 있다. 일본은 모든 분야에서, 예를 들어 폭력단조차 한눈을 팔지 않고 열심히 일한다. 예술가들도 그렇다. 일본에서는 느긋하게 일하는 사람을 보기 힘들다. 노르웨이 같은 나라를 보면 실로 잘 알 수 있다.

그런 일본 사람에 비하면 무수한 외국인들은 보수적인 셈이다. 그것은 그들의 식사에서 잘 나타난다. 그들은 몇 백 년 전과 거의 다름없는 것을 오늘도 먹고 있다. 거의 매일 비슷한 것을 먹으면서도 태연하다. 일본처럼 변화에 가득한 식사를 하는 나라도 없을 것이다.

북유럽에는 있는 것은 예의 바이킹 요리 정도이다. 그들의 평상시 식사는 실로 소박하다. 소박한 식사에 익숙한 나조차 끝내는 질리고 말았다.

본능 중에서 가장 절실한 식욕마저 그 옛날과 변함이 없다. 응용이 없다. 그러니 다른 것들은 미루어 짐작할 만하다. 노르웨이의 식사는 정말 빈약하다. 영양 면에서는 충분하겠지만, 웬만하면 다 먹는 나도 고개가 절로 흔들어진다. 그들의 입맛에 잘못이 있는 것은 아니다. 맛있어 보이는 음식이 있으면 흥미를 보이고 손을 내민다. 중국 음식점이 번성한 것만 봐도, 그들 역시 맛있는 음식을 원한다고 할 수 있다. 다행히 우리는 맛 기행을 하려는 것이 아니고, 일본에 돌아가면 마음껏 먹을 수도 있으니 먹거리에는 별 신경 쓰지 않았지만, 동료 하나는 이렇게 투덜거렸다.

"여기 사람들은 매일 이런 걸 먹고도 만족스러운 걸까."

다른 동료도 한마디 했다.

"설마 죽지 않으면 된다는 생각은 아니겠지."

일본의 인스턴트식품이 그나마 낫다 싶은 경우가 몇 번이나 있었다. 만약 누가 노르웨이에 일본 음식점을 차린다면, 중국 음식점을 순식간에 앞지를 것 같다. 일본 관광객은 거의 가지 않는 산속 레스토랑에 갔을 때, 우리는 크로켓처럼 생긴 햄버그 비슷한 것을 먹었다. 냉동식품이라고 하는데 목으로 넘기느라 생고생을 했다. 그 레스토랑에서 일본인 여학생이 아르바이트를 하고 있었다. 오슬로에 있는 학교에서 노르웨이 직물에 대해 공부하고 있고 여름 동안 아르바이트를 한단다. 처음에 그녀는 딱딱하게 굴었다. 일본을 멀리 떠나 다른 나라에서 열심히 하고 있는 모습을 우리에게 보이려 했다. 그러나 결국 오랜만에 만나는 동족에게 반가움을 감추지 못하고 우리가 그 맛없는 음식을 먹는 동안 우리 옆을 떠나지 않았다. 가게 경영자가 배려해, 우리와 같은 테이블에서 그녀가 점심을 먹을 수 있도록 해 주었다.

"노르웨이의 직물이 그렇게 유명한 줄은 몰랐는데."

내가 그렇게 말했더니 그녀의 대답은 이랬다.

"기술은 일본이 월등해요. 배울 게 하나도 없어요. 그걸 여기 와서 보니까 알겠더라고요."

참 이상한 말이다. 그 정도 정보는 일본을 떠나기 전에 입수할 수 있었을 텐데. 경솔한 선택이 아니었을까. 나는 그녀와 몇 마디

더 나누었다. 그러다 직물 공부는 구실에 지나지 않는다는 것을 알았다. 이미지를 좇아온 경박한 유학이었다. 그녀 같은 젊은이를 여러 나라에서 보았다. 안이한 꿈을, 멋대로 포장한 꿈을, 북유럽을 무대로 한 청춘소설 따위에 그려진 꿈을, 외국으로 나가기만 하면 실현할 수 있다 여기고 일본을 떠나는 젊은이가 많다. 그들의 꿈이 깨지는 것은 시간문제다.

일본에서 해 볼 만큼 해 본 것도 아니고, 확고한 목적이 있는 것도 아닌 상태에서 나가 봐야 소용없다. 기껏해야 여행 정도는 할 수 있을 것이다. 그녀 얼굴에서 실망과 후회와 초조함을 느꼈다. 그녀는 일본으로 돌아가고 싶어 했다. 그런 말은 하지 않았지만, 일본행 싼 비행기 티켓을 어떻게 하면 구할 수 있는지, 그것만 열심히 물어 댔다. 동료가 런던에 가면 그런 티켓을 구할 수 있을지도 모른다고 가르쳐 주자, 그녀는 그 정도는 안다고 하고는 입을 다물었다. 아마 거의 돈이 없었던 것이리라. 런던까지 가는 것조차 버거웠을 것이다. 아르바이트를 해서는 먹고살기도 빠듯했을 것이다.

"일본에 돌아가면 어떤 생활을 하고 싶지?"

내가 물어보았다.

"음, 산속에 오두막을 짓고, 염소와 함께 살고 싶어요."

그녀는 여전히 꿈에서 깨어나지 않았다.

산속에 오두막집을 짓고 염소와 함께 살고 싶다는 꿈은 대체 어디에서 태어난 것일까. 그 꿈의 밑바닥에 있는 것은 현실로부터의 도피이다. 그녀 같은 인종은 그런 도피를 절실하게 생각해야 할 만큼 현실에서 무슨 고생을 했을까. 뒤돌아보고 싶지 않을 만큼 힘겨운 현실에 부딪쳐 본 일이 한 번이라도 있을까. 가슴 아픈 실연, 흔한 좌절, 누구나 경험하는 씁쓸한 실패 때문에 그런 결론을 내린 것이라면 참 한심하다. 너무도 쉽게 '산속'이라고 말하는데, 남의 땅을 가지려면 돈이 필요하고 오두막집도 돈 없이는 지을 수 없다. 그것도 상당한 금액이 필요할 것이다. 또 염소와 같이 산다고, 염소젖만 먹고 살 수는 없다. 그런 꿈에 누락돼 있는 것은 언제나 돈이다. 그 중요한 조건이 싹 빠져 있다.

요즘은 남자 중에도 그런 꿈을 지닌 자들이 늘었다. 그들은 '돈이 무슨 문제냐. 돈은 어떻게든 하면 된다.' 하고 말한다. 부모의 도움을 받는 동안은 어떻게든 될 것이다. 또는 도시에서 아르바이트를 하는 동안에는 먹는 걱정은 없을 것이다. 그들은 지금까지 돈에 쪼들려 본 적이 없기 때문에 꿈의 조건에 돈은 없어도 상관없다고 생각한다. 그 꿈을 실현하기 위해서는 어느 정도 자금이 필요하고, 남들처럼 일도 해야 한다. 운이 좋아 그 자금을 부모가 대 준다 해도, 그 생활을 유지하기 위한 생활비까지 다달이 준다고 해도, 더없이 한심하고 게으른 생활이다. 신슈의 산에서 그런 생활을 시작한 사람들을 만나면, 나는 그럴 돈이 어디서 생겼는지 꼭 물어본다. 부모에게 받았다는 대답이 아주 많았다.

5,500킬로미터에 달하는 노르웨이 여행에서 나는 수많은 젊은이를 만났다. 흥미로운 것은 그들 대부분이 몹시 따분해했다는 점이다. 어느 동네에서나 젊은이들이 별일도 없으면서 길거리에 모여 몇 시간을 보냈다. 그들에게 돈이 그다지 없다는 것은 한눈에 알 수 있었다. 학교에서 돌아와 봐야, 또는 하루 일을 끝내고 집으로 돌아가 봐야, 그들을 기다려 주는 변화는 없다. 텔레비전을 켜 본들, 노르웨이의 방송국은 일본의 교육 방송 격이라 아무 재미가 없다. 방송 시간도 짧다. 집도 그렇게 크지 않으니, 친구를 부르거나 친구 집에 가서 떠들썩하게 놀 수도 없다. 집에서는 무뚝뚝한 표정의 어머니와 아버지가 어제와 다름없는 오늘을 보내고 있을 뿐이다. 게다가 태양은 조금도 기울 기미가 없다. 밝은 빛으로 가득하다. 커튼을 닫는 정도로는 잠잘 수 없다. 그래서 밖으로 나간다. 아무튼 나간다. 그런 젊은이들이 동네에 우글거렸다. 그런데 아무것도 없다.

그들이 즐겨 모이는 곳은 호텔 근처였다. 그곳은 동네에서 가장 변화에 찬 장소다. 먼 도시에서 혹은 다른 나라에서 찾아온 인간이 드나드는 호텔은 그들에게 가장 자극적인 장소다. 그들은 여행객을 볼 때마다 눈을 반짝이며 뭐라고 소곤소곤 말을 주고받는다. 그렇게 몇 시간을 보낸다. 자전거가 있는 젊은이는 같은 길을 몇 번이나 오간다. 낡은 오토바이 하나 갖고 있는 젊은이는 그 동네에서 영웅이기까지 했다. 다들 한 푼 없으니 찻집에 들어가 커피를 마실 수도 없다. 들개처럼 밖에서 어슬렁거릴 뿐이다. 그들에게 우리는 좋은 구경거리였다. 취재에 필요한 도구를 자동차에서 꺼내는 일본 사람을, 그들은 열심히 바라보았다.

거리에 모여 무위한 시간을 보내는 노르웨이의 젊은이들을 보면서 나는 문득 한 가지를 깨달았다. 그들이 놀 궁리를 하지 않는다는 점이었다. 그저 얌전히 어슬렁거릴 뿐이었다. 오토바이 한 대, 자전거 한 대가 있으면 레이스라도 할 수 있을 텐데 그러지 않았다. 말이 많고 쉴 새 없이 사방을 두리번거리지만, 아무것도 하지 않는다는 점에서는 공원 벤치에서 햇볕을 쬐고 있는 노인과 다르지 않았다. 젊은이다운 발랄함이 느껴지지 않은 것은 어째서일까. 그들은 저대로 아무것도 하지 않은 채 어른이 되어, 공원 벤치에서 하루를 보내는 노인으로 늙어 갈 것인가. 그리고 죽음이 다가온 순간, 자신의 인생이 무엇이었나 하는 의미로 '절규'할 것인가. 노르웨이 젊은이들의 온화함은 신사적인 태도와 더불어 바람직하게 여겨지는 것은 사실이다. 일본 문부성이나 학부모회의에서는 아마 그런 젊은이를 이상으로 내세울 것이다. 그러나 부족하다. 그래서야 실사회의 거친 파도를 헤쳐 나갈 수 있을까. 노르웨이에는 그런 파도가 없는 것인가. 피오르 해안처럼 잔물결 하나일지 않는 것일까.

변화를 바라지 않는 치분한 나라이니, 그딘 젊은이들노 충문히 통용되는 것일까. 확실하게 살고 있다는 자각과 감동은 어떻게 얻

는 것일까. 그것조차 필요로 하지 않는 나라일까. 젊은이들의 앞
날에는 수많은 난관이 있어야 마땅하지 않을까. 예를 들어서 입시
지옥도 없는 것보다는 낫지 않을까. 결단을 내리고 몸으로 부딪쳐
야 하는, 전력투구하지 않고는 살아갈 수 없는 혹독함은 사회적으
로 마이너스 면일까.

어쩌면 일본의 젊은이들은 노르웨이 젊은이들 같은 방향으로
기울어 가고 있는지도 모르겠다. 노르웨이를 비롯해 유럽적인, 하
루하루를 별거 없이 보내는 타입으로 변하고 있는지도 모른다. 나
는 안정되고 질서정연한 탓에, 그저 흐름을 따르기만 하면 편하게
살 수 있는 사회를 이상적으로 생각지 않는다. 장기간에 걸친 안
정은 흐름이 정체된 물과 같아 썩어 갈 뿐이다. 그 물속에서 번식
하는 문화는 어떤 것일까. 경박하고 불필요한 장식으로 덕지덕지
꾸민, 악취 나는 퇴폐의 문화일까. 그런 문화에는 급류를 가로지
를 때의 충실함, 흐름을 거스를 때의 감동이 없다. 고인 물속에서
는 저항도 반항도 무용지물이다. 허망한 행위다. 떠 있거나 가라
앉거나, 그뿐이다.

혼자 힘으로 움직일 수 있는 환경을 빼앗긴 생물은 불행하다.
그리고 추악하다. 연구와 노력이 필요치 않는 사회를 추구하는 것
은 옳지 않다. 불안과 긴장도 없는 사회를 추구하는 것도 옳지 않
다. 물론 정도의 문제는 있다. 안정 대신 잃는 것도 크다. 생활 걱
정이 없는 사회가 되면 사람들이 안심하고 그 이상을 추구할 것
이라는 생각은 틀렸다. 개발도상국 사람들의 빛나는 얼굴, 그들의

몸 전체에서 뿜어 나오는 생기발랄함은 무엇이란 말인가.

　만약 내가 돈 걱정 안 해도 되는 입장으로 태어나 일하지 않아도 먹고살 수 있는 보장이 있다면, 아마 소설가가 되지 않았을 것이다. 소설을 썼다 해도 대단한 작품은 되지 못했을 것이다. 고생고생 원고를 쓰는 이유는 생활비를 얻을 수 있기 때문이다.

어느 해 여름, 나는 집 근처에서 갈매기를 보았다. 바다 근처에 사는 사람들에게 갈매기는 신기한 새가 아니겠지만, 나는 신슈 산골에 살고 있다. 호수에서 낚시를 하고 있을 때였다. 부슬비가 내렸고, 수면에 안개가 어려 있었다. 나 혼자였다. 그때 수면 위로 검은 것이 재빠르게 스쳐 지나갔다. 나는 블랙 배스지 싶어 신경도 쓰지 않았다. 그런데 잠시 후 다시 그 광경이 보였다. 이번에는 자세히 보았다. 물고기가 아니었다. 나는 새가 수면에 비친 것이었다. 처음에 나는 솔개거나 말똥가리겠거니 하고 얼굴도 들지 않았다. 그런데 날아간 다음에야 솔개나 말똥가리치고는 색이 하얗다는 것을 알고 얼른 고개를 쳐들었다. 그러나 안개 저편으로 사라져 보이지 않았다. 다시 한 번 그 새가 나타났을 때, 나는 놀라서 벌떡 일어섰다. 갈매기였다. 틀림없는 갈매기였다. 이렇게 깊은 산속 호수에 어떻게 갈매기가 있는지 알 수 없었지만 분명히 갈매기였다.

갈매기는 내 머리 위를 유유히 날았다. 고개를 좌우로 흔들면서 먹이를 찾고 있는 것을 분명히 알 수 있었다. 갈매기는 한참이나 내 주위를 떠나지 않았다. 아마도 내가 낚은 물고기를 원했던 것이리라. 그러나 놀란 나는 거기까지는 생각이 미치지 못했다. 작은 물고기 하나 던져 주었으면 좋았을 걸 그랬다고 생각한 것은 갈매기가 어디론가 날아간 후였다. 나는 묘한 착각에 사로잡혔다. 갈매기가 산속 호수까지 날아온 게 아니라 내가 어느 틈에 바다로 온 게 아닐까 의심스러웠다. 그래서 다소 초조한 기분에 주위를 돌아보았지만, 그곳은 내가 잘 아는 호숫가였지 바다가 아니었다. 잠시 후 나는 이런 생각을 했다. 사실 갈매기 따위는 없었던 게 아닐까, 하고.

낚시에서 돌아오는 길에 지인이 운영하는 방갈로에 들러 커피를 마셨다. 잠시 망설이다가 지인에게 말했다.

"혹시 갈매기 못 봤나?"

지인은 눈을 반짝이며 대답했다. "봤지. 그거 틀림없는 갈매기였군."

우리는 자신이 아닌 목격자가 있다는 것에 반색했다. 그리고 갈매기가 강풍을 타고 이곳까지 날아왔다는 것으로 의견의 일치를 보았다. 그렇게밖에 생각할 수 없었다.

"우리도 어쩌면 그 갈매기 같은 처지인지 모르겠군."

나는 그렇게 중얼거렸다. 그리고 3년 정도 지난 여름, 다른 호수에서 또 갈매기 세 마리를 보았다. 그러나 다음 날에는 사라지고 없었다. 그곳이 바다가 아니라는 것을 알고 재빨리 돌아간 것일까. 또는 물고기를 끝내 잡지 못해 어느 수풀에서 죽은 것일까.

북유럽에는 랩족이라 불리는 사람들이 있다. 그들은 지금까지 주로 순록을 키우며 생계를 유지했다. 순록 떼를 몰고 이리저리 이동하는 그들에게 국경은 의미가 없다. 지금도 관계된 나라에서는 그들의 자유로운 월경을 인정한다고 한다. 과거 그들은 순록의 고기를 먹고 그 모피를 몸에 걸치고, 순록과 함께 이동하는 것이 인생의 전부였다. 그런데 모피가 팔린다는 것을 알았다. 팔리는 시대가 왔다고 해야 할까. 현금 수입이 그들의 생활상을 크게 바꿔놓았다.

현재 그들 같은 인종은 세계 각지에 있다. 케냐의 마사이족과 오스트레일리아의 애버리지니도 그렇다. 그들은 갑작스럽게 문명과 접하면서 문명의 가장 너저분한 부분을 흡수했다. 그러다 인상까지 쩌들고 말았다.

랩족은 순록의 고기를 부드럽게 하고 또 다루기 쉽게 하기 위해 수컷을 거세한다. 그 자체는 그리 신기한 일이 아닌데, 그래도 역시 좀 신기하다. 칼을 전혀 사용하지 않는다. 대신 이를 사용한다. 순록을 잡으면 고환을 입에 물고 단숨에 깨물어 끊는다. 그렇게 하면 두 손을 쓸 수 있어 편리하고 상처가 화농하는 일도 없다고 한다. 그 얘기를 들었을 때, 내가 당했을 때를 상상하고는 소름이 끼쳤는데, 동료 하나는 "흠, 그거 꽤 흥분되는 얘기인걸." 하고 중얼거리며 감탄했다. 변태기라도 있는 것일까.

너무 얌전한 남자는 성장 과정에서 정신적인 거세를 당했는지도 모르겠다. 집도의는 어머니다. 사회일 수도 있겠지만, 직접 손을 대는 것은 역시 어머니다. 거세당한 동물은 순록뿐만 아니라 모두 얌전해진다. 군용 말도 대개는 거세한 후에 조련한다고 한다. 그 편이 순종적이고 훈련에도 잘 적응하기 때문이란다. 가축으로서는 편리하겠지만 동물로서는 실격이다. 순록이 야생동물로서 충실감과 자유를 얻으려 한다면, 거세당하기 전에 어떻게든 도망치는 수밖에 없다.

인간의 경우는 집을 떠나는 길밖에 없다. 남자는 가능한 한 빠른 시기에 부모 곁을 떠나야 한다. 그것은 나의 지론이다. 꿈지럭거리다 어머니에게 거세당하고 나면 얼이 빠지고 만다. 그렇게 된 후에는 늦다. 나는 중학교를 졸업한 후 집을 떠나 기숙사가 있는 고등학교에 들어갔다. 집을 떠나기가 힘들면 여행이라도 좋다. 오토바이든 자동차든 전철이든 도보든, 아무튼 어머니의 손이 닿지 않는 먼 곳으로 떠날 일이다. 그러면 책을 몇 백 권 읽고도 이해하지 못한 것을 금방 터득하게 될 것이다. 자유로운 삶이란 무엇인지를 알게 될 것이다. 그러나 그 삶이 힘겨워 비틸 수 없다 느껴지면 다시 집으로 돌아가 거세를 당하고 가축으로 살면 된다. 사회는 가축 타입의 남자를 원한다. 문제없이 편하게 살 수 있는 코스일 수도 있다. 그렇게밖에 살 수 없는 남자도 분명 있기는 하다.

물이 사람의 마음을 편안하게 하는 것은 인간이 그곳에서 진화를 시작했기 때문이라고 한다. 즉 물에 대한 향수가 작용하는 것이란 다. 또 물은 인간이 살아가기에 반드시 필요한 물질이라서 물 옆에 있으면 안심할 수 있기 때문이라고도 한다. 아무튼 사람들이 물 근처에 살고 싶어 하는 것은 사실이다. 그 점, 노르웨이 사람들은 축복받은 땅에서 살고 있다 할 수 있겠다.

그렇게 물이 많은데 습기가 느껴지지 않아 신기했다. 노르웨이의 땅은 물과 바로 연결되어 있는데도, 어디를 가나 공기가 건조하고 고원처럼 상쾌하다. 바다 근처에서도 특유의 냄새가 나지 않았다. 냄새라는 게 아예 없었다. 활성탄으로 만들어진 나라인 걸까. 다만 모기가 많아 넌더리가 났다. 차를 세우고 밖으로 나가면 엄청난 수의 모기 떼가 습격해 왔다. 목숨을 건 놈들의 공격은 집요했다. 아무리 때려잡아도 포기하지 않았다. 만약 아프리카에서 이렇게 많은 모기 떼의 공격을 받았다면 말라리아를 염려했을 것이다. 그런데 이렇게 맑은 물속에서 어떻게 모기 유충이 자랄 수 있는 것일까. 이 나라의 모기는 깨끗한 물에서만 발생하는 것일까. 혹은 맑은 물이 모기에게 가장 적합한 환경인데, 일본의 모기가 어쩔 수 없이 도랑에 적응했을 뿐일까. 일본에 모기가 줄어든 것은 살충제의 보급 때문이겠지만, 사실은 물이 극도로 더러워졌기 때문은 아닐까. 유충조차 살 수 없는 물이 되었기 때문은 아닐까.

미드나이트 선, 한밤에 떠 있는 태양이 실제로 그렇게 아름답지는 않다. 언어가 주는 이미지 때문에 거뭇거뭇한 하늘 한가운데에 빨갛게 타오르는 태양이 떠 있는, 환상적이리만큼 아름다운 광경을 떠올리는 이도 있을 것이다. 그러나 그렇지 않다. 시간적으로 밤인데 태양이 빛나고 있을 뿐, 풍경은 낮과 별반 다르지 않다. 밋밋한 풍경이다. 몸이 푸르르 떨릴 만큼 아름다워 보이는 것은 한순간뿐, 유사한 풍경은 굳이 노르웨이가 아니라도 일본에서도 얼마든지 볼 수 있다. 그러나 밤 11시에서 12시가 되었는데도 해가 지지 않는다는 것은 실로 묘한 일이다. 자야 한다는 것은 아는데 잠들면 손해를 볼 듯한 기분이 들어, 별일이 없는데도 마냥 깨어 있다. 머리는 거의 잠들어 있는데도.

노르웨이 사람들도 나와 비슷한 기분인 듯하다. 자지 않고 조용조용 움직인다. 동물들도 울고 날고 먹어 대니 밤이라는 것이 더욱이 믿기지 않는다. 그 결과 우리는 과도하게 일하고 말았다. 사진가 가게야마는 그만큼 사진을 더 찍었다. 나는 그만큼 핸들을 더 잡고 있었다. 하루에 500킬로미터, 700킬로미터를 이동한 날도 있었다. 때문에 몸이 고달프고 눈이 아파, 수시로 비타민을 먹고 안약을 넣어야 했다. 억지로 침대에 들어가지만 잠이 좀처럼 오지 않았다. 아침에 눈을 뜨면 창밖은 대낮이라 새날을 맞았다는 실감이 없었다. 우리는 어두운 정상적인 밤이 그리웠다.

해가 저물지 않아 하루를 낮과 밤으로 구분할 수 없는 탓에 육체의 리듬이 무너지고 말았다. 당연히 정신도 이상해진다. 태어나서 지금까지 줄곧 낮과 밤의 구분 속에서 살았는데, 그게 완전히 뒤바뀌었으니 적응할 수 없다. 뭐가 어떻게 되든 무슨 상관이냐, 그런 자포자기한 기분이 든다. 태양의 페이스에 완전히 휘말리고 빛에 휘둘리다 보면 때로 그냥 아무 데나 벌렁 누워 멍하니 있고 싶은 충동에 시달린다. 우리는 일이라는 목적이 있었으니 그런 짓을 하지 않았지만, 노르웨이 사람들은 실제로 그러지 않을까. 밤이 되어야 일할 수 있는 소설가는 이 나라에서는 소설 쓰기도 쉽지 않을 것 같다. 반년밖에 글을 쓸 수 없으니 말이다.

낮과 밤의 구분이 확실한 나라 사람들은 어두워지기 전에 일을 마무리하자, 날이 밝았으니 힘내서 일하자, 그런 생각으로 생활에 악센트를 준다. 그런데 이곳은 그럴 수 없다. 시계와 달력을 봐야 예정을 세울 수 있고, 기분도 바꿀 수 있다. 시계가 현재 시간을 알려 주는 것은 분명하지만, 그뿐이지 육체와 정신에 영향을 미치지는 않는다. 느슨하게 지낼 가능성이 많다. 반대로 밤만 계속된다면 어떤 기분일까. 잠만 자고 있을 수는 없을 것이다. 눈을 뜨고 움직여 보지만, 질반은 자고 있는 듯한, 금방이라도 다시 잠들 듯한 묘한 기분이 들까.

귀국해서 어두운 밤을 되찾았을 때, 우리는 안도의 한숨을 내쉬었다. 해가 지고 어두워지자 동시에 수마가 덮쳐 열두 시간이 넘는 깊은 잠에 빠졌다. 일주일쯤 그렇게 잤을까. 아무튼 곤하게 잤다. 24일간의 수면 부족을 만회하듯 자고 또 잤다. 반년은 낮이고 반년은 밤인 공간은 아무래도 인간을 왜곡하는 것 같다. 처음부터 그런 곳에서 태어나 산다 해도 역시 부자연스럽다. 북유럽 사람들에게서 발랄함이 느껴지지 않는 것은, 마치 고지대의 공기처럼 존재감이 희박하게 느껴지는 것은, 태양 탓이 틀림없을 것 같다. 그들의 피부가 종이처럼 하얀 것도 눈동자가 파란 것도 머리가 검지 않은 것도, 전부 태양 탓이다.

오스트레일리아의 사막을 횡단할 때도 우리는 태양 때문에 넌더리를 냈다. 그러나 그때의 태양은 우리를 땀에 젖게 하고 숨을 턱 막히게 하는 강력한 힘을 갖고 있었다. 그리고 저녁이 되면 지평선 너머로 확실하게 떨어졌다. 미드나이트 선은 솜뭉치로 사람 목을 조이는, 그런 것이다.

지난 몇 년 동안 나는 나이를 거의 잊고 지내지 않았나 한다. 서른 살이 되었을 때, 솔직히 무척 당황했다. 이제 끝이로군, 죽는 일만 남았어. 그런 부정적인 기분이 뭉글뭉글 고개를 쳐들었다. 이십 대의, 청춘의 대부분을 나는 소설에만 매달려 살았다. 소설 외의 생각을 전혀 하지 않은 것은 아니지만, 생각만 했지 실행은 하지 않았다. 달리기도 식사도 수면도, 모든 것이 소설을 위해서 있었다. 오락에는 전혀 손을 대지 않았다. 더없이 심플한 생활이었다. 놀고 싶은데 놀지 않은 것이 아니라, 그런 기분이 들지 않았다. 종일 소설에 집중하는 생활이 조금도 이상하지 않았다. 그리고 마음 한구석으로는 지금 이대로 평생을 계속할 수 있지 않을까 생각했다.

그런데 서른 살을 맞았을 때, 갑자기 모든 게 바보짓 같다는 생각이 들었다. 좋은 소설을 쓰고 싶다는 마음은 여전했지만, 그것만으로는 살 수 없겠다는 것을 깨달았다. 이대로 계속해 쓰면 입만 산 음험한 문학청년이 될 것 같았다. 그런 때 내 생활에 날아든 것이 오프로드 바이크였고 지프차였고 랠리 차였다. 나는 움직였다. 한번 움직이자 멈출 수가 없었다. 지난 5, 6년 사이에 보통 남자가 20년 움직일 만큼 움직이지 않았을까. 처음 노르웨이에 갔을 때는 자동차는커녕 오토바이도 탈 수 없었다. 버스와 열차와 비행기밖에 이동 수단을 모르는 남자였다. 그런데 두 번째에는 내 손으로 자동차 핸들을 잡았고, 오토바이를 타고 질주했다. 변하려 하면 변할 수 있다.

같은 나라인데 첫 번째 여행과 두 번째 여행에서 남은 기억의 양이 다르다. 버스나 열차를 타고 가이드를 따라 움직인 첫 여행의 기억은 거의 없다. 자동차를 몰면서 다닌 두 번째 여행은 하나에서 열까지 다 기억하고 있다. 여행이란 역시 능동적으로 하는 것이 맞다. 보고 보이기만 하는 여행은 여행을 다녀왔다는 인상밖에 남지 않는 듯하다.

내가 여행에서 기대하는 것은 해묵은 성도 아름다운 공원도, 또 예술품도 아니다. 내게 그런 것은 아무런 가치가 없다. 나는 인간을 보고 싶다. 평범하게 지금을 사는 인간을 넉넉히 바라보고 싶다. 그들의 '일상'을 접하고 싶다. 진리는 일상 속에 숨겨져 있다. 사람들의 일상적인 몸짓, 대화, 표정 속에는 인간이란 무언인가 하는 무거운 명제를 푸는 힌트가 있다. 그것을 말이나 사진으로 옮기면 그렇게 자극적이지 않을 수도 있지만, 그저 물끄러미 바라보면서 자신의 일상과 비교하면 큰 발견과 감동을 얻을 수도 있다. 다른 나라 사람들의 일상을 직접 접하면 나의 일상이 무엇인지를 깨닫는다. 그러다 삶의 망설임에 종지부를 찍는 경우도 있다.

나는 소설의 소재를 찾기 위해 외국에 가는 것이 아니다. 소설가에게 중요한 것은 소재가 아니라 자기 자신을 바꾸는 것이다. 자신을 바꾸지 않으면서, 그런 노력은 하지 않으면서 새 작품을 잇달아 발표할 수는 없다. 방에 틀어박혀 몇십 년을 똑같이 생활하다 보면 조금은 바뀐다. 그러나 그 정도로는 충분하지 않다. 머리에 많은 지식을 쑤셔 넣었다고 해서 그 언어가 완전히 체득된 것은 절대 아니다. 행동으로 옮겨지지 않는 언어가 아무리 많아

봐야 사람이 바뀐 것은 아니다.

　서른 살이 되도록 오직 소설에 바친 삶을 후회하는 것은 아니다. 그 나름으로 좋았다. 그때는 그럴 수밖에 없었다. 직업 중에서 흔치 않은 부류에 속하는 소설가는 같은 작품을 두 번 쓸 수 없다. 새 작품을 계속 써내야 하는 이 일을 하려면 세상 사람들과 비슷하게 생활할 수 없다. 인생을 즐기는 방향으로 갈 수 있을 만큼 만만치 않다. 제대로 된 소설을 쓰고자 하면 엄청난 노력이 필요하고, 또 영감의 숫자와 질이 문제가 되는 힘든 일이다. 예술 혹은 문학 세계에 젖어 있다는 취기만으로는 오래가지 못한다. 취기는 독자들 몫이지 소설가는 언제나 깨어 있어야 한다. 적어도 어떤 문장을 쓰면 어떤 효과가 있다는 정도의 자각이 없으면 안 된다. 훌륭한 작품이 마음이 명하는 대로 붓 가는 대로 써진 일은 한 번도 없을 것이다.

　천재라 불리는 소설가들은 그런 유의 신화를 주변에 뿌리고 싶어 하고, 독자 쪽에서도 그런 전설에 심취하고 싶어 한다. 그러나 실제로는 있을 수 없는 일이다. 사실은 한 작품을 쓰기 위해 암벽을 맨손으로 기어오르듯 엉금거렸을 것이다. 큰 희생을 치렀을 수도 있다. 공회전만 연속할 뿐 앞으로는 조금도 나가지 못한 일도 있을

　행동으로 옮겨지지 않는 언어기 아무리 믿아 봐야 사람이 바뀐 것은 아니다.

것이다. 재능이란 그런 생활을 견디는 것이지 다른 게 아니다.

그러나 일본에는 소설을 쓴다는 것에 만족하고는 적당하게 생활하면서 그 속에서 얻은 자신의 나약함과 그 나약함으로 인한 상처 따위를 내보이며 대단한 고뇌를 하는 것처럼 연기하는 작품이 많다. 또 그런 소설가들이 모여 문학을 아느니 마느니 떠드는 것도 실상이다.

서른 살이 될 때까지 오직 소설을 썼다. 타인에게는 금욕적으로 보일 생활을 계속하면서 겨우 배틀 라인에 섰다 싶은 순간, 이제부터가 진정한 승부라고 생각한 순간, 나는 갑자기 소설을 등지고 정반대 방향으로 이동했다. 행동과 현실 속에서 감동을 추구하는 타입으로 변한 것이다. 움직이는 동안, 나는 소설을 거의 생각지 않았다. 소설을 더는 쓰지 않아도 상관없다고 생각한 순간조차 몇 번이나 있었다.

그렇게 6년이 흘렀다. 6년째에 노르웨이를 다시 찾아 여행을 시도했다. 그런데 이 여행을 통해 다시 한 번 원래 자리로 돌아갈 듯한 예감이 들었다. 집에 틀어박혀 소설만 쓰는 나날로 돌아갈 것만 같았다. 편집자에게 그런 말을 하자 '충분히 충전했으니 이제 쓰지 않고는 배길 수 없다는 얘기'라고 했다. 그들 의견도 틀리지는 않지만 정답은 아니었다. 그저 움직이는 데 지쳤는지도 모르고, 소설에 대한 생각이 바뀌었는지도 모른다. 자신의 행동을 통해 변한 것을 소설로 확인하고 싶은지도 모른다. 또는 이십 대에 하지 못한 것을 거의 다 했다는 만족감이 다시 소설로 방향을 틀게 하는 것인지도 몰랐다. 또는 그럴 나이가 되었을 뿐인지도 몰랐다.

귀국한 후 나는 한참이나 아무 생각 없이 지냈다. 그리고 갑자기 펜을 쥐었나 했는데, 단편과 중편 합해서 네 편의 소설을 썼다. 180도 다시 회전해 원래 자리로 돌아왔지만, 원래 위치는 아니었다. 이십 대에 쓴 소설과 조금 다른 입장에서 쓰고 있다는 분명한 자각이 있었다. 그 변화가 나는 기꺼웠다.

이십 대의 생활을 그대로 계속했다면 지금쯤 어떤 남자가 되어 있을까, 하고 문득 생각한다. 오프로드 바이크를 시작하지 않았더라면 과연 어떻게 변했을까. 찡그린 얼굴로 펜을 쥐고 있는 생활에 만족하고 있을까. 아마 아닐 것이다. 어차피 서른 살 쯤에서 꺾이지 않았을까 한다.

그건 그렇고 충동이란 참 무서운 것이다. 그러나 매력 있는 무서움이다. 사소한 계기로 인생이 크게 변한다. 내가 지금껏 걸어온 길은 예전에는 상상도 못 했던 것이다. 그 길로 들어서기 반년 전까지는 꿈도 꾼 적 없는 삶이었다. 그러니 10년 후, 20년 후의 운명에 대해서는 생각지 않으려 한다. 미래를 스스로 결정하지 않는 한 가능성은 거의 무한하고, 그거 하나로도 삶의 부력이 될 수 있다. 구체적인 계획이나 희망을 전부 잃었을 때에도 그렇게 생각하면 절망하지 않을 수 있다.

조건을 다 갖추고 있어도 얻을 수 없는 것은 얻을 수 없다. 그러나 원하지 않아도 얻게 되는 것은 또 얻는다. 소년 시절의 나는 누구에게 그렇게 배웠다. 그렇다고 그 말의 의미를 깨우치게 된 것은 최근의 일이다. 과거의 내 생각은 그 반대였다. 원하는 것을 얻지 못하는 것은 충분히 원하지 않기 때문이며 노력이 부족했기 때문이라는 주의였다. 한번 시작하면 끝장을 보았다. 그 무렵에는 늘 번쩍거렸다. 앞길을 가로막는 것은, 방해가 되는 것은 모두 배제했다. 지인들은, 소설 쓰는 남자로는 절대 보이지 않았다고 했다. 그렇다고 운명론자로 변모한 것은 아니다. 운명은 스스로 개척하는 것이라는 생각은 변함없다. 그러나 전과는 양상이 조금 달라졌다. 이제 억지를 부리지 않는다. 기다리는 것도 배웠다.

얼마 전까지 내가 원한 물건들은 모두 물욕에 따른 것이었다. 그것도 딱 세 가지였다. 좋은 오토바이, 좋은 자동차, 좋은 개. 이 세 가지 외에는 아무것도 원하지 않았다. 사소한 바람이었다고 생각한다. 물욕은 돈이 있으면 어떻게든 된다. KTM이라는 오스트레일리아 회사의 오토바이는 시간을 두고 구입했다. 또 이상적이지는 않아도 랠리 차로 개조한 자동차도 갖게 되었고 그런 대로 괜찮은 개도 한 마리 키우게 되었다. 인기 작가도 아니고, 책을 낼 때마다 몇 십 만부씩 팔리는 처지도 아니었으니 쉬운 일은 아니었다. 텔레비전이나 카메라를 사는 것만큼 간단하지 않았다.

그 무렵 내 머리에는 그 세 가지밖에 없었다. 일을 하는 동기의 절반이 원고료와 인세 수입이었다. 그렇다고 대충 쓰거나 필요 이상 원고 매수를 늘리는 짓은 하지 않았지만, 펜을 쥘 때마다 이 일을 하면 돈이 얼마 들어온다, 그렇게 1년, 2년을 기다리면 오토바이를, 자동차를, 개를 구할 수 있다고 주판알을 튕겼다. 그러나 소설가로서 부적절한 자세라고는 생각지 않는다.

문단에서의 출세와 무슨 무슨 상을 위해 물밑 작업을 하거나, 권력 관계를 의식하면서 발언하고, 자기 이름을 밝히지 않은 채 중상의 글을 쓰면서 문학 운운하는 이들보다는 훨씬 낫다고 자부했을 정도다.

당시 나는 물욕이라는 말을 좋아했다. 물욕으로 살 수 있다면 그렇게 행복한 일도 없겠다고 생각했다. 그리고 그렇게 살 수 있다고 믿었다. 그런데 언젠가 그런 생각이 사라지고 말았다. 언제 어쩌다 사라졌는지는 기억하지 못하지만, 아무튼 나중에 보니 나는 완전히 바뀌어 있었다. 물욕에 전전긍긍하던 나는 없었다.

그러나 원하는 것이 전혀 없는 상태는 과연 어떤 것일까. 이 얘기를 지인에게 하자 그는 이렇게 말했다.

"말이 안 되지, 그건. 사는 보람이 없잖아."

그리고 지금 자신이 원하는 것을 몇 가지 말했다. 땅, 집, 스테레오 세트, 독일제 고급차, 그 외의 이것저것. 내가 보기에 그가 그것들을 가질 수 있는 가능성은 거의 없었다. 현재 그가 하는 일로는 무리였다. 웬만한 행운이 없고는 불가능한 꿈이었다.

나는 그렇다는 걸 말해 주었다.

"그래, 물론 꿈이지. 그래도 상관없잖아. 인생이 지금 이대로 그냥 끝나도, 꿈이 있다는 것으로 만족해." 오기로 하는 말은 아닌 듯했다. 진심으로 보였다. 그리고 이렇게 덧붙였다.

"두고 봐. 네놈도 원하는 게 생길 거야."

이 대화를 나눈 후로 1년이 지났다. 그러나 나는 여전히 아무것도 원하지 않는다. 원하는 것을 찾으려고도 하지 않는다. 그렇다고 죽는 편이 낫다고 생각하지도 않고 세상이 시큰둥해진 것도 아니다. 가슴속을 깊은 평온이 차지하고 있을 뿐이다.

과거 내 가슴에는 커다란 구멍이 뚫려 있었다. 그 구멍으로 써늘한 바람이 늘 횡횡 불었다. 그 바람을 막으려고 생각나는 대로 구멍에 뭘 갖다 댔다. 싸움, 반항, 욕지거리, 소설, 오토바이, 지프차, 랠리 차, 이사, 개 등등. 그렇게 안간힘을 다해 어둠으로 기우는 자신을 일으켜 세웠다.

내 인생이 이렇게 끝날 수도 있겠다고 생각했다. 만약 그렇다면 참 볼품없는 삶이라고 생각했다. '바보짓 같아서 살 수가 없군.' 하고 혼자 중얼거리기도 했다.

그러다 내 가슴속 바람 구멍이 막혔다. 믿을 수 없지만 사실이었다. 충족된 것일까. 그럴 리 없었다. 5, 6년 전의 나와 거의 비슷한 조건 속에서 살고 있으니. 그렇다면 체념의 경지에 오른 것일까. 그렇지도 않다. 나는 지금도 만족스럽지 않고 체념도 하지 않았다. 조금이라도 좋은 소설을 쓰고 싶다. 그 목표 하나로도 살 가치는 있다. 나는 변한 것이다. 나를 변하게 한 것은 대체 무엇일까.

여러 번의 여행이 아니었을까. 그것도 가이드와 함께 하거나 수하를 여러 명 거느린 호화판 여행이 아니라, 모험에 가까운 여행을 계속하면서 자신의 능력을 한계까지 몰아붙이는 격한 행위를 몇 번 거듭하는 동안 허무주의와 비관주의를 떨쳐 내는 데 어느 정도 성공한 것이 아닐까.

거칠고 피비린내 나는 현실이라는 파도를 여행이라는 형태로 헤쳐 나가고, 또 실수를 하면서 단련된 것은 아닐까.

어지간한 일이 아니면 동요하지 않는다. 과거의 나 같았으면 이성을 잃고 동요할 사건에 휘말려도 지금은 냉정하게 대처할 수 있다. 해야 할 일을 반드시 하고, 해서는 안 되는 일이라 정한 것은 절대 하지 않는다. 한때의 충동으로 움직이지도 않는다. 말도 꼭 필요한 말만 한다. 동요하지 않는다고 해서 감동에 반응하지 않는 남자가 되었다는 뜻은 아니다.

과거의 나는 감동과 변화가 없으면 억지로라도 만들어 내려 했다. 그러자 지금은 자연스럽게 생겨나는 감동과 변화를 기다릴 수 있다. 답답하거나 불안하지 않다. 따분하지도 않다. 무의 상태에서 오래오래 기다릴 수 있다.

또 한 가지 변한 것이 있다. 지인과 친구를 거의 필요로 하지 않게 되었다. 며칠, 몇 달을 타인과 접촉하지 않고도 아무렇지 않게 지낼 수 있다. 그들과 만나 해도 그만 안 해도 그만인 대화를 나누는 것이 오히려 귀찮아졌다. 용건을 얘기하고 필요한 말만 하면 된다고 생각하게 되었다. 그러나 인간이 싫어지거나 고독을 사랑하게 된 것은 아니다. 여전히 다양한 인간에 관심을 갖고 있으며, 찾아오는 친구나 지인은 거부하지 않는다. 마음의 문은 언제든 열려 있다. 누구든 받아들일 수 있다. 상대의 입장을 고려하고, 얘기를 성의껏 들어 주고, 거절할 때에는 충분히 시간을 두고 생각할 수 있게 되었다.

최근에 서른두 살 먹은 선승이 우리 집을 찾아왔다. 선禪 잡지의 편집자이기도 한 그를 본 나는 정갈하면서 고요한 몸짓에 놀랐다. 특히 눈빛이 놀라웠다. 그저 맑은 것이 아니라, 이 세상 모든 물상을 빨아들일 듯했다. 그리고 자신의 모든 것을 알알이 드러내 보이는 신비로운 눈이었다. 눈을 거의 깜박거리지 않았다. 자기 자신과 철저하게 싸운 남자가 틀림없었다.

인터뷰를 하면서 나는 우선 종교에는 전혀 관심이 없다는 것을 알렸다. 그는 조금도 문제가 없다면서 몇 가지 질문을 했다. 나도 솔직하게 대답했다. 인터뷰치고는 묵직한 내용이었다. 빈정거림과 농담이 빠진, 본심과 본심의 대화였다. 마지막에 선승은 이렇게 말했다.

"당신의 생활은 선에서 추구하는 삶과 비슷하군요."

그의 설명이, 선의 중심이며 지향하는 바가 결국 자립과 독립이라고 한다. 즉 홀로 평정을 오래도록 유지할 수 있는 인간이라고 한다.

몇 번의 혹독한 여행이 내게는 수행 역할을 했던 것일까. 여행에는 늘 불안이 따라다녔다. 성공할 수 있을지 걱정이 많았다. 노르웨이 여행은 지금까지의 여행과 다르게 매우 안전했지만, 일반여행자들 눈에는 위험한 행위로 보였을지도 모른다. 하루에 몇 백킬로미터를 질주하니 위험이 전혀 없을 수는 없다. 나는 죽음을바란 것은 절대 아니다. 그러나 죽음을 받아들일 준비는 되어 있었다. 언제 어디서 어떻게 목숨을 잃든 아쉬워하지 않을 것이다.노르웨이에서는 그 생각이 늘 머리에서 떠나지 않았다. 왜였을까.

죽어서 불에 타 재가 되거나 흙으로 화하는, 잡초의 영양분이되는 상상을 해도 공포와 허망함은 느껴지지 않았다. 짧은 밤이 찾아와 무수하게 빛나는 천체를 올려다볼 때에도, 자신이 하잘것없는 존재라는 것을 새삼 느낄 때에도, 그 감정이 허망함으로 이어지지는 않았다. 설사 이 우주 전체가 출구 없는 거대한 블랙홀이라해도, 혹은 지구가 우주보다 더 큰 세계를 형성하는 소립자의 하나에 불과하다 해도, 미쳐 버릴 정도의 일은 아니라고 생각했다.

인도의 일부 지방에서는 이 세상과 우주는 신이 꾸고 있는 꿈

나는 죽음을 바란 것은 절대 아니다. 그러나 죽음을 받아들일
준비는 되어 있었다.
노르웨이에서는 그 생각이 늘 머리에서 떠나지 않았다.

이라고 믿는다고 한다. 신이 그 꿈을 다 꾸면 이 세상이 소멸하고, 다시 꿈을 꾸기 시작하면 새 세상이 열린다고 한다. 그러나 내게는 아무래도 상관없는 일이다. 신이 꾸는 꿈속에 우리가 있든, 우리가 꾸는 꿈속에 신이 있든 어느 쪽이든 상관없었다. 나는 이미 자신의 존재를 필요 이상 의심하는 일도 없지만, 무턱대고 긍정하고 싶은 마음도 없었다.

오랜만에 만나는 지인이 내게 이런 말을 했다.

"예전의 네가 더 재미있었어."

그 말에 나는 이렇게 대답해 주었다.

"네놈을 재미있게 해 주려고 사는 게 아니라고."

예전의 나는 서비스 정신이 왕성한 남자였다. 어렸을 때부터 그랬다. 동네 아이들과 놀 때도, 내가 하고 싶은 놀이를 하자고 주장하지 않았다. 모두가 어떻게 놀고 싶어 하는지를 확인하고, 거기에 맞췄다. 모두가 좋아하는 일은 거부하지 않았고, 심심하겠다 싶을 때에는 새로운 놀이를 생각했고, 우울해하는 아이에게는 말을 건네 어떻게든 힘이 되려고 했다. 말 많고 나서기를 좋아했던 것이다. 친구가 슬퍼하는 모습은 가장 참을 수 없었다. 그들이 웃는 얼굴을 되찾도록 무슨 짓이든 하려 했다. 그래서 손해를 많이 보았다. 부모님에게 '착해도 정도가 있지.' 하는 충고를 자주 들었다. 나 자신도 때로 그렇게 생각했다.

그런 성격은 어른이 된 후에도 여전했다. 내 것은 다 남에게 주고, 줄 것이 없어지면 허접한 농담이라도 날려 상대를 웃게 했다.

아마 나 자신을 위해 그렇게 했을 것이다. 타인을 보살피지 않고는 살 수 없었던 것이다. 타인의 웃는 얼굴을, 가슴에 뚫린 그 구멍에 대고 싸늘한 바람이 불어 들지 않게 한 것이리라.

소설을 통해서만 나를 아는 사람은 아마 이 얘기를 믿지 않을 것이다. 소설에서는 조금도 서비스를 하지 않기 때문이다. 묵직한 테마를 무거운 문장으로 한껏 억제해서 쓴다. 그러니 시시콜콜 친절한 작품에 익숙한 대부분의 독자들은 도중에 내던진다. 비정한 문체로 쓰다 보니 작가도 그런 인물일 것이라고 오해하는 듯하다. 하기야 지인들이나 그렇게 지적하지 나 자신은 비정한 문체라고 생각지 않는다. 다른 작가들의 문체가 지나치게 끈끈하다고 생각한다. 요즘 나는 내가 쓰는 소설에 더 다가섰는지도 모르겠다. 서비스를 별로 하지 않는다.

"요컨대 청춘이 다 끝났다는 거지. 중년이 되었다는 증거 아니겠어."

친구는 그렇게 말한다. 그 친구 말이, 불필요한 움직임을 배제하게 된 것이 바로 청춘이 끝났다는 증거라고 한다. 과연, 맞는 말인지도 모르겠다. 요즘은 군더더기를 배제하는 일에 유난히 열심이다. 뭘 하든 에너지의 분배를 고려한다. 바보짓은 하지 않게 되었다. 움직이기 전에 신중하게 생각한다. 과거의 나와는 전혀 다르다.

움직이기 전에도, 움직인 후에도 생각하는 일은 별로 없었다. 후회가 고개를 쳐들 때에도 짓누르기 위해 또 다른 엉뚱한 짓을 시작했다. 넘치는 체력만 믿고, 나만큼 움직이지 않는 사람을 딱 잘라 부정했다. 나를 넘어서게 움직이는 사람에게는 그만 한 존경심을 품었다. 만약 그런 삶이 청춘의 특징이라면, 내 청춘은 분명히 끝났다. 파워만 넘쳐 공회전만 계속했지 앞으로는 조금도 나가지 못한 그 무렵이 나의 청춘이었던 것이리라.

그런 게 청춘이라면, 청춘은 참 힘겹다. 신이 내게 다시 한 번 청춘으로 돌아가겠느냐고 물으면, 나는 사양하겠다고 할 것이다. 두 번은 할 수 없다. 콸콸 빠르게 흘러가는 넓은 강을 겨우겨우 헤엄쳐 건넜다. 때로는 물에 빠져 허우적거렸고, 도움을 청하려 악을 쓸 뻔하기도 했다. 지푸라기라도 잡으려고 버둥거렸고, 이대로 움직임을 멈출까 싶은 때도 있었다. 근성이 없고 교활한 무리에 매달려 보려고도 했고, 방향을 잘못 잡기도 했지만, 아무튼 강을 건너 이쪽에 도착했다. 게다가 내 앞에는 또 다른 강이 있는 듯하다. 다리도 나룻배도 없는 강이다. 그러나 나는 또 헤엄칠 것이다. 멈추는 일은 없을 것이다.

취미가 있는 자는 여행을 할 때에도 반드시 그 취미의 시각으로 사물을 본다. 바이크나 트라이얼을 좋아하는 사람은 바위산을 만나면, 어떻게 하면 뒤집히지 않고 저 산을 오를 수 있을까를 생각할 것이다. 랠리에 빠진 사람은 험한 자갈길을 보면 그 길을 중

무장한 차로 달리는 상상을 할 것이다. 내가 그렇다. 그러나 내게는 다른 취미도 있다. 낚시다.

낚시하는 사람의 눈으로 볼 때, 노르웨이는 천국이다. 도처에 물이 있고 물고기가 헤엄치고 있다. 여행자들은 차에 낚시 도구를 싣고 다니고, 주유소에서도 낚싯대 등의 낚시 도구를 판다. 그들의 낚시는 당연히 루어와 플라이다. 물고기를 낚는 것은 다르지 않지만, 나는 루어나 플라이는 별로다. 일본식으로 낚는 것이 좋다. 그러나 루어와 플라이 중에서 고르라면 그나마 플라이가 좋다. 송어나 곤들매기, 블랙 배스가 곤충과 똑같이 생긴 미끼에 속아서 무는 것은 그나마 납득이 간다. 그런데 루어는 모르겠다. 그런 금속 쪼가리에 걸리는 바보 같은 물고기가 정말 있을까 의심스러워진다. 시도해 보니, 정말 물고기가 다가온다. 다가오기는 하지만 물지 않는다. 그래도 루어로 물고기를 낚았다고 하는 남자를 몇 명이나 알고 있다. 걸리기는 하는 것이다.

루어의 장점은 미끼를 사용하지 않기 때문에 손을 더럽힐 일이 없다는 것이다. 그리고 플라이의 단점은 일본에는 플라이를 할 만한 넓은 장소가 없다는 것이다. 강의 너비도 좁고 강가에 나무가 많기 때문에 플라이를 사용하는 사람에게는 좋은 환경이라 할 수 없다. 그 점, 노르웨이는 흠잡을 데가 없다. 루어든 플라이든, 마음껏 던지고 휘두를 수 있다. 성과도 기대할 수 있다. 실력에 관계없이 잘 걸린다.

노르웨이에는 루어나 플라이를 한껏 던질 수 있는 공간이 넘친다. 또 물고기도 풍부하니 낚시꾼들은 모두 느긋하게 우아하게 낚시를 한다. 하고 싶을 때 마음에 드는 장소에서 즐길 수 있다. 일본에서는 어림도 없는 일이다. 잘 낚인다는 소문이 나면 물고기보다 많은 수의 낚시꾼들이 몰려들어 아우성친다. 도쿄 근처에서 떡붕어를 낚는 사람들을 본 적이 있는데, 참 딱할 정도였다. 그들은 서로의 어깨가 닿을 정도로 혼잡한 곳에서 열심히 낚싯대를 던지고 있었다. 그것도 냄새 나는 더러운 강이다. 신슈에 사는 나는 그나마 좋은 환경에서 낚시를 하는 편이다. 적어도 낚시터를 놓고 티격태격하는 일은 없다. 호수든 강이든 물이 아직은 맑다.

사실 내가 낚시를 시작한 것은 얼마 전이다. 2년밖에 되지 않았다. 그 전에도 간혹 했지만 도구도 방법도 엉터리였다. 처음에는 미끼와 실과 돌멩이로 시작했을 정도다. 누가 송어가 있는 장소를 가르쳐 주었을 때, 나는 이 이상한 도구와 함께 연어알과 지렁이를 가져갔다. 과연 송어가 우글거렸다. 실에 작은 돌멩이를 묶어 물에 던져 놓았다. 한참이 지나 그 자리에 가 보니 커다란 송어가 걸려 있었다. 나는 신이 나서 지인들에게 보여 주면서 자랑했다. 그러자 그들은 입을 모아 이렇게 말했다.

"그건 낚시가 아니지. 물고기가 낚였다고 다 낚시는 아니니까."

나도 질 수 없었다.

"낚시는 어찌되었든 낚아야 낚시라고 할 수 있지. 낚이지도 않는데 낚싯대만 잡고 있는 건 어린애 장난이나 다름없잖아."

내가 생각해도 한심한 말이었다.

드디어 싸구려 낚싯대 하나를 샀다. 사는 김에 어린애나 게으른 어른을 위해 파는 릴과 플라스틱 찌도 샀다. 뭘 낚고 싶은지, 목적은 없었다. 물고기면 뭐든 상관없다고 생각하면서 근처에 있는 호수로 나갔다. 그래도 황어와 민물 송어가 잡혔다. 특히 황어는 별 재주가 없어도 낚여서 주로 그것만 낚았다. 낚기 위해 연구를 시작한 것은 한참이 지나서였다. 그리고 어느 해 봄에 야생 잉어를 잡았다. 베테랑 낚시꾼이 가르쳐 주었다. 잉어가 있는 곳은 알고 있었지만, 내게는 낚이지 않을 것이라고 포기하고 있었다. 그런데 배운 대로 하니 낚였다. 그 재미에 푹 빠져 일은 내던지고 아침부터 밤까지 낚시만 했다. 떡붕어, 참붕어, 잉어, 메기 등 어종은 상관 않고 뭐든 낚았다. 그해 여름에는 50센티미터급 야생 잉어를 낚았고, 가을 초엽에는 더 큰 놈을 낚았다. 그러다 잉어 하나로 어종을 좁혔다. 낚싯대도 릴도 야생 잉어에 맞춰 더 큰 것으로 마련했다. 굵은 낚싯대와 낚싯줄, 튼튼한 바늘과 예민한 찌 그리고 연구한 미끼. 그때 내 머리에는 야생 잉어밖에 없었다. 집에는 먹고 자기 위해서만 돌아갔다. 마시지도 먹지도 않고 열여덟 시간 지키고 있을 때는 정말 피곤했다. 집에 가려고 일어섰더니 눈앞이 핑 돌아 하마터면 호수에 빠질 뻔했다. 찌가 비스듬히 가라앉는 동시에 낚싯대가 휘고 줄이 팽팽해지는 소리가 나면서 잉어가 몸부림치는 순간은 그야말로 감동이었다. 왜 낚시 인구가 많은지 이해가 갔다. 왜 남자들이 낯 시간이고 물 앞에서 웅크린 채 꼼짝하지 않는지 알 것 같았다. 그리고 여자가 왜 낚시를 하지 않는지도 알았다. 손이 더러워지거나 시간이 없다는 이유가 아니라, 낚을 수 있을지 알 수 없는 일을 하고 싶지 않은 것이다.

낚시터에 도착하는 순간 마음이 조급해져 도구를 꺼내는 시간마저 아까울 정도다. 1초라도 빨리 낚싯줄을 던지고 싶어 서둔다. 나의 나쁜 버릇이었다. 좋아하는 일을 할 때에는 늘 그랬다. 그 조급함이 늘 실패를 불렀다. 집에서 나설 때는 '오늘은 침착하게 해야지.' 하고 다짐한다. 그러나 호수가 가까워지면 어느 틈에 자동차를 모는 속도가 빨라지고, 낚시터에 도착하면 벌써 허둥대고 있다. 그 결과 지난번과 똑같은 실수를 했다. 그 반복이었다. 그러다 마침내는 조금씩 차분하게 낚시를 즐길 수 있게 되었다. 그 편이 잘 낚인다는 것을 알자 낚싯대를 잡기 전에 수면을 빤히 쳐다볼 수 있게 되었다. 담배를 피우며 호수 전체를 바라보고, 그다음에 준비를 시작한다. 낚시를 좋아하는 친구가 말했다.

"매일 낚시를 하는데, 솜씨가 좋아지는 건 당연하지."

그 친구 말이 나의 1년은 보통 낚시꾼의 7년에 해당한다고 한다. 보통은 일주일에 한 번밖에 낚시를 할 수 없는데, 나는 매일 하고 있으니 일곱 배는 발전해야 한다는 것이다. 그러나 그 호수에는 나처럼 매일 오는 낚시꾼도 몇 명 있다. 대부분 노인이지만 나보다 어린 남자도 없지 않다. 일곱 배는 좀 과장이 아닐까.

여행도 나를 변화케 했지만 낚시의 영향도 있지 않을까 한다. 그 친구는 또 이런 말도 했다. "왜 그렇게 낚시에 열심인지 모르겠군. 아무리 좋아해도 그렇지 좀 과하잖아."

옳은 말이다. 나는 마음에 드는 일을 발견하면 거기에다 내 생활 전부를 쏟아붓는다. 본업이 자유업이기는 하나, 그런 식으로 생활하면 다소의 희생을 치르지 않을 수 없다. 취미인지 본업인지 구분이 명확치 않게 되니 그렇다.

가을 초엽까지는 잘 낚이더니 그 후로는 입질이 전혀 없었다. 원래는 오히려 잘 낚이는 계절인데도 그랬다. 지난 여름이 추웠던 탓이다. 매일 낚시터를 바꾸고 미끼도 바꿔 보았지만 똑같았다. 그리고 가을이 끝날 무렵에는 할 일이 없어 시간만 남아돌았다. 오전에는 원고를 썼지만, 오후부터는 집에서 멍하게 지냈다. 낮잠만 잤다. 아무것도 하고 싶지 않았다. 오토바이를 타도 재미가 없었다. 빙어 낚시도 해 봤지만 감동이 없어 그만두었다.

겨울에 들어서자 바로 폭설이 내렸다. 나는 집필과 눈 치우기로 하루하루를 보냈다. 소설에서 감동을 찾기로 하고, 눈을 치우는 것으로 몸을 단련했다. 낚시 가게 아저씨와 길거리에서 마주치곤 했다. 그는 얼이 빠진 표정이었다. 나는 그에게 내년에는 1미터급 잉어를 잡고 싶다고 말했다. 그는 "손낚시로는 그 정도 대어를 낚을 수 없지." 하고 말했다. 아무리 낚싯대가 튼튼해도 부러진다고 한다. 그리고 릴을 사용하는 수밖에 없다고 가르쳐 주었다. 쿠션으로는 자전거 타이어가 좋다는 말도 해 주었다.

그 호수에 1미터급 잉어가 산다는 것은 알고 있었다. 어부가 설치한 그물에 120센티미터짜리 대어가 걸려들어 지방 신문 한 귀퉁이에 실린 적이 있다. 그 얼마 전 여름에는 관광객을 위해 쳐 놓은 후릿그물에 그 정도 크기의 잉어가 걸린 것을 직접 본 적도 있다. 그런 대어가 낚이면 기분이 어떨까. 한 시간에서 두 시간에 걸쳐 천천히 끌어올린다고 한다. 나도 그렇게 큰 놈을 낚을 수 있을까. 도전해 보고 싶다. 매일이라도 다녀서, 몇 년이 걸리든 끈질기게 쫓아 보기로 한다. 낚시는 새로운 삶의 맛이다. 과거에 내가 한 번도 추구한 적이 없는 종류의 삶의 발판이다. 돈으로는 구할 수 없는 꿈이다.

뭘 새로 시작하든 나는 형식부터 챙기지 않는다. 내 멋대로다. 도구에도 별 구애를 받지 않는다. 낚시도 그렇다. 낚이면 그만이고, 오토바이도 달릴 수 있으면 그만이라는 생각으로 시작했다. 그렇게 오래도록 계속하다가 그 분야 전문가의 충고를 듣고 그들 방식으로 다가가지만, 그러다 또 시간이 흐르면 내 방식대로 하게 된다.

소설도 그랬다. 태어나서 처음 소설을 쓸 때, 문학 공부하기, 동인지 회원 되기, 유명한 소설가의 가르침 받기, 출판사 사람들이 드나드는 술집에서 어정거리기, 그런 것은 전혀 생각지 않았다. 소설이라는 것이 있고, 아무나 어떤 식으로든 쓸 수 있다는 사실 하나로 충분했다. 물론 멀리 돌아가야 하는 방식이다. 기본조차 모르는 탓에 상식적인 부분에서 실수하는 경우도 있다. 그러나 그런 것은 대수로운 문제가 아니다. 금방 터득하고 넘어설 수 있다. 또 기본은 누구에게 배우는 것보다 혼자 힘으로 고군분투하면서 체득하는 것이 실력 향상으로 이어진다. 특히 형식에 자유로운 예술 세계에서는 이 방법이 좋은 듯하다.

오스트레일리아 사막에서 둥그런 지평선을 보았을 때, 지구가 둥글다는 지식을 이미 갖고 있다는 사실이 아쉬웠다. 선배들이 남긴 지식과 기술을 물려받는 것은 나쁜 일이 아니다. 그다음 발명과 발견으로 이어지는 귀중한 재산이다. 그러나 그걸 흡수하고 마스터하는 것으로 인생이 끝난다면 비극적이지 않을 수 없다. 그러니 우선은 자기 방식으로 생각하고 시도해 보는 것이 중요하지 않을까.

이렇게 정보와 지식이 넘쳐 나는 시대에, 기껏해야 100년도 못 사는 인간으로서는 점점 더 시간에 쫓긴다. 정보와 지식을 배우고 정리하고, 또 거기에서 새로운 것을 만들어 내는 일은 쉬운 일이 아니다. 어떤 정보를 취할지가 중요한데, 취한 정보를 유용하게 다루게 되면 이번에는 다른 분야와 격차가 벌어져, 점차 편협한 인간이 되고 만다. 한 분야의 전문가가 다른 분야에서는 바보가 되는 꼴이다. 그래서 균형감 있는 인간을 지향하면서 든든한 발판을 늘 확보하려고 하면 어느 틈에 시대의 흐름을 타지 못한 신세로 전락하고, 심할 경우에는 먹고살기도 힘들어진다.

그래서 현대인은 주어지는 대로 정보를 받아들이고는 과거로 내던진다. 쌓았다가는 버리고 또 쌓아서는 버리기를 거듭하다가, 어느 날 문득 정신을 차리고 돌아보면 아무것도 없어 소스라친다. 정보의 중개상에 지나지 않았다는 것을 깨닫고 앞으로 어쩌면 좋을지 우왕좌왕한다. 지적인 삶을 추구해 왔는데, 실은 아무것도 남지 않은 인생이었다는 것을 깨달았을 때는 이미 늦다. 하기야 죽을 때까지 깨닫지 못하는 행복한 이도 있지만.

지적인 생활이란 책에 묻히고, 타인이 한 말의 바다에서 헤엄치는 것이 아니다. 가장 중요한 것은 자신의 언어이다. 그것을 갖고 있는가, 이다. 그 언어에 따라 어디까지 움직일 수 있느냐, 또 어떤 인간으로 변할 수 있느냐, 그것이다. 나는 그렇게 생각하며 살고 있다.

우리의 여행은 언제나 그 나라의 길에 적응하는 것에서 시작된다. 오스트레일리아는 오스트레일리아다운, 케냐는 케냐다운, 중국도 중국다운 길이었다. 노르웨이 역시 그랬다. 일본의 길과 큰 차이가 없었지만 교통량이 달랐다. 오가는 자동차가 적다는 것은 즉, 길을 넓게 사용할 수 있다는 뜻이다. 그런 의미에서 일본의 두세 배는 길이 넓다 할 수 있다. 교외로 나가면 신호기를 거의 볼 수 없었다. 그럴 필요가 없는 것이다. 또 속도 위반 단속기 같은 쪼잔한 장치도 전혀 없다. 그러니 내고 싶은 만큼 속도를 낼 수 있다. 일본의 좁은 길에서 단련된 우리에게 노르웨이의 길은 어디나 고속도로와 마찬가지였다. 제한속도가 대개 80킬로미터인데 그 이상의 속도로 달리는 차는 거의 볼 수 없었다. 커브가 많은 탓이겠지만, 그들의 매너이기도 할 것이다.

오스트레일리아에서도 우리가 지났던 길은 교통량이 적고 신호기도 없었지만, 오토바이와 휘발유와 물을 실은 트레일러를 끌고 험한 길을 달렸기 때문에 2, 300킬로미터를 달리면 반드시 한 번은 쉬어야 했다.

케냐에서는 랠리 차를 쫓아다니는 여행이었기 때문에 랠리 차의 속도에 맞춰 5,500킬로미터를 불과 닷새에 주파했다. 그렇게 무모한 여행에 비하면 노르웨이 여행은 정말 편했다. 정신적으로는 몰라도 육체적으로는 전혀 고통을 느끼지 않았다. 주의할 점은 고작 튀어나오는 순록 정도였다. 8시에서 9시 사이에 숙소를 출발, 정오에서 1시까지 운전하고 바통을 넘긴 후, 오후부터는 뒷좌석에 드러누워 노르웨이의 일상을 관찰하면서 자신의 일상과 비교하는 등 이런저런 생각을 했다.

가도 가도 변화는 거의 없었다. 지형도 식물도 인간도 똑같았다. 어디를 가나 비슷한 조그만 동네가 있고, 비슷하게 생긴 집이 있고 비슷한 생활 방식이 있을 뿐이었다. 시르게네스라는 소련과의 국경 근처에 있는 마을 역시 그랬다. 어디나 고즈넉했다. 활기는 없었다.

시르케네스에서는 호텔에 묵었다. 손님은 대개 노인이었다. 느릿느릿 걷는 그들의 모습에 우리 기분마저 암울해졌다. 동네 중심으로 나가 보았지만, 이렇다 할 게 없었다. 젊은이들이 멀거니 서서 신기하다는 듯이 우리를 쳐다보았다. 소련 국경과 가까운 곳이라 2차 세계대전 당시에는 독일 나치 군이 휘젓고 다녔다고 하는데, 그런 흔적도 긴장감도 느낄 수 없었다. 느긋했다. 우리는 그저 멍해졌다. 다른 여행에서는 늘 사고가 따라다녔다. 예정과 계획에 차질이 생긴 적도 많았다. 그래서 오히려 여행이 재미있었고 긴장감도 있었다. 그런데 노르웨이에서는 아무 일도 일어나지 않았다. 아무 일 없이 시르케네스에 도착하고 말았다. 이렇게 순조롭게 도착할 줄은 몰랐다. 뭔가 미진한 느낌이었다.

"참 맥없는 여행이군." 하고 내가 말했다. 동료도 "이대로는 못 돌아가지." 하고 말했다. 속이 부글거렸다. 일부러 험한 길을 찾아 최고 속도로 달리는 정도로는 풀리지 않을 것 같았다. 그래서 우리는 거의 국경선까지 가 보기로 했다. 그런 경험은 없으니, 신선한 감동을 얻을 수 있지 않을까 생각했다. 그렇게 결정하자마자 우리는 자동차에 올라타 지도를 보면서 그쪽으로 돌진했다.

강 건너가 바로 소련이었다. 여기저기에 감시탑이 서 있고, 그 감시탑 꼭대기에는 총을 든 병사의 모습이 보였다. 또 그쪽으로 카메라를 향해서는 안 된다는 표지판이 서 있었다. 그러나 우리는 그 경고를 무시했다. 감시탑의 병사가 알아보고 우리 쪽으로 와

봤자, 도망칠 시간은 충분했다. 그런데 정작 카메라를 꺼내자 노르웨이 병사가 달려왔다. 그는 표지판을 가리키며 큰 소리로 뭐라고 말했다. 젊은 병사의 표정이 험악하지는 않았다. 우리가 기념사진을 찍어 주겠다고 하자 그는 카메라 앞에 서서 싱긋 웃었다. 나는 이렇게 안이한 남자가 국경 경비를 서고 있다는 것이 미심쩍었다. 그 병사와는 손을 흔들고 헤어져 좀 더 국경 근처로 접근했다. 감시탑의 숫자가 늘어나는 대신 길은 텅 비어 있었다. 우리 차한 대만 달리고 있었다. 갈 수 있는 데까지 가 보기로 했다. 그리고 가게야마는 차창 밖으로 카메라를 내놓고 열심히 셔터를 눌러 댔다.

그러나 어딜 가나 경치는 똑같았다. 우리 가슴만 긴장하고 있을뿐, 사진에 담기는 경치에는 긴장감이 전혀 없었다. 길은 바다에서 끝났다. 어부의 오두막이 한 채 있었다. 처마에 매달린 고래 꼬리가 바람에 흔들렸다. 그 외에는 하얀 모래와 찰싹거리는 자잘한 파도가 보일 뿐이었다. 동료 하나가 작은 소리로 중얼거렸다.

"이러고 있는데 어디서 총알이 날아오는 거 아냐."

물론 농담이었지만, 아무도 웃지 않았다. 그때 차 한 대가 다가왔다. 그러나 타고 있는 사람은 병사도 경찰도 아닌, 스웨덴 부부였다. 그들도 여행 중이었다. 비가 뿌리기 시작했다. 차가운 비였다. 비구름은 소련 쪽에서 흘러오고 있었다. 노르웨이 쪽 갈매기가 소련 쪽으로 날아갔다.

소련과의 국경에 비하면 노르웨이와 핀란드 국경은 정말 엉성했다. 땅에 박힌 말뚝 사이에 철조망이 엉켜 있을 뿐 감시탑 따위의 무시무시한 것은 어디에도 없었다. 병사나 기관 사람의 모습도 없었다. 출입이 자유롭다는 것이 더 놀라웠다. 문은 활짝 열려 있고, 일일이 여권을 보일 필요도 없었다. 옆 동네를 가듯 마음대로 드나들었다. 우리는 핀란드 쪽으로 들어가 커피를 마시고 소시지를 먹고 돌아왔다. 같은 국경인데도 이렇게 다른가 싶어 놀랐다. 사방이 바다에 둘러싸여 있고, 육안으로는 국경을 확인할 수 없는 나라에 사는 우리에게 그것은 뭐라 말할 수 없이 불가사의한 광경이었다. 동시에 생생하고 무거운 현실이었다.

군인과 그들의 무기를 직접 봤다면 인간에 대한 절망이 더 깊어졌을 것이다. 어느 시대에든 현실의 최전선에 존재하는 것은 군대이다. 군대라는 이름의 폭력 집단이다. 현실을 좌우하는 힘을 지닌 쪽은 그들이다. 그러나 전쟁이 없는 시대에는 일반 사람들 앞에 군대가 당당하게 얼굴을 내미는 일이 별로 없다. 기껏해야 퍼레이드 때 정도다. 물론 군대의 존재를 모르는 이는 없다. 그러나 일상생활에까지 파고들지 않기 때문에, 눈에 띄지 않는 곳에서 은밀하게 활동하기 때문에 점차 현실 밖으로 밀어낸다. 그러다 끝내는 현실이 아니라고 생각한다.

그러나 실제로는 사람들 눈에 보이지 않는 공간을 차지하고 틀림없이 존재하는 그 무엇보다 무거운 현실이다. 그리고 한번 문제가 생겼다 하면 탱크 소리와 폭음과 총성 등의 화려한 굉음을 거느리고 세계의 표면에 등장해 일반 사람들의 현실과 일상을 순식간에 짓밟고 변화케 한다.

공산주의 국가 소련의 위협을 강조하는 자들이 많다. 그러나 소련의 입장을 생각하는 자도 없는 것은 아니다. 즉, 소련 입장에서 보면 사방팔방이 적이고, 그들이 받아야 하는 위협과 위기감은 다른 어느 나라보다 큰 것이라고 하는 시각이다. 일리가 있다. 소련이 군비 증강에 힘써야 하는 이유는 국경선이 너무 길다는 것이다. 거액을 투자해야 하는 문제들이 산적해 있고 경제적으로는 파탄 지경에 있는데도 군대에 돈을 퍼붓는 소련의 운명은 불 보듯 뻔하다. 그리고 세계의 운명과 우리의 운명 역시.

인류 최후의 전쟁 준비는 이미 갖추어져 있다. 핵무기의 등장으로 인류의 생존율은 1퍼센트 이하로 떨어지고 말았다. 우리 운명의 열쇠를 쥐고 있는 것은 신이 아니라 한 줌의 인간들이다. 얼굴조차 모르는, 말조차 해 본 적 없는 이들이 알게 모르게 우리의 목숨을 쥐락펴락하고 있다. 앞으로 전쟁이 발발하면 인간은 물론 신들조차 나가떨어질 것이다.

아니면 양심 있는 자들의 평화 운동이 과연 공을 세울 수 있을 것인가. 수많은 신자를 거느린 종교의 수장들이 이 시대에 힘을 발휘할 수 있을까. 돈, 출세 등의 미끼에 넘어가기 쉽고 사소한 위협에도 굴복하고 마는 나약한 사람들이 어느 날 갑자기 바뀌는 기적이라도 일어날 것인가. 인간은 정말 진화하고 있는 것일까. 살아남기 위해 유리한 방향으로 가고 있는 것일까.

어쩌면 바이킹시대나 원시시대 사람들보다 퇴보한 것은 아닐까. 스스로 자진해서 파멸의 길로 향하는 생물이 이 지구상에 과연 존재했을까.

인류는 과연 이 지구에 살기 적합한 생물이라 할 수 있을까. 과학자들 대부분은 어떤 형태로든 신무기 개발에 협력하고 있다고 한다. 엘리트 의식에 차 있는 그들이 아무런 의심 없이 그 우수한 머리를 다음 전쟁을 위해 활용한다고 한다. 그들의 머리는, 그것이 사용되었을 때 어떤 결과가 초래될지 생각하지 못하는 것인가. 그 덫에 발목이 잡히는 것은 그들 자신이라는 것을 모르는 것일까. 학자의 머리가 그 정도라는 말인가.

어차피 개발해야 한다면, 전쟁을 즐기고 전쟁에 불을 지핀 인간만 죽일 수 있는 무기를 발명하면 좋지 않은가. 그러면 100년치 노벨상을 한꺼번에 받을 수 있을 것이다. 우리 인간은 끝내 갈데까지 가고 말았다. 그러나 핵무기를 직접 본 적 없는 우리는, 그 사실을 아직도 믿지 못하고 의문부호를 달고 있다.

도시계획에서 늘 대두되는 문제는 '숲'에 관한 배려다. 모두 숲을 늘려야 한다고 외친다. 한마디로 공원을 많이 조성하자는 말인데,

나는 속이 뻔한 허튼 소리라고 생각한다. 한편에서는 지표를 콘크리트와 아스팔트로 굳힐 계획을 세우면서 다른 한편에서는 손바닥만 한 녹지대를 만들어 상황을 무마하려 한다. 없는 것보다는 낫다느니, 달리 좋은 방법이 없다는 반론은 실로 허황되다. 그런 논리로 하자면 아무리 값진 자연이라도 당당하게 파괴할 수 있을 것이다. 도시가 좋다고 단언하는 자가 있다. 도시가 아니면 살 수 없다고 하는 자도 있다. 나는 그 심경을 이해할 수 없다. 동물인 인간이 대체 뭐가 잘못된 것일까 하는 의심마저 든다. 아니면 적응력을 체득했으니 진화라고 해야 할까.

인간에게 자연이 얼마나 중요한 조건인지를 제대로 이해하는 자는 얼마 없지 않을까. 말로만 이해하는 자가 많지 않을까. 등산과 스키, 캠프, 야생 조류 관찰, 별장에서의 피서, 낚시 같은 행위로만 자연을 이해해서는 안 된다. 또 유명한 산이나 고원에 집이 있다고 해서 전부 이해했다고도 할 수 없다. 나 역시 아직 잘 모른다. 내가 좋아하는 자연은 그냥 방치된 자연일까. 보도와 새들의 숲과 전망대가 설치돼 있지 않은 자연을 좋아하지만, 요즘은 그런 자연이 적어졌다. 그리고 야생 조류의 숫자를 강박적으로 세고, 먹이를 주고, 둥지를 설치하는 행위에도 찬성할 수 없다. 의미 없는 일은 아니지만, 원래 자연은 생명력이 강하고 풍요롭다.

노르웨이의 자연은 거의 인공이 가미되어 있지 않다. 인간에 자연을 맞추는 것이 아니라 인간이 자연에 맞춰 산다. 즉 방치한다. 그러나 과연 언제까지 그 풍요로운 자연이 남아 있을 수 있을까.

이 정도 남기면 되지 않을까, 생활을 우선해야 한다는 식으로 훼손하다가 끝내는 일본과 비슷한 공해의 길을 걷게 되지는 않을까. 그리하여 정적과 차분함을 잃은 사람들이 날마다 크게 변화하면서 번들번들 살아가게 되지는 않을까. 물욕을 발판으로 모두가 전속력으로 질주하게 될 것인가. 그런 날이 올 것인가.

반년의 긴 낮과 반년의 긴 밤이란 기묘한 리듬에 맞추지 않고, 시계가 가리키는 시간에 맞춰 오로지 일하는 인간으로 변모한다면 이미 그들은 노르웨이인이 아니고, 이 나라도 노르웨이가 아니다. 같은 스칸디나비아 반도이면서 노르웨이는 스웨덴이나 핀란드와는 어딘가 모르게 일선을 달리하고 있다. 본능에 지배되지 않는 기품 있는 인간성을 자연스럽게 유지하고 있다. 퇴폐의 냄새가 없다고 해서 그 나라가 세련되지 못하다고 단정하는 것은 잘못이다. 우리가 잃어버린 것을 아직 잃지 않았다고 생각해야 한다. 그들에 비하면 오히려 우리가 퇴보했는지도 모를 일이기 때문이다. 물론 일본이 노르웨이 노선을 회복하기는 불가능하다. 스웨덴이나 덴마크 방향으로, 그리고 미국 방향으로 접근하고 있는 것이 틀림없으니.

노르웨이의 여러 곳에서 어부를 만났다. 신기한 것은 북극에 가까운 바다에서 일하는데도 전혀 성정이 거칠지 않다는 점이다. 일본의 어부를 생각하면 그 차이가 명백하다. 그들은 모두 조용하고 표정이 더없이 온유했다. 천박한 인상이 없었다. 고무장화를 신고 머리에는 꼰 띠를 두르고 복대까지 하고서 어깨에 힘주고 터벅터 벅 걷는 일본의 어부와는 참 대조적이다. 왜 그럴 수 있는 것일까. 어업이 주요 산업이 나라인데 왜 그렇게 차이가 있을까. 일본처 럼 아주 씨를 말리는 어업을 하지 않기 때문일까. 일본의 과도함 을 이해하려면 어업을 보면 일목요연하다. 외국 바다에서 남획에 남획을 거듭하고 있다. 그런데도 미워하지 말라면 말이 안 된다. 그러나 내게는 그런 어부를 비난할 자격이 없을지도 모르겠다. 내 몸에도 같은 피가 흐르고 있다. 취미 삼아 낚시를 할 때조차 그런 근성이 고스란히 드러난다. 이러면 안 된다고 생각하면서도 잡히 는 동안은 도저히 그 자리를 뜨지 못한다. 잡히는 동안은 마치 어 부라도 된 양 날마다 다니면서 잡아 댄다. 치어를 그냥 호수로 돌 려보내게 된 것도 최근의 일이다. 소설의 경우는 좀 과하다 싶은 게 딱 좋은데.

바위산만 봤다 하면 바로 오프로드 바이크를 끌고 나가 달리는 것도 일본 어부와 공통된 점일지 모르겠다. 트라이얼 머신을 타고 달리면서 나는 불현듯 그런 생각을 하고 말았다. 그 순간, 치가 떨 렸다. 일본으로 돌아간 후에도 한동안은 차고에서 오토바이를 꺼 내지 않았다. 때문에 배터리까지 나가고 말았다.

젊은이들은 오토바이가 생기면 대개 사랑하고 싶어 한다. 머신 과 함께, 또는 머신의 힘을 빌려 자신을 과시하려 한다. 그리고 오토바이를 타고 젊은이들의 모임터에 나타난 그들은 우월감에 차 있다. 즉 나는 흔해 빠진 일상 속에서 살고 있지 않다는 표식이다. 그들이 투어링에 나섰을 때, 그 기간이 길면 길수록 일상의 굴레는 엷어진다. 태어났을 때부터 오토바이를 타고 여행했던 것 같은, 평생 그렇게 이동하며 살 수 있을 것 같은 착각에 젖을 수도 있고, 세계는 반짝반짝 빛나기 시작한다. 적어도 달리는 동안만큼은 모순과 고뇌에서 해방될 수 있다. 넘치는 에너지를 어쩌지 못해 짜증을 부리는 일도 없다. 오토바이의 힘이란 대단하다. 타 보면 알 수 있다.

그런데 청춘이 지나고 나니 이제는 젊은이들과 같은 기분으로 오토바이를 탈 수 없다. 젊은이들보다 한층 거칠게, 한층 오래 투어링에 도전해 봐도 자신을 잊는 일이 없다. 나 자신을 내가 보고 있다. 젊은이들이 자신을 잊기 위해 오토바이를 탄다면 우리는 자신을 되찾기 위해 탄다. 전자가 행복할지도 모른다. 오토바이를 몰면서 자신의 한계를 알았다고 해서 별거 없는지도 모른다. 몸부림의 연장선에 있는 행위일지도 모른다. 어차피 원래 자리로 돌아가기 위한 일인지도 모른다. 그러나 그 자각이야말로 중요하다.

오토바이를 타 보면 방에 틀어박혀서 생각하고 판단하고 결정하는 것이 좋지 않다는 것을 실로 명백하게 자각할 수 있다. 적어도 방 밖에는 창문으로 바라보는 경치가 있을 뿐이라는 생각은 하지 않게 된다. 밖에는 다양한 변화의 바람이 불고 있고 온갖 종류의 빛이 있으며, 상상도 못 했던 인간의 움직임이 있다. 청춘이 지나면 세상 돌아가는 시스템을 대충 알게 되지만, 또 자신이 어느 정도의 남자인지 간파하게 되지만, 그것은 성급한 깨우침이다. 앞이 보이지 않는다는 결론을 내리기 전에 모든 언어를 버리고 단순하기 짝이 없는 행동의 세계에 몸을 던져 보는 것이 어떨까. 자신을 텅 비우기 위한 여행을 떠나 보는 것이 어떨까. 결론을 기대하지 않고 아무튼 자신의 방에서 뛰쳐나가 보는 것이다.

나는 내 방을 따로 갖고 있지 않다. 아무도 들여놓지 않는 나만의 공간이 없다. 소설가들은 모두 그런 방을 갖고 있고, 그 안에서 글을 쓰고 사색에 잠기는 듯하다. 또는 그 공간을 자기 취향의 가구로 꾸미는 듯하다. 그러나 나는 그러지 않는다. 내가 일하는 방은 손님방이다. 거기에서 밥을 먹는 일도 있고, 친구와 별 볼 일 없는 잡담을 하는 일도 있다. 추억어린 물건을 애지중지 남기는 일은 없다. 현재 사용하지 않는 물건은 미련 없이 버린다. 그렇게 하면 언제든 새로운 세계로 눈을 돌릴 수 있다.

나는 수완가라 불리는 사람들에게 관심이 있다. 그들 같은 인종은 대개 성공과 동시에 실패할 가능성을 지니고 있어, 부침이 심한 인생을 보낸다. 그들은 과연 머리도 잘 돌아가고 실력도 있어서 늘 자신만만하다. 때로는 얄미울 정도로 당당하기도 하다. 그리고 누구도 지나지 않은 위험한 길을 앞뒤 가리지 않고 달려가기도 하는데, 그들 대부분은 가장 중요한 부분이 결여되어 있다. 그래서 그렇게 대담하게 살 수 있는 것이다. 또 그들 자신이 생각하는 만큼 대단한 능력을 갖고 있지 않은 경우도 있어, 그 격차에서 오는 불균형이 흥미롭다. 수완가 중에는 우울한 타입과 명랑한 타입이 있는데, 후자에는 늘 행운이 따른다.

활기찬 세계, 자유 경제 사회, 급속도로 발전하고 있는 나라에서는 수완가라 불리는 사람을 흔히 볼 수 있다. 세상이 쉬지 않고 변화하는 동안에는 그들 같은 남자가 올라설 수 있는 기회가 도처에 널려 있다. 웬만한 재주와 배짱과 노력이 있으면 성공할 확률이 아주 높다. 십여 년 전의 일본이 그랬다. 당시에는 거금이 여기저기에서 움직였고, 원숭이가 출몰하는 산속 마을에서도 별장지 개발 붐이 일었다. 내가 아는 지인 중에도 스무 살에 소박하게 시작한 장사가 대박을 쳐 평생 벌 돈을 불과 3년 만에 끌어모은 사람이 있었다. 참 재미있는 시대였다. 졸부들이 속출한 유쾌한 시대였다.

당시 나는 종합상사에서 텔렉스 오퍼레이터로 일하고 있었기 때문에 장사에 관심이 많았고, '이 세상은 돈이 전부'라는 신념을 갖고 있었다. 그리고 가능하면 그쪽 길로 가고 싶다고 진지하게 생각하고 있었다. 장사하는 재주는 보통 남자들보다 좋다는 자부까지 하고 있었다. 다만 내게 없는 것은 자금과 기회였다. 그것만 있으면 성공을 거둘 수 있다고 믿고 있었다. 법률에 저촉될 수도 있는 아슬아슬한 선에서 승부를 보지 않으면 장사는 해 먹을 수 없다는 것도 알고 있었고 그런 각오도 하고 있었다. 그러나 결국 그 길로 가지 않았다.

왜였을까. 자금과 기회를 잡을 수 없었기 때문일까. 아니면 그 시대에 상사에서 일했기 때문에 그저 영향을 받아 그런 착각에 빠져 있었던 것일까. 그것도 아니면, 소설을 써서 떼돈을 벌자고 기도한 것일까. 그러나 내 소설은 팔리지 않는다. 일부러 팔리지 않게 쓰는 게 아니냐고 편집자가 빈정거린 적도 있다.

노르웨이처럼 차분한 나라에서도 과거에는 올라설 수 있는 기회가 있었을 것이다. 그러나 지금은 그럴 가능성이 전혀 없다. 모든 것이 완벽하게 자리 잡아, 북해 유전 개발만 해도 그 변화와 자극이 서민에게까지 침투하는 일은 아마 없을 것이다. 설사 있다 해도 이미 그들은 그 기회를 잡을 기력조차 없지 않을까. 외국에서 들어온 사람들에게 떠밀려 기회를 내주고 말지 않을까. 노르웨이 치고는 비교적 가게가 많은 곳에 갔을 때, 우리는 성공한 사람 하나를 알게 되었다. 그는 꽤 수완가였다. 오토바이 가게 말고도 세 종류의 가게를 운영하고 있는데 장사가 다 잘되었다. 그 증거로 엄청나게 큰 집에 살고 있었다. 그런데 그는 노르웨이 사람이 아니라 핀란드 사람이었다. 핀란드에서는 사업을 해도 별 재미를 못 보겠다고 생각한 그는 어른이 되자마자 무일푼으로 노르웨이에 넘어왔다고 한다. 좋은 사람이었지만 생긴 것은 그야말로 장사꾼이었다. 재치 있는 말투, 빈틈없는 눈. 그에게 물어보았다. 노르웨이가 어떠냐고. 그는 살기 좋고 '일하기' 좋은 나라라고 대답했다. '일하기'

좋다는 말은 장사하기 좋다는 뜻이지만, 경쟁이 될 만한 사람이 적다는 뜻이기도 하고 손님 다루기가 쉽다는 뜻이기도 할 것이다.

그러나 노르웨이에서 성공했다고 해서 일본에서도 성공하리란 보장은 없다. 일본에는 그 같은 남자가 널려 있다. 인구 3만 정도의 조그만 도시에도 장사 재주가 그를 뛰어넘는 사람이 얼마든지 있다. 노르웨이였기 때문에 그의 사업이 순조로웠던 것이다. 일본에서는 평범한 장사꾼도 노르웨이에서는 대단한 수완가로 여겨질 것이다. 그것은 고지대에 사는 민족이 해변을 달리면 바닷사람들보다 빠른 것과 비슷한 이치이다.

내가 살고 있는 신슈에서도 성공한 사람은 대부분 외지인들이다. 그들은 어느 날 갑자기 이사를 와서는 얼마 후 조그맣게 장사를 시작한다. 그러다 순식간에 올라선다. 이유는 몇 가지 꼽을 수 있다.

우선 첫째는 인생에 대한 각오가 시골 사람들과 다르다는 점이다. 부모에게 물려받은 가게를 미온적으로 운영하는 사람들보다 훨씬 진지하다. 그 진지함이 손님에 대한 서비스로 나타난다. 같은 물건을 같은 가격에 팔아도, 친절하게 머리를 조아리는 가게에서 사고 싶은 것이 사람 마음이다. 외부에서 온 그들은 지역 사람들에 비해 신용도가 낮을 수도 있다. 그 대신 얽매임이 적다. 친척이다 어린 시절 친구다 하는 이유로 특별히 싸게 팔 필요가 없다.

또 다음 단계로 나아갈 때 이웃의 눈치를 살필 필요가 없다. 실패하면 어차피 처음부터 다시 시작하면 된다는 각오로 임한다. 창피를 당하거나 도리에 어긋나는 일을 당해도 별거 아니게 생각하니까 충분히 집중할 수 있다.

또 현지 사람들에게 그들은 이방인이지만 오히려 그 점이 매력적으로 비칠 수도 있다. 그 고장을 떠나 살아 본 적이 없는 사람들은 그들로 인해 꿈과 동경을 품을 수 있다. 그들 가게에서 물건을 사는 것은 꿈과 동경이 덤으로 붙는 격이다. 지방에는 특히 그런 경향이 많다.

그들은 낯선 지방으로 이사 온 덕분에 지금까지의 과거와 자신의 인생과 깨끗하게 결별할 수 있었다. 다른 사람으로 새로 태어날 수도 있었다. 새 삶을 살기에 절호의 기회였다. 그런데 성공한 그 장사가 시간이 흘러 자식 대로 넘어갈 무렵에는 현지 사람과 같은 입장에 놓이기 때문에 처음의 열의와 빛은 사라지고 없다.

자식에게 남겨 줄 재산이 하나도 없는 부모도, 먹여 주고 키워 주는 것밖에 하지 못한 부모도 자식에게 미안하게 느낄 필요가 없다. 자립과 독립이라는 귀중한 정신을 물려주었기 때문이다. 혼자 힘으로 이 세상을 헤쳐 나갈 수 있는 생활력을 키워 주었기 때문이다. 아무것도 없는 상태에서 시작해 혼자 힘으로 재산을 축적하는 기쁨을 물려주었기 때문이다.

그런데 세상은 참 넓다고 할지, 웃기는 일이 많다고 할지, 스무 살이 넘고 삼십 대가 되었는데도 태연하게 부모의 지원을 받는 자들이 있다. 결혼이라는 출발점에서도 하나에서 열까지, 예식 비용이며 사는 집까지 부모에게 신세 진 젊은이들은 그 시점에 사는 기쁨과 자유를 절반은 빼앗긴 셈이다. 그들에게 부족한 것은 인생에 대한 미래지향적인 자세다. 그들은 나름 고민하고 열심히 살고 있다고 생각할지 모르지만, 그렇게 하지 않은 자의 눈에는 실로 답답한 인생으로밖에 비치지 않는다. 아무 생각 없이 그날 그날을 멍하게 지내고 있는 것처럼 보인다.

그들은 사람을 의심할 줄 모르고 순순하고 거짓말을 하지 않고 친절하다. 그러나 둘 중에 하나를 선택해야 하는 갈림길에 섰을 때, 극복하는 것밖에 방법이 없는 중요한 문제가 생겼을 때는 슬그머니 도망치고 만다. '왜냐'고 물어도 제대로 대답하지 못한다. 기껏해야 '삶의 방식을 바꾸고 싶지 않다.' 하는 변명밖에 하지 못한다. 요컨대 인생을 끈질기게 물고 늘어지는 근성이 없다. 이상을 운운하지만 구체적인 방법은 생각지 않는다. 실천력이 없다. 그러고는 언제까지나 기다린다. 누가 어떻게 해 주기를 기다린다. 오직 행운이 굴러들어 오기를 기다린다.

그들은 한없이 기다릴 수 있다. 스스로 손을 쓰지 않고도 그 동안 생활비를 대 주는 부모가 있기 때문이다. 나는 예전에 그런 남자에게 몇 번이나 충고했다. '부모가 언제까지 살 수 있는 것은 아니다. 그렇게 살면 인생을 제대로 산다 할 수 없다.' 하고. 또 '이상을 품는 것은 상관없지만, 만사가 생각한 대로 이뤄지는 것은 아니다. 동시에 현실도 직시해야 한다. 어떻게든 이상을 이루고 싶다면, 그러기 위해 노력해야 한다.'고도 말했다. 집요하게 몇 번을 말했는데 일시적인 효과밖에 없었다. 얼마 지나면 다시 원래 자리로 돌아갔다. 그럴 때마다 나는 무척 실망했다. 몇 번이나 실망하다 보니, 내가 무리한 주문을 하고 있다는 것을 깨달았다. 내 말이 그들을 괴롭히고 혼란케 할 뿐이라는 것을 알았다.

사실 그들의 미래를 그렇게 걱정할 필요도 없었다. 그들에게는 물려받을 재산이 있으니, 여차하면 빨리 물려받으면 그만이었다. 그렇게 먹고살 수 있는 동안은 내가 아무리 목청을 돋운들 헛수고다. 그런 인생도 있다고 포기하는 수밖에 없었다. 그다음부터는 입을 다물었다. 계속 교류하면 그들은 혼란스럽고 나는 답답할 뿐이니 아예 끊기로 했다.

기본적인 생각이 다른 사람들과는, 자기 힘으로 생활하지 않는 자들과는 교류할 수 없다는 것을 깨달았다. 이후 나는 새로운 사람을 알게 되면 불쑥 이렇게 묻는다.

"어떻게 먹고 사느냐?", "그 정도 수입으로 생활이 가능하냐?", "부모에게 지원을 받는 것은 아니냐?" 하고 잇달아 묻는다. 그런 눈으로 세상을 보면 적당히 사는 자가 의외로 많아 놀라게 된다.

그러나 한편, 부모에게 몸 하나 외에는 받은 것이 없는 사람들이 모두 미래지향적으로 사느냐 하면, 절대 그렇지 않다. 간혹 남의 돈에 군침을 흘리는 남자가 있다. 상대에게 돈이 많다는 것을 알면 앞뒤 가리지 않고 달려들어 뜯어먹으려는 남자. 상당히 곤란한 타입이다.

언제나 대박을 꿈꾸며 화려한 것을 좋아하고 노력하지 않는 자도 많다. 내가 아는 남자도 그랬다. 그의 유일한 잣대는 돈과 힘의 유무였다. 돈과 힘이 있는 상대에게는 딱 들러붙고 그 어느 쪽도 없는 상대는 깔보고 멀리하는 남자였다. 그의 인생철학은 이랬다. '부자들은 경계심이 많아 다들 돈을 노리고 자신에게 모여든다고 의심한다. 그래서 나는 부자들의 그런 심리를 거꾸로 이용한다. 돈에는 전혀 관심이 없는 행세를 하면서 시간을 두고 신뢰를 쌓는다. 상대가 자진해서 돈을 내밀도록 하는 것이다.' 그러나 그는 성공하지 못했다. 그가 찍은 부자가 한두 수 위였던 것이다. 그의 속셈을 금방 알아채고 적당히 대했다. 그는 빈틈없이 행동했다 여겼지만 연기가 부족했다.

머리가 나쁘고 기분파에 5분이면 화제가 동나는 남자였으니, 조금만 얘기해 보면 그 뻔뻔한 속셈이 금방 드러나고 만다. 그런데도 그는 집요하게 물고 늘어졌다. 그러다 가망이 없다는 것을 알자, 자기가 한 짓은 제쳐 놓고 이렇게 말했다.

"부자들이 도리어 쫀잔하다니까. 돈만 많았지, 어떻게 써야 되는지를 모르니."

나는 그에게 몇 번이나 충고했다. 그렇게 살면 끝내는 아무도 너를 상대해 주지 않을 것이다, 가장 중요한 신용마저 잃게 될 것이다, 하고. 정말 화를 내면서 말했다.

입심이 좋고 이래도 흥, 저래도 흥 하는 남자였으니 내 말에 귀 기울이는 척했다. '옳은 말이다.' '충고를 해 주는 사람이 있어 다행이다.' 하고 말했다. 어쩌면 당시에는 그렇게 생각했는지도 모른다. 그러나 나는 기대하지 않았다. 그가 마음을 바꾸어 착실하게 살 것이란 생각은 도무지 들지 않았다. 나는 손익을 예로 들며 알기 쉽게 설명했다. 그렇게 살면 결국은 손해다, 이득을 보고 싶으면 상대가 신뢰할 수 있는 남자가 되는 것이 지름길이라고 말해 주었다. 그것은 나의 마지막 통보이기도 했다.

얼마 후, 그가 놀러 왔다. 나는 모르는 남자 둘을 데리고. 그중하나가 부자의 아들이라는 것을 알았을 때, 나는 또 실망했다. 그는 조금도 반성하지 않은 것이다. 예전과 똑같은 남자였다. 들러붙을 상대를 바꿨을 뿐이었다. 나는 속으로 '또, 이 꼴이군.' 하고 중얼거렸다. 그리고 이제 포기하기로 마음먹었다.

그에게는 향상심이란 게 없다. 그것은 자신이 어떤 인간인지를 모른다는 뜻이기도 하다. 자신의 나쁜 점을 때로 인식하기야 하겠지만, 세상 사람들은 절대 모를 것이라고 믿는다. 그런 낙천주의자라 그나마 다행이다. 암울한 성격이었다면 인간으로는 끝이다.

그 같은 남자도 노르웨이에서 장사를 시작한다면 아마 성공할 것이다. 타인의 속내를 일일이 따지지 않는 노르웨이 사람 상대로는 그의 유치한 방식이 통할지도 모른다. 아니, 역시 시간문제다. 처음에는 몰라도 언젠가는 들통날 것이다. 그는 입버릇처럼 이런 말을 했다. '나보다 못난 놈과는 교류하지 않는다.' 못나고 잘나고를 가르는 기준은 돈과 힘이다. 그는 한 가지를 보고 있다. 세상 사람들이 모두 그런 생각을 갖고 있다면, 잘난 사람들은 자신을 상대하지 않는다는 것을.

하기야 손바닥 비빌 줄만 아는 인간과 허세를 부리는 인간은 어느 세계에나 있고, 그런 인간관계로 성립된 직장도 얼마든지 있다. 특히 일본 사회에서는 그 경향이 강하지 않을까. 일을 떠나 대등하게 교류할 수 있는 자들이 적다. 개인 생활에도 조직이 크게 영향을 미치니 자립한 상태라 할 수 없다. 혼자가 되면 어쩔 줄 모르고, 혼자서는 뭘 처리하지 못하는 유아적 성향이 어른이 되어서도 없어지지 않는다.

일본은 경제대국이 되었다. 자동차와 오토바이, 공업용 로봇과 텔레비전 분야에서는 세계 시장을 휩쓰는 저력을 갖고 있다. 그러나 한 남자로서의 완성도는 세계 수준에 한참 못 미치다 못해 오히려 퇴보하고 말았다. 예술 분야에서도 원숭이 사회 같은 상하 관계가 판을 치고 있으니 어이가 없다. 조직에 들러붙어 그 안에서만 살 수 있는 남자는 신용할 수 없다. 개미나 벌을 상대하고 있는 것처럼, 본심이 어디 있는지 도무지 알 수 없어 불쾌하다. 본심이란 정정당당하게 말할 수 있어야 본심인 것이다. 술집 한 모퉁이에서 넌지시 흘리는 말이나, 당사자가 없는 곳에서 토하는 음험한 평가는 그저 불평이며 험담이지 본심이라 할 수 없다. 또 상대의 처지와 기분, 장소를 가리지 않고 생각나는 대로 지껄이는 말도 본심이 아니다. 본심과 입에 발린 말을 경우에 따라 나눠 사용하는 이들을 어른이라고 하는 것은 잘못이다.

'술 마시면서 하는 남의 험담만큼 재미있는 것도 없다.' 하는 말은 물론 본심이겠지만, 그것은 비겁하고 못난 인간의 뻔뻔한 본심에 불과하다.

본심으로 사는 것은 어려운 일일 수도 있다. 치사한 출세 따위에 목매달고 사는 남자는, '인간은 나약한 동물'이라는 영역에서 벗어나려고 노력하지 않는 남자는 그런 삶을 살기가 불가능한지도 모른다. '답답하고 숨 막혀서 어떻게 그래.' 하거나 '난 그렇게 살고 싶지 않은데.' 하면서 모르는 척할 수밖에 없을 것이다. 그런데도 혼자가 되었을 때, 마음에 걸리는 게 있다면 그럴싸한 변명을 준비하는 게 좋을 것이다. 제 머리로 생각할 수 없을 때에는 그런 유의 말이 인쇄된 책이 널려 있으니 적당히 고르면 될 것이다. 그래도 불안하고 초조할 때에는 비슷한 인간끼리 모여 실컷 떠들어 해소하면 될 일이다. 그러나 그런 짓을 아무리 해 봐야 어지간히 못난 남자가 아니면 자기 자신을 수긍하기가 어려울 것이다. 이제 남은 방법은 못마땅한 남자의 집에 전화를 걸어 아무 말도 않고 있든지, 욕설을 써서 익명의 편지를 보내든지 하는 것뿐이다.

중국에 갔을 때, 그쪽 문학 관계자들에게 본심과 공치사에 대해 충분히 설명했다. 그들과 우리 사이에 약간의 착오가 있었다. 문학과는 직접 관계없는 문제였다. 그러다 그 설명을 하게 되었다. 나는 소설가든 시인이든, 국가의 방침에 따라 글을 써서는 안 된다고 주장했다. 만약 그런 입장에 있다면 부끄러워해야 할 일이다, 문학이 아닌 다른 힘을 배경으로 펜을 들어서는 안 된다, 하고. 만약 그럴 용기가 없다면 다른 일을 선택해야 할 것이라고. 중국에서는 그런 말이 금기사항이라는 것은 알고 있었기 때문에 정말 필요한 때가 아니면 굳이 말하려 하지 않았다. 그런데 끝내 말이 나오고 말았다.

중국 측 관계자들은 나의 주장에 깜짝 놀란 듯했다. 리더 격인 중년의 여자는 내 말이 통역되는 순간, 두 볼을 파르르 떨었다. 문화 혁명 당시 체포되어 산속의 동굴 같은 감옥에서 몇 년이나 갇혀 있었다는 그녀는 강인한 여자였다. 어떤 경우에도 동요치 않고 대범하게 미소 짓고 있던 그녀가 그때만은 내 얼굴을 노려보았다. 그러나 이내 미소를 머금고는 어린애 달래듯 내게 말했다.

"당신은 아직 젊어서 그렇게 금방 화를 내는 것이다."

나는 그 말을 받아쳤다.

"당신도 화를 내고 싶으면 내라. 나는 화내지 않는 인간은 믿을 수 없다. 화내지 않는 작가는 소설가도 아니요, 시인도 아니다."

그러자 그 자리에 있던 시인이 얼굴을 찡그렸다. 다시 리더 격 여자가 말했다.

"이번 봄에 우리 주석이 일본을 방문할 것이다. 앞으로 중국과 일본은 관계를 돈독히 해 나가야 한다. 그런 중요한 시기에 우리가 언쟁을 벌이는 것은 좋지 않다."

그들은 입을 벌렸다 하면 '중일 우호'를 외쳤다. 나는 또 반격했다.

"당신네 나라 주석이 방일하는 문제와 우리 문제는 분리해서 생각해야 한다. 우리는 정치와는 무관하게 대화를 나눠야 한다. 정치가들이 우리 대화에 별 관심이 없는 것처럼, 우리 또한 정치가들을 무시하고 자유롭게 얘기하는 것이 좋다. 자유란 타인의 안색을 살피며 얘기하는 것이 아니다. 물론 나는 당신 나라가 우리나라와 사정이 다르다는 것은 잘 알고 있다. 우리처럼 생각을 그대로 말할 수 있는 나라가 아니라는 것도 잘 알고 있다. 그랬다가 나중에 무슨 가혹한 처사를 당할지 모른다는 것도 잘 안다. 그렇다고 입에 발린 말, 듣기 좋은 말만 해야 한다면 나는 대화를 하지 않겠다."

나의 말에 대해 중국 측은 예의 '대동소이'라는 말을 꺼냈다. 대동소이 선에서 서로 이해를 넓혀 가자는 말이다. 나는 그런 말을 당치 않다고 했다. 문학에서는 '소이'가 중요한 문제인데 그 문제를 간과하고서는 대화를 계속할 수 없으며 이해를 넓힐 수도 없다고 했다. "같은 테이블에 앉아 식사를 하고 '건배'를 몇 번이나 외치고 박수를 쳐 본들, 귀에 거슬리지 않는 말만 몇 천 번 몇 만 번 해 본들 성과는 하나도 얻을 수 없다. 헛수고다."

나는 계속 그렇게 주장했지만, 중국 측도 쉽게 포기하지 않았다. 이렇게 서로 알게 되었으니, 이 자리를 빌려 우호를 증진하자, 온통 그 말뿐이었다. 나는 두 손 두 발 다 들고 말았다. 그리고 이렇게 말했다.

"그렇게 일본 문학 관계자들과 접촉하고 우호적인 교류를 하고 싶다면 다른 작가와 말씀 나누시라. 일본에는 문예가 협회가 있고 펜클럽이라는 단체가 있으니, 그중에 중일 우호를 좋아하는 사람이 있을 것이다. 풍파가 일지 않게 당신들 듣기 좋은 말로 교류할 수 있는 사람이 있을 것이다. 그런 의미에서 당신들 앞에 있는 이 애송이는 가장 부적합한 사람일 것이다. 문학을 하는 사람이 정치가들과 똑같은 방식으로 교류하려 하다니 이만저만한 난센스가 아니다. 본심을 숨기고 서로의 이익만 추구하는 것은 적어도 우리가 해야 할 일은 아닐 것이다. 그것이 나의 기본적인 생각이다.”

그러나 그들은 변함없이 '대동소이'를 물고 늘어졌다. 그 말밖에는 하지 않았다. 그들도 내가 한 말의 의미 정도는 알았을 것이다. 알지만 어떻게 할 수 없었을 것이다.

중국 소설가 대부분은 월급을 받고 글을 쓴다. 그러니 쓰든 안 쓰든 먹고살 수 있다. 그래서 게으름을 피우는 작가가 많다고 관계자는 투덜거렸다. 월급을 받으면, 돈을 지불하는 쪽의 사고방식을 거역하는 문장을 쓸 수 없다. 즉 돈줄이 목덜미를 짓누르고 있는 것이다. 고위 정치가들의 교체가 격심한 중국에서, 월급쟁이 작가들은 돈줄이 바뀔 때마다 조마조마할 것이다. 감옥에 갇히고 싶지 않으면, 미래의 동향까지 감안해서 펜을 굴려야 한다. 아니. 어쩌면 월급만 받고 글은 쓰지 않는 편이 무난할지도 모르겠다.

일본과 또 하나 다른 점은, 편집자의 위치가 작가 위라는 것이다. 편집자 위에는 기관과 정치가가 똬리를 틀고 있다. 아마 그런 구조일 것이다. 그런데 중국 측은 일본의 문학적 상황을 전혀 파악하고 있지 않았다. 알면서 모르는 척하는 줄 알았는데, 그렇지 않았다. 일본의 대표적인 출판사가 B사 한 군데이고, 그 출판사에서 출간하는 B지가 문학잡지의 전부라고 아는 이가 많았다. 또 순문학과 대중문학이라는 장르에 대해서도 몰랐고, 작가가 프리랜 서라는 것도 모르는 눈치였다. 어디에도 속하지 않은 상태에서 글 을 쓴다는 것조차 몰랐다.

다양한 출판사가 있고, 출판사의 의뢰로 소설을 쓴다는 사실도 이해하지 못했다. 가장 설명이 곤란한 것은 순문학과 대중문학의 차이였다. 이는 일본 문학계에서도 상당히 복잡한 문제라서 한마 디로 단언하기가 어렵다. 그들은 이렇게 물었다.

"문학은 대중을 위해 존재하는 것이 아니냐? 그렇지 않은 문학 이란 대체 무엇이냐?"

여러 가지 설이 있다고 전제하고서 나는 내 생각을 피력했다.

"순문학은 자신의 행동 범위 안에서, 이것이 내 행동의 한계라 고 여겨지는 범위 안에서 쓴 것이며, 그걸 넘어서는 움직임을 보 이는 인물을 등장시킨 소설은 대중문학이다."

당연히 그들은 내 말을 수긍하지 않았다. 예술이 온갖 대중을 위해 존재한다는 것은 절대 있을 수 없는 일이다. 그 점을 이해하 지 못하는 이들에게는 아무리 훌륭한 작품도 종이 쓰레기에 지나 지 않는다. 그런 얘기가 몇 시간이나 계속된 후에 중국 측은 아니 나 다를까 장사 얘기를 꺼냈다. 우호의 진의가 거기에 있다는 것 은 어느 정도 짐작하고 있었기에 그리 놀라지 않았다.

자신들이 수집한 사진을 일본에서 출판하고 싶은데, 보기라도 해 달라고 그들은 주문했다. 그 사진들을 본 가게야마는 '자신은 출판사 사람이 아니라서 뭐라 말할 수 없다.' 하고서 이 사진들은 일본의 인쇄 기술을 최대한 살려도 팔 수 있을 만큼 깨끗하게 나오지 않을 것이라고 말했다. 구도가 그림엽서 같은 점은 그렇다 치고, 필름 상태가 엉망인 데다 사진을 찍은 사람이 제각각이어서 한두 권의 사진집으로 엮어 내기가 곤란하다고 말했다. 내 눈에도 그렇게 보였다. 그 사진들은 그저 보기 드물다는 의미밖에 없었다. 그들은 사뭇 아쉽다는 표정을 지었다. 그 외에도 여러 가지 어긋남이 있어, 우리는 결국 지치고 말았다. 본심의 일방통행과 박수와 웃는 얼굴의 구질구질한 교류에 넌더리가 나고 말았다.

애당초 그런 모임을 위해 중국까지 가는 게 아니었다. 사륜구동차로 관광 코스가 아닌 길을 5,000킬로미터 달리게 해 준다고 해서 간 것이었다. 그런데 그 얘기는 중국 측에 전해지지도 않았다. 우리가 중국 측이나 기획자들의 술수에 휘둘리고 만 셈이었다.

우리가 베이징을 찾은 것은 한겨울이었다. 상당히 추웠고 거리 전체가 연기에 뒤덮인 잿빛 풍경이었다. 그리고 밤이 오면 대도시인데도 불빛이 적어 시골처럼 어두웠다. 사람들은 얼어붙은 대지와 찬바람 속에 살고 있었다.

어느 밤, 그들이 우리를 극장으로 데려갔다. 뮤지컬 비슷한 연극을 하고 있었다. 뮤지컬과 달리 노래가 없었다. 즉 춤과 음악으로만 구성된 악극이었다. 시대는 오랜 옛날, 테마는 왕자와 공주의 연애. 만석이었다. 무용수는 다리를 가리고 있었지만, 몸의 곡선과 피부가 비쳐 보이는 시스루 의상을 입고 있었다. 중국에서 허용되는 한도 내에서의 에로티시즘이다. 그녀가 등장해서 다리를 높이 쳐들거나 공중제비를 돌 때마다 관객들의 몸이 일제히 앞을 향했다. 그녀가 등장하지 않는 장면에서는 시끌시끌하게 잡담을 하다가도 그녀가 등장하면 갑자기 조용해지면서 다시 앞. 무대를 비추는 원색의 요란한 조명이 실로 묘한 분위기를 빚고 있었다. 그때 문득, 어디선가 본 광경이라는 것을 깨달았다. 그렇다, 후나바시에 있는 스트립쇼 극장과 비슷했다. 관객 모두가 몸을 앞으로 쭉 내미는 점이 똑같았다.

막이 내리고 극장에서 나오자, 어두운 거리로 사라지는 사람들의 모습이 보였다. 어째서인지 나는 공포를 느꼈다. 원색의 빛에 잠시 취했다가 고요한 밤의 거리를 지나 집으로 돌아가는 사람들의 등에서 뭐라 형용할 수 없는 공포를 느낀 것이다. 그것은 베이징이 일본에 30년은 뒤처졌다느니 하는 문제와는 관계없는, 보다 심오한 인간의 비애를 보는 듯한 뭐라 말하기 어려운 서글픔이었다. 노르웨이를 여행하는 중에 나는 종종 그때 일이 떠올라 동료들과 얘기하곤 했다.

노르웨이의 겨울도 중국의 겨울과 비슷할까. 만약 눈과 밤에 지배된 노르웨이를 찾는다면, 우리는 보다 무거운 무언가를 느끼고 또 공포를 느낀 것인가. 우리는 베이징에서 지낸 이주일의 기억과 노르웨이를 비교해 보았다. 그리고 일본과 오스트레일리아 그리고 케냐와도 비교해 생각했다.

'지구는 하나'라는 포괄적이고 무책임한 말이 있다. 우리는 그 엉성한 잣대로 지구를 뭉뚱그려 생각할 수 없었다. 여행을 할 때마다 나는 과연 나는 이곳에서 살 수 있을까 하는 의문을 품었다. 반년이나 1년이 아니라 몇 십 년을, 혹은 죽을 때까지 눌러 살 수 있을까, 하고 자신에게 묻곤 했다. 대답은 언제나 '노'였다. 어느 나라에서는 과거를, 어느 나라에서는 미래를 엿보았지만, 타임머신을 타고 여행하듯이 그저 잠시 바라본 것에 지나지 않는다. 결국은 현재로 돌아올 수밖에 없었다. 현재의 흐름을 따라 살 수밖에 없을 것 같았다. 물론 때로는 무인도에 가서 로빈슨 크루소처럼 살아 보고 싶은 생각도 있다. 그런 생각으로 외국으로 이주해 사는 예술가도 많다. 그러나 소설가는 외국 생활에 실패한다. 얼마 못 가 다시 돌아와서는 몸을 숨기고 있거나 변명의 글을 쓴다.

이 지구상의 시간은 시계의 숫자판과 논리상으로만 일치한다. 실은 세계에는 다양한 종류의 시간이 흐르고 있다. 나라의 숫자보다 기류氣流의 숫자보다 많을지도 모른다. 엄밀하게는 개개인이 모두 다른 시간 속에 사는지도 모른다. 나는 때로 지인들에게 이런 충고를 듣는다.

"자네는 너무 서둘러서 탈이야. 왜 그렇게 서둘러 살려는 거지." 하고. 그러나 그것이 나의 시간이다.

노르웨이 여행이 어언 끝나 간다. 이제 이 나라를 더 이상 돌아다닐 필요는 없을 것 같다. 인간의 삶이 보여 주는 생생한 드라마는 결국 만나지 못했다. 노르웨이라는 나라 전체를 구석구석 뒤덮고 있는 희박함은 노르웨이 사람들에게는 일상이고 현실이고 생활이겠지만, 우리에게는 풍경화에 지나지 않았다. 물론 거기에는 분노도 슬픔도 있을 것이다. 그러나 내게는 그들의 감정이 전해지지 않았다. 전혀 느낄 수 없었다. 끝에는 그 정적과 차분함이 짜증스러웠을 정도다. '불변'이라는 인상을 도무지 걷어 낼 수 없었다. 당분간 이런 시공간에 몸과 마음을 맞출 수는 없다는 것을 깨달았다. 나는 아직 시들지 않았다는 사실이 확실해졌다. 그 확인이 유일한 수확이었는지도 모른다.

나의 청춘은 당연히 끝났다. 그리고 이미 새로운 단계에 접어들었다. 그러나 노르웨이가 그 힌트가 된 것은 아니었다.

지금 이렇게 원고를 쓰면서 사진을 보아도, 정말 그 나라에 다녀왔다는 실감이 없다. 약 20일간 5,500킬로미터를 달렸다는 사실이 믿기지 않는다. 꿈의 인상보다 가볍다. 그 전에 격렬한 여행을 했기 때문일까. 또는 시대를 잘못 타고 난 것일까. 바이킹 시대에 그곳을 찾았어야 했나. 조그만 배를 타고 고요한 피오르 바다에서 거칠게 용트림하는, 대해로 나가는 남자들을 바라보며 원시적인 피의 들끓음에 취했어야 했나. 그 사람들은 안정을 얻는 대 있는 그대로의 세계를 받아들일 준비는 되어 있다. 생각해 보면 참 멀리 돌아왔다.

나는 청춘을 잃은 것이 아니라 이겨 냈다.

신 과연 무엇을 잃었을까. 그 안정된 나날들이 과연 충실감과 감동을 주고 있을까.

지금 기억나는 것은 까마귀와 함께 음식물 찌꺼기 더미를 쪼던 갈매기 떼다. 독일에서 온 여행자들이 일으킨 교통사고다. 지붕에 널린 물고기들이다. 그 정도밖에 없다. 그렇게 많은 사람들을 만났는데, 기억나는 얼굴이 하나도 없다. 마치 거리에 선 마네킹 인형 속을 어슬렁거리다 돌아온 기분이다. 아니다, 한 가지 더 떠오르는 게 있다.

옛날 부호의 집을 구경했을 때다. 하인의 방을 엿볼 수 있는 조그만 창문이 달려 있었다. 대체 뭐 때문에 그런 창문이 필요했을까. 그리고 창문이 하나도 없는 옛 시절의 감옥. 또는 금광의 흔적. 뭉크가 어떤 의미로 〈절규〉를 그렸는지 모르겠지만, 나도 여행 중에 몇 번이나 외치고 싶었다. "이런 게 아니잖아. 이럴 리가 없잖아." 하고 절규하고 싶었다. 또 한밤중에도 빛나던 태양을 향해 "웃기지 말란 말이야." 하고 고함을 지르고 싶었다. 그 무거운 정적은 점차 나를 압박하고 옭죄면서 마네킹 인형 쪽으로 떠밀려 했다. 바이킹들을 폭력적인 바다로 내몬 것은 어쩌면 이 나라 온 곳을 채우고 있는 정적과 차분함이 아니었을까. 때로 바다의 폭력성과 마주하면서 그들은 간신히 정신의 균형을 유지하지 않았을까. 고요한 광기에 대적하려면 동적인 광기 외에는 방법이 없지 않았을까.

시대로 인해 그 기회를 빼앗긴 현재, 이 적막한 풍토에 그들은 들끓는 피를 다 빨아 먹혀, 엷은 빛과 심호흡을 해도 숨을 쉰 것 같지 않은 대기에 적응해 조화롭게 사는 법을 터득한 것일까. 혼란과 몸부림, 희망과 절망의 결합을 볼 수 없는 노르웨이는 앞으로 어딜 향하게 될까. 지금이 막다른 골목인 것일까.

한동안은 여행을 하지 않기로 했다. 노르웨이가 내게 실망을 주었기 때문은 아니다. 나는 노르웨이에 지나친 기대는 하지 않았다. 나는 짧은 기간에 너무 많은 이동을 했는지도 모른다. 그런 나머지 뉴트럴 포지션이 어디인지 가늠할 수 없게 되었다. 자신의 공간과 시간이 대체 어디인지 가늠조차 할 수 없게 되었다. 변화와 자극을 과도하게 추구한 나머지 나 자신의 일상을 잃어 가고 있다. 소설가에게 일상이 있고 없고의 문제가 아니다. 아무튼 다시 산으로 들어가야겠다. 논에 둘러싸인 집으로 돌아가야겠다. 그곳에서 몇 백 날을 단조롭게 보내면서 내가 나임을 되찾아야겠다.

아침 6시에 일어나 8시에는 펜을 잡고, 오후부터는 근처 산을 돌아다니고, 오토바이를 타고, 호수에서 야생 잉어를 낚고, 10시에는 침대로 들어가는 생활을 다시 시작하자.

나는 과감하게 나의 일상에 몰입하기로 한다. 이제 과거도 미래도 바라보아서는 안 된다. 산 저 너머에 있는 세계와 삶도 상상해서는 안 된다. 인간과 그 생활 전체를 조망하고 파악하는 것에 무슨 의미가 있다는 것인가. 아니, 의미는 있을 것이다. 무익하지는 않다. 그러나 나는 다소 과했는지도 모르겠다. 이쯤에서 한숨 돌리자. 단순하고 움직이지 않는 나날 속에서 나는 자신의 발판을 다시 만들어야 한다. 그러면 다시 빛날 수 있을지도 모른다. 또는 그 반대일지도 모른다. 어느 쪽이 답이든 상관없다. 언젠가는 또 격렬한 이동을 원하게 될 것이다. 집필이라는 암울한 일에 진력이 나서 아직 보지 못한 나라와 상상을 초월하는 일상을 사는 사람들을 만나러 갈지도 모른다.

적어도 앞으로의 나는 나와 내 주변을 지금까지 그랬던 것처럼 부정하지는 않을 것이다. 집을 무너뜨릴 정도의 힘을 지닌 눈, 강가의 바위를 죄 떠내려 보내는 호우, 거리에 떨어져 있는 금속 한 조각을 노리고 섬광과 굉음으로 지상을 두드려 대는 벼락과 천둥처럼 그곳에 사는 사람들을 긍정하리라. 필요 이상의 기대도, 절망도 하지 않으리라. 있는 그대로의 세계를 받아들일 준비는 되어 있다. 생각해 보면 참 멀리 돌아왔다. 36년이나 걸렸다. 지금 나는 과거와 조금도 다르지 않은 생활을 아무렇지 않게 계속할 수 있다. 게다가 무엇을 목표로 해야 할지도 어렴풋하게나마 안다. 나는 청춘을 잃은 것이 아니라 이겨 냈다. 오래전부터 나의 꿈과 이상은 필요한 때 필요한 대책을 세울 수 있는 남자가 되는 것이었다. 아직 완전하지는 않지만 그쪽으로 향하고 있다는 자각과 자부가 있는 것은 분명하다.

나는 지금까지 자신의 행동 범위를 벗어나는 말을 피해 왔다. 자신이 할 수 없는 것에 대해서는 말하지 않으려 했다. 그렇다고 이론 물리학자처럼 상상력을 거부한 것은 아니다. 가설을 세웠을 경우, 가능한 한 행동이라는 실험을 통해 확인하려고 한다. 그중의 하나가 여행이다. 그러니 언젠가는 또 여행을 떠날 것이다. 여행이 아닌 다른 행동을 취할 수도 있다. 그럴 필요가 있다고 판단하면 어떤 행동이라도 취할 것이다. 그러나 행동은 미학이 되어서는 안 된다. 미의식을 우선한 행동은 행동과는 다른 행위이므로.

한동안 나는 펜과 핸들과 낚싯대만 잡고 이곳에, 그리 유명하지 않은 신슈의 한 동네에서 꼼짝하지 않고 싶다. 태어나서 지금까지 이곳에 사는 사람 같은 표정으로, 이곳에서 한 걸음도 나가 보지 않은 남자처럼.

과거에 내게 가정이란 족쇄 이상의 아무것도 아니었다. 자유를 가로막는 장애물일 뿐이었다. 그런데 서른 살이 지나자 남자는 자기 혼자를 위해 빌 수 없도록 만들어졌다는 것을 깨달았다. 만약 내가 지금까지 혼자 지내고 있다면, 나 외에는 신경 쓸 사람이 주위

에 없었다면, 아마 일 따위는 하지 않았을 것이다. 아니, 하지 않
았을 게 확실하다. 조금이라도 좋은 소설을 쓰겠다는 생각은 하지
않았을 것이다. 그리고 또, 그런 자신의 처지를 자유롭다고는 절
대 생각지 않았을 것이다. 아마, 적당히 하루하루를 보내면서 줄
곧 도망만 치지 않았을까.

집을 소유한다는 것도 그랬다. 과거의 내게 집은 선망이면서 동
시에 인생이 흐름을 막는 것이었다. 집을 갖는다는 것은 즉 고이
고 썩는 것이었다. 내 집, 그 안에서 소박한 일상이 주는 행복에
젖다니 한심하고 비참한 일이라고 생각했다. 그리고 집을 소유하
게 되었을 때, 이제 나도 끝장났다고 중얼거렸다. 그때까지 수도
없이 계속한 이사가 그렇게 느껴질 정도였다.

그런데 얼마 지나자, 이런 집 한 채로 만족해서 될 일인가 싶은
생각이 강렬해지면서 오히려 더 이를 악물고 살게 되었다. 지키는
쪽이 아니라 공격하는 쪽으로 돌아선 것이다. 빚을 갚기 위한 일
이 아니라, 집에 얽매이지 않기 위한, 그런 유의 행복에서 벗어나
기 위한 몸부림으로서의 일이 시작된 것이다. 그리고 그 몸부림에
서 튀는 불꽃으로 빛날 수 있었고 소설도 쓸 수 있었다.

'미드나이트 선'이라는 재즈의 명곡이 있다. 지금은 스탠더드 넘
버로 확고하게 자리 잡은 곡이다. 십여 년 전에 라이오넬 햄프턴

의 연주로 이 곡을 들었을 때, 그 투명하고 아름다운 선율에 그만 흠뻑 빠지고 말았다. 인간의 체취가 전혀 없는 그 음악이 노르웨이를 횡단할 때 몇 번이나 가슴에 되살아났고, 그리고 완전히 이해할 수 있었다. 그 명곡은 절대 상상력의 산물이 아니라 북유럽 자체였다.

빛은 충분하지만 피부를 태울 정도는 아닌 태양, 그 거대한 조명은 그야말로 미드나이트 선의 세계였다. 그 곡에는 희박하고 투명한 존재감이 명료하게 포착되어 있었다. 북유럽 사람들에게 태양 아래 선다는 것은 절실한 문제이다. 구루병에 걸리지 않기 위해 비타민D를 체내에 흡수하려고 비키니 차림으로 들일을 하는 것도, 어디든 상관 않고 웃통을 벗어던지고 정신을 말리는 것도 살아남기 위한 수단이었다. 살아 있다는 자각을 햇볕에서 추구하는 모습이 딱할 정도였다. 그들의 꿈은 아마 가만히 있어도 땀이 삐질삐질 돋을 만큼 뜨거운 태양 아래에 드러눕는 것이리라. 그러나 아프리카 사람들은 물이 넉넉한 나무 그늘에 드러눕는 것이 꿈일 것이다.

일본 사람인 내게 태양은 실로 편리하고 이상적인 운행을 반복하고 있다. 하지만 우리는 그 사실을 잊고 있다. 노르웨이 여행에서는 아침에 눈을 뜨면 바로 창가로 다가가 태양을 확인했다. 굳이 그러지 않아도 밤이 아니라는 것은 쉽게 알 수 있는데, 그러지 않으면 성에 차지 않았다. 그리고 그날의 이동을 시작하면, 여름이라고는 하나 써늘한데도 티셔츠 한 장 차림으로 햇볕을 쬐었다.

그래도 피부색은 조금도 달라지지 않았다.

만약 노르웨이의 하늘에 뜬 빛나는 태양이 땀이 날 만큼 활기와 생기에 찬 것이었다면, 지금의 노르웨이는 전혀 다른 노르웨이였을 것이다. 식물은 물론 동물들까지 다른 종류가 번식했을 것이다. 그리고 활기찬 표정의 사람들은 뭉크 같은 절규는 하지 않았을 것이다. 그러나 이런 가정은 아무 의미가 없다.

아무튼 태양의 힘은 위대하다. 물만큼이나 위대하다. 태양은 그 빛의 세기에 따라 지구상의 인간을 다양한 타입으로 분류해 놓았다. 이 작은 별을 온갖 차별과 편견으로 채워 놓았다. 모든 생물의 목숨과 운명의 열쇠를 쥐고 있는 태양은 정기적으로 낮과 밤을 주고, 나 자신의 가치를 재확인하게 한다.

당근과 채찍을 번갈아 나눠 사용하다니, 신이 사용하는 수법과 똑같지 않은가. 우리는 지난 몇 년 동안 여러 각도에서 태양을 바라보았다. 달은 어느 나라에서 보나 거의 비슷한데 태양은 늘 표정이 달랐다. 태양계에 있는 태양은 딱 하나인데 마치 여러 개가 있는 듯한 착각을 유도했다. 어느 태양을 택할 것인지, 어느 태양 아래 살 것인지 나는 이미 결정했다.

봄 여름 가을 겨울의 네 얼굴이 있고, 자외선을 충분히 비춰 주는 태양이야말로 내게 어울리는 태양이다. 나는 미드나이트 선이라는 거대한 농담을, 장난을 받아들일 수 있는 인간이 아니다. 앞으로 2, 30년 후의 인류는 핵융합로라는 이름의 태양을 만들어 내게 될 것이다. 그 인공의 태양을 신속하게 개발해야 21세기의 주도권을 쥘 수 있다는 말을 흔히 듣는다. 그리고 그날이 오면 하늘에 뜬 태양에 의지하지 않아도 된다고 하는 자도 있다. 그러나 나는 믿지 않는다.

우리의 여행은 끝났다. 빌린 자동차를 돌려주고 몇 백 통의 필름과 무수한 언어를 선물로 챙겨 노르웨이를 떠났다. 아주 사무적인 마무리였는지도 모르겠다. 오래된 금광의 흔적에서 금 조각이라도 주우려 이리저리 돌멩이를 들쑤시다가 빈손으로 돌아온 것이나 다름없는지도 모르겠다. 그런 기분이 들었다. 충분히 예상했던 일인데도, 정신적인 여행이 될 것을 알고 있었음에도, 나는 그래도 등뼈가 떨리는 감동과 변화를 기대했던 것일까. 아니 그런 거창한 자극이 아니라 좀 더 소박한 감동이라도 좋다고 바랐던 것일까.

그러나 무엇 하나 얻지 못했다. 감동만을 문제 삼는다면 아무것도 남지 않은 여행이었다. 그런 의미에서 아주 드문 여행이기도 했다. 우리는 정말 5,500킬로미터를 이동했던 것일까. 오스트레일리아의 1만 킬로미터도, 케냐의 5,500킬로미터도 그 실감이 확실했다. 지금도 그 여운이 남아 있다. 그러나 우리에게 가장 새로운 노르웨이 여행은 마치 백일몽처럼 저쪽으로 밀려나 버렸다. 일본으로 가는 비행기에 탔을 때, 우리는 여느 때와는 다른 피로감을 느끼고 있다는 것을 알았다. 육체적 피로감은 거의 없었는데, 유난히 가슴이 묵직했다. 목구멍에 뭐가 걸려 있는 느낌이 들어 견딜 수가 없었다. 그것을 토해 내려면 거칠고 무모한 여행을 떠나거나 소리를 꽥꽥 지르는 방법밖에 없을 것 같았다.

동료 하나는 세계적으로 유명한 오프로드 바이크 레이스에 출전하겠다고 하고, 다른 하나는 새 일을 시작하겠다고 하고, 또 다른 하나는 인생의 방향을 결정하기 위해 좀 더 돌아다녀 보겠다고 했다. 나는 아무튼 산속의 내 집으로, 예전의 일상으로 돌아갈 생각이었다.

일본으로 돌아왔을 때, 한여름의 진짜 태양이 빛나고 있었다. 유독 서늘한 여름이라고 하는데, 우리로서는 믿기지 않는 일이었다. 지나칠 정도로 더웠다. 덥고 눅눅하고 탁한 공기를 들이마셨을 때, 이것이야말로 이 세상의 공기, 살아 있음의 증거인 공기라고 생각했다. 산골에 사는 나조차 도쿄의 시끌시끌함이 반가웠다. 사람들은 분주하게 오가고, 허둥지둥 살고 있었다. 곳곳의 빌딩에도 활기가 넘쳤다. 사방에 욕망이 넘실거리고, 사람들을 그것을 발판으로 살고 있었다. 멋진 광경이었다. 그것이 일본이었다. 나는 한동안 신슈로 돌아가고 싶지 않았다. 도쿄의 혼잡함 속에서 일주일 정도 지내보고 싶었다. 내가 그런 기분을 느낀 것은 처음이었다. 그러나 기다리고 있는 다음 일이 허락지 않았다. 그 분망함이 또 기분 좋았다. 지녁이 오고 밤이 왔다. 이어 아침이 찾아왔다.

나는 열차를 타고 신슈로 향했다. 밭과 산뿐인 고장이지만, 오슬로보다는 훨씬 활기찼다. 풀벌레가 울고 개구리가 울었다. 노르

> 방에 틀어박혀 창 너머로만 세상을 바라보는 생활 속에서는
> 절대 나올 수 없는 언어가 있으니 여행이란 재미있는 것이다.

웨이에서는 들을 수 없었던 온갖 종류의 소리가 들렸다. 숲에서는
무수한 들새가 지저귀고 잡초는 몇 시간 간격으로 쑥쑥 자랐다.
밤이면 어둠 속에서 반딧불이가 떠다니고 쏙독새가 기성을 지르
고, 너구리의 눈은 금색으로 빛나고, 여기저기서 폭죽을 쏘아 올
렸다. 나는 나의 일상에 감동했다. 마치 저세상에서 돌아온 듯한,
무거운 병이 순식간에 나은 듯한, 오랜 감옥 생활에서 해방된 듯
한, 그런 기분이었다. 나는 펜을 쥐고 열심히 소설을 쓰기 시작했
다. 낚싯대를 들고 세 군데 호수를 뻔질나게 돌아다녔다. 노르웨
이는 어땠느냐고 묻는 지인들에게는 아무 대답도 하지 않았다.

　그래도 노르웨이 여행은 내게 많은 것을 가르쳐 주었다. 이 글
에 쓰인 무수한 말 대부분은 노르웨이를 여행하는 도중에 내 가슴
을 스친 것들이다. 풍경을 카메라에 담듯이 나는 수첩에 남겼다.
모순은 모순인 대로 그냥 남겨 두었다. 방에 틀어박혀 창 너머로
만 세상을 바라보는 생활 속에서는 절대 나올 수 없는 언어가 있
으니 여행이란 재미있는 것이다.

　현재 나는 내게만 집중하고 나만 쳐다보며 살고 있다. 그러나
이 생활도 그리 오래가지는 않을 것으로 생각한다. 언젠가는 나시
엉덩이를 들고 일어나 여행을 떠날 것이다. 기어를 뉴트럴 포지션

에 놓고 공회전하는 것에 염증이 났을 때는 또 질주하고 싶어질 것이다. 그리고 또 새로운 언어를 찾아 떠벌리게 될 것이다.

4

흐르고, 쏘다 미서부

말대신 사륜구동차를 타고, 리볼버와 라이플 대신 카메라를 들고 나는 덴버를 떠난다. 한겨울 미국 서부의 로키산맥을 따라 때로는 넘고, 때로는 흐르고 흐르는 여행이 이제 막 시작되었다. 나의 영혼은 과연 어떤 광경에 반응을 보이고 슈팅할 것인가. 그러나 예감은 있다. 아직 몇 마일밖에 달리지 않았는데, 과거 사내가 사내였던 시대의 생생한 기운이 도처에서 느껴진다.

이 허허벌판으로 이주한 개척자들의 지친, 그러나 충실하고 팽팽한 숨소리가 똑똑히 들린다. 이 대지에서 살아남기 위한 중요한 기반이었던 폭력의 흔적이 지금도 여전히 사방에 나뒹굴고 있다. 행운을 타고난 자만이 이기고, 그렇지 못한 자는 순식간에 무참한 최후를 맞는 황량함이 여전히 싸늘하고 메마른 내기 속에 숨어 있다. 그것은 돌풍으로 변해 지평선 저쪽에서 몰려와 시간을 휘젓는다.

위험하기 짝이 없는 무모한 이동을 계속하다 겨우 이 땅에 도착해, 불모의 초원을 피땀 흘려 농지로 바꾸어 마침내 정착을 꾀했다. 그리고 세월과 함께 대를 이어 온 지금도, 서부 사람들에게서는 흐르는 자로서의 특질이 사라진 것 같지 않다.

과거와 미련 없이 결별하고 끊임없이 변화를 추구하며, 간섭과 속박을 싫어한다. 토지에 대한 애착이 심해 자기 땅과 남의 땅의 경계 문제로 목숨을 걸고 서로에게 총부리를 겨눴던 사람들이 어느 날 갑자기 이동을 결심하고는 당장에 실행에 옮겨 희희낙락 흘러간다.

그들의 흐르는 버릇이야말로 서부뿐만 아니라 미국 전체에, 선과 악의 모든 의미에서 다른 나라에서는 볼 수 없는 활력을 불어넣는 것이다. 그들은 자기 입에 넣고 싶은 것을 어떻게든 자기 힘으로 얻으려 한다. 그래서 야생 사슴이 스포츠로서의 사냥을 훨씬 뛰어넘는 의미의 대상이 되는지도 모른다.

물질주의와 개인주의의 나라 미국. 국민들은 틀에 구애받지 않는다. 어느 날, 엉뚱한 발상을 하고는 아무 주저 없이 실행에 옮긴다. 자기만 좋으면 행동한다. 그들은 불필요한 장식에 현혹되지 않고,

만사의 본질을 정확하게 꿰뚫는다. 혹독한 자연 속에서 뭘 우선해야 하는지 숙지하고 있다.

그들은 핵심을 향해 똑바로 돌진하고, 요점을 움켜 잡는다. 동부에서는 몰라도 서부에서는 그렇게 하지 않으면 살아갈 수 없었을 것이다. 또 타인의 의견을 일일이 참고할 시간적 여유는 없으니, 아무튼 나름대로 생각하고 노력해서 문제를 해결할 수밖에 없었을 것이다. 가령 잘못된 선택이거나 실수였어도, 비웃는 자는 옆에 없다. 강둑을 보강하기 위해 폐차를 활용한다는 발상은 참으로 그들답다. 그야말로 미국적인 광경이다.

광활한 토지를 소유하고 몇 대에 걸쳐 그 땅을 밭으로 경작하는 삶, 허구한 날 흙과 마주하는 생활은 과연 어떤 것일까. 시골에서 살고 있는 나는 대충 짐작할 수 있다. 감동과 충족의 나날은 아니니 부러워할 정도는 아니다. 그들은 흙에 넌더리를 내고 있다. 그중에는 이 먼 신대륙으로 이주한 조상을 원망하는 자도 있다.

무기비료와 하이브리드 농법의 씨앗, 농약, 대형 농기계가 있어도 그들의 생활은 여전히 안정적이지 않다. 때로는 지하수가 부족하고 소금의 피해가 발생하기도 한다. 계속된 경작 때문에 땅이 피폐하고, 더위와 추위가 번갈아 덮쳐 수확을 제대로 하지 못하는 해도 있다. 그런가 하면 어느 해는 풍작으로 가격이 폭락, 애써 경작한 농작물을 모두 버려야 하는 경우도 있다.

　게다가 서부의 농가가 너나 할 것 없이 대지주인 것은 아니다. 일본의 농가보다 경지 면적이 좁은 농가도 얼마든지 있다. 가난한 그들은 표정이 어둡고 술 생각만 한다.

　가난한 농가의 늙은 부부에게 물어보았다. 행복한가, 하고. 묻고 나서야 어리석은 질문이라는 것을 깨달았다. 일흔여섯 살이라는 그 남자는 "죽는 게 차라리 낫지." 하고 대답했다. 그의 아내는 이렇게 덧붙였다.

　"우리는 자식이 없어. 그래서 여동생 아이들에게 이 땅을 물려주겠다고 했더니, 그 아이들이 어떤지 알아? 벌써부터 우리가 죽기를 기다리고 있어." 그 딱한 서부 사내는 쭈글쭈글한 노인이었지만 아직도 완력은 대단했다. 갑자기 옆에 있는 통나무를 끌어안아 번쩍 들어 보였다. 그 힘을 칭찬하자, 그는 고개를 저으며 이렇게 말했다.

　"이 땅으로 흘러온 조상들은 나보다 더 늙어서도 이것보다 더 굵은 통나무를 번쩍번쩍 들었어."

　그러고는 입을 꾹 다물더니, 두 번 다시 입을 열지 않았다. 뒤늦게 서부로 흘러온 자들은 얼마 남지 않은 땅을 놓고 아귀다툼을 했고, 그 탓에 말처럼 일해도 성공할 수 없었다.

서부로 향한 사람들이 그처럼 한 마리 늑대 같은 생활력 강한 사내들만은 아니었다. 아주 평범한 사람들과 그 가족들이 각오를 다지고 길을 떠났다. 약한 사람들은 포장마차 부대를 구성하고 가이드를 고용했다. 단합으로 그 위험한 여행을 성공으로 이끌려 했다. 그들이 추구한 것은 모험과 자극과 변화가 아니라, 떠난 곳에서는 얻지 못한 풍요와 안정이었다.

물과 식량과 채소의 씨앗과 포도나무 묘목을 싣고 몇 십 대의 포장마차에 나눠 탄 그들은 장밋빛 꿈을 향해 길을 떠났지만, 그때 이미 후회하고 있었는지도 모른다. 여기까지 왔으니 이제 뒤로 돌아갈 수는 없다고 수도 없이 속으로 중얼거리면서, 거의 자포자기한 심정으로 전진을 계속했을지도 모른다. 그러다 어떤 이는 병으로 쓰러지고, 어떤 이는 이미 성공한 사람 밑에서 일하기로 하고, 또 어떤 이는 무법자가 되었다.

와이엇 어프가 형과 동생, 그리고 친구인 닥 홀리데이의 힘을 빌려 OK 목장에서 크랜튼 일가를 쓰러뜨린 것은 1881년 10월, 애리조나에서의 일이다. 말이 목장이지 가축 보관소 같은 그곳에서 벌어진 격렬한 총싸움은 불과 1분 만에 끝났다. 순식간에 크랜튼 일가의 세 명이 죽었고, 그 밖에도 부상자가 생겼다. 어프 측이 크랜튼 측을 압도한 것은 정의를 앞세운 민첩한 총잡이의 활약 덕이 아니라, 어프 측이 권총을 준비했고, 대화 중에 갑자기 지근거리에서 권총을 쏘아 댔기 때문이라고 한다.

그 치사한 행동에 분노한 동네 사람들은 어프 형제와 닥 홀리데이를 교수형에 처하려 했다. 그러나 판사는 전원에게 무죄 판결을 내린다. 그 후에도 한바탕 옥신각신이 벌어졌고, 당하면 되갚는 유혈사건이 계속되었다. 결국 와이엇 어프는 살인자로 마을에서 추방되기에 이른다. OK 목장의 결투는 보안관이 되고 싶었던 어프의 계략이었다고 한다.

예의 빌리 더 키드가 호색한에 용기 있는, 언제나 당당한 사내였다는 말은 거짓이다. 기소된 그의 살인죄 다섯 건 중에서 세 건은 무장하지 않은 상대를 쏜 것이었고, 나머지 두 건은 잠복하고 쏜 것이었다. 실제로는 치사한 추남이었고, 스물한 살에 세상을 떠났다. 보안관에게 쫓기다 총살당한 것이다.

총잡이로서는 잘생기고 남군의 병사였던 경력도 있는 클레이 앨리슨은 도지 시티에서 와이엇 어프의 박력에 눌려 스스로 물러났다고 한다. 그는 총 때문에 죽은 것이 아니라 말에서 떨어져 죽었다. 마흔일곱 살 때 일이다. 와이엇 어프는 OK 목장의 결투와 그 후에 벌어진 여러 사건 때문에 살인죄에 쫓겨 콜로라도로 도망쳤다. 그러나 안심하지 못하고 캐나다까지 흘렀고, 여기저기를 떠돌다 로스앤젤레스에서 죽었다. 그때 그는 여든한 살이었다. 영화에서는 왜 그들의 진정한 모습이 그려지지 못하는 것일까.

서부 영화에 등장하는 포장마차의 행렬은 관객에게 분주한 이동의 인상을 줄지도 모르겠다. 그러나 그것은 스토리의 빠른 전개를 위한 것일 뿐, 실제로는 훨씬 더 여유 있는 여행이었다고 한다. 하루에 움직이는 거리는 약 30킬로미터 전후, 게다나 날마다 이동한 것도 아니었다. 조금 이동하고는 쉬고, 물과 초원이 있는 곳에 도착하면 한동안 그곳에서 생활하면서 피로가 회복되어 기력이 충만해지면 다시 움직였다. 그 반복이었다고 한다.

하기야 개척이 진행되어 점차 미개척지가 줄어들자, 빠른 자가 차지한다는 분위기가 조성되어 마지막에는 거의 레이스 같은 꼴이 되었다고 한다. 집단 이동이 반드시 안전한 것은 아니었다. 쉽게 눈에 띄는 데다 신속하게 움직일 수 없고, 가치 있는 물건—여자와 아이도 포함된다—이 많은 탓에 무법자들의 사냥감이 될 확률이 높았다고 한다.

처처벌판에서 잠드는 것은 어엿한 서부 사내기 되었다는 증거일 수 있지만, 몸을 짓누르는 피로와 독한 술의 힘을 빌려 정신없이 잠에 빠져서는 또 안 된다. 살금살금 다가오는 위험한 기척을 재빨리 감지하고 눈을 뜨는 동시에 총을 잡을 수 있어야 한다. 벌레소리가 갑자기 그쳤다거나 말이 부자연스럽게 제자리걸음을 하거나 그 부근에는 없어야 하는 짐승 소리가 들릴 때, 그 작은 변화에도 예민하게 반응할 수 있어야 한다. 한밤중에 소리 없이 다가오는 자는 예외 없이 적으로 간주해야 한다.

인디언, 강도. 잠든 사이에 습격을 당하면 살아남지 못한다. 상대방의 머릿수가 이쪽보다 많은 경우에는 더욱이 그렇다. 살려면 습격을 당하기 전에 눈치채고 도망치든지, 어둠 속에다 대고 총을 쏴 대 상대가 습격할 틈을 주지 않는 수밖에 없다. 그 방법이 실패하면 끝이다. 머리 가죽이 벗겨지든지, 온몸의 살가죽이 벗겨지든지. 그렇게 벌판에 내던져진 불운한 희생자는 이 세상에서 완전히 소멸된다.

도그 파이트dogfight라는 말은 전투기들이 펼치는 공중전을 뜻하는데, 카우보이들 사이에서는 맨주먹으로 싸운다는 의미로 사용된다. 그들이 하는 일은 소를 보살피고 먼 동네까지 끌고 가는 것이었다. 그 생활은 단조롭고 힘들고 외로워, 대부분이 신경통이나 치질로 고생했다. 급료도 그다지 좋지 않았다. 보통은 '서티 어 먼스 앤드 파운드thirty a month and found', 즉 세 끼니 식사와 한 달에

30달러 정도였다. 그들 대부분이 젊은 시절에 카우보이 노릇을 그만두고 간수나 무뢰한이 되거나 텍사스 레인저 대원이 되었다. 목장의 경영주로 출세한 경우는 극히 드물었다고 한다.

흐르는 버릇이 한번 몸에 붙고 만 남자는 결국 끝까지 흐르는 수밖에 없는지도 모른다. 마치 선원이 집에 얌전히 있지 못하는 것처럼. 그들은 이렇게 생각한다. 골치 아픈 일이 생기면 주먹을 휘두르든지 총을 쏴 대고 도망치면 그만이라고.

다임 노벨이라 불리는 10센트짜리—5센트 짜리도 있었다—모험 멜로드라마 소설이 1860년에서 1900년 무렵까지 크게 유행했다. 처음에는 독립 전쟁이나 남북 전쟁, 인디언과의 전투 등의 소재를 다뤘지만, 점차 강도단을 영웅적으로 그리게 되었다. 권선징악이 주된 테마였고, 나쁜 편과 좋은 편이 분명하게 나뉘어 있었다. 그런 유의 소설에 종종 등장하는 카우보이는 필요 이상 미화되어 읽는 이들의 피를 들끓게 했다.

"우리 카우보이에게 안정은 곧 죽음이다. 물처럼 끝없이 흐르지 않으면 썩어 버린다. 우리는 아침에 눈을 뜰 때마다 새로운 사내로 다시 태어난다."

이런 대사를 읊어 대는 카우보이에게 열광하면서 헛된 로망을 불태우는 남자가 적지 않았을 것이다. 고생해서 쟁취한 땅을 버리고, 가족마저 버리고 홀로 서부로 떠난 사내들, 그들은 어떤 인생을 살았을까.

서부 여러 마을의 조그만 레스토랑에서 식사하는 가족을 보곤 했다. 덩치 큰 서부의 아버지는 의자에 점잖게 앉아 있고, 그의 처와 자식은 그 옆에 얌전히 앉아 있다. 아버지는 일가의 대장으로서의 위엄을 갖추고 있고 사내로서의 풍모도 느껴진다. 그리고 '무슨 일이 닥치면 죽는 한이 있어도 너희 목숨은 내가 지킨다.' 하는 기개와 자신감에 차 있다. 그런 남편을 신뢰하는 아내는 여자답고 아이들은 또 아이답고 무척 행복해 보였다.

음식이 나오면 아버지는 "자, 먹자." 하고 가족에게 말했다. 아내와 아이들은 웃는 얼굴로 나이프와 포크를 쥔다. 그런 진짜 가족을 오랜만에 봤다.

미국은 넓다. 사내가 사내였던 시대는 1920년대에 끝났다고 하는 이도 있지만, 나는 그렇게 생각지 않는다. 사내로서의 자부심을 잃지 않고, 강한 생명력으로 살아가는 당당한 남자들이 로키산맥 주변에는 아직도 많이 있다. 그들의 존재 자체가 미국의 로망의 근원이 아닐까 생각했다.

카우보이의 노래 〈라이더스 인 더 스카이〉의 가사는 이렇다.

늙은 카우보이 하나가 언덕 위에서 한숨 쉬고 있는데, 갑자기 하늘에 구름이 끼더니 검은 구름 저편에서 카우보이들이 지르는 소리가 들려온다. 그리고 불쑥 하늘에 나타난 환영의 카우보이는 입에서 불을 내뿜는 소 떼를 몰면서 언덕 위에 있는 늙은 카우보이에게 큰 소리로 외친다. "지금처럼 살면 안 돼." 하고. "삶의 방식을 바꾸지 않으면 우리처럼 하늘에서 영원히 소를 몰게 될 거야."

이 경우 삶의 방식을 바꾸라는 것은 흐르는 생활을 그만두라는 뜻일 것이다. 흐르지 말고 한곳에 자리를 잡으라는 뜻이다. 도망치지 말고 현실을 직시하라는 의미다. 그들에게 이 세상은 그야말로 뜬세상에 지나지 않는다. 냉정한 방관자, 바람의 사내. 그들에게는 아무리 힘들고 잔인한 현실도 그저 꿈에 불과하다. 그러고는 몸이 너덜너덜해진 후에야 겨우 꿈에서 깨어나지만 지금까지 산 삶의 여파가 한꺼번에 몰려온다.

미국의 개척시대에는 많은 사람들이 이렇게든 자신과 가족이 살 수 있는 땅을 쟁취할 수 있었다. 눈썰미가 좋고 게다가 운까지 좋은 남자는 광대하고 비옥한 땅을 소유해 수많은 카우보이를 턱으로 부릴 수 있는 신분이 되었다. 매일 아침 '이게 꿈은 아닐까!' 하고 제 얼굴을 꼬집고 싶을 정도의 성공을 거머쥐었다.

그러나 노력은 하지만 앞을 볼 줄 모르고 운도 따르지 않은 남자는 변덕스러운 날씨에 휘둘리고 인디언의 습격을 당하다 점점 더 생활고에 시달렸다. 말과 소보다 더 열심히 일해도 생활은 조금도 나아지지 않았다. 오히려 일하면 일할수록 결과는 비참해졌다. 그런데도 그들은 절망하지 않았다. 주위에는 고생을 낙으로 아는 사람들이 널려 있었고, 또 아래를 보면 끝이 없었기 때문이다. 목숨만 붙어 있어도 그나마 행복한 축에 속했다. 살아 있기만 하면 어떻게든 된다. 그런 곳이 미국이었다.

오늘은 굶주리고 있지만, 내일은 꿈을 훌쩍 뛰어넘는 호화로운 생활을 하게 될지도 모른다. 그런 곳이 미국이었다. 그곳에서는 유럽 귀족 못지않은 행세도 할 수 있었다. 하얀 대리석 저택에 살면서 수많은 하인을 부릴 수도 있었다. 화려하게 꾸민 마차를 보란 듯이 타고 다닐 수도 있었고, 허리춤에는 상아와 황금으로 장식한 권총을 찰 수도 있었다.

그러나 성공한 자든 실패한 자든 어차피 태생은 뻔했다. 그들은 원래 비렁뱅이에 나무꾼에 사기꾼이었다. 그들이 출발선에 섰을 때의 조건은 거의 비슷했다. 즉 성공했다고 거들먹거리며 자랑할 수 없었고, 또 실패했다고 비탄에 빠질 필요도 없었다.

어마어마한 수의 이주자들을 집어삼킨 미국은 거의 미친 것처럼 활기에 넘쳤고, 혼란과 혼미함마저 에너지로 삼아 뜨겁게 끓어오르고 격렬하게 불타올랐다. 마치 막 태어난 별처럼 도처에서 폭발을 거듭했다.

당시 미국의 그 혼란상은 사기꾼 기질이 농후한, 들끓는 피를 어쩌지 못하는 사내들에게는 오히려 유리한 것이었다. 세상 구석구석이 제자리를 찾아 꿈쩍 않는 계급 사회에서 사내로서의 삶을 확립하지 못하고 우왕좌왕하던 이들에게 신대륙 미국은 인생의 처음이자 마지막 카드였을 것이다.

무일푼에서 대부호로, 대실패에서 대성공으로, 그런 극적인 기회가 미국 도처에 널려 있었고, 지금도 그 여운이 가시지 않고 있다. 정상적인 방법으로 성공하지 못한 자들은 조금씩 포기하고 불만에 싸여 갔다. 그들은 이렇게 생각했을 것이다.

'나로서는 할 수 있는 것은 다 했다. 더 이상은 어떻게 할 도리가 없다. 하지만 좋은 결과는 없었다. 용서할 수 없는 것은, 나보다 늦게 온 자들의 성공이다.'

나그네의 말이 돌부리에 걸리지 않기를.

나그네의 복대가 끊어지지 않기를.

나그네가 굶주림에 시달리지 않기를.

나그네의 마음에 고통이 없기를.

아웃 로

로키산맥 기슭에 있는 조그만 마을에 들어섰을 때, 이런 글이 적힌 간판을 발견했다. 기온은 영하 20도. 길은 미끈미끈한 얼음판. 게다가 사방을 덮고 있는 것은 보슬보슬한 가랑눈. 그리고 대기는 카랑카랑 건조했다. 나는 오래도록 그 간판 앞에 서 있었다.

'아웃 로'는 역마차 시대부터 지금까지 대중을 손님으로 받고 있는 모텔 이름이다. 오늘 밤은 여기서 묵기로 하자.

방은 좁고 침대도 딱딱해 보였지만, 간판이 마음에 들었다. 물론 그것은 백여 년 전에 세워진 것이 아니다. 아마 몇 번이나 갈아치웠을 것이다. 그러나 거기 적힌 글은 처음 모텔 주인의 말이었을 것이다.

좋은 글귀다. 손님을 등쳐 먹기 위한 거짓 바람이 아니다. 여행하는 사람들이 무사하기를 진심으로 바라는, 초대 '아웃 로' 주인의 기도가 생생하게 전해진다. 고난을 겪어 본 자들만이 할 수 있는, 구체적이며 배려 가득한 말이다.

미국의 그 시대를 살았던 자들은 모두 나그네였으며 떠돌이였고 부랑자였다. 원주민인 인디언조차 신참인 백인들에게 쫓겨 본의 아니게 유랑해야 했다. 성공과 안주할 땅을 찾기 위해 그들은 처절하게 이동했다. 사람들은 총과 말에 의지해 체력과 기력을 쥐어짜면서 대륙을 질러 서쪽으로 돌진했다. 그것은 상상을 초월하는 위험을 무릅써야 하는 여행이었고, 에너지에 넘치는 대이동이었다. '아웃 로'의 주인은 무엇보다 우선 말을 배려하고 있다. 대평원 한가운데에서 말을 잃는다는 것은 죽음을 의미했다. 말이 돌부리에 걸려 넘어져, 다리가 부러진다. 복대가 끊어져 말에서 떨어지면 그 틈에 말이 도망친다. 끝이다.

당시 말 때문에 목숨을 잃은 자는 이루 헤아릴 수 없이 많았다고 한다. 말을 제외하면 모든 것이 순조로웠는데, 인디언의 습격도 강도도 만나지 않았고, 이제 조금만 더 가면 이상과 꿈의 신천지에 도착할 텐데, 말을 잃어 모든 것이 수포로 돌아갔다. 마시지도 먹지도 못하고 끝없이 걸었건만, 사람은 어디에도 보이지 않는다. 끝내는 현기증이 나고 대낮인데도 눈앞이 캄캄해지면서 그의 여행은 거기에서 뚝 끊기고 만다.

말 도둑이 교수대에 매달리는 것은 너무도 당연한 일이었다. 자신의 목숨을 스스로 지키기 위한 자세 뒤에는 나 자신이 법이라는 무뢰한의 정신이 있었다. 요컨대 그 시대에는 누구나 무법자였으며 무뢰한이었을지도 모르겠다. 빼앗는 자와 빼앗기는 자 모두가 상대의 숨통을 끊고 싶어 한다는 의미에서 어차피 똑같은 입장이었다. 온갖 마을에서 린치가 행해졌고, 무수한 인간이 아주 간단하게 교수대에 매달렸다.

체포된 범죄자가 마을 광장에 높이 매달리면, 온 마을 사람들과 지나가던 나그네들이 재미있어 하며 구경했다. 그들에게 교수형 광경은, 힘겹고 가난한 생활에서 쌓인 스트레스를 해소하기 위한 최대의 오락이었는지도 모른다. 또는 그 광경을 즐기면서, 자칫하면 빼앗는 자가 될 수도 있는 자신의 마음을 다스렸는지도 모른다.

범죄자를 매달고 공중 댄스가 끝나면 그들은 기념촬영을 했다. 그런 사진이 지금도 많이 남아 있다. 남자는 물론 여자와 아이들도 찍혀 있다. 선량한 시민들이었던 그들은 저마다 포즈를 취하고, 입가에는 정의의 미소를 머금고 있다. 심각한 표정을 한 사람은 한 명도 없다. 교수형을 마을 축제로 여겼던 것일까. 그런 사진은 거대한 사슴을 잡은 사냥꾼의 기념사진 같은 분위기다. 미국의 그런 피비린내 나는 시대는 아직 끝나지 않았다.

자신의 목숨을 스스로 지키기 위한 자세 뒤에는 나 자신이 법이라는 무뢰한의 정신이 있었다. 요컨대 그 시대에는 누구나 무법자였으며 무뢰한이었을지도 모르겠다.

두 손을 뒤로 묶이고 목에는 로프가 걸린 범죄자는 걸터앉아 있는 말의 엉덩이에 채찍이 닿는 순간, 또는 발판이 밑으로 떨어지는 순간, 히죽히죽 웃으면서 구경꾼들을 정의의 사도로 모는 데 일조한다. 교수형에 처해진 자의 시신—휴먼 푸르트라고 불렸다—을 볼 때, 구경꾼들은 악이란 무엇인지를 깨달았을 것이다. 그리고 교수대에 매달리지 않는 것이 미국인이 되는 길이라고 확신하게 되었을 것이다. 그러나 그럼에도 여전히 무법자와 범죄자, 악당, 무뢰한은 잇달아 등장했다. 그들 범죄자는 성실하게 일해서 성공하는 길을 저버리고, 타인이 고생해서 축적한 재산을 강탈하는 손쉬운 수단에 마지막 꿈을 걸었다. 그렇게 그들은 미국의 검은 역사와 암흑가의 전통을 착실하게 구축했다. 그들의 흉악한 범죄는 존 딜린저에 의해 완성되었고 알 카포네의 등장으로—다소 구식이 되었지만—현재까지 이어지고 있다.

역사가 크게 변화할 때 사람들은 폭발적으로 이동한다. 그리고 그 이동이 끝난 후에는 '로망'이라는 달짝지근하고 무책임한 말만 남는다. 움직임을 멈춘, 움직이지 않아도 먹고살 수 있는 사람들이 짐짓 심각한 표정을 하고는 '그 시대에는 펄펄하게 살아 있었지.' 하고 허풍을 떤다.

서부로 흘러간 사람들 대부분이 범죄자이며 가난한 사람들이었다는 해석은 옳지 않다. 그 대이동을 실천하려면 상당한 비용이 필요했으니 가난에 찌든 사람은 엄두도 낼 수 없었다. 있는 재산을 다 처분해서 자금을 만들어 간신히 서부에 도착했는데, 갖가지 사고를 당해 무일푼이 된 자들이 모두 빼앗는 쪽으로 돌아선 것도 아니다. 대부분의 경우, 권총을 자신의 머리에 대고 방아쇠를 당겼거나 또는 비렁뱅이가 되었다. 1849년에 시작된 골드러시의 붐을 타고 캘리포니아로 떠난 사람들을 '포티 나이너스'라고 하는데, 그들 중에도 거지가 속출했다. 자살하는 이들도.

1848년, 제재소를 짓던 남자가 캘리포니아의 아메리칸 강에서 금을 발견했다. 당시 미국은 엄청난 불황이었다. 특히 젊은이들은 거의가 무일푼이었다. 금을 발견했다는 뉴스는 삽시간에 동부까지 전해져, 그들을 열광케 했다. 반년에 걸쳐 캘리포니아를 찾은 젊은이들의 수가 약 7만 5,000. 돈은 많은데 몸이 약한 자들은 몸은 건강하나 돈이 없는 자에게 투자했다. 육로로 간 2만 5,000 중 도중에 목숨을 잃은 것으로 추정되는 수가 1,500. 빅뱅에 버금가는 그들의 대이동은 절대 지성을 따른 것이 아니었다. 일확천금의 열병에 걸리지 않고는 도저히 할 수 없는 행위다. 그러나 금의 매장량은 당초의 발표보다 많지 않아 금방 바닥이 드러나고 말았다.

오늘날에는 별거 아닌 땅에 석유나 우라늄이 잠들어 있을 가능성을 인공위성이 가르쳐 준다. 과거 로키산맥을 넘어 캘리포니아를 찾았던 남자들과 비슷한 표정의 사내들이 이번에는 반대로 서해안에서 로키산맥을 넘어 온다.

서부의 일부 지역에서는 아닌 게 아니라 제2의 개척의 물결이 출렁이고 있다. 가난하지만 차분했던 마을이 어느 날 갑자기 욕망에 눈을 번뜩이는 남자들의 출현으로 크게 변하고 말았다. 투기꾼 체질의 그들이 노리는 것은 땅도 사금도 아닌 석유와 우라늄이다. 그것이 서부 각지에 다시금 뜨거운 혼란과 변화의 씨앗을 뿌리기 시작했다. 어느 마을은 지질 검사를 하는 남자들이 대거 몰려와 인구가 단번에 몇 배로 늘어나면서 동네 분위기까지 싹 바뀌고 말았다. 아침부터 밤까지 헬리콥터가 붕붕 날아다니고, 한 군데밖에 없던 술집이 열 군데 이상으로 늘어났다. 레스토랑도 생겼고, 또 여자가 늘 대기하고 있는 수상한 가게도 생겼다. 마을의 대로를 외부인들이 활보한다. 그들은 술에 취해 화려한 주먹 다툼을 한다. 그런 싸움은 단박에 혈기를 띠고 끝내는 총소리까지 들리게 되었다.

"이거야 옛날로 돌아간 꼴이군." 어느 늙수그레한 주민의 말이다.

어느 마을의 코인 런드리 게시판에서 흥미로운 내용의 전단지를 발견했다. 우선 방범을 강조하는 내용이 눈에 띄었다. 문단속을 철저하게. 부녀자는 밤에 혼자 걷지 않도록. 처자가 있는 가정은 각별히 주의할 것. 또 다른 종이에는 이렇게 쓰여 있었다. '가정 폭력으로 고민하시는 분은 연락 주십시오. 반드시 도움을 드리겠습니다.' 이 경우의 가정 폭력은 아들이 아버지를 두들겨 패는 것이 아니다. 폭력을 휘두르는 쪽은 아버지다. 술에 취해 아내를 패는 케이스가 늘었다고 한다. 원인은 마을에 낯선 남자들이 나타난 사실과 무관하지 않다. 그 전에는 점잖고 친절하고 좋은 아빠였던 남자가 마을이 시끌시끌해지자 이상해진 것이다. 그들의 그런 변모를 그럭저럭 이해할 수 있을 것 같다. 낯선 남자들의 자극에 시부 사내로서의 피가 들끓기 시작한 것이다. 잠자고 있던 욕망이 눈을 뜬 것이다.

서부의 시골 마을에서 조용히 생활하던 남자는 어느 날 갑자기 몰려든 낯선 이들을 보고서, 지금까지의 자기 인생이 얼마나 쪼잔했는지를 분명하게 깨닫는다. 똑같은 나날의 반복, 변화 없는 일상, 앞날이 뻔한 생활의 허망함과 하잘 것 없음에 눈을 뜬다. 그리고 불과 몇 세대 전 조상이 힘겹게 지나 온, 주먹과 총과 나이프가 모든 것을 결정했던 시대가 되살아난다. 그리고 그는 '이런 생활이 대체 뭐라고 붙들고 있는 거야.' 하고 가슴속으로 중얼거린다. 하지만 거의 동시에, 달리 할 수 있는 것이 없는 자신의 처지도 깨닫는다.

지금 와서 새삼스럽게 바꿀 수 있는 것도 없으니 체념의 말만 잔뜩 뇌까리고 있는데, 바로 눈앞에서 번쩍거리는 남자들이 어슬렁거리면 도무지 어쩔 줄을 모른다. '저 남자들처럼 살고 싶다'고 생각한다. 그러나 이미 꼼짝할 수 없는 처지, 술이나 마시면서 화를 푸는 수밖에 없다. 그리고 술기운에 가족에게 분풀이를 한다.

처자식의 얼굴을 볼 때마다 그는 '내 발목을 잡는 것은 이들이다. 이들 탓에 나는 형편없는 인생을 보내고 있다.' 하고 생각한다. '여자와 아이들은 안정을 바랄지 모르겠지만, 나는 그러고 싶지 않다. 나도 언젠가는 높은 산을 오르고 싶다.' 하고 생각한다. 그날 그는 밤늦게까지 스스로에게 계속 물어 댈지도 모른다. '왜 나는 이렇게 따분한 인생에 안주하고 있는 것인가?' 또는 '왜 나는 가정을 꾸리고 말았는가? 과연 이것이 진정한 사내의 삶이라 할 수 있을까?' 하고. 그러고는 이렇게 생각할지도 모르겠다.

날마다 집과 직장 사이를 오가고, 서류를 작성하고, 전화상으로 떠들어 대는 일로 밥을 먹고살 수 있다는 것은 이상하다. 여자도 할 수 있는 일이 아닌가. 아무래도 나는 너무 늦게 태어난 것 같다. 200년은 아니어도, 최소한 100년 전에 태어났다면 좋았을 걸 그랬다. 그랬다면 나도 사내의 삶을 살 수 있었을 텐데.

미국의 여유와 저력이 얼마나 대단한지는 여러 분야에서 확인할 수 있다. 그 어이없는 아침 식사 하나만 봐도 분명하다. 얼굴 크기만 한 핫케이크, 500시시 맥주 조끼만 한 컵 가득히 따른 우유, 산더미 같은 프라이드 포테이토, 굵은 소시지, 두툼한 오믈렛, 설탕이 듬뿍 들어간 커피. 아무리 덩치가 커도 그렇게 많이 먹을 필요는 없다. 그 양의 삼분의 일이어도 충분하다.

개척 시대에는 굶어 죽는 사람이 흔했다고 하지만 지금의 미국에서 굶주림에 시달리는 사람은 보기 힘들다. 모두가 넉넉하게 먹고 있다. 모텔 '아웃 로'의 간판 글귀를 '과식하지 않기를'이라고 바꿔 쓰고 싶을 정도다. 뚱뚱한 사람들이 도처에 널려 있어, 살찌지 않은 미국 사람을 찾기가 어렵다. 그들의 비만도는 이 나라가 이미 '이동하는 사람들'의 시대에서 멀어졌다는 것을 여실히 보여 주고 있다.

그들은 움직임을 그만둔 지 오래이다. 편하게 사는 방향으로 기울었다. 지금 그들이 할 수 있는 것은 조상이 목숨을 걸고 쟁취했으며 피땀 흘려 개척한 땅에 눌러 사는 것, 그리고 그곳에서 대량으로 생산되는 고기와 밀, 우유와 술, 포도와 오렌지로 끊임없이 배를 채우는 것밖에 없다. 그들은 마치 조상의 굶주림을 만회하려는 것처럼 엄청나게 먹어 댄다. 그러나 배부른 나날을 보내는 그들의 표정은 밝지 않고 일그러져 있다. 그 옛날 사진에 남아 있는 그들의 조상은 영양부족 때문에 눈이 움푹 들어갔지만, 충실함으로 가득하다는 사실은 의심의 여지가 없다.

미국 인구가 세 배로 늘어나고 식량은 반대로 삼분의 일로 준다 해도, 그들에게는 아직 여유가 있다. 수출하는 식량까지 계산에 넣으면 여유분은 더 많아질 것이다. 그만큼 그들이 행복한지는 쉽게 말할 수 있는 일이 아니다.

'나그네의 마음에 고통이 없기를.'

이 말은 과연 무슨 뜻일까. '아웃 로'의 초대 주인은 그 말에 과연 어떤 바람을 담았을까. 그 말이 굳이 간판에 적어야 할 만큼 중요한 것이었을까. 심장병을 뜻하지는 않을 것이다. 아마, 도저히 어떻게 할 수 없는 허망함을 뜻할 것이다. 태어나 자란 나라를 뒤로하고 그다음 생활공간을 찾아 바다를 건너 이 먼 나라까지 흘러온 그들 가슴을, 희망과 용기와 정열이 다 채우고 있지는 않았을 것이다. 긴긴 여행의 와중에, 갑자기 전진의 에너지를 잃고 자신을 돌아보는 순간도 있었을 것이다. 그러다 '내가 이런 곳에서 무슨 짓을 하고 있는 것일까' 하는 후회에 휩싸여 피로감을 느끼기 시작했을 때, 전에는 느끼지 못했던 비관이 몸 구석구석까지 퍼진다. 그런 때 유독 뜻하지 않은 재난이 잇달아 덮친다.

서부의 여러 마을에는 시대가 바뀌었다는 사실을 인정하지 않으려는 남자들이 아직도 많다. 그들의 머릿속에서는 여전히 인디언의 습격을 알리는 횃불이 타오르고 있다. 역마차가 달리고 있으며, 시야가 트인 높은 곳을 골라 지나다니려 한 탓에 '하이 라인 라이더'라 불렸던 무법자들이 우글거리고 있다. 그들은 집을 나서면 폭력을 휘두르며 자신을 어필하려 한다. 허세를 부린다. 자신의 약점을 드러내는 짓은 절대 하지 않는다. 팔자걸음으로 거만하게 걷고, 독한 술을 입에 툭 털어 넣는 식으로 마신다. 모르는 남자와 대화를 틀 때는 먼저 상대를 노려보고, 절대 눈길을 피하지 않는다. 그런 그들에게 차림새는 아주 중요한 조건이다. 그들은 강한 인상을 주는 복장을 즐긴다. 함부로 내게 손을 댔다가는 뼈도 못 추린다, 하는 위엄을 풍기고 싶어 한다. 봐주는 상대가 없는 시골에서 사는 남자도 카우보이 스타일을 고수한다.

과거 하이에나 같은 패거리들이 우글거렸던 서부에서, 눈에 띄지 않고 문제를 일으키지 않도록 행동하는 처세술은 거의 통하지 않았을 것이다. 겁을 먹고 움찔댄다는 것을 상대가 알아차리면 끝장이다. 그러니 용기 없는 남자도 있는 것처럼 행세해야 한다. 약한 남자도 강한 척해야 한다. 도망치고 싶어도 그 자리에서 버텨야 한다.

그렇게 하루하루를 긴장 속에서 무리해 가며 어떻게든 살다 보면 마침내 그 위장술에 이력이 붙어 조금씩 정말 강해진다. 10년 전의 자신과는 전혀 다른 남자로 변신한다.

폭력이 외면당하고 있는 현대에서도 서부 남자들이 여전히 폭력에 연연하는 것은 어째서일까. 향수 때문일까. 또는 잃어버린 시대의 꿈을 그 끄트머리나마 잡고 있지 않으면 시골에서 살아갈 수 없기 때문일까. 눈앞이 아른거릴 정도로 광활한 토지가 그들을 집어삼키려 하고 있다.

여행하는 사람들의 가슴에는 총알이 뚫고 지나간 구멍보다 훨씬 큰 구멍이 뻥 뚫려 있다. 여행을 계속하면 할수록, 흐르면 흐를수록 그 구멍은 크게 벌어진다. 로키산맥에서 불어오는 차가운 바람이 가차 없이 그 구멍을 훑고 지나가면, 격한 마음의 아픔 때문에 비통한 신음을 내지른다. 그나마 붙들고 있던 신을 저주하고 싶고, 끝내는 버리고 싶어진다. 마음의 아픔을 견디다 못해 신을 버린다는 것은 자신의 힘만을 믿는다는 뜻이다. 자신에게만 의지하고, 세상의 가치를 스스로 결정하겠다는 뜻이다.

또 그들 같은 남자 중 몇 명은 신을 버린 후 악마에게 다가갔다. 피해자의 입장에 신물이 난 그들은 어느 날 갑자기 가해자의 입장으로 평원에서 살아남기로 결심한다. 그들은 기만하고, 빼앗고, 죽인다. 그럴 때마다 그들은 허망함으로 기울어, 심지어는 높은 나뭇가지에 목이 매달리기에 이른다.

조그만 마을의 주택가로 소 떼와 소를 모는 개와 카우보이가 지나간다. 말 탄 카우보이는 때로 휘파람을 불고 동료들과 농담을 나눈다. 그 모습은 옛날과 조금도 다르지 않다. 물을 뜨는 도구로도 사용할 수 있는 예의 카우보이모자를 쓰고 흙먼지를 막기 위한 수 여행하는 사람들의 가슴에는 총알이 뚫고 지나간 구멍보다 훨씬 큰 구멍이 뻥 뚫려 있다. 여행을 계속하면 할수록, 흐르면 흐를수록 그 구멍은 크게 벌어진다.

건을 목에 두르고, 튼튼한 부츠를 신고 로하이드rawhide까지 차고 있다. 수많은 작업복 중에서 가장 멋진 것은 카우보이와 가우초의 복장이 아닐까. 그냥 보기에도 충실함과 자유가 느껴지지 않는가.

햇볕에 탄 얼굴, 지평선까지 내다보는 날카로운 눈빛, 가벼운 몸놀림. 대자연에 잘 적응한 그들의 모습은 도시 남자에 비하면 전혀 다른 생물처럼 보인다. 어쩌면 그들은 일부러 주택가를 지나가는지도 모르겠다. 찌질하게 사는 남자들을 깔보는 낙으로 주택가 가운데 길을 지나는지도 모른다. 그들은 집과 처자식이 있는 남자들을 도발하고 있는지도 모른다.

개척시대에 이동한 사람들 대부분은 신과 악마, 생과 사, 피해자와 가해자 사이에서 끊임없이 고뇌하고, 상상도 못 할 희생을 치러 가며 전진과 후퇴를 거듭했다. 그러나 마음의 고통은 사라지기는커녕 날로 늘어만 갔다. 그 한없는 허망함이, 혹독한 자연이, 고독과 죄결의 반복이, 마침내는 그저 그린 남자와 진정한 사내를 만들어 갔다. 그 시련을 견디지 못한 자는 원점으로 돌아가든지,

성공한 남자의 수하로 전락하든지, 치안이 좋은 마을 한구석에서 소리 없이 여생을 보내든지, 그렇지 않으면 그 자리에서 삶을 끝내는 것이 좋다. 허리에 찬 콜트를 뽑아 들고 총구를 자신의 관자놀이에 대는 것이다. 흔들리는 말 등에서, 방아쇠에 댄 집게손가락에 꾹 힘을 준다. 눈물은 한 방울도 흘려서는 안 된다. 마른 총성은 평원 저 멀리로 사라지고, 초연은 찬 바람에 지워진다. 갑작스럽게 주인을 잃은 말은 소리 없이 그 자리를 떠난다.

'아웃 로'의 주인은 아무튼 로키산맥 산기슭까지 무사히 도착했다. 죽임을 당하지도 자살하지도 않았다. 그러나 과연 그곳이 그에게 이상적인 땅이었는지는 알 수 없다. 넘을 수 없는 로키산맥을 우러러보면서 온몸에서 힘이 빠져, 앞으로 나아갈 용기를 잃고 그 자리에 주저앉는 동시에 여행을 끝냈을지도 모른다. 흐르는 것의 무의미함을 깨닫고, 한시도 방심할 수 없는 생활에 지쳐 그 땅을 종착점이라 생각했는지도 모른다. 그런 생각으로 여행을 포기한 자들이 그만은 아니었다.

서부를 향해 길 떠난 사람들에게 로키산맥은 거대한 벽이었고 열병을 고치는 특효약이었으며 모든 것을 포기하기 위해 더없이 좋은 구실이었다. 그들은 아마 마음 어느 한편으로 안도의 한숨을 내쉬었을 것이다. 그리고 그들은 입을 모아 '이제 더는 어떻게 할 수가 없군.' 하면서 과거의 인간다운 생활로 돌아갔을 것이다.

세월이 흘러, 일부 건장한 남자들이 로키산맥을 넘을 수 있는 길을 잇달아 발견했다. 그중 하나가 오리건 트레일이다. 그러자 안정된 나날을 보내고 있던 사람들이 다시 이동을 시작했다. 잊혀 가던 꿈이 한꺼번에 되살아난 것이다. 그러나 예전처럼 위험을 감수하면서까지 여행할 수는 없다. 그러기 위해서는 동기가 강렬해야 한다. 소를 마음껏 키울 수 있는 넓은 토지를 쟁취할 수 있다는 정도는 매력적이지 않다. 그곳에 가면 멋진 물건을 얻을 수 있다는 확실한 정보가 없고는 도저히 움직일 수 없다. 그것은 바로 황금이었다.

캘리포니아에서 금광이 발견되었다는 소문이 삽시간에 퍼졌다. 사람들은 다시금 장밋빛 꿈에 젖어, 체념했던 성공의 기대감에 불을 지폈다. 그리고 아무 재미 없는 일상을 재빨리 정리했다. 그들은 예의 소문을 듣는 순간 각오를 다지고, 총을 손질하고, 튼튼한 말을 찾아 여행하는 사람으로 거대한 벽을 마주했던 것이다.

그런데도 '아웃 로'의 주인은 움직이지 않았다. 망설였을 것이다. 어쩌면 황금의 빛에 눈이 멀어 밤중에 벌떡벌떡 일어나기도 했을 것이다. 그러나 결국 그는 여행길에 오르지 않았다.

자신의 나이도 생각했을지 모른다. 그는 이미 땅에 모포를 깔고
는 잘 수 없는 몸이다. 또 사방에서 다가오는 적의 기척을 재빨리
감지하지도 못하고, 손이 떨려 총을 조준하지도 못한다.

로키산맥을 넘으려는 건장한 남자들이 자신의 숙소에 머물 때
마다 그는 이렇게 중얼거렸는지도 모르겠다.

"젊은 시절의 나를 꼭 닮았군. 나도 십 년만 젊었다면, 이렇게
우물쭈물하지 않을 텐데."

그는 여행하는 사람들의 무사함을 기원하며 똑같은 충고를 수
도 없이 했을 것이다. 그러다 일일이 말하지 않아도 되게 간판에
적었을 것이다. 그렇게 나이를 먹어 간 그는 자신의 영혼을 대평
원에 남긴 채 고요히 숨을 거두었을까.

서부 마을의 덩치 큰 남자들 얼굴에는 '골치 아픈 일은 딱 질색'
이라는 말이 분명하게 적혀 있다. 그들은 대화가 꼬이면 주먹이나
총으로 결말을 지으면 그만이라는 차림으로 걸어 다닌다. 존 웨인
못지않은 그들의 거구는 자연선택의 법칙에 따른 것일 터이다. 즉
곰 같은 거구가 아니고는 서부의 이 황량한 벌판까지 도착하지 못
했을 것이다. 여자도 마찬가지, 우선 몸이 건강하지 않으면 살아
남을 수 없었다. 그런 남자와 여자 사이에서 태어난 자식들은 역

시 체격이 크고 몸도 건강하다. 그리고 그 육체에 어울리는 정신 또한 대대로 이어진다. 아무리 신체 조건이 훌륭해도 '마음의 고통'에 쉬 휘둘리는 남자는 살아남을 수 없다. 이곳에서 섬세함은 목숨을 잃기 딱 좋은 조건이다. 특히 여행하는 자들에게 그런 조건은 쓸모없다. 단순하고 투박한 것이 좋다. 이 땅에서는 그런 남자가 진정한 사내이다.

차가운 바람이 몰아치고 눈이 쌓여, 여행하는 사람들의 발자취가 뚝 끊긴다. 모질고 긴 겨울이 지나고 눈이 녹으면서 봄바람이 불기 시작하면, 지평선 저 너머에서 여행하는 자들이 새로이 나타난다. 그들이 탄 말은 천천히, 그러나 착실하게 서쪽을 향하고 있다. 말에 탄 이의 눈은 희망과 욕망으로 번들거리거나 반짝반짝 빛난다. 그들의 몸에는 뜨거운 피가 콸콸 흐르고 있다.

광활한 평원을 뒤덮고 있는 아지랑이 속에서 그들은 땅과 황금과 장밋빛 나날의 꿈을 확실하게 본다. 설렘의 연속이다. 비참함은 어디에도 없다. 다만, 후회는 있다. 좀 더 빨리 길을 떠났어야 했다는 후회다. 그렇다고 늦은 것은 아니다. 그는 자유롭다. 여행하는 날들을 계속한 결과, 지금 그는 완벽한 자유를 누리고 있다. 목적 따위는 뭐가 되었든 상관없다. 그는 그렇게 흐르는 삶을 좋아할 뿐이다. 서부로 가는 여행은 구실이었을 뿐, 그는 이미 끝없이 방랑하는 사람으로 변해 가고 있다.

여행하는 사람의 말이 갑자기 걸음을 멈춘다. 남자는 날카로운 눈초리로 사방을 돌아보고 총을 거머쥔다. 그러나 사람의 기척은 어디에도 없다. 마침내 그는 조그만 발견을 한다. 발치에 돋은 풀이 다른 곳의 풀보다 무성하게 자라 있다는 것을 깨닫는다. 같은 종류인데 다른 곳보다 유난히 파릇파릇하다. 그의 눈길을 끈 것은 풀이 돋은 자리의 형태다. 파릇파릇한 풀이 사람 모양으로 돋아 있다. 머리, 손발, 몸통의 형태가 고스란히 대지에 남아 있다. 그러나 그는 움직이지 않는다. 그 자리에서 반년 혹은 1년 전에 무슨 비극이 벌어졌는지 상상할 수 있지만, 그는 꼼짝하지 않는다. 그의 눈은 지금까지 훨씬 더 잔인한 광경을 수도 없이 봐 왔기 때문이다. 그는 작은 소리로 중얼거린다. "멍청한 놈이었나 보군."이라고. 그리고 애마의 고삐를 당겨 다시 서쪽으로 향한다. 그는 그다음 어떤 인생을 살았을까. 흐르고 흐르다, 어느 틈에 위험한 대지를 무사히 통과한 첫 사람이 되었을까. 아니면 대지의 양분으로…….

남자로서, 아버지로서, 상사로서 책임을 확실하게 다하는 어른은 그는 자유롭다. 여행하는 날들을 계속한 결과, 지금 그는 완벽한 자유를 누리고 있다. 목적 따위는 뭐가 되었든 상관없다. 그는 그렇게 흐르는 삶을 좋아할 뿐이다.

다 어디로 가 버린 것일까. 자격도 없으면서 가정을 꾸리고 표면적으로만 아버지와 남편을 연기하는 남자들이 눈에 띈다. 자기만 즐거우면 처자식은 어떻게 되든 알 바 아니라는 생각으로 별 볼일 없는 놀이에 손을 대고, 그러다 사소한 문제가 하나 생겨도 당황해 해결하지 못하고, 결단도 내리지 못하는 남자.

'집안일은 모두 당신에게 맡기겠다.' 하면서 모든 것을 아내에게 떠넘긴 탓에 넌더리가 난 아내가 도망치면, 수치고 염치도 모른 채 허둥지둥 쫓아간다. 그런가 하면 남자를 능가하는 강한 여자에게 들러붙어, 엄마에게 어리광 피우는 아들 같은 태도로 사는 어리석은 남자들이 늘어나고 있다. '형제자매 같은 부부이고 싶다'느니, '친구 같은 부모 자식 관계가 이상적'이라는 남자는 보통 무책임한 타입이다. 그런 말들은 전적으로 책임지지 않으려는 방편에 지나지 않는다.

미국에서 가장 정당한 척도는 폭력이다. 그런 깨달음을 얻은 남자가 아주 많지 않을까. 그들은 어느 날, 가진 자에게 빼앗으면 된 다는 단순명쾌한 결론을 내린다. 그리고 '이 나라만 해도 인디언 들에게 빼앗은 것이 아닌가. 이 나라로 흘러든 자들 역시 하나같 이 도둑놈이 아닌가.' 하는 말을 뱉으면서 첫 범죄를 저지른다. 그 들에게 평원과 황야는 더없이 좋은 은신처가 되었다. 무법자가 된 그들도 평생을 그렇게 살고 싶지는 않았을 것이다. 어느 정도 돈 이 모이면 멀리 떠나, 총자루 따위는 한 번도 잡아 본 적 없는 척 하면서 조용하고 여유로운 삶을 즐기고 싶었을 것이다. 일요일이 면 깔끔하게 차려 입고 교회에 가는 그런 생활을 보내고 싶었을 것이다.

그러나 그들은 그러지 않았다. 왜냐? 평범한 삶에는 전혀 매력 을 느끼지 못하는 사내가 되어 버렸기 때문이다.

마침내 그들은 효율적인 범죄를 추구하게 되었다. 치사하게 쫓 아가 빼앗는 방법이 아니라 보다 손쉽고 확실한 방법을 찾은 것이 다. 그들은 은행을 털었다. 듬직한 수하가 되어 줄 남자는 얼마든 지 있었다. 그리고 머지않아, 은행과 역마차와 열차를 전문적으로 터는 강도단이 각지에서 생겨났다. 그들은 물 만난 생선처럼 신이 나서 범죄를 되풀이했다. 이렇게 해서 미국은 본격적인 총잡이의 시대로, 빛과 그림자가 분명하게 나뉘는 시대로 돌입한 것이다.

이 나라에는 궁지에 몰리다 못해 꼼짝도 할 수 없는 지경에 이 르렀어도, 범죄자가 되는 길이 남아 있다. 일본 같은 나라에서는 범죄가 별 수지가 맞지 않는데, 미국은 그렇지 않은 것 같다. 더는

어떻게 할 방법이 없을 때, '목숨을 끊으면 그만이지.' 하고 생각
하는 것이 아니라 '할 만큼 해 봤는데도 방법이 없으면 총을 들고
동네 슈퍼마켓을 털면 되지.' 하는 것이 미국식 발상인 것일까.

사내로서의 나는 지금, 과연 행복한 시간과 공간을 얻었는가.

몸부림은 쳐 보고 있다.

그러나 썩지 않고 있기가 고작이다.

그럼에도 여전히 흐르기를 계속한다.

다음 황야를 향해 발을 내디뎌야 한다.

최소한 영혼만이라도.

5

동경과 두려움 바다로

바다를 향한 동경

산골짜기에서 태어나고 자란 어린 아이가 드넓은 '바다'를 처음 보았을 때의 감동을 멋진 언어로 표현하려면 어떻게 해야 할까. 그런 생각을 할 때마다 답답함을 느낀다. 동시에 언제부터인가 몸이 떨리는 그 감동으로부터 멀어진 자신을, 또는 파렴치한 어른으로 추락한 자신을 깨닫고는 나는 그저 묵묵히 고개를 내젓는다.

태어나서 처음, 그것도 조금씩 철이 들 무렵의 아이가 느닷없이 접한 바다, 과연 그것은 무엇이었을까. 우선 나를 덮친 것은 끔찍한 공포였다. 몸이 움츠러들 만큼의 공포였다.

바다. 묘한 바람 냄새. 수평선. 쉴 새 없이 밀려오는 파도. 이건 보통 일이 아니다, 나는 그렇게 생각했다. 그리고 조심조심 파도치는 물가로 다가갔다. 발끝이 젖을락 말락하기도 전에 나는 현기증이 나고 가슴이 쿵쿵 뛰고, 그러다 완전히 얼이 빠져 그 자리에 그저 멀거니 서 있었다.

이 세상에 인간이 감당할 수 없는 것이 존재한다는 것을 알았을 때, 내 눈앞에 '바다'라 불리는 거대한 웅덩이의 일부가 출렁거리고 있었다. 그것은 그야말로 경이로운 세계, 때로 책이나 다큐멘터리 영화에서 본 바다와는 비교도 안 되게 어마어마한 에너지를 지닌 미지의 세계였다. 내가 달에 처음 발을 내딛은 우주 비행사라 해도, 그만큼 강렬한 감동을 만끽할 수는 없지 않았을까 한다.

그 후로 바다는 줄곧 내 마음속에 다소 일그러진 형태로 자리하고 있다. 매일 바다를 바라보며 자란 사람들과는 조금 다른 자세로 바다를 의식하고 있다. 행인지 불행인지, 필요 이상의 '두려움'과 필요 이상의 '동경' 없이는 바다를 생각할 수 없다. 마치 선원과 숫처녀의 관계처럼.

'바다에는 의미가 있다고도 없다고도 할 수 없다. 거기에는 그

바다. 묘한 바람 냄새. 수평선. 쉴 새 없이 밀려오는 파도.
이건 보통 일이 아니다, 나는 그렇게 생각했다.

저 웅덩이가 있을 뿐이다.'

　나는 프랑스의 안티 로망파 작가 로브그리예가 한 이 말을 도저히 지긋하게 즐길 수 없다. 내게 바다는 넘치도록 많은, 때로는 신물이 날 만큼 의미를 지니고 있으며, 바다로부터 도망치거나 또는 바다에 도전하는 행위와 사고가 내 소설의 바탕을 이루고 있기 때문이다.

내 소설의 무대가 되는 바다는 두 가지로 분명하게 나뉜다. 한 가지는 진짜 바다, 즉 눈으로 확인한 명실상부한 바다이다. 그 바다를 그리는 것은 집에 틀어박혀서는 불가능하다. 항구에 두세 번 걸음 한 정도로도 성공할 수 없다. 역시 마음을 굳히고 배에 직접 올라타 몇 십 일은 망망대해에서 생활해야 한다. 그렇게 그린 바다는 '두려움'의 바다가 된다.

　그리고 또 한 가지는 거짓 바다다. 즉 내가 상상하는 바다. 이쪽은 진짜 바다를 보지 않아야 오히려 선명하게 그릴 수 있다. 그 바다에는 썰물과 밀물이 없고, 새우가 고래를 쫓기도 하고, 태양이 남쪽에서 떠오르기도 하는 등, 순 엉터리이다. 이는 바다를 향한 '동경'이 작용한 결과이다.

어느 쪽이든 바다를 그릴 때의 나는 알게 모르게 생기에 넘치는 정열을 담게 된다. 결국 내가 '바다'적인 인간이라는 증거일까. 아니면 그 반대일까.

현재는 신슈의 산속에서 살고 있다. 물론 바다는 보이지 않는다. 그래도 바다는 산을 넘고 넘어 나를 쉬지 않고 도발하고 있다. 바다는 북 알프스 산자락에서 움츠리고 있는 나를 조소하고 있다. 나는 지금 몹시 망설이고 있다. 바다로 가 봐야 할지 말지 계속 망설이고 있다. 가 본들, 딱히 뭐가 있는 것도 아닌데……. 그런 점이 바다의 매력일까.

배와 기름과 인간과

S해운의 호의로 '쇼엔마루(21만 톤)'라는 이름의 거대한 유조선을 탄 적이 있다. 인턴 항해사와 기관사 그리고 나까지 해도 승선원이 겨우 서른여섯 명. 앞으로는 그 절반의 인원으로 30만 톤급 이상의 대형 선박을 운항하게 된다고 하니, 그저 놀라울 따름이다.

승선원 서른여섯 명이 왜 적다고 하는지는 선체의 거대함과 비교하면 금방 알 수 있다. 전장 317미터, 너비 51미터, 깊이 25미터. 상갑판을 뱃머리에서 후미까지 갔다 오려면 600미터 이상을 걸어야 한다. 무슨 볼일이 있어 두 번쯤 왕복한다 치면 웬만한 산책이 되고 만다. 갑판원들은 배가 운항하는 중에는 자전거를 타고 오간다. 배와 자전거, 그 기묘한 조합은 전혀 상상치 못했다. 그렇다 보니 운동회 같은 것도 마음만 먹으면 간단히 할 수 있고, 선내에서 골프가 유행한다 해도 조금도 이상하지 않다.

와카야마 현의 시모쓰 항에서 처음 쇼엔마루를 보았을 때, 두

척의 배가 줄지어 정박해 있는 게 아닐까 하고 생각했을 정도였다. 그 정도로 길어 보였다. 그다음 육지에 있는 정유 공장과 배를 연결하는 다리를 건너 갑판에 올라선 후에는 너무 넓어서 어디로 가면 좋을지 몰라 당황한 나머지 한참이나 망연하게 사방을 바라보았다.

보통 '하우스'라 불리는 거주 구역과 배를 조종하는 건물은 배의 후미 쪽 뒤에 서 있다. 육지의 몇 층짜리 건물에 버금가는 높이로, 그 안에는 승선원 전원의 방과 선교(브릿지), 무전실, 의료실, 식당 두 군데(직원용과 부원용), 살롱 그리고 라커룸이 몇 군데 있다. 그 상갑판 바로 아래는—지하라고 해야 할까—4, 5층짜리 건물 깊이의 엔진 룸이 차지하고 있다. 마치 공상 과학 소설에 등장할 법한 각종 거대한 기계류와 온갖 굵기의 파이프가 넓은 공간을 이리저리 교차하고 있다.

물론 계단은 있지만, 엔진룸에서 최상층인 선교까지 걸어서 올라갈 수는 없기 때문에 각 층을 엘리베이터가 잇고 있다. 배 안에 웬만한 맨션이 들어와 있다고 생각하면 된다. 그리고 그 맨션의 옥상에 해당하는 장소—레이더 마스트가 있다—에 서서 상갑판과 바다를 내려다보면 고소공포증이 있는 사람이 아니더라도 눈앞이 어질어질하거나 발바닥이 찌릿찌릿할 것이다. 자전거를 타고 돌아다니는 갑판원들의 모습이 개미처럼 작게 보인다.

느니어 출항할 때가 되면 강력한 엔진을 답재한 대그 보드 몇 척이 어디선가 나타나 유조선 부근을 맴돌고, 물길을 안내하는 사람의 지시에 따라 바다로 나아간다. 항만에 있을 때의 배는 자신의 거구를 어쩌지 못 하는 비만아 같더니 일단 먼 바다로 나아가자 당당하게 너른 바다를 헤치고 나아간다. 조금씩 속도가 빨라지다가 마침내는 최대 속력인 17노트(시속 30킬로미터 이상)로 바다를 쩍 가르면서 전진한다. 그런데 나는 정말 이 배가 달리고 있는 것인지 의심을 품는다. 왜냐하면, 흔들림을 전혀 느낄 수 없기 때문이다. 정박해 있을 때와 마찬가지로 선체는 콘크리트로 지은 다리처럼 꼼짝 않는다.

이거야 배가 앞으로 나아가고 있는 게 아니라 바다가 뒤로 흘러가는 게 아닌가, 하고 나는 생각한다. 그 무시무시한 바다도 이배에는 호수나 강 정도의 존재에 지나지 않는 것일까. 모험에 찬 바다는 어디로 가 버린 것인가.

배에 탄다는 부담과 긴장감이 한꺼번에 풀리고 사라지면서 나는 실망하는 한편 안도한다. 이 정도면 뱃멀미에 시달리지 않고 소설을 쓸 수 있겠다고 생각한 것이다. 그러나 하루에 원고지 스무 매를 글자로 메울 수 있었던 기간은 딱 3주뿐이었다. 나머지는 마냥 놀았다. 잡담과 낚시에 정신이 팔려 일은 까맣게 잊고 말았다.

아무튼 거대한 배는 온갖 악조건의 날씨를 거의 싹 무시하고 남중국해와 인도양을, 아라비아해를 제 앞마당인 양 쑥쑥 나아간다. 유조선치고는 엄청난 속도로 수평선과 태양을 향해 전진한다. 바다의 덤프카라 할 수 있을까. 귀항하는 항로에서는 산더미만 한 풍랑을 만났는데도 용트림하는 파도 사이를 헤치면서 묵직하게 나아갔다. 뱃머리에 부딪쳐 양옆으로 갈라지는 파도 소리도 너무 멀어서 하우스까지는 들리지 않았다.

바다는 이미 배의 적이 아니었다. 그러나 거대한 배의 적이 따로 있다는 것을 알았다. 그 적의 습격에 심한 타격을 받은 외국 유조선이 태그 보트에 끌려가는 처참한 광경을 보았다. 또 아무도 돌아보지 않아 그대로 썩기를 기다리는 유조선도 보았다.

유조선의 화물인 기름에는 여러 종류가 있다. 내가 탄 배에는 가솔린 성분이 많이 섞인 '아라비안라이트'라는 기름이 실려 있었다. 그 기름은 때로 화약 이상으로 위험하고, 또 배가 비었을 경우에 훨씬 더 위험하다고 한다. 탱크가 비어 있을 때, 기름 대신 가스가 차 있기 때문이다. 이 가스가 몇 퍼센트 비율로 공기와 섞이면 가장 폭발하기 쉽다. 가스 누출을 발견하는 장치는 선내 도처에 부착되어 있다. 승선원 역시 늘 코를 킁킁거리며 냄새를 맡고, 불필요한 가스를 밖으로 배출하는 굴뚝 비슷한 것도 있다. 또 정해진 장소가 아니면 끽연도 금지되어 있다.

그러나 담뱃불이 아니어도 폭발을 일으킬 수 있는 원인은 얼마든지 있다. 라이터 같은 작은 불만 있어도 충분하다. 카메라 셔터를 누를 때의 가벼운 충격, 구두에 박힌 징, 녹을 벗겨 내는 망치, 그리고 예상치 못한 사소한 부주의.

어떤 배는 끽연실에서 담배에 불을 붙이려다 폭발한 경우도 있다. 상황이 이러니, 천운에 맡기는 수밖에 없다는 비근대적인 심경에 젖을 수밖에 없다. 자신이 탄 배는 절대 안전하다는 낙관적인 믿음이 없는 한, 특별 수당이 아무리 많아도 유조선에는 탈 수 없다.

만에 하나(유조선 사고가 빈발하는 요즘, 어쩌면 천에 하나, 백에 하나일 수도 있다) 폭발했을 경우 화재가 탱크로 번지면 살아날 가망은 전혀 없다고 한다. 가령 대피할 틈이 있어 무사히 구명보트에 올라탔다 해도, 주변 바다가 몇 센티미터 두께의 기름에 뒤덮여 있다. 당연히 그 기름에도 불이 번질 테니, 구명보트마저 불타 버리든지 산소 부족으로 엔진이 작동하지 않아 결국은 전원이 질식사하고 만다. 즉 구명보트는 없느니보다 낫다는 정도의 위안에 지나지 않는다. 그런 재난에 대비해 획기적인 탈출 방법이 마련되어야 한다.

가령 캡슐에 들어가 안전하고 먼 바다로 날아가든지 공중으로 피신하든지.

만약 폭발 사고가 발생하면 어떻게 하느냐, 하는 불길한 질문을 선장(나가노 현 이나 시 출신으로 이름은 시부야 후미오. 산골에서 자란 선장이라는 점이 흥미롭다)에게 던졌다.

"모두 피난하도록 조처한 다음에 죽겠지."

선장은 농담처럼 시원스럽게 대답했지만, 나는 그의 눈초리로 봐서 정말 그런 각오로 배를 타는 사람 아닐까 하고 생각했다. 탈출이 가능한데도 배와 함께 바다에 가라앉는 신장이 여전히 많다. 물론 젊은 선원들 사이에는 그런 행위를 난센스라는 한마디로 치부하는 경향이 있지만 그들도 선장이라는 책임이 막중한 지위에 오르면 생각이 달라질지도 모른다.

대형 유조선의 최대 적은 바다가 아니라 실은 짐으로 적재된 기름이라는 것을 절감했다.

이어서 두 번째 적은, 그 거대한 배 자체이다. 배의 크기가 그렇다고 선체에 사용하는 철판의 두께가 1만 톤급 배에 비해 두꺼운 것은 아니다. 가장 두꺼운 곳이 기껏해야 3센티미터 정도. 3센티미터나 되느냐고 생각하는 사람도 있을지 모르겠는데, 전장300미터에 너비가 50미터나 되는 배를 상상해 보면 두껍다 여겨지지 않을 것이다.

흔들림이 없는 까닭은 긴 선체가 출렁거리는 파도 사이를 타고 있기 때문이다. 이는 즉 선체에 가해지는 힘이 장소에 따라 다르다는 뜻이다. 어느 한군데에 집중적으로 파도가 밀려와 생기는 삼각파도를 탈 때가 가장 위험하다고 한다.

풍랑을 만났을 때, 나는 상갑판과 같은 높이의 방에서 상갑판을 바라보았는데, 그렇게 꿈쩍 않아 보이던 선체가 느릿느릿 흔들리고 있었다. 상갑판 한가운데를 중심으로 선미와 선수 쪽이 상하운동을 계속하고 있었다. 아무리 굵고 탄탄하고 탄력이 좋은 철사도 양 끝을 잡고 수도 없이 구부리면 언젠가는 부러진다. 그 이치와 마찬가지다. 그 철사가 길면 길수록 구부러지거나 부러지기도 쉽다.

금이 가거나 둘로 뚝 부러지지는 않아도 선체가 크면 그만큼 배는 다루기가 어려워진다. 덩치가 큰 데다 물 위를 가고 있으니,

자동차나 전철처럼 브레이크를 걸어 멈추게 할 수도 없다. 위험을 감지한 순간 프로펠러가 역회전하도록 키를 돌려도 몇 킬로미터는 더 앞으로 달려간다. 넓은 바다에서는 방향을 바꿔 비켜 갈 수도 있지만, 좁은 항만이나 믈라카 해협에서는 피할 길이 없다. 흔히 유조선이 충돌하거나 암초에 걸리는 사고가 발생해 기름이 유출되는 것은 이에 원인이 있다.

당연히 유조선은 위험한 것이지만, 지금은 육상이라고 절대 안전하지 않다. 지상에서의 교통사고 발생률이 더 높지 않을까.

육지에 사는 많은 사람들은 선원이라는 말이 풍기는 인상으로 거칠고 남자다움을 연상할 것이다. 그러나 이는 삼류 영화나 소설과 연극이 하나를 열로 과장한 탓에 굳어진 부정확한 이미지이다.

항해 중에 폭력이 따르는 싸움은 한 번도 없었고, 마도로스파이프와 줄무늬 마린 룩을 애용하는 사람도 없었다. 근육이 불끈불끈하는 자도 볼 수 없었다. 오히려 그들은 섬세한 감각을 갖고 있었고, 늘 상대의 기분을 이해하려 했으며 마음이 따뜻했다. 거들먹거리거나 허세를 부리지 않는 진정한 의미의 신사들이었다. 어린아이들처럼 천진난만한 면도 있어 사랑스럽고, 하는 말은 액면 그대로 받아들여도 별문제가 없었다.

어떻게 그럴 수 있을까. 내 생각에, 선내의 상하관계가 자격의 유무와 더불어 연공서열이라는 명확한 두 조건에 따라 유지되고 있기 때문인 듯하다. 육지의 회사원 세계에서 흔히 볼 수 있는, 서로 헐뜯기, 비비고 아부하기, 앞지르기가 없는 대신 주어진 일에 신경을 집중하기만 하면 되기 때문인 듯하다. 또 한솥밥을 먹는다는 화기애애한 분위기에도 원인이 있을지 모르겠다. 또는 한 사람의 과실이 전원의 목숨에 중대한 영향을 미칠 수도 있는 특이한 직장이기 때문일까. 아무튼 그들의 관계는 육지의 직장이 잃어버린 인간다움을 지니고 있다.

나아가 환경도 간과할 수 없을 것이다. 문명이 발달해 범선이 사라지고 20만 톤급 이상의 거대한 배가 바다를 활보하는 시대가 되었지만, 바다는 어디까지나 바다이다. 한없이 넓고, 어마어마한 에너지를 품고 있으며, 수면은 쉼 없이 꿈틀거리는 단조로운 반복을 거듭하고 있다. 밤이 오면 수평선 이 끝에서 저 끝까지가 천체의 빛으로 뒤덮이고, 뱃머리에 부딪치는 파도는 야광충의 파란 빛으로 변해 선체가 마치 우주에 떠 있는 것처럼 보인다. 그 눈부신 아름다움은 제 아무리 유능한 시인이라도 표현하기 어려울 것이다. 그런 밤에는 갑판에 돗자리를 깔고 술잔치를 벌이는 배도 있다. 선내에서 마시고 피우는 한, 술이든 담배든 세금이 없기 때문에 지상의 반값에 구입할 수 있다. 갑자기 스콜이 쏟아지면 하우스로 피신하고, 스콜이 지나가고 나면 다시 나와 시원한 대기 속에서 술잔치를 계속한다. 큰 소리로 노래하고 떠들어도, 목소리는 넓은 바다에 삼켜질 뿐이다. 바다의 신비로운 소리가 들린다. 낮의 바다를 바라보는 것 또한 각별하다. 태양, 하늘, 구름, 바다가 빚어 내는 까마득한 세계. 이런 환경에서 매일을 지내다 보면 사고방식도 바뀌게 될 것이다.

그런데 대부분의 선원이 뭍에 사는 내가 바다 생활을 부러워하듯이, 육지 생활에 동경을 품고 있었다. 가능하면 배에서 내려 육지에서 살고 싶다고 바라고 있었다. 하기야 개중에는 배에 올라타는 순간 혈색이 좋아지고, 휘파람을 불면서 일에 정열을 다하는 남자도 있다지만, 안타깝게도 그런 이는 동료들 사이에서 이단자 취급을 받는다고 한다.

그래서인지 그들은 가정을 아주 소중하게 여긴다. 전형적인 가정주의자들이다. 잡담 끝에는 반드시 가족 얘기가 나오고, 아내와 자식 자랑을 한다. 배가 일본의 항구에 기항하기 며칠 전부터 설레는 심정에 어쩔 줄을 모르고, 기분이 좋아서는 무선실에 가서 전보를 친다. '마중하러 안 나오면 5만 엔 줘야 돼.' 하고 협박하는 전보를 치는 이도 있다. 그리고 그들의 아내는 아무리 먼 곳에서도, 어떤 무리를 해 가면서도 반드시 마중하러 달려 나온다.

그들은 법적으로는 부부가 틀림없지만, 실상은 과연 어떨까. 1년에 두 번 정도밖에 만나지 못하는 관계를 과연 부부라 할 수 있을까. 결혼한 지 15년이 지났는데, 함께 지낸 시간은 고작해야 2년 남짓. 신혼부부와 다름없다고 그들은 말한다. 그래서 나는 이렇게 반격한다. 날마다 얼굴을 마주하며 지낸다고 어찌 행복하다 할 수 있겠는가. 아침마다 만원 전철을 타고 직장에 가서, 일보다는 대인관계에 신경을 쓰면서 종일 지치도록 일하고, 밤늦게 집에 돌아오면 똑같은 아내 얼굴과 돌봐야 하는 아이들이 기다리고 있을 뿐이지 않은가. 도망치고 싶어도 도망칠 곳이 없다.

그러나 그들은 또 이렇게 말한다. 인간은 뭍에서 가족과 함께 생활하는 것이 자연스러운 모습이라고. 다소 고생이 되더라도 못 견딜 일은 아니라고. 견뎌 내는 것이 마땅하다고.

과연 그들의 말에도 일리는 있다. 부부가 떨어져 지내는 탓에 빚어지는 비극도 수없이 많다. 유방암이 의심되는 아내가 의논할 상대가 없어 노이로제에 걸린 예도 있고, 아내가 바람을 필까 봐 걱정한 나머지 바다에 몸을 던진 젊은 선원도 있다.

그러나 남자에게 바다와 뭍 어느 쪽에서 사는 것이 행복인지 나는 판단이 잘 서지 않는다. 40일 정도의 짧은 항해였지만, 다음 소설의 테마를 발견한 것 같다.

〈검은 바다를 찾은 방문자〉 창작 노트

1

내 경우 소설을 창작하는 데 있어 자신의 체험과 주변에서 생긴 일을 집요하게 깊이 사고하고 분석한 후—때로는 의심하고 싶어질 만큼—서슴없이 당당하게 쓰는 수법은 거의 사용하지 않는다. 남들만큼 개인적인 고뇌를 안고는 있지만, 그것은 세상 사람 대부분을 비롯해 음악가나 화가가 그린 것처럼 활자가 아닌 보다 효과적인 방법을 통해 해결한다. 혹여라도 '문학과 구제' 따위의 매혹적인 자기만족의 함정에 걸리지 않도록 충분히 경계하고 있다.

그렇다면 무엇을 기반으로 해서 소설을 쓰는가. 내 경우에는 다른 무엇보다 감각을 중요시한다. 물론 최후에는 마음이 등장해 지휘봉을 잡게 되지만, 소설의 온갖 주제는 우선 '눈'과 '귀'라는 엄중한 필터를 통과하지 않으면 안 된다. 그렇다고 체험이 아닌 것은 쓰지 않는다는 뜻은 아니다. 쓰는 내용은 오히려 그 반대이다.

철학 서적을 섭렵하기 전에, 거리에 나가 무턱대고 친구를 만들어 입을 놀리기 전에, 나는 우선 눈을 부릅뜨고 귀를 기울인다. 어떤 풍경과 소리든 상관하지 않는다. 끈질기게 바깥세상의 자극을 기다린다. 그런 기다림 끝에 눈과 귀, 어느 쪽이 반응을 보인다. 시선이 파란 밤하늘에 떠 금빛으로 빛나는 보름달에 고정되기도 하고, 무심히 들은 기타의 연주에 귀가 흥분하기도 한다. 즉 필터를 통과하는 것이다. 그러면 나는 그 흥분을 보다 가깝게 잡아당기고 싶은 충동을 느끼고, 완전히 자신의 것으로 만들기 위해 어떻게든 글자로 표현하고 싶다고 갈구하게 된다. 요컨대 쓰는 동기가 생기는 것이다. 소설을 읽으면 왜 이런 기분이 드는 것일까? 읽는 이가 그런 의문을 품을 수 있도록 악전고투하면서, 또는 흥미로워하면서 쓴다.

그렇게 쓴 작품이 나와 전혀 무관할 수는 없다. 체험이나 마음속의 문제를 있는 그대로 다루지 않았다고 해서, 그것이 가짜인 것은 아니다. 내 눈과 귀에 가치 판단의 능력을 부여한 것은 당연히 내 마음이기 때문이다. 그 마음은 또 과거의 체험이나 유전, 환

그렇다면 무엇을 기반으로 해서 소설을 쓰는가. 내 경우에는 다른 무엇보다 감각을 중요시한다.

소설의 온갖 주제는 우선 '눈'과 '귀'라는 엄중한 필터를 통과하지 않으면 안 된다.

경 등의 다양한 요소에 의해 형성된 것이기 때문이다.

'사상'이나 '신념' 등 관념을 위한 관념을 수많은 언어를 동원해 쉽게 늘어놓는 것에 의문을 제기하는 것이 나의 소설이다. 바꿔 말하면, 인간을 추구하는 장르의 예술로서 소설이 육체를 지나치게 경시 또는 멸시하고 있지는 않은가 하는 의문이다.

최근에 삼십 대의 젊은 작가가 뇌출혈로 사망한 사건이 있었다. 이는 불행하게도 나의 우려가 현실이 된 상징적인 사건이다. 간혹 육체에 주목하는 작가가 있었지만, 그저 허약함의 반대급부에 지나지 않았다. 남자라면 누구나 한 번은 꿈꾸는 슈퍼맨에 대한 동경과 별 차이가 없었다. 정신과 마찬가지로 육체 또한 진부한 방식으로 파악해서는 안 된다.

소리나 풍경 외에 내 소설의 동기가 되는 것은 오감을 종합적으로 자극하는 '환경의 변화'이다. 작가가 직업인 자는 이 중대한 자극을 간과할 수 없다. 작가가 여행을 좋아하는 까닭도 십중팔구 그 때문일 것이다. 그러니 기껏해야 이삼 일 바람처럼 스치고 지나가는 여행보다는 그 고장에서 한동안 눌러 사는 방법이 훨씬 강렬하고 실질적인 자극을 얻기에 좋은 것은 확실하다. 이는 생활비 등등의 문제로 여기저기 이사 다닌 내 경험에 비추어 단언할 수 있다. 예를 들어서 내용이나 질에 따라서도 달라지겠지만, 바다와 배를 무대로 한 소설을 쓰려면 정박 중인 배를 취재하는 것보다 직접 배를 타고 항해해 보는 편이 좋은 것은 말할 필요도 없다.

꽤 오래 전, 소설을 쓰기 시작하기 1년 전의 일이다. 무선통신사로 일하는 친구를 만나기 위해 가와사키 앞바다에 정박 중인 유조선을 방문한 적이 있다. 밤늦게까지 잡담을 하고 배에서 하루 잠을 잔 후 다음 날 아침 첫 거룻배를 타고 돌아왔다. 그런데 마침내 소설을 쓰게 되자, 그때 일이 점차 되살아났다. 바다나 다른 배가 아니라, 유조선과 유조선에서의 생활과 승선원들에게 관심을 갖게 된 것이다. 무언가가 있을 것 같았다. 처음에는 막연했는데, 나중에 통신사 얘기를 몇 번이나 들으면서 확신하기에 이르렀다.

그러나 구체적으로 뭐가 있을지는 상상이 되지 않았다. 게다가 어느 선박 회사의 누구에게 부탁하면 배를 탈 수 있는지도 몰랐다. 친구들은 화물선이라면 몰라도 유조선은 위험하기 때문에 외부인은 태우지 않을 것이라고 했다. 나로서도 그저 뭐가 있을 것 같다는 이유로 한 달 가까이 바다에 떠다니는 것은 경솔한 짓이라는 생각에, 적어도 스토리의 윤곽이 잡힌 후에 움직여도 늦지 않다고 계속 뒤로 미뤘다. 그동안 몇 편의 소설을 썼다. 그러나 소설을 쓰고 나면 유조선 생각으로 머리가 꽉 찼고, 결국에는 세금이라도 내지 않은 것 같은 찝찝함을 느꼈다.

그러다 결국 어떻게든 유조선을 타 그 문제를 해결하지 않고는 한 걸음도 앞으로 나갈 수 없는 지경에 이렀다. 쓸 수 있든 없든, 그건 나중 문제였다.

일단은 타고 볼 일이었다. 그다음 소설을 쓰고 싶어질 만한 자극을 얻지 못하면 미련 없이 포기하고 바다 여행으로 변경, 기분 전환이나 하면 될 일이었다. 그러나 실제로는 그렇게 태평한 생각으로는 임할 수 없었다. 준비 과정에도 이래저래 돈이 필요해, 출판사에 부탁해 다소의 금액을 빌렸다. 만약 쓰지 못하면 빚이 될 뿐더러, 반년이든 1년이든 재기하기 어려울 만큼 충격을 받을지도 모른다. 얻어맞고 발로 차인 데다 내뱉는 침까지 감수해야 하는 꼴이다. 지금 생각하면 과장된 표현이지만, 아무튼 나는 뜻을 굳혔다.

2

국제전신 전화 주식회사의 모 씨가 S해운에 다리를 놓아 주었고, 끝내는 목뼈가 뻐근해지리 만큼 수도 없이 머리를 숙여 간신히 유조선을 얻어 탈 수 있게 되었다. 처음 예정은 10만 톤급이었는데 그 두 배인 20만 톤급 배가 있다는 말을 듣고 그쪽으로 변경했다. 크면 클수록, 신형이면 신형일수록 이미지에 맞을 것 같아서였다.

그러나 승선할 날짜가 다가오는데도 여전히 '뭔가가 있겠지'

하는 정도의 애매한 이미지밖에 떠오르지 않았다. 그걸 어떻게 구체화해서 실을 잣듯 소설이라는 형태로 빚어낼 수 있을지 전혀 대책이 없는 상태였다.

물론 신예 대형 유조선이 현대 사회의 일그러진 문제점, 예를 들어서 공해의 원천이 되는 기름, 자동화에 따른 사람들의 권태감, 인재에 의한 사고가 늘 따라다니는 무거운 불안, 획일화에 몰리고 있는 인원 구성 등을 가장 응축된 형태로 보여 주는 무대라는 것은 알고 있었다. 알고는 있었지만, 쓸 마음이 생기냐 마느냐는 별개의 문제이다. 우선 '눈'과 '귀'가 흥분하고, 그 흥분이 마음과 동조해서 전작 장편 소설에 걸맞은 이미지의 팽창으로 이행해주지 않으면 아무 소용이 없다.

만에 하나 쓰지 못할 경우에 대비해, 출판사에 변명의 구실로 사용하려고 자세한 항해 일지를 쓰기로 했다. 물론 그냥 일지가 아니다. 소설이 어떻게 진행되었는지, 또는 어떤 이유로 쓸 수 없게 되었는지를 기록으로 남기기 위한 일지이다.

마술의 수수께끼를 밝히는 것보다 뒷맛이 씁쓸하리란 각오하에, 여기에 그 일부를 소개하면서 경과를 돌아보기로 한다.

12월 6일. 도쿄에서 히카리호를 타고 오사카로, 오사카에서 덴노지, 덴노지에서 시모쓰로. 바다가 내다보이는 숙소에 도착한 시간은 밤. 다른 손님은 없다. 짐을 꾹꾹 눌러 담은 커다란 여행 가방을 끌고 온 탓에 팔이 저렸다. 맛없는 저녁을 먹으면서 이런저런 생각을 해 보지만, 아직 이렇다 하게 번뜩이는 떠오름이 없다. 평소 같으면 이 정도 절박한 상황에 놓이면 반드시 뭔가 떠올랐는데, 이번에는 아니다. 어쩌나, 어떻게 하나.

파도 소리는 들리는데 바다는 보이지 않는다. 밖은 깜깜하다. 내일 아침 첫 열차를 타고 그냥 돌아가 버릴까. 출판사에는 머리를 조아려 사과하고, 빚은 텔렉스 키펀처 아르바이트를 해서 갚기로 하자. 아니, 아니다. 그런 짓은 절대 할 수 없다. 여기서 중단하면 손해가 막심하다. 게다가 그렇게 큰소리를 떵떵 치고 왔는데, 지금 와서 돌아갈 수는 없다. 싸구려 여관이라 그런지 외풍이 심하다. 밖에 있는 거나 다름없다.

그날 밤 나는 일지를 쓰고 난 후, 목욕을 하면서 몸이 나른해지기 직전까지 골똘히 생각했다. 그러고는 예전과 달리 마음이 약해지고 말았다. 대형 유조선 따위에 착목한 것은 그저 신기하고 화려하다는 이유 때문이 아니었을까 하고 반성했다. 자신감 상실이라고 하기에도 부끄럽다. 그러다 이부자리에 들어가기 직전, 이건 신슈에서 여기까지 긴 여행의 피로 탓이다, 하룻밤 자고 나면 어떻게든 될 것이다, 하고 마음을 바꿔 먹고 파도 소리를 들으며 잠들었다.

12월 7일. 창문으로 비치는 강한 아침 햇살에 눈을 떴다. 바로 커튼을 열고 바다를 본다. 아름답기는 하지만 어디에나 있는 바다다. 도움이 안 된다. 쇼엔마루는 다른 만에 정박해 있어서 보이지 않는다. 피로가 풀리고 기운이 되살아났다. 그러나 그뿐이다.

9시에 숙소에서 나와 시모쓰 역으로 향한다. 약속한 대로 고베 지점 사람을 만나 합류. 다 같이 대리점에 갔다. 그리고 세관으로 안내받아 출국 절차를 밟았다. 선박통신기기 연구라는 명목으로 승선 허가를 받았는데, 그런 말도 안 되는 연구가 과연 있을 것인가. 출입국 심사국 사람들도 대충 눈치를 챘을 것이다. 그다음에는 택시를 타고 폐허처럼 삭막한 정유 공장을 질러갔다. 이 공장 안의 묘한 분위기는 써먹을 수 있을 것 같다. 그러나 어떻게 써먹으면 효과적일지 모르겠다. 그런 사소한 부분이 아니라 보다 큰 전체 윤곽에 관한 영감이 떠올라야 한다. 그저 초조할 따름이다.

굵은 파이프에 낀 긴 다리를 통해 쇼엔마루까지 걸어간다. 발 밑으로 바다가 출렁거리고 있다. 멀리서 봤을 때는 그렇게 크다는 느낌이 아니었는데, 한 걸음 한 걸음 다가가면서 20만 톤이라는 엄청난 숫자가 물체로 존재하는 모습에 압도되고 말았다. 아무튼 어마어마하다. 그 크기를 '크다'는 형용사를 최대한 사용하지 않고 표현하려면 어떻게 해야 할까. 원고에 다 담을 수 있는 크기가 아니다.

상갑판에 나갔다가 또 놀란다. 이렇게 엄청난 쇳덩어리를 과연 배라고 할 수 있을까.

그리고 배의 후미 쪽에 있는 조종과 거주를 위한 건물—하우스라고 한다. 웬만한 빌딩처럼 높다—로 안내받았다. 엘리베이터가 쉴 새 없이 오르내린다. 이어 선장을 소개받았다. 체격도 좋고, 가무잡잡하게 탄, 그야말로 선장다운 선장이라 실망했다. 사실은 좀더 체구가 작고 안정감이 없고 뒤뚱뒤뚱 걷는 인물이 좋았는데. 전파 고등학교 후배라는 젊은 통신사가 나를 도와주게 되었다. 그가 선내 구조에 대해 죽 설명해 주었다. 그런데 놀랄 일이 너무 많아 혼란스러울 뿐이다. 정리가 안 된다. 큰일이다. 내가 사용할 방은 급사들의 방 옆에 있는 예비실로, 침대에 세면실, 사물함, 긴 의자, 책상에 전기스탠드 등 설비가 나무랄 데 없다. 그러나 이렇게 집필에 적합한 조건을 갖추고 있다는 사실이 오히려 원망스럽다.

그 밤, 선장과 관계자들 전부와 함께 요정에 가서 마셨다. 모두들 흥이 올랐지만 나는 물만 마셨다. 마치 빈소에서 밤을 새우는 사람처럼 울적했다.

3

12월 8일. 어젯밤, 기름을 육지에 있는 공장의 탱크로 보내는 펌프 소리에 잠을 잘 못 잤다. 그 외에도 선내에는 온갖 소리로 가득하다. 그러나 간격이 일정한 소음이니 언젠가는 귀에 익으리라. 출항이 내일로 연기되었다. 그야말로 하늘의 도움이다. 출항 전에는 어떻게든 영감이 떠오르기를 바란다. 침대에 누운 채 방에 틀어박혀, 아등바등 종일 머리를 쥐어짜다, 저녁 때가 되어 해가 뉘엿뉘

엿 기울기 직전에 겨우 실마리 비슷한 것을 잡았다. 그러나 아직 멀었다. 좀 더 끌어당겨 보지 않고는 뭐라 말할 수 없다. 해결해야 할 문제들이 아직 너무 많다. 역시 주인공을 통신사로 한 설정은 좋지 않다. 자유롭지 못하다.

선내가 유난히 잠잠하다. 사람 소리도 거의 들리지 않는다. 각종 모터가 웅얼거리는 소리밖에 들리지 않는다. 흔들림이 전혀 없어, 호텔에 있는 것과 다를 바 없다.

주인공을 통신사로 하자는 설정은 그날 아침에 떠오른 것이다. 유조선과 승선원밖에 염두에 없었기 때문이다. 그런데 그래서는 내 안에서 격렬하게 소용돌이치는 두서없는 이미지들이 제대로 잘 이어지지 않는다. 뭔가 보다 중요한 것이 빠진 듯해서 갈팡질팡했다. 그러다 밤늦게 갑작스럽게 눈이 떠졌다. 할 수 없이 담배를 피우며 멍하게 있는데, 결국 번뜩이는 영감이 떠올랐다. 영감은 이렇게 불쑥 내게 다가온다.

승선원과 선체만 생각하느라 나 자신을 까맣게 잊고 있었다. 나를 닮은 남자, 즉 이방인을 주인공으로 하면 모든 것이 해결되지 않겠나 하는 생각에, 충분히 검토해 보았다. 이렇게 유조선을 타고 싶었던 것은, 일 때문만은 아니지 않았을까. 뭔가 더 있지 않았을까. 인정하고 싶지 않았지만, 육지의 나날에서 벗어나고픈 마음이 있었다. 이번만은 감각이 마음보다 뒤처진 듯하다. 나를 닮은 인물이 선체와 바다와 승선원과 맞물리면, 마음속의 이 부연 안개

같은 것이 단번에 걷히지 않을까.

　결정했다. 나는 좁은 방에서 폴짝폴짝 뛰면서 기뻐했다. 이렇게 간단한 것을 왜 진즉에 몰랐을까 싶어 화가 났다. 흥분한 나머지, 아침까지 잠을 못 이뤘던 기억이 있다.

12월 9일. 드디어 출항하는 날이다. 예정된 시각인 아침 8시에 출항. 아침이 되어 어젯밤의 영감이 그저 착각이 아니라는 확신이 서자 또 기뻤다. 초조함도 사라졌다. 나 자신을 모델로 해서 이 항해와 함께 써 나가면 된다. 앞으로 나는 내가 아니라, 나의 주인공이다. 나와 내 주변의 반응을 꼼꼼하게 지그시 관찰하면서 배우처럼 다소는 연기를 해야 한다.

　점심을 먹은 후, 승선원들 앞에서 처음 자기소개를 했다. 배시시 웃으면서 잘 부탁한다고 인사한다. 그러나 그들은 무표정하다. 왜 그런지 이해가 안 된다. 이 점도 이번 소설에 사용하자. 흥미롭다.

　배는 이미 먼 바다로 나왔는데, 전혀 흔들리지 않는다. 잔뜩 사들고 온 뱃멀미 약은 쓸 일이 없을 것 같다.

12월 10일. 드디어 집필 시작. 주인공은 자살하고 싶어 하는 청년. 첫날이라 조심스러워 오전에만 쓰고 끝냈다. 오후에는 선교에 올라가 바다를 바라본다. 날씨는 정말 좋다. 그러나 아직은 주인공이 죽을 장소가 아니다. 좀 더 따뜻하고 푸르른, 그리고 눈부신 바다여야 한다.

저녁을 먹은 후에는 무선실에서 젊은 선원과 잡담. 그들은 이 방인을 성가셔하면서도 신기해한다. 그러나 긴 여행이니 화젯거리가 끊이지 않도록 조금씩 풀어 놓는다. 주인공을 연기하는 것도 잊어서는 안 된다. 내일부터는 본격적으로 쓰자. 밤, 오키나와의 불빛이 보였다.

선내에서의 집필 시간은 아침 8시에서 정오까지, 점심을 먹고 오후 1시부터 2시 반경까지 약 다섯 시간이다. 집에서 집필하던 때와 비슷하다. 나는 낮에만 소설을 쓴다. 집필 중에는 펜을 한시도 내려놓지 않는다. 차는커녕 물도 마시지 않고, 내가 생각해도 감탄스러울 만큼의 속도로 써 댄다. 문장은 두 번, 세 번 손질을 거치면서 검토하기 때문에 처음에는 아무튼 써 나간다. 1분도 생각하지 않는다. 그렇게 쓰는 것만 해도 엄청난 긴장감 때문에 온몸이 굳는다. 눈초리는 험악해지고 예정 시간을 넘으면 현기증이 일 정도다. 정말 건강한 직업이 아니다.

취재 방법은 이렇다. 이번에는 여느 때와 다르게 처음부터 나의 정체가 드러나 있어 고생했다. 나의 정체를 아는 탓에 선원들이 툭 터놓고 속을 드러내지 않는다. 자, 지금부터 취재를 할 테니 솔직하게 대답해 주십시오, 할 수는 없다. 그들은 소설의 소재가 된다는 것을 알기 때문에 그저 무난한 대답밖에 하지 않았다. 모두들 내 얼굴을 보면 경계하고 입을 다물었다. 꽤나 애를 먹었다.

그래서 한 가지 묘안을 짰다. 그들이 경계하고 싶다면 마음껏 경계하도록 하자는 것이다. 다행히 취재할 시간은 넉넉했다. 처음 일주일 동안은 솔직한 대답을 기대하지 않고, 선원들을 극한 상태까지 몰아 짜증나게 하는 것을 목표로 했다. 대 놓고 묻는 취재 방법을 택한 것이다. 아니나 다를까 그들의 태도가 경직되었다. 침착함을 잃고 내 눈을 제대로 쳐다보지 못했다.

그다음은 시간 문제였다. 마치 용의자에게 자백을 얻어 내려는 형사처럼, 같은 질문을 몇 번이나 집요하게 반복하거나 거슬리는 질문 전후에 넌지시 잡담을 끼워 넣고 실패담도 섞으면서 그들이 마음을 열도록 노력했다. 그래도 대답하지 않으려는 경우에는 강요하지 않고, 심리의 이면을 쿡쿡 찔렀다. 이면을 보고 싶을 때는 일부러 표면을 힐금힐금 보면, 상대는 기분 나빠하면서 그만 뒤를 보이고 마는 일도 있다.

4

대형 유조선의 상갑판은 엄청 넓다. 갑판원들은 일을 하러 갈 때 자전거를 이용했다. 배와 자전거, 이 기묘한 조합을 봤을 때 나는 새삼 취재의 중요성을 절감했다. 그러나 취재에는 늘 위험이 따라다닌다. 특히 고생고생해서 취재한 자료는 위험하다. 왜냐, 취재한 모든 것을 소설에 쏟아붓지 않으면 아깝다는 생각이 들기 때문이다. 그러다 보면, 취재해서 쓴 소설입니다, 하는 식의 기록물에 가까운 얄팍한 작품이 나올 수 있다. 또는 무수한 진실에 압도되어 모처럼 떠오른 소설적 이미지를 스스로 내던질 수도 있다. 최악의 경우에는 답답한 글자의 나열 자체에 의문을 품다 못해 쓸수 없게 되기도 한다. 취재는 어디까지나 부차적인 것이지 상상과 창조력을 보다 광범위하게 폭발시키기 위한 기폭제 이상의 기대를 해서는 안 된다.

그건 그렇고, 상갑판 위를 몇 대의 자전거가 마치 물맴이처럼 달리는 모습을 보았을 때, 역시 배에 타기를 잘했다는 생각이 들었다. 선체의 크기를 최대한 숫자를 사용하지 않고 표현하려면 어떻게 해야 할지, 배를 타기 전에 몹시 고민했기 때문이다.

12월 11일. 어젯밤부터 파도가 약간 높아졌다. 만약을 위해 멀미약을 먹을까 했는데, 전혀 흔들리지 않아, 과민하게 굴 필요 없겠다는 생각에 그만두었다. 선교에 올라가 바다를 보니 파도 머리가 하얗다. 큰 파도는 아닌 듯하다. 기온도 높아졌다. 이제부터 날로 더워질 것이다. 일은 예정대로 진행, 오후 3시가 되도록 힘내서 30매. 너무 술술 써져 오히려 불안하다. 자각을 못 하고 있을 뿐, 들떠 있는 것은 아닐까. 특히 이번에는 흥분과 긴장 속에, 특이한 환경 속에 푹 젖어 있기 때문에, 평소처럼 자제력이 작용할 수 있을지 자신이 없다. 과거에 한두 번 그랬던 것처럼, 집에 돌아가 다시 읽어 보고서야 다 태워 버려야 할 쓰레기라는 것을 깨닫게 되지는 않을까. 그러나 그것도 그때 가서 생각할 일이다. 마음에 들지 않으면 마음에 들 때까지 처음부터 다시 쓰면 된다. 사소한 일에 일일이 신경 쓸 필요 없다. 아무튼 이 항해 중에 초고를 완성하기로 하자. 저녁을 먹기 전에 빨래. 그리고 목욕. 저녁 후에는 선원들과 잡담. 잡담하는 것을 선원들은 '어깨를 흔든다'고 한단다. 이제 슬슬 화제가 떨어져 가고 있다.

화제가 떨어진다는 게 얼마나 힘들고 괴로운 일인지 절감했다. 뭍의 회사원들은 대부분 단조로운 날을 보내고 있지만, 선원에 비하면 그나마 낫다. 신문, 잡지, 텔레비전 등 정보원이 널려 있고 때로는 출퇴근 도중에 교통사고를 목격할 기회도 있다. 그러나 배는 그렇지 않다. 기항지에서 입수한 얼마 안 되는 귀중한 정보를 그야말로 야금야금 핥듯이 반복해서 우려먹는다.

그러나 같은 화제를 정확하게, 지난번과 똑같이 떠들어 봐야 재미가 없으니 매번 새로운 해석이 조금씩 가미된다. 그렇게 양념을 치다 보면 점차 원래 줄거리에서 벗어나 끝내는 전혀 다른 얘기가 되곤 한다. 물론 폐쇄적인 사회에서도 그런 일은 비일비재하지만, 특히 배에서는 유언비어가 진실을 능가하는 기세로 당당하게 활보한다.

육지에서의 나날은 따분했다. 그러나 바다에서의 나날은 그 몇 배나 따분했다. 나는 이미 막힘없이 쓸 수 있을 것이라고 확신하고 있다.

12월 13일. 어젯밤 거의 잠을 자지 못했다. 몇 번이나 눈을 뜨고는 화장실에 갔다. 한밤중에 혼자 그 넓은 선내를 걸어 화장실에 가자니 기분이 별로 좋지 않다. 숲과 산 같은 자연 속의 밤도 으스스하지만, 구석구석 인위적인 공간, 게다가 현대 과학의 정수가 결집된 배 안에서의 밤 또한 이질적인 공포로 가득하다.

일은 그럭저럭. 훨씬 더 잘 풀려야 하는데, 슬슬 먹구름이 몰려오는 느낌이다. 이미지는 충분히 부풀었는데, 구체적인 스토리로 확장되지 않는다. 억지로 잡아당기면 끊어질 것 같고, 그렇다고 느슨하게 잡아당기면 박력이 모자란다. 어려운 지점이다. 그러나 지금까지의 경험으로 봐서, 지금은 머리 써서 생각해 봐야 아무 소용없다는 것을 알고 있다. 생각하기보다 우선은 쓴다. 우선 쓴 후에 생각한다. 철학자도 수학자도 아닌 소설가에게는 그 점이 중요하다. 사실에 의지해서도 집착해서도 안 된다.

덥다. 저녁때 다른 유조선 한 척과 스쳤다. 망원경으로 바라본다. 그쪽에서도 이쪽을 보고 있었다.

12월 14일. 지금까지 이상으로 무리하게 써 나가고 있다. 첫 위기에 몰렸다는 것은 알고 있지만, 쓰는 것 외에는 탈출할 방법이 없다. 머리에 피가 쏠려, 거울을 보니 눈에 핏발이 서 있다. 얼굴도 엉망이다. 발을 쾅쾅 구르고 신음하면서 쓴다. 몰골이 험악해서인지 점심 때, 선원들이 이상한 표정을 지었다. 최대한 편안한 미소를 띠려고 유념하고 있기는 한데.

선장이 훗날 회사 잡지에 나에 대해 이렇게 썼다.

아침을 먹을 때는 인상이 험악하다. 식사가 끝나자마자 담배 한 대 피우는 시간도 아깝다는 듯이, 머릿속에 떠오른 스토리를 잊기 전에 쫓아가려는 조급함에 황망하게 자기 방으로 사라진다. 그리고 점심때까지 밖에 나오지 않는다. (중략) 아침을 먹고 난 후 네 시간, 점심때에는 다소 퀭한 얼굴, 아침보다는 다소 밝은 얼굴로 나오지만, 식사가 끝나면 꾸물대지 않고 바로 자기 방으로 들어가 집필. (중략) 막힘없이 술술 쓴 날은 사뭇 개운하고 밝은 얼굴이지만, 그 반대일 경우에는 시큰둥한 표정을 짓고 있는 탓에 금방 알 수 있다.

5

12월 15일. 일은 10매. 겨우 두 시간 하고 끝냈다. 오전 10시부터 선교에서 믈라카 해협을 통과하는 광경을 취재. 좁은 데다 무수한 배들이 오가는 탓에 지휘하는 선장의 표정에 긴장이 맴돈다. 이 해협은 몇 번을 지나 다녔는데도 익숙해지지 않는다고 한다. 익숙해지기는커녕 해마다 이용하는 선박의 수가 늘고 있기 때문에 긴장이 더해질 뿐이란다. 편한 장사가 아니다.

싱가포르 바로 옆을 지났다. 망원경으로 사람과 자동차, 빌딩을 보면서 왜 그랬는지 속이 심하게 울렁거렸다. 그러나 정오가 지날 즈음에는 위험한 해협을 무사히 탈출했다. 선장이 상갑판에서 골프를 치기 시작하자 속이 편해졌다. 2시경부터 잠수함과 제트 전투기들이 잇달아 나타나, 마치 전쟁이라도 시작될 것 같은 분위기를 빚었다.

저녁을 먹은 후, 엘리베이터를 타고 지하로 내려가 기관부 사람들과 잡담. 그들은 어쩐 음산하다. 그 원인은 선교에서 일하는 선원들도 지적하듯이, 배의 바닥에서 일하기 때문에 배가 바다 위를 달리고 있는데도 바다를 볼 수 없기 때문일 것이다. 반대로 항해사나 조타수, 갑판원들은 아주 명랑하다. 환경이란 실로 무서운 것이다.

싱가포르의 거리를 봤을 때 속이 심하게 울렁거렸다고 썼는데, 이 조그만 사건은 나중에 소설의 중대한 힌트가 되었다. 내 안에서 혼란스럽게 맴도는 한 테마가 명확해진 것이다. 덕분에 그 후, 주인공 역할을 거의 완벽에 가깝게 연기할 수 있게 되었다.

주인공은 도망치고 싶어 한다. 그를 둘러싼 모든 것으로부터 도망치고 싶어 했다. 나약한 정신, 현실에 굴복, 그리고 현실에 있을 리 없는 '조용한 삶'으로 도망치고 싶어 했다. 즉 그는 죽고 싶어 한다.

12월 16일. 밤중에 선교에서 전화가 걸려와 가 보니, 배의 신기루가 보였다. 불을 밝히고 달리는 배의 모습이 거뭇거뭇한 수평선 위에 또렷하게 떠 있었다. 밤바다에 몸을 던질 용기(?)는 없지만, 이렇게 신기루가 보이는 밤이면 던져도 좋지 않겠나 싶은 기분이

든다. 소녀 취향도 유분수다.

　낮이든 밤이든 상관없으니, 해상에 무슨 변화가 생기면 바로 연락해 달라고 선교 당직자에게 부탁해 두었다. 바다 자체를 정확하게 묘사하고 싶었기 때문이다. '정확하게'는 최대한 형용사를 피한다는 뜻이다. 지금까지도 그런 방식으로 많은 자연 묘사를 시도해 왔지만, 바다를 대상으로 본격적으로 시도하기는 이번이 처음이다. 승선하기 전에 바다를 그린 소설 몇 권을 읽어 보았는데, 나는 어떤 묘사에도 만족할 수 없었다. 다들 바다라는 대자연을 너무도 제멋대로, 너무도 인간적이고 과장되게 그렸다. 나는 바다를 바다로 냉정하게 바라보고, 바다를 편들지도 적으로 돌리지도 않는 방식으로 쓰고 싶었다. 그래서 썼는데, 어떤 독자는 바다 냄새가 나지 않는다고 했다. 바다 냄새, 그런 냄새는 사실 바다를 접하고 한두 시간 맡을 수 있을 뿐이다. 바다 냄새, 그런 표현은 바다를 낀 고장의 관광용 포스터나 별장지의 악덕 부동산 소개업소의 간판에서나 사용하는 선전 문구에 지나지 않는다. 긴 항해이니, 날마다 그렇게 감동에 겨울 수는 없다.

　인도양에 도착한 밤, 배는 야광충 속을 뚫고 나갔다. 멋진 풍광이었다. 선체가 길어서 더욱 파도가 파랗게 빛나면서 뒤로 물러나는 광경을 그저 넋을 잃고 망연하게 바라보았다. 꿈 같다는 표현은 그야말로 이런 때 쓰는 것일 듯하다. 그때는 이런 광경은 밤마다 봐도 질리지 않겠다고 생각했다. 야광충은 전에도 본 적이 있는데 그때도 비슷한 생각을 했다. 그런데 선원들은 전혀 관심을 보이지 않았다. 그들에게 야광충 따위는 배의 앞길을 방해하는 성가신 벌레에 지나지 않았다. 두 번, 세 번을 보다 보니 나 역시 감동이 줄어들어, 결국은 선원들과 마찬가지로, 뭍사람이 뭍에 마비되듯 바다에 마비되어 '바다 냄새' 운운할 때가 아니게 되고 말았다.

12월 18일. 오늘 밤늦게 인도양을 지나 세일론 섬 부근을 통과할 예정이라고 한다. 아침 일찍 선교에서 전화가 걸려 와 급히 달려가 보니, 향유고래 떼가 보였다. 마치 영상을 슬로모션으로 보는 것처럼 천천히 점프해 사방으로 물방울이 튀었다. 그 소리가 엔진 소리를 물리치고 선교까지 들렸다. 이런 광경을 보는 것은 흔치 않은 일이라고 한다. 오후에는 돌고래 떼도 보았다.

저녁때부터 밤에 걸쳐, 일등항해사에게 별자리에 대해 설명을 들었다. 별자리가 너무 많아 뭐가 뭔지 모르겠다. 아무튼 하늘 온통 별이 가득하다. 별이 없는 곳이 바다. 아름답다고 할까 음산하다고 할까. 그래도 오늘 저녁노을은 정말 아름다웠다.

그날을 경계로 바다를 묘사하는 나의 정열은 반감되었다. 요컨대 싫증이 난 것이다. 바다를 그렇게 열심히 쓸 가치가 있는가, 없다고 생각하게 되었다. 그러나 주인공은 여전히 '따뜻하고 푸르고 눈부신 바다'를 찾았다. 그리고 그 바다가 바로 코앞으로 다가왔다. 주인공이 죽을 날이 다가온 것이다. 그가 죽는 날은 그의 서른 살 생일인 12월 23일이다. 그날은 나의 생일이기도 하다.

그런데 주인공을 어떻게 처리하면 좋을지, 사실은 감이 잡히지 않았다. 주인공이 죽으면 소설은 거기서 끝나고 만다. 아니, 경우에 따라서는 더 써 나갈 수도 있지만. 나는 고민스러웠다. 어떻게 하면 좋을지 몰랐다. 어쩌면 주인공과 함께 나도 바다에 몸을 던질지 모르겠다는 생각도 했다. 나까지 죽으면 이 소설은 어떻게 되는 것인가.

6

12월 19일. 이제 아라비아해다. 부슬비가 내리고 있다. 어젯밤에는 푹 잤다.

일은 예정대로. 무리하지 말고 이 페이스를 견지하자. 그러나 주인공의 죽음이 다가오면서 마음이 무거워진다. 저녁 메뉴가 스키야키였는데, 식욕이 없어 요리사를 실망시키고 말았다.

에어컨이 고장 나 선내에 열기가 잔뜩 고여 있다. 모두들 투덜투덜. 나는 죽음만 생각하느라 더위 따위는 문제가 아니다. 머릿속이 자살로 가득하다. 어디까지가 연기이고, 어디까지가 진짜 나인지 이제 구별이 안 된다.

선내를 여기저기 다니면서 사진을 찍었다. 나중에 집에 가서 초고를 손질할 때 참고하기 위해서다. 가스에 불이 붙을 위험이 있다고 해서 플래시는 사용할 수 없었지만, 아마 잘 나올 것이다.

사진을 찍으면서 나는 이런 생각을 했다. 사진을 찍어서 어쩌려는 것이냐. 살아 돌아갈 수 없을지도 모르는데. 이미 나는 주인공과 나를 구분하지 못하고 있었다. 차라리 다른 소설로 변경하면 어떨까, 하는 생각까지 했지만, 이미 때가 늦었다. 발을 빼기에는 너무 깊이 들어가고 말았다. 지금 와서 후회해 봐야 소용없는 일이었다.

12월 21일. 어젯밤의 한 사건 때문에 잠이 모자랐지만, 일은 예정 대로 진행. 30매 정도 썼다. 쓰지 않을 수 없다. 어젯밤의 일을 떠올리면서 쓰다 보니, 또 손이 떨린다. 어떻게 된 일일까.

선원들은 모두 부루퉁해서 입을 꾹 다물고 있다. 간혹 젊은이들이 시모쓰의 술집 얘기를 하지만, 그것도 형식적이다. 화제가 바닥 난 탓도 있지만, 내 표정이 좋지 않은 탓도 있다. 그래서는 안 되겠다 싶어서 비장의 농담을 날려 보지만, 평소만큼 흥이 나지 않는다. 어색하다. 모두 예의상 씩 웃을 뿐이었다.

아라비아해는 의외로 시원하다. 겨울이니 당연한 일이지만, 그래도 시원하다. 바다는 따뜻할 것 같다. 푸르고 눈부시게 빛나고 잔잔하다. 주인공이 원하던 바다가 지금은 배를 에워싸고 주인공을 기다리고 있다. 어떻게 하나. 주인공은 과연 정말 자살할 것인가. 힘겨운 시간이 시시각각 흘러간다.

12월 22일. 일은 겨우 10매. 그 이상은 아무리 힘을 내도 쓸 수 없다. 펜을 쥐고 있기가 고작이다. 원인은 알고 있다. 지나친 긴장 탓이다. 주인공의 생일을 하루 앞두고, 즉 주인공의 죽음을 하루 앞두고, 어쩌면 작가 자신마저 죽어 버릴지도 모르는 날을 하루 앞두고, 긴장은 이미 한계에 도달해 있다.

그렇게 경멸했던 자살이라는 행위에 이토록 매료될 줄은 예상치 못했다. 원래부터 자살을 동경하는 타입의 남자였을까. 또는, 내게 정말 죽을 이유가 있는 것일까. 또는 그저 단순히 주인공을 죽이려던 작가 자신이 죽음에 물들어 버린 것일까. 나 자신을 억제할 수 있는 상태가 아닌 것만은 분명하다. (중략) 밥이 목을 넘어가지 않는다. 사들고 온 담배를 다 피워 버리려 줄줄이 불을 붙인다. 마치 남기고 죽는 것이 아깝다는 듯이, 머리가 어질어질한데도 상관치 않고 계속 피워 댄다. 그리고 몽롱한 머리로 이렇게 생각한다. 일지를 쓰는 것은 오늘로 끝일지 모르겠다고.

7

12월 23일. 아침부터 밤까지 주인공은 죽을 기회를 엿보았지만, 결국 죽지 못했다. 주인공과 똑같은 행동을 취하기 위해 선미 쪽 난간에 가서 두 시간 남짓 식은땀을 흘리면서 눈 아래의 바다를 쳐다보았지만, 갑자기 자신이 하고 있는 짓이 끔찍해져 얼른 방으로 돌아왔다. 주인공은 서른 살 생일을 맞았지만, 끝내 죽지 못했다. 작가는 스물일곱이 되었다. 이처피 긱기의 주인공은 다른 사람이다. 같은 인물이 아니었다. 양자의 나이가 세 살이나 다르다는 점이 그 증거가 아니겠는가. 그런저런 사정으로, 오늘은 출항 이후 처음으로 일을 쉰다. 한 장도 쓰지 않았다. 긴장이 한꺼번에 풀어져 저녁때까지 잤다.

문제의 23일은 어이없게 막을 내렸다. 주인공은 죽지 않았고, 물론 나도 난간 너머로 몸을 던지지 않았다. 즉 소설이 완전히 암초에 부딪친 것이다. 그리고 나는 그 시원치 못한 주인공 역할에서 물러났다. 두 번 다시 보고 싶지 않다고 중얼거리면서 원고지와 만년필과 잉크 먹는 종이 등을 책상 서랍 깊숙이 쑤셔 박아 버렸다. 그러자 그 순간, 악질적인 최면에서 깨어난 것처럼, 나를 옥죄고 있던 갑갑한 기분이 싹 사라졌다.

12월 24일. 이제 일에 대해서는 생각지 않는다. 사실은 이 일지도 쓰고 싶지 않다. 자살 따위가 뭐란 말인가. 소설이 뭐란 말인가. 출판사가 뭐란 말인가. 애당초 나는 소설을 쓸 성격이 아니다.

배가 라스타누라 항에 도착했다. 여행의 절반이 끝났다. 사방이 끝없는 사막이다. 사막, 사막, 또 사막. 사막 여기저기서 거대한 가스 불이 일렁거리고 있다. 살풍경하다. 그러나 그림엽서의 사진에서 보는 관광지보다는 그래도 낫다. 이런 여행을 좋아한다.

바다에서 기다리는 동안, 차석 통신사와 상갑판에서 낚시를 한다. 그런데 낚시에는 이골이 났을 차석 통신사가 집게손가락 끝을 바늘에 깊이 찔리는 바람에 조타수와 의사가 고생고생해서, 마지막에는 펜치까지 동원해서 겨우 바늘을 빼냈다. 나중에 생각해 보니, 아무래도 치료가 너무 요란스럽지 않았다 싶다. 낚싯바늘에 찔린 정도로 마취 주사까지 맞아야 할 건 없지 않나. 좀 더 간단하고 손쉬운 좋은 방법이 있지 싶은데.

며칠 후 다시 일에 대한 의욕이 되살아났다. 아니, 사실은 이 사소한 사건이 펜을 다시 쥐게 한 직접적인 동기였으며 중대한 힌트였다. 차석 통신사의 상처를 의사와 함께 치료하면서, 나는 어렴풋이 생각했다. 이 사건이 암초에서 벗어나는 열쇠가 될지도 모르겠다고. 그런데 낚시에 정신이 팔려 그 생각은 이내 잊히고 말았다.

12월 25일. 또 아침부터 낚시. 정어리와 전갱이, 그 외에 이름도 모를 물고기가 그야말로 낚싯바늘이 물에 닿기만 했다 하면 덥석 문다. 거짓말처럼 잘 낚인다. 너무 재미있다. 전후 불문하고 이렇게 재미있는 일은 없을 것이다. 한창 젊은 나이의 청년이 방에 틀어박혀 원고지에 꾸역꾸역 글자나 써넣다니, 인상이나 잔뜩 찌푸리고 있다니 실로 하찮다. 그렇게 음습한 생활을 하면서 인생은 살 만하다느니 죽어야 한다느니 하는 소리를 지껄여 대다니, 우스꽝스럽기 짝이 없다. 다른 직업의 실상이 잘 보인다는 것은 알고 있지만, 소설가 따위가 되는 게 아니었다고 두고두고 후회한다. 선원이 될 걸 그랬나 싶다.
그날 일지에는 징징 우는 소리와 불평이 쓰여 있다. 소설가 노릇을 그만두고 선원이 되자고 작심하고는 집에 돌아가면 당장 그 준비를 해야겠다고 흥분했다. 일에 진척이 없으면 늘 생각이 그런 식으로 새는데, 그때의 각오는 상당히 단단했다. 하마터면 원고를 바다에 내던질 뻔했다.

12월 26일. 아직도 라스타누라 앞바다에서 기다리고 있어, 선장이 몹시 답답해한다. 저녁 5시가 조금 넘어 항만에 접안. 접안은 했는데 실을 기름이 부족하다고 해서 하역 작업은 연기. 이런 경우는 흔치 않다고 한다. (중략)
 오늘도 일을 하지 않았다. 지금은 실컷 놀기로 하자. 그러다 의욕이 솟을지도 모른다. 이제 낚시는 질렸다. 몸에서 비린내가 난다.

이렇게 쓴 것을 보면, 나는 다시 소설에 도전할 기력을 되찾은 것 같다. 선원이 될 걸 그랬다느니, 원고를 바다에 내던지겠다느니, 그런 생각은 하지 않게 되었다.

12월 27일. 하역이 연기되는 바람에 내일 오후가 되어야 출항할 모양이다. 완전히 게을러지고 말았다. 낚시를 하면서 참전갱이 비슷한 큰 물고기 두 마리를 놓쳤는데, 별로 아쉽지 않았다. 낚시를 하면서도 소설을 생각하게 되었다. 주인공이 빨리 쓰라고 재촉하는 기분이 든다. 소설에는 마약 비슷한 작용이 있는 것일까. 저녁 때부터 선내에 가스 냄새가 차기 시작했다. 공기를 마시는 게 아니라 가스 자체를 마시고 있는 게 아닐까 의심스러울 정도로 가슴이 답답하고 속이 메슥거린다. 하우스 밖으로 나가도 냄새는 마찬가지다. 가스 냄새 속에서 꼼짝 않고 있었더니, 불쑥 영감이 번뜩였다. 영감이라기보다 암초에 부딪친 원인을 알았다.

이날 나는 주인공을 과감하게 내치지 않으면 안 된다는 것을 깨달았다. 그전까지는 주인공과 자신이 지나치게 겹쳐 있었다. 주인공이 아무리 나와 비슷해도 절대 나는 아니다. 자신의 연기에 취해 눈이 멀었으니 쓸 수 없게 된 것은 당연한 일인지도 모른다. 그리고 내일부터 다시 쓰기로 마음먹었다. 차석 통신사의 손가락 부상을 참고로 주인공이 부상을 당한 것으로 써 보자고 생각했다.

8

12월 28일. 어제 밤새 하역 작업이 끝나, 이른 아침에 출항. 짙은 안개와 빠른 조류 때문에 배가 느릿느릿 항을 빠져나간다. 이제 낚시는 끝이다. 갑판 여기저기에서 생선 비린내가 난다. 선내는 다시 차분함을 되찾았다. 일은 10매.

차석 통신사의 손가락 부상을 힌트로 나는 다시 소설을 쓰기 시작했다. 그러자 행인지 불행인지 비틴 사건이 또 생겨, 그것도 힌트가 되었다. 젊은 인턴 선원이 문에 손이 끼여 가벼운 부상을 입었는데, 그는 피를 보고는 그만 기절하고 말았다. 덕분에 동료들 사이에서 웃음거리가 되었다. 그런 일로 어떻게 선원을 해먹겠느냐, 요즘 젊은 것들은 어쩌고, 신나게 놀림을 당했다. 그런 그를 보다가, 역시 주인공의 일면과 합치되는 절호의 일화다 싶어 쾌재를 불렀다.

주인공이 작가 자신이어야 할 이유는 전혀 없다. 사소설만이 소설인 것은 아니지 않은가. 어떤 주인공이든 작가와 무연할 리가 없다. 하지만 자신의 체험을 충실하게 더듬는 수밖에 달리 방법이 없다는 것은, 또 체험에만 매달린다는 것은 원고료를 받고 글을 쓰는 글쟁이로서 도저히 용납할 수 없는 일이지 않은가.

12월 29일. 일은 쾌조를 달리고 있다. 주인공이 다시 움직이기 시작했다. 40매. 징징거리기 전에 아무튼 써야 한다. 그다음 일은 그다음에 가서 생각한다.

또 슬슬 더워지기 시작한다. 일을 끝내고 목욕. 더위도 식힐 겸 늘 같이 하는 멤버끼리 카드 게임. 판돈이 얼마 안 되기 때문에 이기든 지든 별 상관없다. 그런데 차석 통신사는 맏아들도 아니면서 고치에 있는 집으로 매달 4만 엔을 보낸다고 한다. 3등 항해사와 3등 기관사도 그렇게 하고 있을까. 감탄스럽다.

12월 30일. 한쪽 보일러를 수리하느라 배의 속도가 10노트로 떨어졌다. 시모쓰 도착이 다음 달 14일 아침이 되고 말았는데, 어차피 일도 늦었으니 나로서는 잘됐다.

30매를 썼다. 일을 끝낸 후에는 또 카드 게임. 조금 졌다. 밤에는 선교로 올라가 반대쪽으로 가는 배와 빛으로 교신한다. 모스부호를 알고 있으니 이런 때 편리하다.

돌아갈 때는 올 때에 비해 여유롭게 일하고 있다. 그러나 절대 느슨하게, 혹은 적당히 쓰는 것은 아니다. 역시 아침을 먹을 때에는 그날 쓸 내용을 생각하느라 머리가 꽉 차 말이 없어지고, 펜을 쥐고 원고지와 마주하면 손이 떨렸다. 그리고 주인공의 최후가, 즉 이 소설의 마지막이 거의 윤곽이 잡혔다.

그는 다시 죽음을 결심하고 착착 준비를 해 나간다. 이제 나는 주인공 역할을 완전히 연기할 필요가 없어졌다. 기껏해야 구명정이 묶여 있는 와이어로프가 줄 톱을 사용해 몇 분 만에 끊길지 실험해 보는 정도로 충분하다.

12월 31일. 오늘로 올해도 끝이다. 배를 타고 있어 실감이 안 나지만, 분명히 1년이 끝났다. 그러나 지나간 일은 말하지 말자. (중략) 일은 30매. 오늘밤은 지위의 높고 낮음 없이 선원들이 모두 모여 신나게 마시고 노는 모양이다.

그날 밤 나는 한심한 꼴을 당했다. 마침 잠이 들려는데, 누가 방문을 쾅쾅 두드렸다. 아니 두드린 게 아니라 발로 찼다. 문 밖에 있는 상대는 몹시 취한 상태에서, 나와서 같이 술을 마시자고 고함을 질러 댔다. 할 수 없이 나갔지만, 잠들기 전에 수면제를 먹은 나는 몽롱해서 자신이 뭘 하고 있는지 알지 못했다.

그리고 나는 꿈을 꾸었다. 주인공이 살롱 보이를 죽이는 꿈이었다. 바다는 풍랑으로 일렁이고, 파도는 하얗게 부서졌다. 뇌우가 배를 덮쳤다. 꿈속에서 나는 몸부림쳤다. 눈을 뜨니 옷을 갈아입어야 할 만큼 땀에 푹 젖어 있었다.

한밤중의 두 시나 세 시였다고 기억한다. 옷을 갈아입고 정신을 차려 보니, 사방이 이상하게 고요했다. 선원들은 밤을 새워 마시는 게 아니었나. 들리는 것은 엔진 소리뿐. 나는 복도로 나가 보았다. 아무도 없었다. 살롱에도 가 보았다. 아무도 없었다. 식당에도 가 보았다. 역시 아무도 없었다. 식당 테이블에 설 음식이 차려져 있을 뿐이었다. 다들 어디로 간 것인가. 전원이 사라졌다. 나는 그렇게 생각했다. 그렇게 생각하면서 내 방으로 돌아가 책상 앞에 앉아서 새벽까지 썼다. 잊어버리기 전에 열심히 썼다.

1월 1일. 새해의 첫 날이다. 살롱에 모인 선원들 앞에서 새해 인사를 하게 되었는데, 진이 빠졌다. 그 후에는 모두들 먹고 마시고 야단법석. 아무 탈 없이 배가 달리고 있는 것이 신기할 정도다. 그래도 그렇지, 술은 한 방울도 입에 대지 않은 채 흥을 맞춰 가며 요란을 떨 수 있다니, 내가 생각해도 감탄스럽다. 선장도 그렇게 말했다.

1월 6일. 믈라카 해협에 진입하자 파도가 어느 정도 가라앉았다. 그러나 날씨가 불길할 정도로 좋지 않다. 말레이시아 어디에서 폭우 피해가 발생했다는 뉴스가 들어왔다. 믈라카 해협 바다가 이렇게 거친 일은 드물다고 선장은 말한다. 일은 순조롭다. 앞으로 150여 매를 더 쓰면 끝날 것이다. 그런데, 마지막 장을 어떻게 쓰면 좋을지 모르겠다. 아무리 긴 소설도 언젠가는 끝내야 한다. 마지막을 깔끔하게 끝내고 싶다. 이제 마음속에서 웅성거리던 격한 무엇은 다 쏟아 낸 느낌이다. 이제는 그저 읽는 이에게 어떻게 하면 효과적으로 강한 인상을 주느냐, 그것만 남았다. 이는 테크닉의 문제가 아니라, 소설을 살리느냐 죽이느냐의 관건이 되는 큰 문제이다. 그러나 초조하게 굴어서는 안 된다. 한동안 쓰기를 중단하고 이 문제를 지긋하게 생각하기로 하자. (중략) 싱가포르에 가까워지면 선원들이 마음이 술렁인다고 들었는데, 사실이었다. 모두들 언짢은 표정으로 입을 다물고 있다.

9

1월 7일. 마지막 장을 어떻게 하느냐, 그 문제로 종일 생각, 일은 쉼. 그 외에도 큰 문제가 남아 있다. 제목이다. 머리를 쥐어짜, 이런저런 제목을 생각해 보았지만 좀처럼 좋은 제목이 떠오르지 않는다. 짧고 명료한 제목이 좋은네, 사구의 운이 좋으니 길어도 나쁘지 않다. (중략) 선원들이 슬슬 가족을 항만으로 부르는 전보를 치기 시작했다. 앞으로 이삼 일 후면 시모쓰의 술집에서 전보가 들어온다고 한다.

이날 일지에는 제목에 관한 내용이 적혀 있는데, 실은 끝까지 정해지지 않아 항해가 끝나고도 두 달이 지나서야 겨우 결정되었다. '바다'라는 글자는 꼭 사용하고 싶었고, 배의 이름을 사용하는 건 어떨까 하고도 생각했다. 요컨대 욕심이 지나쳐 결정하지 못했던 것이다. 그렇다고 늘 제목 때문에 이렇게 고생하는 것은 아니다. 소설에 앞서 제목이 결정되는 경우도 있거니와, 쓰는 도중에 정해지는 일도 있다. 또 두세 번 어지럽게 바뀌는 일도 있다. 때로는, 제목 따위는 어떻든 상관없지 않나 하고 아예 포기하기도 한다.

1월 9일. 남중국해의 파도가 심하다. 선장 말에 따르면 이십여 년만의 풍랑이라고 한다. 선장은 이런 말도 했다. "이번 항해는 나쁜 일만 많아서, 마치 마루야마 씨를 위한 항해 같았습니다." 하고. 그럴지도 모르겠다. 선원들에게는 최악의 항해였을지 모르나 취재가 목적이었던 내게는 최고의 항해였다.

아무리 긴 소설도 언젠가는 끝내야 한다. 마지막을 깔끔하게 끝내고 싶다. 이제 마음속에서 웅성거리던 격한 무엇은 다 쏟아 낸 느낌이다.

선원들은 다들 파도가 심하다고 하는데, 문외한인 내 눈에는 바람이 그렇게 심해 보이지 않는다. 선체가 약간 흔들리고, 저 멀리 앞쪽 뱃머리에 물방울이 튀고, 난간을 넘어온 파도의 일부가 하우스 외벽에 부딪치는 정도다. 17노트에서 10노트로 속도를 줄이지 않아도 괜찮을 것 같은데.

싱가포르를 통과해 선원들의 기분이 밝아진 것도 잠깐, 감속 때문에 시모쓰에 입항하는 날이 대폭 미뤄졌다. 다들 얼마 전보다 한층 짜증을 부린다. 눈초리도 다들 매섭다. 화제는 동이 난 지 오래라 얼굴을 마주해도 오래 가지 않는다.

실제로 그때의 선내 분위기는 몹시 스산했다. 과장이 아니다. 주먹다짐은 없었지만, 팽팽한 공기에서 폭력 특유의 눅진한 냄새가 느껴져 견딜 수가 없었다. 배 안에서는 딱히 특별한 일이 없기 때문에 오히려 피비린내 나는 사건이 발생한다고 들었는데, 이런 상태가 좀 심해지면 발생하지 않을까 싶다. 같은 면면끼리 장기간 함께 지내는 것이 얼마나 위험한 일인지 절감했다. 배를 타 보고서야 알게 된 중대한 발견이다.

만약 육지의 회사원이 회사에서 먹고 자면서 일하고, 바깥 세계와 완전히 격리된 상태에서 장기간 지내야 한다면 결말은 그야말로 상상을 뛰어넘는 처참한 비극이 될 것이다. 그런 세계에서는 서로를 증오하는 것이 유일한 삶의 보람이 된다. 증오의 대상을 찾은 자만이 행복해질 수 있다.

과거 햄스터라는 조그만 동물을 키운 적이 있다. 처음에는 암놈과 수놈 한 쌍이었다. 그런데 점점 늘어나 금방 십여 마리가 좁은 플라스틱 양동이 안에서 아우성치게 되었다. 그러자 놈들은 과민해져 서로를 죽이고, 약해진 한 마리를 너도나도 습격했다. 전문가가 아니라서 뭐가 놈들을 그렇게 만들었는지는 알 수 없지만, 인간도 조건만 갖춰지면 비슷한 양상을 보이는 듯하다. 그런 의미에서도 이 항해는 의의가 있었다. 소설을 통해 인간을 포착할 때, 기존의 수식적인 단순한 사상이나 인간성이라는 말로 대표되는 눈물을 전면에 내세운 종류의 감동을 기반으로 해서는 인간을 포착했다 할 수 없다는 것을 느꼈다.

열심히 일하며 사는 사람들, 적어도 문학과는 인연이 없는 사람들 속에 한동안 묻혀 있다 보니, 대부분의 소설이 가벼워 보이고, 혈안이 되어 문학을 운운하는, '이미 십수 년을 문학과 함께 걸어왔다'하는 자랑을 뻔뻔하게 늘어놓는, 파티를 좋아하는 사람들이 사기꾼으로 여겨지는 것은 어째서일까. 또 '사랑', '사회 정의', '선함', '민중을 위해', '아름다움', '구제'를 빈번하게 외치는 사람들이 실은 그런 언어로부터 가장 멀리 떨어진 영악한 인종으로 보이는 것은 어째서일까.

1월 13일. 드디어 마지막 장을 완성했다.

마지막 장은 선장을 주인공으로 썼다. 완성을 했다고 해서 끝이 아니다. 초고가 끝났을 뿐, 앞으로 집에서 두세 번 고쳐 써야 한다.

이 정도 완성도면 출판사에 건네도 문제가 없을 것이다. 그러나 집에 돌아가, 냉정하게 읽은 후에도 그럴지는 알 수 없다. 도무지 읽어 줄 수 없는 엉터리일 수도 있다. 아무튼 할 만큼 했다. (중략) 이 항해도 앞으로 며칠이면 끝난다. 소설가가 탄 바람에 선장 이하 선원들 모두에게 폐가 컸을 것이다.

취재와 집필을 병행한 이 기묘한 시도는 쇼엔마루가 시모쓰 항에 입항한 것으로 일단 끝났다. 나는 지칠 대로 지쳐 집에 돌아가서도 한 달쯤 일을 할 수 없었다. 원고를 처음부터 다시 읽자니 항해를 처음부터 다시 하는 것만큼이나 마음의 부담이 컸기 때문이다. 그리고 정말 고통스러웠던 기간은 손질하기 위해 펜을 쥔 때부터 책으로 출판될 때까지의 몇 달이었다.

또 '바다 병'이라고 할까, 이상하게 배짱이 두둑해지면서 거의 매일 밤 꿈속에서 푸르른 바다를 보았고, 정신이 아득해지는 바다 울음소리를 듣고, 기분 좋은 선체의 흔들림을 느꼈다.

세계 폭주

초판 1쇄 발행　　2017년 3월 27일

지은이　　　　　마루야마 겐지
옮긴이　　　　　김난주
책임편집　　　　서슬기
디자인　　　　　주수현 이미지

펴낸곳　　　　　바다출판사
발행인　　　　　김인호
주소　　　　　　서울시 마포구 어울마당로5길 17 5층(서교동)
전화　　　　　　322-3885(편집), 322-3575(마케팅)
팩스　　　　　　322-3858
E-mail　　　　　badabooks@daum.net
홈페이지　　　　www.badabooks.co.kr
출판등록일　　　1996년 5월 8일
등록번호　　　　제10-1288호

ISBN　　　　　978-89-5561-916-4 03830